C.S. QUILL

FAN SQUAD

Image de couverture : Shutterstock – © ShotPrime Studio & © J Dennis
Couverture : Marion Rosière

34-36, rue La Pérouse
75116 Paris
www.hugopublishing.fr

Collection créée par Hugues de Saint Vincent
et dirigée par Arthur de Saint Vincent
Ouvrage dirigé par Marine Flour

ISBN : 9782755696615
Dépôt légal : mai 2022
Imprimé en France par CPI Brodard et Taupin en décembre 2022
N° d'impression : 3051100

W ROMANCE®

C.S. QUILL

FAN SQUAD

Hugo Roman

PROLOGUE
OXTON

L'arbre qui cache la forêt, hein ?

– Pour commencer, monsieur Briggs, vous allez dessiner un arbre.

Un long silence vibre dans mon esprit alors que j'observe mon interlocutrice. Intérieurement, je m'ordonne de conserver un masque impassible. *Un arbre ? Elle se fout de moi ?*

– Oui, un arbre, elle acquiesce en me regardant au-dessus de ses lunettes.

On dirait que mon visage a trahi mes émotions. Je paie cette psy cent dollars de l'heure, c'est la deuxième séance, et voilà qu'elle me demande de gribouiller un putain d'arbre comme si j'étais un gosse. *Qu'est-ce que je fabrique ici ?*

– Monsieur Briggs ?

– Vous voulez quoi ? je soupire. Un sapin ? Un chêne ? Un palmier ?

– La question est : « Qu'est-ce que vous voulez, vous » ?

Si je le savais, je ne serais pas ici. Cette question résume à elle seule mon problème actuel. Je ne sais plus à quoi j'aspire. Le plus gros passage à vide de mon existence. Être le leader d'un groupe mondialement connu, n'avoir aucun souci de thune ni de soirées d'ennui sexuel n'est pas un gage de bonheur. Je ne suis pas malheureux, mais je me sens sec. Comme si j'avais vidé mon puits et que je me retrouvais à attendre au fond, que des gouttes me tombent sur la langue.

Je me résous à attraper le crayon posé devant moi et griffonne ce fichu arbre histoire qu'elle arrête de me scruter. Après quelques secondes, je fais rouler le stylo et me renfonce dans ma chaise.

– Intéressant, elle commente en faisant pivoter la feuille vers elle. Vous n'avez pas dessiné de racines, ça dénote une certaine instabilité émotionnelle.

– Vous recevez beaucoup de gens stables dans votre cabinet ? je la provoque.

– Oui, elle se contente de répondre.

Elle prend des notes et poursuit :

– Le tronc est très fin.

Si elle fait un lien avec ma queue, je quitte la pièce.

– Cela évoque la présence de tensions ou de demandes répétées qui altèrent votre calme et votre bien-être.

Elle sait qui je suis, je ne viens pas la voir pour qu'elle tire ce genre de conclusions évidentes.

Je lorgne l'horloge fixée au mur derrière elle. Il reste encore trente minutes. Je vais avoir le droit à quoi maintenant ? dessiner une maison ? Je rêve d'une clope alors que j'ai arrêté de fumer depuis quatre ans.

Elle continue son analyse sans rien ajouter à voix haute. Son hochement de tête régulier et ses annotations font redoubler mon envie de nicotine.

– Parlez-moi de vos parents.

Super.

– J'ai grandi avec ma mère. Elle est coach sportive et mange cinq fruits et légumes par jour.

– Et votre père ?

– Il ne m'a pas élevé. Il était très occupé.

– Il était pris par son travail ?

– Ouais.

– Quel est son métier ?

Je gonfle mes joues et relâche l'air lentement. En dehors de ma mère et moi, personne ne sait qui est mon géniteur. Si les médias le découvraient, ça ferait un tollé.

– Cet endroit est votre espace de parole, Oxton. Laissez-vous aller.

– Disons que c'est quelqu'un de connu. Vous devrez vous contenter de ça.

– Je vois. Vous avez subi une pression relative à sa notoriété quand vous étiez enfant ?

– Plutôt à l'adolescence, je me surprends à lui confier.

Je remue sur mon siège devenu soudainement inconfortable. Je déteste évoquer ce type. Mason Wood, l'un des acteurs les plus en vue de ces quarante dernières années. Une vraie star, qui tient encore le haut de l'affiche de nombreux films, à soixante piges. Quand on porte la moitié d'Hollywood dans son nom de famille, ça ne laisse pas beaucoup de place pour le reste. Surtout pas pour un enfant caché, né d'une liaison avec une groupie.

– Continuez.

– J'ai pas grand-chose de plus à en dire.

– J'ai pourtant l'impression que ça prend énormément de place

– Ça reviendrait à affirmer que du vide prend de l'espace.

– Vous m'enlevez les mots de la bouche, elle sourit. Est-ce que vos rapports avec votre père jouent un rôle dans celui que vous êtes aujourd'hui ?

Mon père a joué un tas de rôles, mais je refuse de lui donner celui-ci. Il n'a rien à voir avec ma vie. J'ai mis un point d'honneur à effacer tout ce qui pouvait me rattacher à lui. Y compris mon goût pour le théâtre et le cinéma, qui a pris une saveur amère quand j'ai découvert qui était mon géniteur, à 15 ans. J'ai tiré un trait sur cette passion pour m'adonner à la musique. Et la suite, tout le monde la connaît. Trois potes de lycée qui montent un groupe et vendent 100 000 exemplaires de leur premier album en une semaine. Puis des dizaines de millions en dix ans. Le reste, c'est de l'histoire ancienne.

– Non.

– Vous en êtes certain ? Très souvent lorsque l'un de nos parents est une vedette...

– Il a mis ma mère en cloque, ça s'arrête là. Il n'a aucune influence sur moi, lâchez l'affaire.

Elle me dévisage longuement, avant de bifurquer sur un autre sujet.

Quand la séance se termine, elle me raccompagne jusqu'à la porte.

– Pour notre prochaine rencontre, j'aimerais que vous réfléchissiez à votre père.

Elle me les brise avec ça !

– Je pense qu'il y a matière à creuser. Bonne journée, monsieur Briggs.

– À vous aussi, je grogne en enfilant mon bonnet.

Je quitte son cabinet, certain que je ne remettrai pas les pieds ici. Mon garde du corps apparaît à ma gauche et m'escorte jusqu'à la voiture.

– Tout va bien, Ox ?

– Je suis guéri.

– Sois plus précis, laquelle de tes pathologies a disparu ? il ricane en m'ouvrant la portière.

– Va te faire foutre.

– Ah ! Pas celle-ci !

Il s'installe derrière le volant et sort du parking souterrain.

– On rentre à la villa ? il m'interroge en me jetant un coup d'œil dans le rétro.

– Ouais.

Ressasser mon adolescence m'a foutu en rogne, je suis agité et mes soupirs énervés ne passent pas inaperçus. Je me doutais que consulter une psy sur les conseils de mon manager et de mon attachée de presse était une idée de merde. Je me sens encore plus mal. À cause d'elle, je n'arrête pas de penser à mes parents, à ma vie avant les Unfool, et ça ne fait que creuser le gouffre au bord duquel je déambule. Il y a quelque chose qui me taraude, et je ne suis pas fichu de mettre le doigt dessus.

– J'ai changé d'avis, Travis, on ne rentre pas à la villa.

– OK. On va où ?

– Roule, j'te dirai quand je le saurai.

J'ai besoin de rester tranquille encore un peu. Les dernières paroles de la psy tournent en boucle sous mon crâne. Pourquoi a-t-il fallu qu'elle évoque le sujet Wood ? J'avais réussi à l'enfouir profondément et voilà que je dessine un arbre qui fait tout remonter à la surface. Cet homme est un parasite qui a bousillé mon équilibre à l'époque, hors de question qu'il fasse de même à présent.

Le jour où ma mère a jugé que j'étais assez grand pour découvrir l'histoire de ma conception, elle a tout déballé, sous-estimant l'impact que ça aurait sur moi. Pire, il en a profité pour se pointer incognito lors d'une de mes représentations de théâtre, certainement pour se féliciter de sa digne descendance. *Mon cul, ouais !* Encore aujourd'hui, sa femme et ses gosses ne connaissent pas mon existence. Je me suis mis à haïr ce type dont j'avais construit une tout autre image dans mes rêves de gamin, à me tenir aussi loin que possible de son influence, jusqu'à détester ce que j'adorais faire, pour ne pas lui ressembler.

Moi qui espérais sortir plus apaisé de ce rendez-vous, me voilà à bout de nerfs.

À mesure que les bornes défilent, mes souvenirs me happent. Je cherche le numéro de ma mère dans les contacts de mon téléphone pour lui écrire un SMS, sans savoir ce que je vais lui dire ou ce que j'espère lire de sa part. Je tape, efface, recommence, abandonne et colle mon front contre la vitre.

– Je sais où aller, je balance alors à Travis sans quitter la rue des yeux.

Je lui dicte l'adresse et repars dans mes pensées. Mon garde du corps ne pose aucune question, il roule une demi-heure sans briser le silence qui règne dans l'habitacle.

Lorsqu'il se gare le long d'un trottoir, dans une allée résidentielle de Los Angeles, j'observe la bâtisse bordée par un jardin impeccable malgré le fait que personne ne vive plus là depuis un bail. Je quitte la voiture, m'engage sur le chemin dallé et longe la façade. Je retrouve la cachette où un trousseau de clés attend patiemment, et reviens sur mes pas. Usée par son inactivité forcée, la porte coince un peu.

Je traverse le vestibule et m'immobilise devant l'entrée du salon. Je n'ai pas remis les pieds ici depuis une éternité, mais je reprends mes marques sans souci. Tout est resté à sa place, comme figé dans une réalité oubliée. Ma mère ne vient jamais là. Je ne sais même pas pourquoi on garde cette maison. C'est celle où j'ai grandi, la plupart des souvenirs qui y sont rattachés sont bons mais l'atmosphère est bizarre. On dirait une sorte de sanctuaire qui attend d'être exploré pour révéler ses secrets. Pourquoi je suis là ? Je parcours les pièces sans but, jusqu'à m'arrêter devant un mur couvert de cadres. Je ne me rappelais pas que je pouvais être aussi souriant. Je devrais peut-être montrer ces photos à Travis pour lui prouver que ma bouche est capable de s'étirer en un véritable sourire. Face à un Oxton qui doit avoir une douzaine d'années, je tente de reproduire son large sourire, mais ça me pique la commissure des lèvres. Je suis rouillé, c'est clair.

Je continue ce pèlerinage improvisé et débouche dans mon ancienne chambre. Mon corps se dirige de lui-même vers le placard du fond. J'ouvre les grandes portes et mon regard tombe sur deux vieilles caisses en bois. Je n'étais pas en quête de ces boîtes, pourtant j'ai subitement l'impression d'avoir fait tout ce chemin pour elles. Pour y trouver une réponse à une question que je ne pensais pas me poser. Je les tire au milieu de la chambre et fais sauter les couvercles. Parmi les textes que j'ai appris par cœur, les affiches de vieux films et les centaines de tickets d'entrée du cinéma du quartier, je retrouve les films que ma mère faisait quand je me prenais pour un acteur. C'était avant de savoir que cette place était déjà occupée par un certain Mason Wood. Cette déception paternelle m'a éloigné illico des planches, je n'ai plus jamais visionné ces vidéos, les enfermant avec le reste dans ces deux sarcophages. Contre toute attente, aujourd'hui, j'ai envie de les revoir.

Je glisse une cassette dans le magnétoscope, pas certain qu'il fonctionne encore. Les images se mettent à défiler. Je m'assieds au bord du lit et cale mon menton dans mes mains. Je dois avoir 14 ans et je foule la scène d'un théâtre comme si je m'y sentais chez moi. C'est dingue, j'avais oublié. Ou du moins, refoulé tout ça très loin. Je deviens spectateur de mon double juvénile et une multitude d'émotions explosent dans ma poitrine. J'étais heureux et, malgré l'écran et les années qui se dressent entre ces deux versions d'Oxton, je ressens à nouveau cette adrénaline qui pulsait en moi quand je prenais le costume d'un autre, tout en étant au plus près de moi-même. C'est léger, mais j'en ai le souffle coupé.

Au moment où je sors de la maison, la nuit est tombée. D'une patience légendaire, Travis est appuyé contre le capot de la voiture, une clope au bec. Il s'empresse de l'écraser en me voyant approcher.

– Désolé, j'ai pas vu le temps passer.

– Aucun problème, Ox.

– On peut rentrer maintenant.

Il hoche la tête et nous prenons la direction de la villa où mes comparses doivent se demander ce que je fous.

Dès mon arrivée, je repère mon manager en train d'avaler un bol de nouilles.

– J'commençais à m'inquiéter, il lance, la bouche pleine. J'ai cru que la psy t'avait séquestré.

– Ça t'a pas coupé l'appétit, à ce que je vois, je raille en m'asseyant en face de lui.

– Ça s'est bien passé ?

– Ouais.

– Tant mieux.

Je compte jusqu'à dix, pour être certain de ce que je m'apprête à larguer sur la table.

– Je veux faire du cinéma.

Mon manager se fige, ses baguettes chinoises au bord des lèvres. Il me dévisage comme si j'étais devenu cinglé, puis éclate d'un rire bref.

– Très drôle, Ox. Cette thérapie te rend hilarant, on tient le bon bout.

Je ne m'attendais pas à ce qu'il accueille cette annonce différemment.

– Trouve-moi un agent, Kass. Choisis qui tu veux, du moment que c'est une personne qui fait du bon boulot.

– T'es pas sérieux ?

– Plus que jamais.

– On entame la tournée le mois prochain, qu'est-ce que tu me fais, là ? Tu peux pas nous planter.

– Qui te parle de lâcher les Unfool ? Ça ne change rien aux projets musicaux.

– On devient pas acteur sur un coup de tête. Choisis une autre lubie !

Ce n'est pas une lubie. Un coup de tête, peut-être, mais au sens propre du terme. Un coup dans le miroir qui ne me renvoie que la moitié de mon reflet. Après des heures à enchaîner les vieilles cassettes, un semblant de flamme s'est rallumé quelque part. *Merde, cette psy est bonne !*

– Trouve-moi un agent, je répète sur un ton qui n'engage pas à la discussion.

1

ELVIS

C'est l'histoire d'une diabétique,
d'une aveugle et de Tu Sais Qui.

À quatre pattes sur le sol de ma chambre, je tends le bras sous mon lit pour essayer d'attraper mon stylo à insuline rebelle. Il a délibérément sauté de ma main pour se réfugier sous le sommier, pile au milieu bien sûr, histoire que je ne puisse pas l'atteindre sans me déboîter l'épaule. C'est la deuxième fois que ça se produit ce week-end, je commence à penser que les éléments célestes se sont concertés pour mettre un terme à mon existence.

– Viens là, nom de Dieu !

Ce n'est peut-être pas le meilleur moment pour dire un truc pareil. Sans compter qu'il y a peu de chances que mon ordre soit entendu par un objet inanimé en plastique. *Inanimé, mon cul !* Résignée, je me redresse et tire sur mon lit, suffisamment pour pouvoir me faufiler dans l'espace créé entre le mur et lui. Je recommence mon cirque et parviens enfin à mon but.

– Tu croyais pouvoir m'échapper ? je fulmine en le menaçant du regard. Ton temps est compté, profite de tes dernières heures de tranquillité !

– Est-ce que tu parles à ton vagin ?

L'irruption de ma colocataire me fait sursauter, je manque de lâcher le stylo. *Ah, non !*

– Je ne vois pas pourquoi je lui dirais un truc pareil, je réponds en remettant mon lit à sa place.

Je me désinfecte les mains et m'administre rapidement l'insuline.

– J'ai pas de rencard prévu dans les prochaines heures, donc aucune chance que la tranquillité de mon vagin soit dérangée.

– Je te rappelle que Chester va arriver d'une minute à l'autre, elle rétorque.

– Pourquoi est-ce que tu tiens absolument à me caser avec lui ?

– Parce que je suis aveugle.

– Combien de fois je vais devoir te dire que cette excuse ne peut pas marcher avec tout ?

– N'empêche que ça fonctionne dans un tas de situations. N'élude pas le sujet principal.

– Chester est comme mon grand frère, ça n'arrivera jamais.

– OK. Et le voisin du troisième ?

– Non plus ! Arrête de projeter ta frustration sexuelle sur mon humble personne.

La sonnette retentit. Je dépasse Addison et trottine jusqu'à la porte d'entrée. J'ouvre sur Chester et les deux boîtes de pizza posées sur sa main gauche.

– Salut Ches, je l'accueille en le débarrassant des cartons encore chauds.

Il m'embrasse sur le front et pénètre dans le salon.

– Ça va, les filles ?

– Par pitié, dis-moi que tu viens les mains pleines de trucs sucrés, s'écrie Addison en avançant vers lui. J'en peux plus de vivre avec une diabétique !

– Affirmatif !

– Fais-moi sentir, elle s'excite, furetant autour d'elle.

Chester m'adresse un regard amusé, avant d'ouvrir un sachet de bonbons acidulés et de le remuer sous les narines dilatées d'Addi.

– Oh ! Oh ! Oui !

– Elle a joui, j'énonce en lorgnant les sucreries.

J'évalue rapidement qu'au mieux j'aurai le droit d'en manger deux aujourd'hui. *Fiesta !*

– J'en veux un tout de suite ! exige ma meilleure amie.

Elle essaie de s'emparer du paquet, mais elle n'est pas assez rapide. Elle continue à balancer ses bras partout, mais Chester reste insensible à ses suppliques.

– Oh ! Allez ! Rien qu'un.

– Ce sera pour la fin de soirée, il refuse en partant vers la cuisine.

– Pas la peine de les cacher, maintenant que je les ai sentis, je suis capable de les localiser sans problème.

– Arrête ton char, tes autres sens ne se sont toujours pas surdéveloppés, je lui rappelle sur un ton taquin.

– Tu es une affreuse amie ! elle assène en pointant son doigt à côté de moi.

– Je suis là, je l'informe en attrapant son index pour le diriger dans la bonne direction.

– Tu fais exprès de bouger en silence pour que je me trompe !

– Tu sais très bien que non, mais si ça peut te rassurer, tu m'as presque visée pour une fois. Tu t'améliores.

– Un jour, je serai capable de t'entendre respirer à l'autre bout de la rue, elle déclare en portant une main solennelle à sa poitrine.

– J'en suis sûre.

Ben voyons !

– Merci, mais tu es quand même une affreuse meilleure amie. Et je te signale que je fais exprès de progresser très lentement parce que sinon tu ne me serais plus d'aucune utilité et ça te provoquerait une profonde dépression.

– J'aime ton côté altruiste et je suis triste d'avance en pensant que tu n'auras plus besoin que je te fasse remarquer le Nutella que tu as dans les cheveux. Est-ce que c'est du Nutella, au moins ?

– Je ne te crois pas.

– Comme tu veux.

Elle résiste environ onze secondes avant de fourrager dans ses mèches auburn. J'irai en enfer comme punition pour l'avoir autant titillée.

– Garce ! elle siffle en me faisant un doigt d'honneur.

Bizarrement quand il s'agit de dresser son majeur à tout-va, elle vise toujours à la perfection.

– De toute façon, d'ici là, je serai mariée à un grand brun musclé, avec des yeux vert amande et une décapotable noire, elle annonce avec sérieux. Il prendra soin de mes cheveux, mon radar le sait.

– Addison, tu es si superficielle ! Peut-être qu'il aura des cheveux blonds, des yeux marron et une Pontiac Aztec, et tu n'en sauras jamais rien.

– Je suis aveugle mais pas stupide, je peux encore faire la différence entre une Aztec et un cabriolet.

– Peut-être qu'il enclenchera la clim à fond pour te faire croire que c'est le vent.

– Tu es malade, elle conclut avant d'exploser de rire.

– Vous ressemblez à un vieux couple, se marre Chester en revenant dans le salon.

On est carrément un vieux couple. On se connaît depuis l'âge de 16 ans et on a un lien très spécial. On est meilleures amies et je suis ses yeux en prime. Quand je l'ai rencontrée, elle n'était pas encore aveugle, mais savait déjà que ça n'allait pas tarder, à cause d'une maladie dégénérative incurable. Sa vue s'est détériorée au fil des ans, jusqu'au noir complet quelques jours avant ses 21 ans. On a naturellement décidé de vivre ensemble. Je suis là pour elle, autant qu'elle l'est pour moi : je veille à ce qu'elle ne mette pas son sac dans le frigo, et elle s'assure que je n'oublie pas de mesurer ma glycémie. Un binôme de folie !

EH OH ! JE SUIS LÀ, MOI AUSSI !

Évidemment. Comment ne pas mentionner Rita, ma voix intérieure hors de contrôle ?

– C'est quoi le programme, ce soir ? nous demande le dernier membre de notre petite bande.

Chester est entré dans ma vie un an avant Addison. J'avais 15 ans, lui fêtait sa majorité dans une boîte de strip-tease. J'attendais que ma mère ait fini de bosser dans ce même établissement et, quand il est sorti fumer une clope sur le trottoir, on a sympathisé. Avec Addi, il est le seul à connaître les détails de mon enfance plutôt atypique.

– Vu que t'as toujours pas de petite amie, ce sera plateau télé avec tes deux copines !

– Comment voulez-vous que je garde une nana avec vous deux ?

– La mauvaise foi ! s'indigne Addi. Les filles te larguent parce que tu es d'un ennui mortel, c'est tout.

– Dès que je vous les présente, elles ne donnent plus signe de vie. Je me demande même si vous n'êtes pas des tueuses en série.

– J'avoue que l'avant-dernière m'a donné des envies de strangulation, j'approuve en hochant la tête.

– Moi, je t'ai déjà dit que je voulais un meilleur ami gay, comme dans les films. Ramène-nous un homme et je lèverai la malédiction sentimentale que j'ai lancée sur toi.

– En parlant de film, quelle est ma peine aujourd'hui ? Par pitié, tout mais pas...

– Twilight ! l'interrompt Addison en mettant ses mains autour de sa bouche.

– Damnation !

– Non ! C'est Fascination !

– Merde, Vi, elle a vu ce film une centaine de fois, fais quelque chose, il me supplie.

– Justement, elle l'a déjà vu, celui-là. Tu préfères une nouveauté ? je m'étonne. Tu as vraiment envie de passer une heure quarante-cinq à lui décrire chaque scène en détail ? Ou peut-être *Cinquante nuances de Grey* en audiodescription ?

– En fait, j'ai changé d'avis, intervient Addi en croisant les bras sur sa poitrine. Je veux deux meilleurs amis aveugles, eux aussi.

– Mais non, tu nous aimes trop pour nous remplacer.

– Ça reste à démontrer. Mais tant que je te porte encore dans mon cœur, aie l'obligeance de me servir une part de pizza, Vi. Je crève la dalle.

– Oui, madame. Tout de suite, madame.

J'accède à ses désirs et sers également Chester.

À peine à la moitié du film, le fameux paquet de bonbons est déjà bien entamé par mes deux amis, qui se chamaillent pour déterminer qui mangera le dernier Dragibus noir du sachet. Je sais d'avance qui va l'obtenir.

– Prends-le, se dévoue Chester comme prévu.

Assise contre l'accoudoir du canapé, j'ignore les roucoulades sur l'écran et fais défiler les publications de mon compte Instagram. Je note deux trois idées sympas à réexploiter, lâche une dizaine de *likes* avant d'immobiliser mon doigt sur l'un des rares posts de mon groupe de musique favori.

– Viii... Je te vois, m'interpelle Addi en faisant claquer sa langue.

– Tu as recouvré la vue, c'est un miracle !

– Arrête de scroller et concentre-toi.

– Je suis concentrée.

– Pas sur le film ! J'ai entendu ton soupir transi d'amour et je sais qu'il n'est pas réservé à Edward. Maintenant, tu coupes ton portable et tu fantasmes avec moi sur une vie éternelle dans la forêt.

– Tu détestes la forêt.

– Parce qu'il y a toujours une foutue racine qui surgit sous mes pieds ! Mais une fois transformée, j'y verrai encore mieux qu'avant.

– Tu...

– Chut ! C'est mon passage préféré.

Je pose mon téléphone sur la table basse et cale ma tête contre l'épaule de Chester.

Lorsque le film se termine, ni lui ni Addi n'ont envie d'aller se coucher, si bien qu'ils sont étonnamment d'accord pour une fois et lancent la suite.

– Je bosse demain, je vous laisse avec les loups-garous et vous souhaite une bonne nuit.

– N'oublie pas...

– De contrôler mon glucose, je finis à la place d'Addi.

– Fais de beaux rêves de Tu Sais Qui.

RÊVER DE VOLDEMORT ? PLUTÔT MANGER LES DRAGÉES GOÛT CROTTE DE NEZ DE BERTIE CROCHUE ! PAR CONTRE, UN CERTAIN OX...

Stupefix, Rita !

Chester m'embrasse sur la joue et je file me préparer pour Morphée.

Si je n'ai plus d'angoisses nocturnes depuis plusieurs années, j'ai conservé une de mes habitudes pour m'endormir : j'attrape la télécommande de ma chaîne hi-fi et déclenche la lecture du CD numéro 2. Dès que l'intro commence, je ferme les yeux en souriant. J'ai écouté cet album un millier de fois mais je ne m'en lasse pas. Les Unfool et la voix de leur chanteur ont un effet apaisant inégalable.

2
ELVIS

Il n'est jamais trop tard pour apprendre à voler. Genre maintenant. Saute.

Assise en culotte sur le rebord de ma baignoire, je cherche au fond de moi le noyau sacré de ma motivation. Bredouille, j'inspecte aussi le siphon, sans plus de succès. C'est définitif, je n'ai pas envie d'aller bosser aujourd'hui, mais je ne peux malheureusement pas me permettre le luxe de sécher. Le pire, c'est que mon activité est tout à fait compatible avec un pyjama informe, un plaid et un canapé. Je suis community manager. Je gère les réseaux sociaux de plusieurs marques, d'un basketteur professionnel et de jumelles nonagénaires alors, du moment que j'ai accès à Internet et au moins deux doigts à chaque main, je peux effectuer une grande partie de mon travail n'importe où. Mais c'est sans compter mon patron capricieux, qui exige d'avoir ses troupes à portée de voix.

Pour signifier mon humeur en ce lundi matin, j'enfile un jean délavé et la paire de Converse que je traîne depuis que mes pieds ont arrêté de grandir. Après quatre pulvérisations de shampoing sec et un coup de mascara, je rejoins ma petite cuisine et me poste devant la cafetière. Je la scrute comme si j'étais en mesure de la réparer par la seule force de ma pensée, avant d'abandonner en me servant un verre de jus d'orange.

DÉCIDÉMENT, TU BAISSES VITE LES BRAS, CE MATIN ! raille Rita.

Réglée comme une horloge, je contrôle mon taux de sucre et me rends compte qu'il est encore trop haut pour survivre à cette journée.

PAS ÉTONNANT QUE T'AIES L'ÉNERGIE D'UNE LARVE.

Dès que j'ai effectué mon injection d'insuline, je pénètre dans le salon sur la pointe des pieds. Addi et Ches sont endormis sur le canapé alors, sans faire de bruit, j'attrape mon téléphone, ma batterie externe et mes écouteurs, puis je descends devant mon immeuble.

Ce mois de juin à Los Angeles est particulièrement chaud et je transpire avant même d'avoir grimpé sur mon vélo. Je m'assieds sur la selle avec une flemme de l'enfer, ouvre ma playlist *MotivaFion* et m'élance sur la route. L'activité physique est conseillée pour les gens comme moi mais, bon sang, ce que j'aimerais m'affaler à l'arrière d'un taxi en me goinfrant de gros beignets. Dommage pour moi, d'une part je n'ai pas les moyens de me déplacer en taxi, d'autre part je suis diabétique. *Chienne de vie !*

J'attache mon vélo à côté des autres, près de l'entrée de mon boulot, et progresse vers les grandes portes automatiques. L'enseigne « Jones Media Community » occupe la moitié de la façade et, malgré toute ma mauvaise volonté du jour, je dois reconnaître que j'ai de la chance de bosser pour l'une des agences les plus en vue dans le domaine de la notoriété digitale.

En approchant, je m'étonne de remarquer que Tom, le vigile habituel, est accompagné de deux gorilles à l'air sévère. Nous accueillons régulièrement des personnalités qui ont bien compris l'intérêt d'être épaulées par des professionnels de la gestion de leur image, mais l'information de leur venue dans nos locaux circule normalement bien en amont. Là, personne ne m'a prévenue d'une quelconque visite.

D'un hochement de tête, Tom fait signe à ses nouveaux copains que je suis autorisée à entrer. Je lui adresse un regard appuyé en espérant grappiller une petite info, auquel il répond par de gros yeux ronds excités. *OK, nous recevons donc un gros bonnet.* Peut-être ce mannequin que nous et tous nos concurrents essayons de nous arracher. Après des années à poser en petite tenue, et une grossesse ultra-médiatique ayant bouleversé ses projets d'avenir, madame s'est mis en tête de devenir ambassadrice pour l'Unicef. Le challenge est énorme pour celui qui bossera sur l'évolution de son image, et la somme à la clé, tout aussi colossale. Tous les coups sont donc permis.

Le domaine du *social media* est un champ de bataille sanglant, Dieu merci j'ai un patron et son armée de peigne-cul pour gérer les compétitions organisées entre agences et signer les contrats. De mon côté, j'ai déjà bien assez de travail pour comprendre les stratégies validées par ma supérieure avec les marques ou les personnalités, réfléchir à des lignes éditoriales qui répondent aux objectifs fixés, et développer des contenus adaptés. Tout ça sans compter les investissements média à mettre en place, dont il faut suivre les retombées au jour le jour pour affiner les campagnes. Voilà comment j'en arrive à chercher ma motivation jusqu'au fond des canalisations de mon appartement le lundi matin. Et oui, devoir me farcir une analyse de trois heures pour découvrir que telle publicité pour des baskets performe mieux auprès des 18-25 ans entre 22 heures et minuit qu'entre 14 heures et 16 heures n'est pas la partie de mon job qui me passionne le plus.

Je pénètre dans le hall, salue les deux réceptionnistes, et entre dans l'ascenseur bondé. Pas d'effervescence cette fois, le secret est donc bien gardé. Une chose est sûre, j'en saurai plus dès que j'aurai mis un orteil dans le bureau de mon amie Sarah. Rien ne lui échappe.

Je traverse l'*open space* où se situe mon espace de travail. Tout au fond, dans une pièce vitrée, Sarah est en pleine visioconférence. Avec son statut de social media manager, elle bénéficie de son propre bureau. Celui d'à côté va bientôt se libérer, je croise les doigts très fort pour obtenir cette promotion. Dès qu'elle m'aperçoit, elle agite une main pressante pour me dire de venir. Je pose mes affaires sur ma chaise et me dirige vers elle. Au moment où ma semelle foule la moquette de son antre, elle referme son ordinateur et m'ordonne silencieusement de fermer la porte derrière moi.

– Tu interromps ta réunion comme ça ?

– Ils sont en boucle sur le même sujet depuis vingt minutes, j'en peux plus. Et puis, je te signale que je t'attends. J'étais à deux doigts de venir te chercher chez toi !

Elle se penche au-dessus de son bureau et m'observe des pieds à la tête.

– J'aurais dû, tout compte fait, elle ajoute en grimaçant. C'est quoi, cette tenue ? T'as tes règles ?

– Je ne vois pas bien le rapport.

– C'est un jean menstruel, elle m'assène avec sérieux. La seule raison de porter ce genre de fringue est d'avoir les ovaires en guerre.

– Est-ce qu'on peut changer de registre et passer directement à ce que tu trépignes de me raconter ? Il y a un lien avec les deux golgoths qui montent la garde en bas ?

– Oui, elle souffle avec une lueur flippante dans les yeux.

Cette fille est habitée.

– Nous sommes sur le point de décrocher un contrat énorme, Vi. Énorme, elle insiste. Le leader d'un groupe de musique qui souhaite entamer une carrière au cinéma.

– Un changement de trajectoire ? Intéressant !

– Ses fans ne sont pas au courant, c'est un exploit que rien n'ait encore fuité ! D'autant qu'il a déjà un agent censé lui dénicher des contrats côté acting. Mais pour l'instant, c'est le calme plat. Les producteurs ne sont carrément pas chauds pour lui donner sa chance. C'est là qu'on entre en action : on doit faire évoluer son image pour que son arrivée à l'écran devienne incontournable. Celui qui sera en charge de ce dossier devra d'abord gérer la partie musique, puis aller chercher un nouveau public, et basculer ensuite sur la partie cinéma. Sans compter que tout est à faire, monsieur n'a même pas de compte perso sur les réseaux sociaux. Une page blanche sur laquelle on peut s'éclater !

– Ça donne envie.

– Ça donne surtout une place de choix pour obtenir le bureau juste à côté !

– D'accord. Et c'est quel artiste ? je me renseigne, intéressée.

– Rien de moins que le chanteur des Unfool.

Mon cerveau se retourne sur lui-même et reste tétanisé. Coincée en dessous, Rita étouffe. Sarah continue à déblatérer mais je ne l'entends plus. *Qu'est-ce qu'elle a dit* ?

UNF... UNFOO...

– Tramfgrocharz...

– Excuse-moi ? elle s'interrompt en arquant un sourcil.

J'avale ma salive et tente un reboot neurologique.

– Qui ça ? j'articule.

– Le leader des Unfool, elle répète en insistant sur les deux syllabes. Ils sont arrivés tôt ce matin. Tu aurais dû voir les gens courir partout, c'était très divertissant.

À nouveau, mes neurones convulsent.

– Ils sont ici ?

– Oui.

– Non.

– Si ! D'ailleurs, je...

– Oh ! Merde ! je l'interromps malgré moi.

– Quoi ?

Une alarme retentit sous mon crâne. *Fuir ! Tout de suite !* Je regarde autour de moi en réfléchissant à toute vitesse. J'ai une manie singulière chaque fois que je suis dans un bâtiment, qui consiste à repérer les issues de secours, y compris les plus improbables, dans le cas où je devrais prendre mes jambes à mon cou. Par exemple, j'ai déjà visualisé la meilleure manière de sortir de mon étage sans franchir la porte. En l'occurrence, option 1 : passer par la fenêtre, sauter sur le convecteur de la clim, longer la façade jusqu'au rebord à droite, glisser le long de la gouttière et me réceptionner sur la rambarde de l'étage du dessous. Option 2 : les types qui lavent les vitres sont là, je me réfugie sur leur nacelle et les supplie de me redescendre au sol, quitte à leur montrer mon soutien-gorge.

FONCE ! hurle Rita dans mon crâne.

– Vi ! crie ma collègue en comprenant que je suis en lutte avec mon cerveau bizarre. Écoute ma voix et reviens sur Terre. J'allais te dire que…

– Le conduit d'aération, je réponds en levant la tête vers le plafond.

– Qu'est-ce que tu racontes ?

– Les laveurs de vitres ne sont pas là et il y a trop de vent pour longer la façade, je récite sans prêter attention aux sourcils froncés de Sarah.

– Hein ? J'ai l'impression que tu organises un plan d'évacuation, mais je ne saisis pas la raison.

– Pousse ton ordinateur, je rétorque en commençant à grimper sur son bureau pour atteindre le plafond.

– Descends de là, espèce de tarée !

Elle me frappe le genou avec son agenda, m'obligeant à sauter en arrière.

– Qu'est-ce qui te prend ? elle s'agace.

– Pas question de les croiser !

– Les Unfool ? Pourquoi ? Tu les connais ?

– Oui ! Enfin, non. Je dois y aller.

– Quand t'auras fini ta crise, tu m'expliqueras, mais pour l'instant, relax ! Ils sont en salle de réunion avec Davenport depuis un moment déjà. Ils ne vont pas faire une visite guidée du bureau.

– Peut-être que si. Peut-être que l'un d'eux aura envie de faire pipi et qu'il va se tromper de couloir, tourner dans la mauvaise aile, pousser la mauvaise porte et atterrir ici. Je vais le regarder, il va me regarder, il va me demander où sont les toilettes et je vais continuer à le dévisager.

– Dans ce cas, va t'enfermer dans les toilettes pour femmes.

– Bonne idée !

– Je plaisantais, elle lance alors que je m'échappe déjà. Elvis !

Je me mets à courir, hésite à faire un roulé-boulé sur la moquette en traversant l'*open space* et prends un virage serré devant le bureau de David.

– Salut El...

J'agite les bras pour qu'il la ferme et, une minute plus tard, je déboule dans les WC, hors d'haleine. Je m'enferme dans la cabine du fond, claque le battant de la cuvette et tombe assise dessus, essoufflée et en sueur.

Ils sont là. *Les Unfool sont là !* Quelque part, dans le même immeuble que moi.

3

ELVIS

*Qui l'eût cru ?
Les caleçons biodégradables
nuisent gravement à la santé.*

Cinquante-deux minutes. Je me terre dans ma cachette depuis cinquante-deux minutes, attentive au moindre bruit. Assise sur la cuvette fermée, je ne me résous pas à quitter cet endroit, alors même que les cloisons semblent se rapprocher de moi. Je panique et ce n'est pas bon. Ni pour mon diabète, parce que le stress fait augmenter le taux de sucre dans le sang, ni pour l'espèce humaine qui n'a jamais vraiment su par quel bout me prendre quand je déraille.

– Respire… je me murmure en gonflant la poitrine, avant qu'un bruit sous mes fesses me fasse sursauter.

C'est pas vrai ! Chaque fois que cette foutue chasse d'eau à capteur de présence se déclenche, je fais un bond comme si le type bizarre du troisième était en train de remonter la canalisation. Sans compter que j'ai dû à moi seule assécher la nappe phréatique la plus proche.

– Relaxation, paix, amour… je récite en tentant une position de yogi sur mon trône.

Mon téléphone étant resté avec mes affaires sur ma chaise de bureau, j'ai techniquement atteint un record de déconnexion. Les conséquences pourraient être désastreuses, pourtant une source de stress mille fois plus importante focalise toute mon attention. Tant pis, je bosserai toute la nuit si besoin pour rattraper mon retard. Je vendrai même mon âme aux Gafa[1] s'il le faut, mais je ne peux pas sortir d'ici tant que je ne suis pas absolument certaine que les Unfool sont partis. Rien que penser au nom du groupe relance la course folle de mon cœur. Pourquoi ? Parce que je les adule. Logiquement, je devrais être la première à quadriller le bâtiment pour avoir une chance de croiser leur route mais ce n'est pas comme ça que mon esprit fonctionne. Il a besoin d'une barrière avec la réalité, et ça depuis toujours.

Je reprends mes exercices de respiration lorsque j'entends une porte grincer et des bruits de talons résonner sur le carrelage. À moins que l'un des musiciens aime déambuler dans les toilettes pour femmes, chaussé d'escarpins, je n'ai rien à craindre.

– Sors de ton trou, Calloway ! m'ordonne Sarah en tambourinant contre le battant. J'arrive pas à croire que tu sois là-dedans depuis une heure.

– Ils sont partis ?

– Je suis habituée à tes frasques, mais là, tu commences à me faire peur. Dis-moi que t'es pas sous le joug d'une ordonnance restrictive les concernant.

– Bien sûr que non !

– Alors à quoi tu joues ? Je ne sais pas si tu as surdosé ton insuline ou si tu es juste possédée, ce que je sais, par contre, c'est que le boss te cherche partout.

---

1. Google, Amazon, Facebook, Apple. Entreprises incontournables de la Silicon Valley.

– Le boss ? Genre, le boss ? je répète en insistant sur sa fonction. Pourquoi le boss ?

– Si tu prononces encore ce mot, je défonce la porte et je te noie.

Merde, il a dû se rendre compte que je n'étais pas à mon poste.

– Bouge tes fesses et fonce dans son antre.

– Est-ce que ça peut attendre, disons cinquante-neuf minutes de plus ? je tente en regardant ma montre.

– À ton avis ?

Je déroule du papier toilette, m'essuie le front avec et me remets debout.

– Ils sont partis ? je répète, une main sur le verrou.

– Oui.

– T'es sûre ?

– Sors d'ici, bordel ! elle beugle soudain.

– OK.

Je déverrouille la porte et la rejoins devant les lavabos. J'attrape le rebord de l'un d'entre eux et prends une grande inspiration. Je capte le regard suspicieux de ma manager dans le reflet du miroir. Heureusement qu'on était amies avant sa promotion et qu'elle est accoutumée à mes troubles du comportement.

– Tu peux m'expliquer pourquoi un groupe de musique te met dans un état pareil ? Je connais certaines de tes pathologies psychiatriques, mais je ne te savais pas un tel côté groupie.

Je suis une groupie. Mon prénom pourrait être associé à ce mot dans le dictionnaire. Les Unfool sont la seule addiction que je m'autorise.

– Ce n'est pas n'importe quel groupe, je soupire en me mouillant la nuque. Je les écoute depuis que j'ai 14 ans, j'en ai dix de plus et ils ont une certaine... importance.

C'est horriblement résumé, mais Sarah ne connaît pas tous les détails de mon enfance. Les Unfool sont... *Putain de merde !*

– Ah ! elle lâche alors.

Je n'aime pas ce « Ah ! ». Ni l'inspiration qu'elle prend ensuite. Et encore moins la façon dont elle avale sa salive.

– Qu'est-ce qu'il y a ? je l'interroge en braquant un regard méfiant sur elle.

– Rien.

– T'as l'air coupable.

– Pas du tout, j'ai simplement un air qui fait « Ah ! ».

– Non. Tu faisais la même tête quand tu as oublié de nourrir le chat de ta voisine et qu'il est m...

Elle plaque sa paume sur ma bouche. Rectification : elle me gifle la bouche.

– Chut ! Il s'est échappé par la fenêtre et n'est jamais revenu. Qu'est-ce que tu racontes ? Maintenant, dehors ! Si tu continues à rôder ici, tu vas te faire virer. Ou pire, je te redonne ce client que tu détestes et que j'ai refilé à Dalinda au nom de notre amitié...

Il faudrait qu'elle revoie l'ordre de ses priorités ! résonne une voix dans ma tête. Et cette fois, ça n'a rien à voir avec Rita, mais plutôt avec Addi qui m'a forcée à regarder Harry Potter en boucle pendant des mois. Cela n'en reste pas moins un coup bas.

– Je me rends.

Elle me tire par le bras, puis me pousse sans ménagement dans le couloir.

– Ressaisis-toi et file chez Davenport. Tout de suite.

Aussitôt dit, elle fonce dans la direction opposée.

– Hey ! T'es certaine de ne pas savoir pourquoi il demande à me recevoir ?

– Certaine, elle crie sans se retourner.

Puis elle s'évapore, et moi, je traverse les couloirs en réitérant le même scénario qu'à l'aller.

De plus en plus habile en déplacements furtifs, j'arrive dans l'aile du grand chef et fais sursauter son assistante en apparaissant comme un diable devant son comptoir.

– Nom de Dieu ! Vous jouez à quoi ? elle s'écrie en portant une main manucurée à son cœur.

– M. Davenport m'a fait demander.

– Je n'ai rien compris, pourquoi chuchotez-vous ?

– M. Davenport m'a fait demander, je répète un peu plus fort.

– Votre nom ?

– Calloway.

– Oh ! Oui, allez-y.

– Merci.

Je commence à m'engager dans le couloir menant à son bureau, quand son assistante me hèle :

– Stop ! Il est dans la salle de réunion.

Je me fige et déglutis.

– Non.

– Pardon ? elle s'étonne.

Je lui jette un coup d'œil affolé par-dessus mon épaule.

– Pas la salle de réunion ?

– Si.

– Non.

– Est-ce que vous prenez de la drogue ?

CERTAINEMENT PAS !

– Il est seul ?

Elle scanne les alentours, avant de mimer une Fermeture Éclair le long de sa bouche vermeille. Le ciel me tombe sur la tête. Sarah m'a dit que les Unfool étaient partis mais je commence à comprendre qu'elle m'a menti. *Ça n'a aucun sens ! Pourquoi moi ?*

– Non, je souffle.

– Si ! elle répète en laissant cette fois apparaître une émotion.

Elle toussote et se recompose un masque sérieux.

– Trêve de bavardages, tout le monde vous attend.

Il me semble l'entendre ajouter un « petite veinarde », qui me donne envie de lui jeter ma chaussure au visage. En parlant de chaussures, il a fallu que j'enfile mes Converse de la rébellion aujourd'hui...

Je repars en marche arrière et me penche pour apercevoir la salle de réunion. Trois filles font des allées et venues le long du mur vitré, dont les rideaux ont été tirés. *Non, non, non !* Nos célébrités du jour sont encore là, aucun doute. Pourquoi est-ce que je suis convoquée ? C'est impossible qu'on me confie ce genre de contrat réservé aux employés beaucoup plus rodés. Attention, j'ai d'excellentes évaluations, mais je ne suis clairement pas assez ancienne pour m'occuper de comptes aussi importants.

VOUS AVEZ ATTEINT LE NIVEAU 9 DE LA PANIQUE.

– Hum, vous savez quoi ? je lance à l'assistante en recommençant à reculer. Dites-lui que je suis partie prendre des photos pour un client moldave.

– Excusez-moi ?

– Un client très riche...

– Mademoiselle Calloway.

– ...et qui habite très loin d'ici.

– Vous allez entrer dans cette salle.

– J'apprécie l'invitation mais, bien cordialement, non merci.

– À quel moment l'idée que vous ayez le choix vous a-t-elle traversé l'esprit ?

– Depuis que la notion de libre arbitre a été créée ? je tente avec un petit sourire suppliant dont elle se moque ouvertement.

Je change de stratégie et bombe la poitrine. On se défie du regard, je plisse les yeux, elle plisse les yeux. Au ralenti, je la vois lever son doigt devant elle, puis l'abattre froidement sur l'interphone directement relié à cette foutue salle de réunion.

– Mlle Calloway est là, elle fanfaronne devant mon visage mortifié.

– Ce n'est pas trop tôt ! grésille la voix du boss. Faites-la entrer immédiatement.

– Bien sûr, monsieur. Tout de suite, monsieur.

Garce ! Elle pointe son même doigt de la mort en direction de mon enfer, en affichant un rictus victorieux. *Double garce !*

OK MA VIEILLE, RESPIRE. TU ES UNE PROFESSIONNELLE, TU VAS AGIR EN TANT QUE TELLE !

J'ai déjà eu affaire à des clients connus, ça ne m'a jamais posé de problème jusqu'à aujourd'hui.

Privée d'options, je marche lentement jusqu'à la porte et, avant de frapper, je ferme les yeux pour me concentrer et préparer mon entrée. Je dois la jouer décontractée. Il s'agit sûrement d'une broutille comme une panne de café... *Je rentre, j'écoute, je hoche la tête et je ressors.* Simple et efficace. Je détends ma nuque, me racle la gorge et entame quelques essais vocaux.

– Bonjour. Bonjour ! Bonj... C'est nul, je marmonne en lâchant une vive expiration. Bonjour, je répète pour la quatrième fois. Rha ! J'ai l'air d'une hôtesse d'accueil névrosée qu'on a plantée à l'entrée d'une boutique.

– Quel genre de boutique ? j'entends une voix derrière moi.

Je fais un bond d'au moins onze centimètres et me retourne aussi sec. Je n'ai besoin que d'une seconde pour reconnaître celui qui patiente dans mon dos. Riley Moore. Riley Moore, le pianiste des Unfool. Riley Moore, qui vient d'être témoin de mon affreuse tirade.

DIS BONJOUR ET SOURIS ! ordonne Rita.

Hors de question, je préfère fuir ! je rétorque en mon for intérieur.

– Un magasin de caleçons biodégradables, je m'entends répondre d'une voix plate.

OH ! SEIGNEUR ! TU N'AURAIS PAS PU TROUVER PIRE. TU AS RAISON, TAIS-TOI ET FUIS !

Il hausse un sourcil, avant de hocher la tête en retroussant sa lèvre.

– Tu m'en mettras une douzaine de côté, les miens m'irritent le cul.

– Ah oui ?

On se dévisage, et je me demande ce que ma figure reflète vu les plis qui se forment sur le front de... *Riley putain de Moore !* On continue à se regarder, du moins, je scrute de toutes mes forces l'espace entre ses yeux. La panique pourrait me faire loucher.

– Est-ce que je dois te montrer ma carte d'identité pour que tu me laisses entrer ? il m'interroge. Non pas que j'en meure d'envie, cette entrevue me tape sur le système, mais Oxton n'a pas le choix.

– Oxton ? j'articule.

Mon timbre idiot a au moins le mérite de cacher mon trouble. Oxton Briggs, le leader. Le chanteur. L'homme de ma vie alternative.

– Waouh ! C'est ultra-vexant, il fait mine de s'offusquer.

Il croit que je ne sais pas de qui il s'agit.

– Non, mais c'est parce qu'en fait, il faut que je...

– Hey, je déconne ! il se marre en me tapant lourdement l'épaule.

Adieu clavicule, on a vécu des trucs très chouettes ensemble.

– Tous ceux que j'ai croisés dans cette boîte ont essayé de me faire un enfant, ce qui te rend soudain exceptionnelle.

Est-ce que je le contredis ? Parce que clairement, de tous ceux qu'il a croisés dans cette boîte comme il dit, je suis à coup sûr leur plus grande fan.

DU COUP, TU ES OK POUR LUI FAIRE UN ENFANT ? NON PAS QUE ÇA ME DÉRANGE, MAIS JE TE PRÉVIENS, NE COMPTE PAS SUR MOI POUR LES COUCHES !

– Hum, d'accord.

QUELLE MAGNIFIQUE RÉPONSE, VI !

Mais je n'étais pas capable de mieux, ne pas dire à voix haute à Rita de la fermer me demandant déjà un effort surhumain.

– Je cherchais les chiottes, je me suis trompé de porte et je suis entré dans le bureau d'une espèce d'hystéro.

– Ah ! J'le savais ! je crie en le pointant du doigt.

J'ai réagi si fort qu'il sursaute. Ça m'a échappé mais, merde, j'en étais sûre. Sarah... Elle va me le payer !

– OK... il se marre en penchant la tête comme s'il faisait face à un drôle d'animal. Tu...

La porte s'ouvre si brusquement dans mon dos que le courant d'air fait voler mes cheveux.

– Calloway ! Vous croyez qu'on n'a que ça à faire ? beugle M. Davenport.

Je suis fait comme un rat.

4

OXTON

*Mon café de ce matin m'a menti,
il ne rend pas cette matinée supportable.*

Cette carrière au cinéma s'avère plus complexe à mettre en œuvre que je l'imaginais. Jusqu'à maintenant, j'ai toujours obtenu facilement ce que je désirais, mais il semble que cette fois, ce soit différent. Lorsque j'ai finalement réussi à convaincre Kass de me trouver un agent, un contrat a été bouclé en trois jours avec Darell County, talent émergeant aux résultats déjà stupéfiants. Ça partait bien... Mais la majorité des producteurs ont accueilli l'idée avec une réserve à la limite de la moquerie.

Des semaines se sont écoulées jusqu'à ce qu'on me propose enfin un rôle. J'ai goûté l'euphorie environ sept secondes avant de déchanter. Un musicien névrosé, voilà la seule image que je parviens à donner, apparemment. Au grand dam de Darell, j'ai décliné. J'aspire à quelque chose de plus profond, mais personne n'arrive à voir au-delà de celui que tout le monde connaît comme le leader des Unfool. Si au moins on me laissait la chance de faire des essais. Mais non. Je suis déjà catalogué. De déceptions en désillusions, voilà comment je me retrouve ici aujourd'hui, contraint et forcé, autour d'une longue table de bureaucrate, dans une pièce décorée avec un goût de merde inégalé.

« *On n'a pas le choix, Ox ! Il va falloir convaincre le public et les médias pour que tu puisses à ton tour convaincre les professionnels. On doit recruter un community manager.* » Kass et Darell m'ont rebattu les oreilles avec ça pendant des jours. Et bien sûr, notre attachée de presse a approuvé. Community manager, je ne connaissais même pas ce mot et je déteste cette idée.

Je joue à celui qui ignorera le plus longtemps possible le regard perçant de Kassim. Mon manager mise beaucoup sur ce rendez-vous et s'emploie à me le faire comprendre par télépathie. On a déjà eu plus d'une conversation à ce sujet, mais il flippe que je laisse ma mauvaise humeur faire déraper son projet. Justement, c'était supposé être *mon* projet, une quête personnelle pour retrouver celui que je suis vraiment. Une fois de plus, ça tourne à l'affaire de groupe. Si au moins on pouvait donner du lest à ma laisse, je me sentirais moins étranglé. J'aime Ash et Riley comme mes frères, il ne s'agit pas de couper les ponts avec eux ou d'arrêter notre musique, simplement de développer un axe individuel en parallèle. Voilà dix ans que nous vivons comme si nous ne formions qu'une même entité et j'étouffe.

Dans le fond, je comprends les arguments de mon manager, mais j'ai passé l'âge de faire la cour aux *followers*. Je ne suis pas fait pour ces conneries. Encore moins pour supporter ce Trent Davenport qui nous assomme de chiffres vantant les mérites de sa boîte. Elle peut être la plus influente sur le marché, ce type me tape sur les nerfs. Deux heures qu'il nous emmerde avec son PowerPoint qu'il fait défiler en actionnant une petite télécommande que je rêve de lui enfoncer dans l'œil.

Clic. Clic. Clic clic clic.

– Putain, c'est un enfer... je grogne en direction d'Asher.

Lui s'en contrefout. Il tape du pied contre le marbre noir, tout en frappant le rebord de la table avec ses index. Un maudit batteur plein de tocs.

– Tu crois que ce mec va nous présenter combien de ses employés ? je soupire en consultant ma montre.

– Aucune idée. J'ai bien aimé le quatrième.

– Tu dis ça parce qu'il a fanfaronné en citant un batteur anglais.

– Je dis ça parce que je m'en tape. C'est pour toi qu'on est là, démerde-toi, monsieur Je Vais Faire Du Cinéma.

Son ton n'est pas méchant, plutôt désintéressé. Lui et Riley ne saisissent pas ce qui se joue en moi, logique, vu que j'ai moi-même du mal à en parler. Ils voient ça comme une crise de la trentaine et je n'ai pas l'énergie de développer davantage le sujet. J'en suis au stade où je préfère qu'on me foute la paix.

– Tu vas ronchonner encore longtemps ? je le taquine en léchant le bout de mon pouce avant de le poser sur sa joue.

Effet assuré, mon petit Monk[2] fait un bond sur sa chaise et abat son poing sur ma poitrine. Je me marre en le voyant sortir son paquet de lingettes désinfectantes et frotter son visage. Le silence dans la salle me fait tourner la tête pour observer devant moi et je me rends compte que notre échange n'est pas passé inaperçu lorsque

2. Héros d'une série télévisée du même nom. Détective privé atteint de troubles du comportement, dont la peur extrême des germes.

je croise le regard noir de Kassim. Je m'apprête à inviter le maniaque du clic à continuer, quand une voix nasillarde s'échappe d'un haut-parleur intégré à son pupitre.

– Mlle Calloway est là.

– Ce n'est pas trop tôt ! il répond en enfonçant un bouton. Faites-la entrer immédiatement.

– Bien sûr, monsieur. Tout de suite, monsieur.

Génial, c'est reparti pour un tour !

– J'ai pu préciser vos besoins depuis le début de la réunion, il reprend avec un sourire tendu. Le profil de Mlle Calloway me semble très intéressant.

Ça pourrait être convaincant s'il n'avait pas dit exactement la même chose pour les deux d'avant.

Le teint rougi par la pression de ce contrat, il lorgne la porte, s'attendant à ce qu'elle s'ouvre pour donner du relief à son ton théâtral. Crispé par l'échec cuisant de sa mise en scène, il pose enfin sa télécommande et traverse la pièce d'un pas pressé. Il ouvre la porte à la volée, baragouine une flopée de mots à l'attention d'une nana qui nous tourne le dos, avant de lui dire d'entrer. Ordre que tout le monde ici a saisi sans problème, sauf elle. *Ça promet !* Il retourne vers son pupitre, mais la fille ne bouge toujours pas.

– Calloway ! Ai-je besoin de vous envoyer une notification Instagram pour me faire comprendre ? Entrez, nom d'un chien.

Elle se décide enfin à se mettre en mouvement et rejoint son patron en lâchant un vague bonjour à l'assemblée. Contrairement à ses collègues qui se sont succédé depuis ce matin, elle scrute un point droit devant elle et ne nous adresse pas un regard. Je la quitte très vite des yeux en apercevant Riley entrer derrière elle. Il est mort de rire alors qu'il reprend sa place à ma droite.

– C'est pisser qui te met de si bonne humeur ?

– Prends cette fille-là, mec, il rétorque avec un hochement de tête.

Je reporte mon attention sur la petite nana et observe ses Converse défoncées.

– Tu m'as déjà dit ça pour celle d'avant.

– Ouais, mais c'est parce qu'elle avait une jolie paire de fesses.

– Je savais que ça ne servait à rien de vous emmener aujourd'hui.

– Je ne suis pas d'accord ! Tu es foireux pour faire les bons choix.

– C'est clair, commente Ash.

Parce que je n'ai jamais l'impression de les faire seul.

– Celle que tu vas engager va nous coller aux basques pendant des semaines, renchérit Riley. Pas moyen d'écoper de quelqu'un que tu auras sélectionné tout seul.

– Celle ? Qui te dit que ce sera pas un mec ?

– Je te dis que ça doit être elle, il insiste en la désignant d'un mouvement de tête. Tu reprochais aux candidats précédents d'avoir des étoiles plein les yeux alors qu'elle, mon pote, j'peux te jurer que c'est le vide intersidéral.

– Hum... Vachement convaincant.

– C'est pas ce que je voulais dire. Elle m'a dévisagé comme si j'étais un vendeur de caleçons biodégradables. Je suis sûr qu'elle sera très bien.

– De caleçons b... T'as pris des cachets ou quoi ?

– Excusez-moi, monsieur Briggs ?

Oh ! Oui. La réunion. Je me tourne vers Davenport pour lui faire comprendre qu'il peut reprendre.

– Je vous présente donc Mlle Calloway.

Elle ramène ses cheveux derrière ses oreilles et envoie un sourire fugace à Kassim avant de reporter son attention sur son boss. Pas un coup d'œil vers nous, c'est plutôt rare.

– C'est un très bon élément, qui m'apporte une entière satisfaction ! Mademoiselle, voici les membres du groupe Unfool. Je n'ai pas besoin de vous les présenter, ce nom éveille forcément des choses en vous.

– Ça n'éveille rien du tout ! elle se défend comme si elle était accusée de meurtre.

– Qu'est-ce que je disais, ricane Riley en hochant la tête.

– Exactement, rebondit habilement Davenport sans se démonter. C'est précisément là que je voulais en venir.

Il est vraiment bon. Si je n'étais pas habitué aux faux-semblants, je serais tombé dans le panneau. Cette fille, quant à elle, a au moins le mérite d'être transparente.

– Messieurs, je vous propose une community manager qui saura développer avec brio une stratégie digitale adaptée à vos besoins.

Il conclut sa phrase par une moue confiante puis, à mon grand désespoir, il reprend sa télécommande et projette un énième diagramme aux couleurs criardes. Son baratin m'ennuie, je fais semblant d'écouter tout en observant la fameuse Calloway. Avec son jean destroy et son air absent, cette fille-là ressemble à une lycéenne qui aurait oublié que c'est le jour de son exposé.

– Quel âge elle a, d'après toi ? je questionne Riley en penchant la tête. Elle est jeune.

Il fait basculer son siège en arrière pour s'adresser à Asher.

– Ash, c'est toi le pro de l'estimation, t'en penses quoi ?

– Vingt-quatre ans, il lâche sans même la détailler.

– Vous avez envie de vous encombrer d'une gamine, vous ? je leur chuchote.

En réponse, Riley lève les yeux au ciel.

– Mec, t'as 30 ans et tu parles comme un vieux con. Celle d'avant était trop exubérante, le grand roux, trop bavard... Écoute-moi et choisis-la, elle. J'ai une bonne intuition, elle m'a tout l'air d'une super community manager.

– Mec, tu connaissais pas ce mot la semaine dernière, alors ne joue pas à celui qui a du flair.

– Et toi, ne joue pas à la starlette blasée. Il nous faut juste quelqu'un qui gère les réseaux pour que tu puisses lécher le H de Hollywood avec ta grande langue râpeuse.

Je savais que mon ambition de devenir acteur ne laisserait pas mes acolytes de marbre, mais je ne pensais pas que ce serait à ce point. Ash et Riley sont mes meilleurs potes depuis le lycée, l'explosion de notre groupe et la célébrité qui s'est ensuivie n'ont jamais ébranlé notre amitié. Pourquoi est-ce qu'ils sont si hermétiques à mon envie de voir autre chose ? Ce n'est pas comme si je voulais arrêter la musique, j'ai juste besoin d'un peu de renouveau dans notre quotidien et j'ai toujours été attiré par le cinéma. Je planifiais de faire des études là-dedans jusqu'à ce que j'apprenne qui était mon père.

– On serait pas là si on ne te soutenait pas, reprend Riley comme s'il venait de lire dans mes pensées.

Je suis crevé.

– Tu veux cette fille-là ? je soupire, lassé par l'ampleur que tout ça prend.

– Je veux que cette matinée se termine pour qu'on puisse se détendre avant le concert de Vegas.

– Je valide, enchérit Ash.

Ils n'ont pas tort, de toute façon, elle ou une autre, je m'en cogne. Cette toute-puissance des réseaux sociaux, je n'y crois pas une seconde. Kassim et Darell exigent quelqu'un pour gérer ça, allons-y. J'ai perdu assez de temps, qu'on en finisse.

– OK.

– OK ? ils s'étonnent tous les deux d'une même voix.

– OK ! je répète plus fort pour que tous ceux qui sont présents m'entendent. Mlle Calloway est embauchée.

Riley cligne des yeux, quant à Kassim, il se brise presque la nuque en se retournant vers moi. On était censés décider ensemble, ça lui fera les pieds.

Contre toute attente, la concernée éclate de rire, attirant tous les regards sur elle. Un rire très étrange, pour lequel je ne trouve aucun adjectif.

– Alors, en fait, ça ne va pas être p... elle entame.

– C'est parfait ! exulte Davenport en devenant écarlate. Je vous avais dit que j'avais mieux cerné vos besoins.

– Non mais... elle tente de reprendre.

– Votre manager m'a fourni votre planning, l'interrompt encore Davenport. Je vous ferai parvenir une proposition dans l'après-midi.

– Regarde-la, insiste Riley. Aucune effusion de joie, elle est parfaite.

– Oui, oui, c'est génial, mec.

Au moins, ils ne pourront pas me reprocher quoi que ce soit si elle s'avère insupportable.

Davenport réunit ses papiers et éteint le rétroprojecteur. Liberté !

– Vous verrez, vous allez adorer notre collaboration ! N'est-ce pas Calloway ? Calloway ?

– Oui, je sais ! elle crie alors, sans raison apparente de hausser le ton.

J'adresse un regard de biais à Riley qui rit dans sa barbe, avant de revenir sur la fameuse Calloway. Elle a pâli et, sans pression, elle attrape le verre d'eau posé devant Kassim et le descend d'une traite. À côté de moi, j'entends Ash hoqueter de dégoût. Heureusement qu'elle n'a pas fait ça avec son verre, auquel il s'accroche soudain de peur qu'elle récidive. La pauvre, elle vient de se griller auprès de lui, parce qu'il n'acceptera jamais de la laisser graviter dans son espace vital. Il en fera des angoisses terribles. Je me tourne vers lui et lui offre un large sourire démoniaque.

5
ELVIS

Puisse le sort vous être favorable.

« Mlle Calloway est embauchée. » *Mlle Calloway.* Oxton Briggs vient de prononcer mon nom. Oxton Briggs vient de valider le fait que je deviens officiellement leur community manager. *Non, non, non !*

PAS DE KATNISS EVERDEEN[3] EN VUE POUR SE PORTER VOLONTAIRE À TA PLACE ! DÉSOLÉE.

En quelques heures, je suis passée de ma petite salle de bains sans fenêtre à une salle de réunion occupée par les Unfool. D'une absence d'envie de bosser à une absence d'envie d'exister. Pire, je viens de passer d'une vie tranquille à un ouragan. L'ouragan Unfool. Ça pourrait presque en jeter si ça n'impliquait pas autant d'emmerdes.

Les trois musiciens sont assis à quelques mètres de moi, mais il m'est impossible de poser les yeux sur eux. Mon regard reste collé à la super-glu à mon patron. Je découvre la forme bizarre de son oreille gauche.

EST-CE QUE CELLE DE DROITE EST AUSSI ÉTRANGEMENT IMPLANTÉE ?

Stop ! Il faut que je me concentre !

---

3. Héroïne de la saga *Hunger Games*, de Suzanne Collins. Katniss se porte volontaire à la place de sa sœur pour participer au jeu meurtrier organisé chaque année par le gouvernement.

Rita est au taquet, elle parle à toute vitesse dans mon esprit et je redouble d'attention pour ne pas dire à voix haute ce que je lui réponds.

DIS NON, VI ! DIS NON !

J'aimerais bien, mais je ne peux pas. Pour une raison très simple : si je refuse, je perds mon job ; si je perds mon job, je perds mon salaire ; si je perds mon salaire, je meurs. Ça semble extrême, mais ça ne l'est pas puisque travailler me sert à financer mon insuline.

TANT PIS, MEURS !

Après tout, pourquoi pas ? Si je n'existe plus, je ne travaillerai pas pour les Unfool ! Merde, je panique et divague complètement.

PAS LES UNFOOL, VI !

– Oui, je sais !

Cela m'échappe pile au moment où Davenport vient de me parler. Je n'ai pas écouté un traître mot de ce qu'il a dit mais vu son air interloqué, ce n'était pas la réponse attendue.

TU CRAINS, VI !

Oh ! Mais ferme-la, Rita !

Il me faut de l'eau pour noyer mon double hystérique, alors j'attrape le premier verre à portée et le descends. Il me semble percevoir un gargouillis étranglé quelque part, j'imagine que j'ai atteint mon but. *Adieu Rita !*

– Bon, puisqu'on est d'accord, on va y aller, j'entends *sa* voix lancer.

Non, on n'est pas d'accord ! Mais oui, allez-vous-en !

Leurs chaises raclent le sol. Le bruit qu'elles produisent est très vite remplacé par celui de leurs pas. Je me rends alors compte que pour atteindre la sortie, ils vont devoir passer à côté de moi. *Missile en approche ! Je répète, missile en approche ! Avoid*[4] *! Avoid !*

– Kass, on te laisse gérer la paperasse, on doit passer chez Blake. On se retrouve plus tard.

Entendre la voix d'Oxton Briggs encore plus proche est une épreuve.

– À quoi tu joues, Ox ? murmure le manager d'un ton énervé.

– Bienvenue dans l'aventure, mademoiselle Calloway, termine le chanteur en ignorant totalement la question.

Son timbre ne semble pas très chaleureux.

Baby Shark, doo, doo, doo, doo, doo, doo... Je fredonne mentalement cette chanson du démon en espérant pouvoir m'en tirer sans répondre quelque chose de poli.

Je devine sa main se tendre dans ma direction.

N'Y TOUCHE PAS !

Je dois rester un minimum professionnelle, alors je fais coulisser mes semelles centimètre par centimètre vers mon nouveau client, forçant ma bouche à afficher un sourire avenant. Son regard brun qui me transperce dès que je suis face à lui assèche ma bouche instantanément. L'avantage, c'est que mes lèvres sont comme plâtrées et conservent leur sourire de circonstance. *Au secours !*

Un halo lumineux semble apparaître autour de ses cheveux et de saintes louanges résonner quelque part. J'ai contemplé son visage un million de fois sur des photos ou des vidéos, mais l'avoir en chair et en os juste là ne me fait pas du tout le même effet. Il s'est écoulé dix ans depuis la dernière fois où je l'ai vu en vrai. *Oh ! Merde ! Est-ce qu'il se souvient de moi ?* J'espère que non. J'ai pris

4. Éviter (en anglais).

des centimètres, ma silhouette a changé, mes cheveux ne sont plus entièrement blonds et il a croisé un million de personnes entre-temps.

HEY, CONCENTRE-TOI, IL ATTEND TOUJOURS QUE TU LUI SERRES LA MAIN !

C'est vrai ! Qu'est-ce qu'il m'a dit, déjà ? Bon sang, mes neurones sont tout emmêlés, impossible de me souvenir de ses derniers mots, c'est donc ainsi que je sors la réponse la plus inspirée qui soit.

– D'accord.

– D'accord ?

Et évidemment, plutôt que serrer sa main, je lève les deux pouces en l'air avant de détourner les yeux pour les poser sur Riley Moore. Ce n'est pas la panacée, mais c'est bien moins difficile.

– Elle est d'accord, il lance en filant un coup de coude à son chanteur. J'ai hâte qu'on puisse parler de nouveau de ces fameux objets biodégradables, il ajoute avec un clin d'œil complice.

– Je vois que le courant passe déjà très bien ! exulte Davenport.

Sa jubilation transpire par chacun de ses pores, mais je le couvre d'amour d'interrompre cette conversation.

– Nous allons affiner notre proposition en fonction de nos avancées du jour et je la ferai parvenir à votre manager, il poursuit.

– Faisons ça, valide le fameux manager. Je vous retrouve à la villa, il dit ensuite aux musiciens, et plus particulièrement au chanteur.

Un compte à rebours commence dans ma tête à mesure que les Unfool s'éloignent vers la sortie. *Trois,* Asher Johansson passe l'encadrement. *Deux,* Riley Moore me fait un petit coucou de la main avant de disparaître à son tour. *Un,* je ferme les yeux. *Zéro,* je les rouvre et ils sont tous partis.

– Une magnifique collaboration s'engage aujourd'hui, monsieur Abad, recommence à s'exciter Davenport en tendant sa main au manager.

– J'espère que vous avez les reins solides, jeune fille, répond celui-ci à mon intention. Vous êtes jeune, ces prochains mois vont être intensifs et M. Briggs n'est pas un client comme les autres.

À l'aide !

– Je dois passer quelques coups de fil, il enchaîne sans me laisser le temps de ricaner bêtement. Trent, je vous retrouve dans votre bureau d'ici une dizaine de minutes.

Dès qu'il est sorti à son tour, je tombe – dignement – sur la chaise qu'il vient de quitter. Mes membres sont tout engourdis.

– Suivez-moi, Calloway. Profitons de cet aparté pour discuter rapidement.

Mon répit est de courte durée. Mes jambes tremblent, mais je me remets debout illico et trottine derrière mon boss jusqu'à me poster devant son imposant bureau en acajou de Cuba. Il s'installe sur son siège de dictateur et braque son regard sur moi.

– Je vous retire les dossiers O'Meyer, Havaya et Pumpiz. Je vous laisse les jumelles et Wolinski, qui n'accepteraient jamais quelqu'un d'autre que vous.

– D'accord.

– Votre social media manager sera chargée de vous présenter le dossier en détail quand nous l'aurons validé. Mais si je dois résumer, Oxton Briggs veut devenir la nouvelle coqueluche du cinéma américain. À vous de travailler sa notoriété digitale pour lui faciliter les choses. Pour commencer, vous avez cinq jours pour ingurgiter le plus d'informations possible sur les Unfool et surtout sur leur leader. Cinq jours pour être opérationnelle.

– Aucun problème.

Aucun, oui. J'en sais autant à leur sujet – si ce n'est plus – que leurs propres mères.

– Oh ! Un autre détail, Calloway.

– Oui, monsieur ?

– Je vous demande de ne pas évoquer vos problèmes de santé avec nos clients. Je vous ai présentée comme une employée sur qui on peut compter en toutes circonstances, il n'est pas question que votre diabète vienne entacher cette image parfaite.

Un détail ? Il est sérieux ? Je suis à peu près certaine que cette injonction est illégale et je ne vois pas en quoi mon diabète est un problème.

– C'est un énorme contrat pour la société, il insiste en trifouillant sa cravate en soie. J'attends de vous une attitude exemplaire. Je n'ai pas besoin de vous faire une dissertation sur ce que vous pourrez obtenir si vous m'apportez entière satisfaction sur ce dossier.

Une promotion. Un poste de manager. Une augmentation de salaire me permettant enfin de financer la pompe à insuline qui me changera la vie.

– Bien sûr, monsieur.

– Parfait ! Je vous donne quartier libre cette semaine, pour que vous puissiez vous organiser avant votre départ vendredi matin.

– Pardon ? Vous avez dit mon départ vendredi ? je m'entends répéter d'une voix aiguë.

– C'est ça. Les Unfool sont en pleine tournée et donnent un concert à Vegas vendredi soir.

Ça, je le sais, mais ça ne me dit pas pourquoi mon patron évoque mon départ. Enfin si, une horrible idée tourne soudain en boucle dans ma tête, mais ça ne peut pas être ça.

– Je ne suis pas sûre de saisir. Vous insinuez que je dois me joindre à eux à Las Vegas ?

– Vegas et toutes les dates qui suivront. Il leur reste un mois et demi de tournée durant lequel vous serez comme leur ombre. À l'issue de ces six semaines, vous serez de retour à L.A. et vous vous concentrerez sur Oxton Briggs et sa nouvelle lubie cinématographique.

– Mais enfin je ne... je ne... ne peux pas les accompagner, je bafouille lamentablement.

– Oh que si ! Vous le pouvez, vu le bonus non négligeable que vous allez empocher.

Je reste muette, la bouche ouverte, parlementant avec moi-même sur le montant que ce bonus non négligeable devrait atteindre pour faire taire mon refus épidermique de suivre le groupe. *Non, c'est non. Même toute la fortune de Jeff Bezos ne suffirait pas !*

– Un mois, Calloway ! Ce n'est pas la mer à boire, reprend Davenport. Vous allez descendre dans les meilleurs hôtels du pays, tous frais payés, vous assisterez à des festivals qui sont à guichets fermés depuis une éternité...

– Qui va nourrir mon chat ? je l'interromps sans réfléchir.

Il tique un quart de seconde, plisse les yeux, puis ouvre un tiroir derrière lui. Il feuillette les dossiers suspendus, avant d'en extraire une pochette sur laquelle figure mon portrait. *Je ne suis définitivement pas photogénique.*

Il farfouille à l'intérieur et en sort une double feuille que je reconnais au premier coup d'œil.

– Vous n'avez pas de chat, il rétorque en pointant une ligne sur le document.

Rha ! Foutu questionnaire annuel que j'ai rempli la semaine dernière. Je me suis toujours demandé ce que ces petites questions anodines disséminées parmi d'autres plus utiles pouvaient bien lui apporter. J'ai ma réponse. Note à moi-même : à l'avenir, mentir sans scrupule quand on me demandera si je détiens un animal de compagnie.

– Qui va nourrir ma colocataire aveugle ? je l'interroge aussi sec.

Cette fois, je ne mens pas. Mais j'aurais dû commencer par là, parce qu'il ne me croit pas une seconde. Il cligne des yeux, quitte son trône pour venir poser ses fesses sur son bureau, tout près de moi, et s'éclaircit la voix.

– Je comprends ce qui vous arrive, il reprend alors en me couvant d'une œillade bienveillante qui ne lui ressemble pas. C'est inattendu et précipité, ça met beaucoup de pression sur vos jeunes épaules, avec à la clé un enjeu extraordinaire.

Oui, un enjeu de taille : conserver ma santé mentale déjà aléatoire. Sa sympathie me donne un regain d'espoir.

– Mais je crois que nous nous sommes mal compris : je ne vous laisse pas le choix. Si vous refusez cette mission, vous pouvez aller chercher vos affaires et quitter cette société pour de bon.

Vlan ! Au temps pour moi, adieu espoir, je bats en retraite. Son sourire satisfait quand il comprend que je capitule me donne envie de lui briser les dents.

– Rendez-moi riche, Calloway, il conclut en serrant un poing vainqueur.

J'imite son geste en forçant mon air convaincu. Quelqu'un frappe à la porte au même moment.

– Entrez !

Le manager des Unfool s'engage dans la pièce et s'installe sur le siège voisin du mien.

– Désolé pour l'attente, j'étais en train de finaliser l'organisation du showcase de demain soir à Los Angeles. J'ai conscience que c'est à la dernière minute, mais pensez-vous pouvoir être présente ?

– Bien entendu !

La question m'était adressée, mais c'est Davenport qui a répondu pour moi.

– Aucun problème, j'approuve avec un sourire forcé. C'est à quel endroit ?

– Le Ang'Hell. C'est là que le groupe a fait sa première scène avant que leur notoriété explose.

Ma salive passe de travers. Je connais très bien ce bar et... c'est une catastrophe !

– Vous prendrez vos marques dans un contexte plus calme que ce qui vous attend à Vegas vendredi soir, il poursuit sans se douter que je suis au bord de l'évanouissement.

J'acquiesce en scrutant l'affreux bibelot posé sur le bureau de mon patron. Il semble très contondant, j'ai une furieuse envie de me jeter dessus tête la première pour mettre fin à mes jours.

– Vous pouvez disposer, mademoiselle Calloway, me dit Davenport en se saisissant du fameux bibelot comme s'il pensait que j'allais partir avec. Vous pourrez m'adresser vos éventuelles propositions sur le dossier par mail.

Éventuelles ? Qu'est-ce qu'il croit ? C'est mon boulot de faire des propositions !

– Très bien.

Je les salue et sors enfin du bureau. Une fois la porte fermée, j'y pose mon front et ouvre la bouche dans un hurlement silencieux.

6
ELVIS

J'ai toujours pensé que Las Vegas rimait avec maracas. J'avais tort, ça rime avec : « Salut Elvis, je te présente Satanas. »

J'adresse à la porte une flopée d'insultes mentales en m'imaginant mettre des coups de boule à Davenport. Les amis de ma mère m'ont toujours dit que j'ai un grand front, je suis certaine que je pourrais lui causer de graves dommages. Cela dit, puisque c'est illégal de tabasser son boss, l'alternative serait de me cogner la tête très fort contre le battant, afin de m'offrir une amnésie totale. Je ne suis cependant pas aussi courageuse.

– Pssst !

Tiens, j'entends même mon cerveau se dégonfler comme un ballon de baudruche.

– Pssst ! Vi !

Ah non, c'est Sarah. Sarah ! C'est elle qui a soufflé mon nom à Davenport, aucun doute.

– Sarah ! je grogne en faisant volte-face.

– Tu l'as eu ? elle chuchote sur un ton surexcité.

Je n'ai pas besoin de lui répondre, elle décrypte parfaitement ma mine assassine. Elle me détaille encore quelques secondes, pas certaine de ma réaction à son égard. J'avise mes Converse, ses escarpins, mes Converse à nouveau. J'ai l'avantage. À l'instant où elle saisit que j'ai dans l'idée de la courser pour lui régler son compte et qu'elle ne pourra pas m'échapper, elle lève les mains devant elle.

– Tout doux ! Pas d'esclandre ici.

J'avance vers elle d'un pas sévère, attrape son bras et l'entraîne à ma suite jusqu'à l'ascenseur. Dès que nous sommes enfermées dans la cabine, je la relâche, appuie sur le bouton d'arrêt d'urgence et me retourne face à elle. Mon index s'agite devant son visage au rythme des mots qui se bousculent sur ma langue sans que je parvienne à les formuler.

– Connasse ! j'arrive finalement à articuler.

Stupéfaite, elle ouvre la bouche avant d'éclater de rire.

– Je suis tellement touchée, je ne t'avais jamais entendue insulter qui que ce soit.

– Tu ne m'as jamais vue étrangler qui que ce soit non plus, j'ajoute en plissant les yeux.

– Non mais je rêve, je te dégote le contrat de la décennie et tu ne trouves rien de mieux à faire que me menacer de mort. Ingrate !

Son visage est tout proche du mien. J'abats ma paume sur son front et la repousse en arrière.

– Je pars en tournée avec eux ! je vocifère.

– Quoi ?

– Vendredi. À Las Vegas. Et je ne sais où ensuite.

– Ah !

Je pointe un doigt vers son nez.

– Attends, mais c'est génial ! J'en connais qui vont mettre un contrat sur ta tête.

Son effervescence n'est pas contagieuse. À l'inverse, le stress me saisit et je tombe assise par terre.

– Non, c'est un cauchemar, je grommelle en cachant mon visage dans mes mains. Les Unfool, Sarah…

– Tu sais combien d'employés ici vendraient père et mère pour obtenir un client comme ça ?

– J'peux leur faire un bon prix.

– Sois plus explicite, je ne comprends toujours pas pourquoi ça te met dans un tel état.

J'ai besoin de lui raconter de vive voix. Avec un peu de chance, elle réussira à me convaincre que j'en fais tout un monde et que je suis capable d'y arriver. Je m'installe en tailleur et prends une vive inspiration.

– Ce groupe est très important pour moi, je commence en plaçant mes mains sur mes genoux. Leurs chansons m'ont aidée à passer des moments très difficiles. Disons qu'ils sont comme un gilet de sauvetage douillet et rassurant, suffisamment fiable pour me faire braver n'importe quelle tempête.

– Mais tu devrais être aux anges si tu les aimes tant.

– Tu oublies que je suis montée à l'envers… Alors non, ça ne me fait pas plaisir. J'aime le fantasme que j'ai tissé autour d'eux et ça me suffit. Sans compter que grâce à mon entrée en scène pourrie, ils pensent tous que je les connais à peine ! Je vais devoir les côtoyer en faisant semblant que tout est parfaitement normal et me convaincre chaque jour que croiser Oxton Briggs matin et soir n'est pas un effet secondaire de la drogue que ma mère a prise pendant qu'elle était enceinte de moi.

Merde, mes mots sont sortis trop vite et j'entends la salive de Sarah passer de travers.

– Pas de question, je balance avant qu'elle ne formule la moindre parole. C'est vraiment pas le moment.

– D'accord.

– Oh ! J'oubliais ! Davenport m'a ordonné de cacher mon diabète coûte que coûte. Ça va être génial de me piquer en douce et de prier tous les saints pour qu'ils ne se rendent compte de rien. Au mieux, je vais passer l'arme à gauche ; au pire, ils vont se méprendre et croire que je suis une camée, qui se pique tous les jours dans les chiottes d'hôtels luxueux.

– Ton sens des priorités est...

– Tais-toi.

Je cogne l'arrière de mon crâne contre la paroi de l'ascenseur et reprends mon souffle.

– Je suis désolée, murmure alors Sarah. Je ne pensais pas t'embarquer dans un plan aussi compliqué. Et je n'aurais jamais cru que Davenport te demande quelque chose qui mette ta santé en danger.

Son timbre est sincère.

– Je l'ai fait pour toi. Avec des conditions de travail comme ça, tu vas te faire une réputation de malade et toucher un plus gros salaire.

– Je sais. C'est ce que je me suis dit au moment où j'allais enfoncer un AK 47 dans la poupée vaudoue à ton effigie.

– Tu veux que je parle à Davenport ?

– Non, c'est trop tard. Si je me défile maintenant, il va péter les plombs et je perdrai tout. Mais je te préviens, quand j'aurai quand même tout fait foirer et qu'il m'aura virée, tu devras m'accueillir chez toi, subvenir à mes impérieux besoins et financer mon insuline.

– Tu te sous-estimes, Vi. Tu vas tout déchirer.

Ce n'est pas comme si j'avais le choix. Alors oui, je vais profiter de ces cinq prochains jours pour me blinder à coups d'autohypnose et me donner le courage de remplir ce contrat. Six semaines de tournée. Ça sonne à mes oreilles comme une éternité, mais j'ai survécu à un enfer pire que celui-là.

– Je vais tout déchirer, je scande à mon tour en me remettant debout.

Si je me répète ça un nombre incalculable de fois, peut-être que ça va fonctionner.

J'actionne le bouton Marche de l'ascenseur et, lorsque les portes s'ouvrent, j'avance mollement jusqu'à mon bureau. Je réunis mes affaires et lève le nez en sentant des regards insistants au-dessus de la cloison qui sépare mon espace de travail de ceux de mes collègues. *Super, la nouvelle a déjà circulé !* La dernière envie que j'aie est bien celle de discuter avec eux, alors je me dépêche de remplir ma sacoche avec tout ce que j'ai sous la main. Mon appareil photo, un stabilisateur et même un drone, je n'écarte aucun outil.

Avant de prendre le large, je fais une halte devant le bureau de Sarah.

– Adieu, je soupire en remontant la lanière sur mon épaule.

– Je veux des nouvelles tous les jours, elle rétorque en m'adressant un sourire encourageant.

Je hoche la tête et redescends au pied de l'immeuble. J'enfourche mon vélo et, à mesure que mes coups de pédale accélèrent, je me prépare mentalement à ce qui m'attend. *Je vais tout déchirer.*

Une fois arrivée chez moi, je constate que mon sens de l'autopersuasion ne s'est pas subitement amélioré, et je ne parle pas des quatre tentatives qu'il me faut pour déverrouiller la porte d'entrée. Je pose mes affaires près du canapé et me laisse tomber dessus.

– Qui va là ? j'entends une voix tonner depuis la chambre d'Addi. Je vous préviens, je manie l'épée et la magie comme personne.

– C'est moi.

– Cool !

Ma meilleure amie sort de son antre en se faisant une queue-de-cheval.

– T'es déjà là ? Tu pouvais pas m'avertir ? J'ai cru qu'un vil criminel s'introduisait chez nous.

– Et tu penses vraiment que ce genre de menaces l'aurait fait fuir ? Il faut que tu canalises ton obsession pour *The Witcher*[5], parce que le jour où tu seras réellement face à un criminel, tu n'auras que ta canne blanche pour te défendre.

– Je suis un ninja ! elle s'écrie en agitant ses mains dans tous les sens.

Manque de bol pour sa plaidoirie, son attaque soi-disant maîtrisée fait voler en éclats le verre d'eau que j'ai laissé traîner sur la commode.

– Waouh ! C'est impressionnant... je l'applaudis mollement.

– Ce verre était menaçant, elle réplique en haussant les épaules. Je suis peut-être aveugle mais quoi que Ches et toi en disiez, j'ai d'autres sens hyper-développés. Mon radar est infaillible.

– On sait, toi et moi, que ton radar est bidon...

– Houlà ! Qu'est-ce qu'il s'est passé au boulot pour que tu sois aussi désagréable ? Je n'ai pas besoin de te voir pour imaginer ta tronche renfrognée.

5. Série télévisée diffusée sur Netflix. Adaptation à l'écran de la série romanesque d'Andrzej Sapkowski, *Le Sorceleur*.

– Tu te trompes, je suis plutôt désespérée.

– Raconte !

– Je...

– Attends, elle m'interrompt en sortant son portable de sa poche. Je vais lancer ta playlist des Unfool, ça va te détendre.

– Non !

Je hurle si fort que mon amie se remet à donner des coups de pied et de poing dans le vide.

– Pourquoi tu cries ? Qui va là ?

Bon sang, comment va-t-elle se débrouiller sans moi ?

– Addison, viens là au lieu de gesticuler. Personne n'est sur le point de nous attaquer !

J'esquive sa chaussette qui passe à un cheveu de ma tempe, attrape le bas de son tee-shirt et tire dessus pour la faire asseoir à côté de moi. Elle est particulièrement intenable aujourd'hui.

– T'as mangé quoi au petit-déjeuner ? De l'ecstasy ?

– Pourquoi t'as crié ? elle me lance en me frappant avec un coussin. J'te rappelle que j'y vois rien, alors si tu beugles, je me sens en danger.

– Tu écoutes trop de films d'horreur, Addi. Je n'ai juste pas envie d'entendre parler des Unfool, c'est tout.

Elle lâche le coussin tandis que sa mâchoire se décroche. En huit ans d'amitié, c'est la première fois que je prononce un truc pareil.

– T'as de la fièvre ? elle fait mine de s'inquiéter en posant sa main sur mon visage.

– Mon front est plus haut, j'articule alors que ses doigts s'enfoncent dans ma bouche.

– J'le savais !

Elle fait remonter sa paume sans douceur, étalant ma salive jusqu'à la racine de mes cheveux.

– Rha ! Addi, je ne suis pas malade, je grogne en la repoussant.

– Alors, dis-moi ce qu'il t'arrive !

J'entame des explications et, lorsque j'entre dans le vif du sujet, elle pousse un hurlement strident. Hurlement qui redouble quand je mentionne le showcase au Ang'Hell demain soir. J'ai fait en sorte de ne pas y penser depuis que je suis sortie du bureau de Davenport, mais cet événement est clairement la première épreuve que je vais devoir affronter. Parce que même si je n'y suis pas retournée depuis une éternité, je connais très bien cet endroit.

7
ELVIS

Tomber dans un champ d'orties
vaut bien mieux que tomber amoureux.

Dix ans plus tôt.

Lorsque je pousse les portes du Ang'Hell, son atmosphère familière me libère des mauvaises ondes qui m'accompagnent. Je traverse la salle et m'installe sur un tabouret trop haut pour moi. Je retire mon blouson, qui atterrit avec mon petit sac à dos sous mes pieds, puis je m'accoude sur le comptoir, ravie de retrouver la sensation du bois tiède sous mes bras. Dans un geste habituel, je passe mon doigt sur les mots taillés par des clients plus ou moins sobres. Je m'amuse à chercher les nouvelles gravures. Il semble que Joey, l'un des serveurs, ait toujours autant de succès. S'il obtient dix dollars de pourboire chaque fois que quelqu'un inscrit son prénom, il doit être assez riche pour se payer un appart sur la colline.

J'aime bien venir dans ce bar, il est loin de mon quartier et je ne risque pas d'y croiser l'un des amis de ma mère. Sally, la propriétaire, s'est prise d'affection pour moi un jour où je m'y suis réfugiée pour me protéger de l'orage et, depuis, elle me laisse traîner dans son fief. Elle ne connaît rien de ma vie ni la raison qui pousse une gamine de 14 ans à venir boire un verre de Coca toute seule ici, mais elle semble comprendre que c'est une bouffée d'air pour moi. Du moment que je ne me pointe pas les week-ends et que je reste discrète, elle m'autorise à squatter une heure ou deux.

– Ça va, fillette ? elle me demande en déposant un grand verre rempli à ras bord devant moi. Je te trouve pâlotte, aujourd'hui.

C'est vrai que je me sens bizarre ces derniers temps, mais ma mère m'a vaguement dit que ce sont sûrement mes règles qui vont arriver. Super. J'ai déjà du mal à obtenir des fringues propres et de quoi manger, il va maintenant falloir que je me procure des serviettes hygiéniques tous les mois.

– Ça s'est bien passé au collège ?

– Gloria s'est encore moquée de moi ce matin, mais j'ai l'impression qu'elle commence à se lasser, je réponds en aspirant la paille entre mes lèvres. Ou bien elle prépare un mauvais coup. J'ai hâte d'aller au lycée, il y aura plus de monde là-bas, je pourrai me fondre dans la masse.

– J'ai de quoi te remonter le moral, elle chuchote en jouant des sourcils. Il y a trois beaux jeunes hommes qui donnent leur premier concert ici ce soir.

– Je m'en fiche, des garçons !

– On verra, elle rigole en me faisant un clin d'œil.

En réalité, il y en a bien un qui me plaît au collège, mais il préfère les filles comme Gloria, avec ses longues boucles et ses Nike roses. Moi, je n'ai qu'une vieille paire de baskets et des cheveux couleur paille, coupés en dessous des oreilles avec des ciseaux de cuisine.

Je sirote mon soda en laissant mon regard s'attarder sur les clients. Je suis quelqu'un de solitaire par la force des choses – les filles de mon âge ne rêvent pas de devenir amies avec quelqu'un qui vit dans un camp de caravanes – et c'est pourquoi j'aime cet endroit souvent bondé. Je me sens déconnectée de mon quotidien, je ne suis plus obligée de constamment surveiller mes arrières. Personne chez moi n'est au courant que je viens là, et personne ne se demande où je suis. Ce qui me va très bien, je n'ai pas envie de croiser un visage connu. Mélangée aux autres, je suis comme une adolescente normale. OK, je suis la seule ado présente mais j'ai dû grandir vite, donc dans ma tête, je ne suis pas si différente de ceux qui m'entourent.

Alors que j'observe un couple en pleine conversation animée, quelque chose attire mon attention à l'entrée. Quelqu'un, pour être précise, qui me fait avaler mon Coca de travers. Les bulles me remontent dans le nez et je tousse en scrutant celui qui a pénétré dans le bar. Avec ses cheveux bruns qui partent dans tous les sens, sa barbe de trois jours et son style *underground*, il n'a rien de distinct des clients, pourtant quelque chose de spécial transpire de lui. Accompagné de deux autres garçons, il traverse la pièce jusqu'à Sally, qui donne des directives à l'un de ses serveurs. Dès qu'elle les repère, elle les accueille avec un large sourire et tend son bras vers la petite scène où trônent une batterie et des amplis. C'est sûrement le groupe dont elle m'a parlé tout à l'heure.

À demi tournée vers eux, je ne loupe rien de ce qu'ils font. Ils chahutent et rigolent avec une insouciance attirante. Ils doivent avoir une vingtaine d'années et je me demande alors où j'en serai à leur âge. Je fais pivoter mon tabouret face au comptoir et avale une gorgée de soda en soupirant. Je n'ai aucune idée de ce à quoi pourrait ressembler mon avenir. Une part de moi souhaite plus que tout me tirer de la caravane de ma mère *fissa,* tandis qu'une autre n'arrive pas à la laisser tomber. Nos rôles sont inversés depuis longtemps et j'ai peur de l'abandonner. Les trois quarts du temps, elle ne mérite pas que je me soucie d'elle ainsi, mais c'est ma mère et j'ai tendance à me dire qu'elle ferait bien pire si je n'étais pas là.

Perdue dans mes pensées, je ne remarque pas que je ne suis plus seule. Le tabouret voisin est à présent occupé par celui sur lequel j'ai bavé quand il est entré.

– Oxton, j'te présente ma cliente préférée.

La voix de Sally me fait tressauter. *Décidément, les gens se téléportent ou quoi ?*

– C'est le chanteur du groupe dont je t'ai parlé, elle ajoute en me souriant.

Le fameux Oxton tourne la tête vers moi en lâchant un « salut » poli, puis fronce les sourcils.

– C'est ta fille ? il demande à Sally.

Si seulement.

– Eh oh ! Je ne suis pas si vieille, elle fait mine de s'offusquer. J'arrive, elle s'adresse ensuite à un client qui la hèle.

Elle commence à s'éloigner, avant de revenir sur ses pas.

– Interdiction de la laisser boire dans ton verre d'alcool, c'est bien compris Oxton ?

Il secoue la tête en rigolant, puis cale sa joue dans le creux de sa main. Il se penche légèrement pour m'avoir en ligne de mire. *Bon sang qu'il est beau !*

– T'es pas un peu jeune pour traîner dans un bar ?

De quoi je me mêle ?

– J'ai 17 ans, je mens en relevant le menton.

C'est encore trop jeune pour être ici, mais pas question de lui dire la vérité.

– Vraiment ? il insiste.

– Ouais.

Il me passe au crible. Je sens mes joues chauffer et mon cœur s'affoler.

– Asher, viens là !

À l'appel de son prénom, son pote brun tourne la tête avant de nous rejoindre.

– Tu lui donnes quel âge ? l'interroge le chanteur.

Sérieux ? Le gars ne lâche pas le morceau ! Le Asher en question pose ses yeux sur moi une demi-seconde.

– Quatorze piges.

Waouh ! Il est super fort !

– Pas du tout, je nie en tentant de maîtriser ma voix.

Oxton pouffe, je me renfrogne.

– Comment tu t'ap...

– Vous êtes prêts, les jeunes ? interroge Sally qui s'accoude à nouveau face à nous. C'est à vous dans quelques minutes.

– On est au taquet ! répondent les deux musiciens en chœur.

Aussitôt dit, ils quittent le comptoir et disparaissent derrière la scène. Ma respiration ralentit, mais je sens encore le trouble qu'a causé le fameux Oxton en moi.

– Il est mignon, hein ? me lance Sally en battant des cils.

– Qui ça ?

Elle rigole et repart servir un groupe de filles.

Je le trouve mignon, c'est vrai. Mais au moment où il se met à chanter, il passe de mignon à magnifique. Et je tombe amoureuse pour la première fois.

8
ELVIS

La prochaine tournée
est pour moi.

Dix ans plus tôt.

Pendant des mois, chaque jeudi, Oxton et ses compères reviennent donner un concert chez Sally. Les Unfool... Dès que je les entends annoncer le nom de leur groupe, j'ai la chair de poule. Ils sont incroyables. J'adore leur musique, leur style, leurs paroles et... leur chanteur. Je suis Fan avec un grand F et je ne suis pas la seule, les clients sont de plus en plus nombreux à se presser pour les écouter. Je suis dégoûtée parce qu'ils jouent aussi le vendredi et le samedi soir dans une salle à l'autre bout de la ville, mais impossible pour moi d'aller là-bas.

Aujourd'hui déjà, je ne devrais pas me trouver ici. Ma mère s'est dégoté un nouveau mec – j'ai arrêté de les compter depuis des années – qui s'appelle Gavis et qui a des idées absolument exceptionnelles pour dénicher de quoi financer leur drogue. En l'occurrence : se servir de moi pour quémander de l'argent à la sortie d'une rame de métro ou d'un supermarché. Aussi débile qu'il soit, il a vite compris qu'une gamine frêle fait davantage pitié qu'un gros connard crasseux. Avec ma mère, c'est donc leur nouvelle lubie pour se faire du fric sans bouger de leur squat, et même si tout prétexte est bon pour m'échapper de là-bas, je déteste faire ça. J'ai bien essayé de refuser, mais avec l'apparition de mon diabète en avril, difficile de la ramener. J'ai vraiment un karma de merde. Nous n'avons pas d'assurance pour payer l'insuline que je dois m'injecter plusieurs fois par jour, donc tout l'argent que je suis en mesure de collecter calme ma mère sur cette dépense à laquelle elle ne s'attendait pas.

En début de soirée, je n'ai pas réussi à les esquiver. Quand ils m'ont ordonné de revenir les poches pleines de billets, je suis partie en hochant la tête... pour me pointer ici à la place. J'ai neuf dollars dans mon porte-monnaie, j'espère que ça suffira à cacher mon mensonge.

Je me console grâce à l'excitation croissante de revoir les Unfool. Ils m'ont manqué, je n'ai pas pu venir la semaine dernière. Je tâtonne encore dans la gestion de mes piqûres et j'ai passé la soirée dans mon lit après avoir foiré mon dosage. Bref, quinze jours sans les écouter ont ressemblé à une éternité.

– Hey, te revoilà ! m'accueille Sally alors que je pose mes fesses sur un tabouret. J'me suis fait du souci jeudi dernier. Les jeunes de ton âge n'ont pas tous un satané portable ?

La plupart, si. *Vis ma vie !*

– Désolée, j'étais malade.

– Tu vas mieux ?

– Oui.

– Super ! Un Coca ?

– Bien sûr ! Mais un petit verre, s'il te plaît.

Je ne l'ai pas mise au courant de mon problème de santé, alors je continue à boire ce même soda plein de sucre chaque jeudi. Du moins, j'en sirote quelques gorgées pour donner le change.

– T'inquiète, ils ne vont plus tarder, me souffle Sally qui a remarqué mon manège.

Je n'arrête pas de regarder la pendule, impatiente que le groupe pousse les portes du bar. Le rythme de mon cœur accélère quand les musiciens se pointent enfin, et devient frénétique lorsqu'ils commencent leur concert. Leurs mélodies ont un pouvoir incroyable sur moi, elles me transportent systématiquement loin de ma vie nulle. Je connais les paroles sur le bout des doigts et me surprends sans cesse à les chantonner. Ce soir ne déroge pas à la règle, l'adrénaline qui pulse dans ma poitrine me fait décoller comme si j'avais avalé un des cachets de ma mère. Ouais, les Unfool sont ma drogue, et c'est bien la seule que je tolère.

– Les amis, vous allez être les premiers à apprendre le truc dingue sur lequel on bosse depuis des semaines ! annonce soudain Oxton, tandis qu'il s'apprête à entamer le dernier morceau de leur set.

Les clients sifflent et tapent des mains. Pour ma part, j'oscille entre curiosité et mauvais pressentiment.

– Les gars et moi, on a signé un contrat avec une maison de disques. On vient de boucler l'enregistrement de notre premier album...

Wow wow wow, du calme !

– ...et on va...

Non, ne dis pas ce à quoi je pense tout à coup. Ne le dis pas, ne le...

– ...partir en tournée ! conclut le pianiste en arrachant le micro des mains du chanteur.

Heure du décès : 21 h 43.

En réponse, des acclamations fusent. Quant à moi, je suis pétrifiée. Ils ne vont pas s'en aller ? Je les scrute en clignant des yeux comme si je venais d'avoir une hallucination, tandis qu'une boule d'angoisse remonte de ma poitrine vers ma gorge. Ils le méritent, bien sûr, et une part de moi est heureuse pour eux, mais qu'est-ce que je vais devenir sans eux ?

La liesse générale se transforme soudain en étau étouffant, je sens des larmes s'agglutiner sous mes cils, je saute alors sur mes pieds pour sortir d'ici. Dommage, leur dernière chanson est ma préférée, mais j'ai besoin d'air.

– Pardon, pardon, je répète pour me glisser entre les gens. Par...

La deuxième syllabe reste en suspens entre mes amygdales. *Il ne manquait plus que ça ! Merde ! Qu'est-ce qu'il fout là ?* Je viens de reconnaître Gavis parmi les clients attablés et, histoire de m'achever, alors que tous les regards sont braqués sur les Unfool, le sien me transperce durement. Il ne m'a jamais frappée mais je sens qu'il en a envie depuis qu'il s'est imposé dans notre caravane.

Je change ma trajectoire au moment où il se lève de sa banquette et me faufile dans la foule agglutinée devant le comptoir. Je suis fluette, si bien que je slalome entre les corps sans peine. Je l'entends crier mon prénom de sa voix rauque. Je me courbe, débouche du côté des tables du fond et, sans réfléchir, je me jette sous celle de gauche, inutilisée. Je me recroqueville contre le mur, le sommet du crâne appuyé contre le bois collant. Avec la chance que j'ai, je vais finir avec de vieux chewing-gums dans les cheveux, ce qui sera toujours mieux que me faire choper par Gavis. J'entoure mes jambes avec mes bras et prie très fort pour qu'il ne me trouve pas. Je louche sur les aiguilles de ma montre, estimant que chaque minute écoulée l'éloigne de ma cachette.

Soudain, ça s'agite au-dessus de moi et je ferme très fort les yeux en m'attendant à sentir une main m'attraper par la cheville pour me mettre une raclée. J'entrouvre une paupière et vois apparaître trois paires de jambes, alors que leurs propriétaires s'installent sur les banquettes. Fausse alerte ! Je me fais aussi petite que possible, mais lorsque je me prends un genou dans la pommette, je ne retiens pas un « aïe », ni le geste brusque qui anime ma tête et fait valdinguer la table. Résultat : l'un des trois clients se penche et je tombe nez à nez avec un regard interrogatif. Pire, il s'agit de celui de Riley, le pianiste des Unfool. Mon cerveau fait vite le lien avec les autres jambes à ma gauche. Je reconnais le jean d'Oxton et le short noir ne peut être que celui d'Asher. *Non mais c'est pas vrai !*

– Qu'est-ce que tu fous ? m'interroge Riley.

– À qui tu parles, vieux ? j'entends la voix d'Oxton s'étonner.

– À la petite nana qui est cachée là-dessous. Est-ce qu'on aurait notre première fan flippante, les gars ? il lance aux autres en se marrant. C'est trop la classe !

À ma droite, c'est au tour du visage d'Oxton de se matérialiser. Je retiens ma respiration et mords l'intérieur de mes joues.

– Oh ! C'est toi ?

Il m'a reconnue ? Depuis notre rencontre, au comptoir, il ne m'a plus jamais adressé la parole.

– Tu nous espionnes ? il poursuit.

– Hey ! J'étais là avant vous, je riposte, piquée au vif.

– C'est pas faux. T'as pas envie de t'asseoir ?

J'ouvre la bouche avant même de savoir quoi répondre, mais la voix bourrue de Gavis qui résonne tout près me rend muette.

– Où tu te planques, sale gamine ?

Oxton se redresse pendant de longues secondes, avant de se pencher à nouveau sous la table.

– C'est toi qu'il cherche ?

– Pourquoi ? J'ai l'air d'une sale gamine ?

– T'as plutôt l'air d'une fille qui se cache de son paternel.

– C'est pas mon père !

– C'est donc bien toi qu'il cherche.

Merde, il m'a eue ! Je continue à entendre Gavis fulminer et la panique se mêle à l'angoisse provoquée par l'annonce de leur départ. Alors je prononce la phrase la plus insensée possible.

– Emmenez-moi en tournée.

9
ELVIS

Je me dévoue, je passe la première.
Comme ça tout le monde pourra voir
ce qu'il ne faut pas faire.

Debout au milieu de ma chambre, je pose la dernière touche à ma tenue, à savoir mes chaussures, dont il m'a fallu dix minutes pour dénouer les satanés lacets. C'est définitivement très bizarre de me préparer pour aller au Ang'Hell, presque dix ans après en avoir franchi la porte pour la dernière fois. Et c'est surtout terrifiant ! Avant, je restais sagement assise au comptoir derrière mon verre de Coca, ce soir, je dois travailler pour les Unfool, et notamment pour leur chanteur. *Oh ! Bon sang, c'est surréaliste !* J'ai envie de rester roulée en boule sous ma couette. Si je dois échanger ne serait-ce qu'un mot avec Oxton Briggs, il y a de fortes chances que je déclenche une tempête cosmique quelque part dans une autre dimension.

TU VAS VRAIMENT TE FRINGUER COMME ÇA ? me questionne Rita.

Dans la caravane où je vivais à l'époque, ma chambre – si on peut l'appeler comme ça – était plus petite que ma salle de bains actuelle. J'étais obligée de monter sur mon lit pour espérer voir mon reflet dans le miroir piqué d'usure accroché sur le seul bout de mur disponible. Aujourd'hui, je n'ai pas besoin d'escalader quoi que ce soit pour savoir que mon attirail est ridicule. Passe encore mon jean large et le tee-shirt rentré à la taille, mais la casquette et les lunettes de soleil que j'ai prévu d'enfiler dès que j'aurai poussé les portes du Ang'Hell ne pourraient pas être considérées comme une nouvelle mode cool par qui que ce soit.

Je fourre quelques affaires dans un sac et quitte mon appartement. Un taxi m'attend déjà en bas quand j'arrive sur le trottoir. Je m'engouffre à l'intérieur, folle d'angoisse. Je baragouine l'adresse, le chauffeur doit me faire répéter avant de saisir ce que j'essaie désespérément de lui dicter. Je croise les doigts pour tomber dans un interminable embouteillage, ce sera une bonne excuse pour faire une apparition éclair. Vu le contrat que j'ai reçu ce matin et que j'ai dû renvoyer signé dans la minute, il est trop tard pour espérer m'en sortir, j'ai vendu mon âme au diable. Mais j'essaie tout de même de grappiller des minutes de liberté.

Je m'enfonce dans la banquette et regarde les rues défiler en inspirant et expirant. Je dévore la moindre peau sur mes lèvres, si bien que j'ai un goût de sang dans la bouche quand mon conducteur arrive devant le Ang'Hell. *Déjà ?*

– Vous pouvez refaire quatre tours du pâté de maisons, s'il vous plaît ?

– Pourquoi ?

– C'est une superstition. Si vous ne le faites pas, nous périrons tous les deux dans d'affreuses circonstances.

– Si ça vous fait plaisir, c'est votre argent, après tout.

Il s'exécute en levant les yeux au ciel.

Alors qu'il approche à nouveau de ma destination, je me dépêche de m'équiper. Casquette, lunettes, OK.

– Vous êtes arri… il commence en se retournant vers moi.

Lorsqu'il découvre mon nouveau look, ses sourcils se haussent et se froncent lentement à mesure qu'il m'observe. Il fait assez moche aujourd'hui, sans compter qu'il fera bientôt nuit, mon apparence n'est carrément pas en adéquation avec le moment. Plutôt que la fermer, je me sens forcée de me justifier auprès de ce type qui ne m'a pourtant rien demandé.

– J'ai le cuir chevelu et les rétines sensibles.

– C'est fâcheux, il commente par politesse en se radossant à son siège.

– En entrant dans votre voiture, j'ai tout de suite senti que vous étiez quelqu'un de compréhensif.

BOUCLE-LA ET TIRE-TOI !

– Et moi, je me sentirai mieux quand vous en serez sortie, je le devine marmonner.

Je me détache, lui tends trois billets et quitte le véhicule.

– Bonne soirée, je lance par la fenêtre passager ouverte.

Le son de sa pédale d'accélérateur est la seule réponse que j'obtiens.

Je me retourne et lève les yeux vers l'enseigne. Tout a commencé là entre les Unfool et moi, c'est drôle d'entamer cette nouvelle histoire ici. Je demeure un moment face à la devanture du bar, beaucoup de souvenirs refont surface. J'aimais tellement cet endroit, pourtant je n'y suis jamais revenue après que le groupe a entrepris sa tournée. Leur départ m'a laissé un vide immense, je me suis sentie abandonnée. Quand on est gamine, tout prend vite un aspect insurmontable, surtout dans un quotidien déjà chaotique.

Je me demande si Sally est toujours la propriétaire. Je l'adorais, mais j'espère qu'elle a vendu son affaire à quelqu'un d'autre. Je n'ai pas du tout envie qu'elle dévoile à tout le monde que je suis une groupie de la première heure. Ça m'est égal que le groupe apprenne que j'aime ce qu'ils font, mais je refuse qu'on leur rappelle cette ado bizarre cachée sous leur table, quémandant de partir en tournée à leurs côtés. Dire qu'il y a dix ans, je les suppliais de m'emmener ; aujourd'hui, je voudrais les implorer du contraire.

– La file d'attente pour le concert, c'est là-bas !

Je sursaute et découvre sur ma droite un grand type balèze à l'air sévère.

– Ah ! Non, mais je fais partie du groupe, je bafouille.

– Sans rire ? Et tu fais quoi ? Du triangle ?

– Je fais partie du staff du groupe, je corrige en me molestant intérieurement. Je suis Mlle Calloway. Je viens d'être recrutée comme community manager des Unfool et on m'a demandé de venir ce soir pour...

Il lève la main pour faire cesser ma diarrhée verbale, saisit un talkie-walkie à sa ceinture et cherche à se faire confirmer l'information. Il vérifie ensuite ma carte d'identité et me conduit jusqu'à l'entrée. La pression monte, la panique aussi.

– C'est gentil, merci beaucoup. Je suis sûre que ça va être une super soirée parce que je ne sais pas si vous êtes au courant mais, déjà y'a dix ans, ça se remplissait à vue d'œil et le public...

– Tu parles trop, j'ai du taf, par pitié tais-toi et entre.

En effet, quand je stresse, mes paroles coulent comme une source intarissable et forment des phrases infinies.

La lourde porte en bois claque dans mon dos. J'ai l'impression d'avoir laissé mes poumons sur le trottoir. Je pénètre dans le bar. Hormis quelques personnes, il est encore vide de clients, mais l'atmosphère qui y règne est la même qu'à l'époque. D'ailleurs, ça n'a pas beaucoup changé et j'éprouve une drôle de sensation dans la poitrine. Un mélange de joie nostalgique et d'angoisse. Pour rien au monde je n'aimerais revenir à cette période de ma vie, mais le souvenir apaisant qui imprègne ce lieu me fait chaud au cœur, jusqu'à ce que je reconnaisse Sally qui gesticule près de la scène. Et que je me jette derrière un large pilier. Au revoir, bien-être éphémère, me revoilà au summum du stress.

– Salut !

Je fais un bond lorsqu'un homme apparaît sur ma gauche. Sa mèche blonde recouverte de cire doit peser dix kilos sur son crâne.

– Je peux vous aider ? il me questionne en matant ma casquette et mes lunettes.

– Je suis la CM des Unfool, leur manager m'a demandé de venir ce soir, histoire de rentrer dans le vif du sujet comme c'est mon premier jour.

Je parle encore trop et trop vite.

REPRENDS TON SOUFFLE, VI !

– Ah ! Oui ! On m'a prévenu de ton arrivée. T'as l'air en totale angoisse, bienvenue au club.

Il rigole fort et longtemps. Je colle ma paume contre le pilier pour ne pas la plaquer sur sa grande bouche bruyante.

– Je m'appelle Gregory, je suis l'attaché de presse qui remplace Miranda le temps de son congé maternité.

– Enchantée, je m'app...

– C'est ma première fois sans mon chaperon, il m'interrompt en mettant ses mains sur ses joues. Je suis terrifié et excité à la fois ! J'hallucine d'avoir décroché ce job. Les Unfool, c'est du rêve en barre, t'es pas d'accord ?

Je devine en lui des hormones de fan, qui jaillissent jusqu'à moi. Ça réveille soudain une envie de sautiller sur place en tapant des mains, mais Rita me refrène.

FAIS PROFIL BAS, SOLDAT !

– Oui, c'est une chance, je récite sur un ton posé.

– Grave ! Viens, je vais te présenter au groupe. Oxton, Riley et Asher sont en coulisses, et je ne sais jamais quelle excuse trouver pour discuter avec eux, tu tombes à pic.

– Je vais d'abord faire pipi ! je crie presque.

Je ne suis pas encore prête !

– OK, OK, mais fais vite, ça va commencer d'une minute à l'autre.

Il s'éloigne. Depuis ma cachette, je vérifie que la voie est libre vers les toilettes. Je serai plus à l'aise une fois fondue dans la masse dès que les spectateurs auront empli la salle. D'ici là, je vais me planquer. Je liste les obstacles sur ma route et trace dans mon esprit l'itinéraire le plus sûr pour esquiver Sally. Quand je sens une ouverture, je fonce tête baissée. Ma rotule bute dans une chaise, mais je serre les dents jusqu'à débouler dans le couloir. *Merde, l'agencement a changé, les toilettes ne sont plus là où elles étaient !* Je tourne sur moi-même et, alors que des voix résonnent non loin, j'entre dans la pièce la plus proche et me hâte de fermer la porte derrière moi. Mon attitude est insensée, je me laisse submerger, mais rien à faire, je suis incapable de me raisonner. Je préfère patienter quelques minutes avant de sortir.

Je me retourne, dos contre le battant, pour respirer et trouver la paix. Mes yeux tombent aussitôt sur un objet sacré, posé sur un trépied devant quatre caisses noires. Une guitare électroacoustique d'un joli brun clair, sur laquelle sont collés deux stickers facilement identifiables.

C'EST CELLE D'OXTON BRIGGS !

Il la traîne partout depuis le début et j'en ai une reproduction miniature chez moi, dégotée sur eBay.

MAIS CELLE-CI, C'EST LA VRAIE ! PROFITES-EN !

Je m'en approche d'un pas cérémonieux et me penche à distance respectable pour la scruter en détail. Ado, j'aurais adoré pouvoir suivre des cours de guitare dignes de ce nom mais, sans argent, je me suis rabattue sur Elio, un habitant du camp de caravanes qui jouait des morceaux dans le métro. Six uniques morceaux, à vrai dire, qu'il a tenté de m'inculquer sans succès. Il faut avouer qu'un professeur sous acide, persuadé d'entendre les molécules lui parler, n'est pas particulièrement attentif à la progression de son élève, qui plus est pas très douée. Bref, j'ai abandonné l'idée, mais avoir l'instrument d'Oxton Briggs à quelques centimètres de moi me donne la folle envie d'y toucher.

C'EST PRESQUE UNE RELIQUE ! VAS-Y !

Je tends l'oreille pour vérifier que personne n'approche et comble la distance avec la guitare.

FAIS PAS TA TIMIDE ! JE VEUX JUSTE LA SENTIR SOUS MES DOIGTS UNE MINUSCULE MINUTE !

Je caresse le bois et, avant de pouvoir dire « Ne fais pas ça, malheureuse ! », je la tiens calée contre moi. Elle est plus grande et plus lourde que ce que je pensais mais, waouh ! *J'ai sa guitare entre les mains !* Ayant oublié les accords laborieusement inculqués par Elio, je me contente de passer mon pouce sur les six cordes. Le son est immonde, mais Rita est aux anges de manier l'instrument.

Prise d'une frénésie fanatique, je passe une dernière fois mon ongle sur les cordes en lâchant un « yeah » d'une fausseté légendaire. C'est là, au comble de ma gloire avortée de musicienne, que la porte s'ouvre à la volée dans mon dos.

– Qui que tu sois, j'espère que tu as une excellente raison de poser tes pattes sur ma gratte.

La voilà, la fameuse tempête cosmique !

10
ELVIS

*Sur une échelle de 1
à « j'ai mangé mon voisin »,
j'essaie de déterminer à quel point
je suis mal barrée.*

Oh. Mon. Dieu ! *Il* est là. Derrière moi. Probablement en train de viser ma colonne vertébrale avec deux poignards en or sertis de pierres précieuses et...

TU PARS EN LIVE !

– Oh !

Lorsque je me retourne, je dois ressembler à une petite fille prise la main dans le pot de bonbons. Les trois premières secondes, j'admire la beauté et le charisme d'Oxton Briggs, avant de me rappeler le spectacle que je lui offre. Je tripote son instrument fétiche sans vergogne. J'ouvre la bouche, et mon cerveau décide que la lettre T est une bonne réponse à apporter au chanteur énervé qui me fait face.

– T... T... T...

– T'es qui, putain ? Et qu'est-ce que tu fous avec ma guitare ?

CACHE-TOI DERRIÈRE LE PORTEMANTEAU !

Tu te moques de moi, Rita ? Je dois trouver quelque chose à dire !

– Je suis votre community manager, je parviens à formuler du premier coup.

Avant de me dégonfler, je continue sur ma lancée.

– Votre manager m'a demandé de venir prendre mes marques ce soir, pour mieux vous cerner avant le début de la tournée, alors je...

L'oxygène et l'inspiration me quittent, je me raccroche comme je peux aux branches.

– ...prends mes marques.

J'ai toujours eu un don pour me justifier.

– Je savais que c'était une idée de merde. Donne-moi ça !

Il tend les bras dans ma direction, tandis que mes jambes, ankylosées par la panique, s'animent avec désordre, si bien que mon pied droit bute dans son homologue. Je me vois partir en avant. J'hésite à jeter l'instrument sur son propriétaire comme un enfant qu'on sauverait des flammes, mais ce dernier anticipe la catastrophe et saute devant moi.

– Bordel ! il siffle en bloquant ma chute puis en m'arrachant son bien des mains.

Ses yeux débordent de colère, je me prépare à être atomisée lorsqu'un nouveau venu s'ajoute à ce tête-à-tête désastreux.

– Qu'est-ce qui se passe ici ? demande Riley Moore.

Il avise son pote, avant de s'intéresser à moi. Je voulais me tenir aussi loin d'eux que possible ce soir, c'est raté. Si Asher se pointe à son tour, je me brise la nuque moi-même.

– La prochaine fois que t'as un bon feeling sur une nana, garde-le pour toi, crache le chanteur. Vous me faites tous chier.

– Ah, c'est toi ! s'exclame Riley en plissant les paupières. Je t'avais pas reconnue avec ton accoutrement... T'as peur que des fans en délire te sautent dessus ? Non parce que, pour avoir déjà testé, la casquette et les lunettes ne suffisent pas. À l'avenir, je te conseille plutôt un casque de moto. C'est moins confortable, mais bien plus efficace.

Bon sang, je crève de honte ! Riley se rend compte de la façon dont le leader colle sa guitare contre lui et devine alors ce qui énerve son ami. Il rigole, puis secoue la tête gravement.

– Tu as osé apposer tes empreintes sur cet objet divin ?

Désespérée par ce que j'ai provoqué, je lui ressers la même excuse à chier.

– Votre manager et mon patron m'ont donné la mission de...

– Prendre tes marques, ouais ! siffle mon client. T'as l'intention de faire de ma gratte la prochaine star d'Internet ?

C'est une idée intéressante.

– À vrai dire, c'est un peu une extension de vous, c'est pas idiot...

– Donc tu tripotes mon extension le premier jour ? T'es ce genre de fille ?

CET ÉCHANGE PART À VAU-L'EAU ! RÉPONDS OUI ET SCRUTE SA BRAGUETTE, S'IL TE PLAÎT !

– Mais pas du tout ! je me défends, cramoisie. Je ne fai...

– Vas-y, j'me casse avant de ne plus pouvoir refréner la pulsion de te cogner le front avec le manche, il m'interrompt.

Sa tirade assassine émaille un peu le vernis brillant dont il est recouvert dans mon esprit.

LA FAUTE À QUI ?

Il prend le large. Riley s'approche de moi et me tapote l'épaule.

– Il est particulièrement de mauvais poil aujourd'hui. Son envie de cinéma, c'est pas aussi simple que ça, alors ne le prends pas personnellement. T'en fais pas, ça va aller. Si tu ne touches plus à son bébé et que tu n'abîmes pas son gros ego foireux, tout ira bien.

Je ne trouve absolument rien à répondre. Mon équilibre en sa présence est si précaire que je préfère ne faire aucune promesse que je ne suis pas certaine de tenir. Je parviens tout juste à plaquer un sourire sur ma bouche avant de sortir de la pièce. Et du bar. J'en ai assez fait pour ce soir.

Dans trois jours, je monterai dans un avion et je devrai faire face aux Unfool en permanence. J'ai un boulot énorme à faire sur moi durant ce laps de temps si je ne veux pas reproduire ce désastre.

***

On est déjà vendredi. Il est 9 h 52 et je scrute l'heure sur mon portable en espérant qu'un vortex temporel s'ouvre tout à coup et me renvoie quatre jours en arrière. Quatre toutes petites journées pour éviter de me retrouver sur le point de partir à l'aéroport pour intégrer le staff des Unfool.

9 h 53. Ça ne fonctionne pas.

L'hypnose non plus, au passage. J'ai laissé Addison tester sur moi une technique trouvée sur Internet, soi-disant implacable. Mensonge ! J'ai toujours la trouille et honte de ma prestation de mardi soir.

– Tes affaires sont prêtes ? me demande ma meilleure amie en s'asseyant à table, face à moi.

– Oui, je réponds, à peine attentive.

– Ton stock d'insuline est OK ?

– Oui.

– Tes strings en dentelle sont soigneusement rangés dans ta valise ?

– Oui.

– Ton vibro cactus aussi ?

– Oui. Attends, t'as dit quoi ?

– T'es certaine d'avoir pensé à tout ?

– Oui, oui.

C'est faux, je ne pense qu'aux Unfool depuis que j'ai quitté le travail lundi. Je ne serais pas étonnée de trouver dans ma valise un tube de concentré de tomates à la place de mon dentifrice.

– Quand est-ce que mon baby-sitter arrive ? elle poursuit en se frottant les mains d'impatience.

– Je lui ai donné rendez-vous à 10 heures devant l'immeuble. Vous me déposez à l'aéroport et, ensuite, il est tout à toi.

– Youhou !

– Tu pourrais au moins feindre le déchirement de te séparer de moi pendant ces six prochaines semaines.

– J'ai le cœur brisé, j'te promets. Mais je me console en sachant que Chester cuisine beaucoup mieux que toi.

– Je devrais te laisser toute seule ici. Tu ferais cuire l'éponge à chiottes à la place de ton steak de soja et ce serait bien fait pour toi.

– Je me débrouillerais bien mieux que Ches et toi le pensez, elle rétorque en me tirant la langue. Vous me couvez comme une pauvre petite aveugle, mais j'ai de la ressource !

– Tu dis ça uniquement quand ça t'arrange, je rigole. Je sais très bien que tu es capable de vivre seule, même quand tu fais exprès de casser les assiettes sales pour que je me sente forcée de laver la vaisselle à ta place.

– Je ne vois pas du tout ce que tu veux dire...

– Tu adores aller chez Chester, un point c'est tout.

En parlant de lui, mon téléphone s'anime et affiche sa photo.

– Allô ?

– Je suis en bas !

Il raccroche aussitôt. Je garde le portable à l'oreille en veillant à contrôler ma respiration qui s'emballe. Dans moins de quarante minutes, je serai à l'aéroport, sur le point d'embarquer dans le jet des Unfool. *C'est une histoire de dingue, brûlez-moi vive.*

– Arrête de flipper, me souffle ma meilleure amie en se remettant debout.

– Facile à dire.

Je me lève à mon tour, passe la lanière de ma sacoche de travail sur mon épaule et vérifie que le mémo envoyé par l'assistante de Davenport est à l'intérieur. Douze pages, m'expliquant ce que je dois mettre en place pour les Unfool et, surtout, pour Oxton Briggs et sa future carrière d'acteur. Si je fais abstraction de lui, ce dossier est incroyable, et j'ai déjà un tas d'idées excitantes, sans compter la prime de déplacement très intéressante qui accompagne cette nouvelle mission. Je me raccroche à ça pour ne pas fuir en hurlant. Je contrôle mes papiers d'identité, ma dose d'insuline d'urgence, et ajoute une une bouteille d'eau au cas où. J'attrape ensuite ma valise à roulettes, celle de mon amie, et nous descendons jusqu'au trottoir.

– Ça va, les filles ? nous accueille le dernier membre de notre trio.

– Qu'est-ce qu'on mange à midi ? le questionne Addi sans préambule.

– Cette nana ne vient chez moi que pour la bouffe, soupire Chester en me débarrassant des deux grosses valises.

Il hisse la mienne dans son coffre, puis attrape celle de sa nouvelle colocataire temporaire.

– Bon sang, qu'est-ce que t'as fichu là-dedans, Addison ? Je peux comprendre que la valise de Vi soit lourde vu qu'elle part pour plusieurs semaines, mais tu peux m'expliquer pourquoi la tienne pèse deux fois plus ? Je te rappelle que j'habite à dix minutes d'ici, tu n'avais pas besoin de vider tes penderies.

– Ne me compare pas à cette personne ! J'y peux rien, si Elvis peut se contenter de trois pauvres jeans pour survivre, elle réplique en s'engouffrant dans la voiture.

– Je savais que je n'aurais pas dû attendre autant avant de prendre un nouveau colocataire, il fait mine de se morfondre. Suis-je un mauvais ami si je te souhaite de te faire virer au bout de trois jours pour que tu viennes la récupérer ? il me demande pour taquiner Addi.

– J'adorerais ! Mais ça voudrait dire que tu serais forcé de m'accueillir moi aussi puisque je ne pourrais plus payer mon loyer.

– Ah ! Vrai. Je te souhaite de tout déchirer, alors.

Il claque le hayon du coffre et nous nous installons à l'avant du véhicule. J'attache ma ceinture et pose mes paumes sur mes cuisses. Elles sont moites.

– J'ai trouvé une recette qui me fait trop envie ! reprend Addison en s'accoudant entre les deux sièges depuis l'arrière.

– Boucle ta ceinture et le reste, on verra ça ce soir, il la rembarre.

– Vi, tu peux dire à mon chaperon que je suis un être humain qui mange également au déjeuner ? Parce que j'ai l'impression qu'il essaie de me gruger, là.

– Je t'ai dit de boucler ta ceinture, insiste Chester en faisant démarrer la voiture. Et il y a une boîte de beignets à côté de toi. T'as pas senti la bonne odeur de gras et de sucre ?

– Bien sûr que si !

– Super radar, Addi, je la taquine en mettant mes lunettes de soleil.

Chester s'insère dans la circulation et le trafic est si fluide – enfoiré ! – que nous atteignons l'aéroport plus vite que prévu.

– T'as tout ce qu'il te faut ? s'assure mon meilleur ami en éteignant le moteur.

Il parle de mes médicaments et j'entends Addison se racler la gorge. Chester n'est pas au courant de la requête de mon boss au sujet de mon diabète et j'ai fait promettre à ma meilleure amie de ne rien lui dire. En plus d'être ultra-protecteur, il est urgentiste. Il ne me laisserait jamais embarquer s'il savait que je m'apprête à vivre cette tournée en cachant ma maladie.

– J'ai tout le nécessaire, j'acquiesce en lui adressant un sourire rassurant.

Nous sortons de la voiture et, tandis que Chester extrait ma valise de son coffre, Addison me prend dans ses bras.

– Profite bien, Vi. Tu pues la trouille, mais mon radar me dit que ça va être l'aventure la plus dingue de ta vie.

– Ça ne me rassure pas du tout, je ris doucement dans son cou.

– Tu m'appelles quand tu veux, peu importe l'heure, OK ?

– D'accord.

– Au fait, essaie de ne pas parler avec Rita à voix haute. Ton petit groupe chéri n'a pas besoin de savoir qu'ils ont embauché une timbrée.

– C'est toi qui as donné un prénom à ma voix intérieure !

– Mais c'est toi qui l'entends, donc...

Elle mime une bouche cousue. Chester fait rouler ma valise jusqu'à moi et m'étreint à son tour.

– On n'a pas eu le temps d'en parler, mais je sais.

Évidemment qu'il sait ce que les Unfool représentent. On ne se connaissait pas encore quand j'ai découvert le groupe, mais il m'a suffisamment côtoyée ces dernières années pour avoir une bonne idée de leur importance à mes yeux.

– Tu m'appelles quand tu veux, peu importe l'heure, OK ?

– Espèce de copieur ! s'exclame Addi en essayant de le frapper, sans succès.

– J'adore quand elle loupe sa cible, il se marre en lui ébouriffant les cheveux d'une main.

– Je déteste quand il fait ça ! elle se rebiffe en reculant. Je vais faire de ta vie un enfer !

– J'ai aucun doute là-dessus, démon.

– Vous allez pas me manquer du tout, je les interromps en ravalant la boule qui se forme dans ma gorge.

J'écope d'un câlin de groupe, avant de me résoudre à rejoindre le hall des départs derrière moi. À chaque pas que je fais, je me demande vers quoi je me dirige et si je ne ferais pas mieux de prendre la fuite, de poser ma démission et de devenir masseuse en Thaïlande.

11

ELVIS

Note à moi-même : 0/20

Je laisse ma carrière thaïlandaise avortée derrière moi alors que je franchis les portes automatiques en hurlant mentalement : « *I'm on the highway to hell*[6] *!* » Je décide de mettre mon inquiétude en sourdine et continue à chanter par-dessus dans ma tête. « *Hey Satan, Payin' my dues ; Playin' in a rockin' band*[7] *!* »

Je zigzague entre les voyageurs, mais mon sens de l'orientation est perturbé par mon angoisse qui essaie de crier plus fort qu'AC/DC. Il me faut vingt-cinq minutes avant de me présenter devant le comptoir indiqué dans mon mémo.

Je me trouve dans la zone dédiée aux jets privés, dans laquelle je ne me sens pas du tout à ma place. Autour de moi, je ne vois que des costumes trois pièces et des tailleurs cintrés. J'ai tout de même fourni un effort vestimentaire, mais ça se limite à avoir enfilé un jean non troué et des sandales. Pas de chapeau ni de lunettes, cette fois. Il fait chaud pour porter un pantalon, mais c'est pratique pour absorber la sueur qui me coule le long du dos.

6. Si l'on traduit : « Je suis sur l'autoroute pour l'enfer. » Paroles d'une chanson du groupe AC/DC. *Highway to Hell* (1979).
7. « Hey Satan, j'ai payé ma dette, je joue dans un groupe de rock. »

– Bonjour, je lance poliment à la jeune femme assise derrière son écran.

Elle avise les documents que je lui tends, tique sur mon passeport, me scrute avec étonnement avant de saisir son talkie-walkie. Elle prévient son interlocuteur de ma présence, tout en continuant à m'observer avec insistance. Je devine un regard envieux derrière ses lunettes de vue.

– L'agent d'escale arrive, elle m'informe après avoir coupé la communication. Vous pouvez l'attendre là-bas.

Elle m'indique une rangée de sièges en cuir. Je la remercie et pars m'asseoir dans un fauteuil près de l'immense vitre. La climatisation me rafraîchit et je parviens à prendre trois longues inspirations sans avoir envie de vomir. Je regarde les pistes d'atterrissage qui s'étendent à l'infini et le ballet des jets. Cette vie ne m'a jamais attirée, mais j'avoue que ça doit être cool d'avoir son propre avion. Échapper au gosse de 7 ans qui fout des coups de pied dans son siège est une bénédiction, sans oublier le combat d'accoudoir avec son voisin.

– Mademoiselle Calloway ?

Je tourne la tête vers celui qui vient d'appeler mon nom et lève le bras comme à l'école. Il me rejoint d'un pas pressé.

– Vous êtes en retard ! Suivez-moi.

BONJOUR À VOUS AUSSI !

Il attrape ma valise et part à toute allure dans le long couloir en marbre rosé. Avec ses grandes jambes, il va si vite que j'ai l'impression qu'il vole, je dois presque courir derrière lui.

On passe plusieurs sas de sécurité, j'écope d'une fouille en bonne et due forme et débouche sur une dernière porte qui s'ouvre directement sur la piste. Dès que j'aperçois

Riley Moore près d'un jet flambant, entouré de deux types plus que costauds, l'appréhension frappe fort dans ma poitrine. J'ai beau savoir ce qui m'attend depuis cinq jours, la réalité prend tout à coup le dessus. Par réflexe, je cherche une issue de secours.

COURS SUR LA PISTE ! IL N'EST PAS TROP TARD POUR FUIR !

– Mademoiselle Calloway, il faut y aller, s'impatiente mon guide en se rendant compte que je me suis figée.

– Oui, oui.

Mes jambes me portent tant bien que mal. À mesure que la distance se réduit entre l'avion et moi, mon cerveau s'emmêle les pinceaux. Je trébuche à deux reprises et oublie de respirer trois fois. Heureusement que ce n'est pas Oxton Briggs qui se tient là, même si le répit s'annonce de courte durée.

– Salut ! me lance Riley Moore dès que je l'atteins.

Il me tend la main, j'essuie discrètement ma paume moite sur mon pantalon et la lui serre. Ma voix intérieure s'étouffe à ce contact et, avant qu'elle n'émette un cri hystérique qui pourrait m'échapper, j'étrangle la poigne de mon client comme si c'était le cou de Rita.

– Bonjour.

– Tu veux bien lui laisser la vie sauve ? il me demande, faussement contrit, en désignant sa main d'un geste du menton.

– Oh ! Oui.

– Merci, il rit en la secouant. Content de te revoir, on n'attendait plus que toi ! J'ai cru que ta mésaventure au Ang'Hell t'avait fait décamper.

Si seulement !

– Je vous prie de m'excuser, monsieur Moore, je n'ai pas trouvé facilement la zone VIP.

– Je t'autorise à m'appeler Riley, on va passer pas mal de temps ensemble.

Nom de Dieu ! Son attitude aussi accueillante me rend toute chose. Plus jeune, j'ai souvent rêvé d'un moment comme celui-ci, où les Unfool viendraient me sortir de mon trou. Ça devrait me combler, pas me donner envie de prendre mes jambes à mon cou.

– J'apprécie, mais ce n'est pas...

– Elviiis !

Je m'interromps en entendant une voix familière hurler mon prénom.

– Elviiis !

Je me tourne lentement vers l'origine de ce bruit. J'ai le soleil dans les yeux mais... *Bon sang !* Je localise enfin Addison, qui sautille derrière un haut grillage un peu plus loin, Chester à côté d'elle. *C'est pas vrai !*

– Elviiis !

– Tu crois qu'elle a perdu son chien ? interroge Riley en cherchant du regard aux alentours.

Addi continue à crier mon prénom en agitant maintenant sa main, dans la mauvaise direction.

– Est-ce que ce sont des fans ? s'étonne mon voisin.

J'hésite à lui dire que oui, dans l'espoir qu'il balance ses deux gorilles à leurs trousses, mais lorsque Chester la fait pivoter du bon côté et m'envoie à son tour un salut amical, je culpabilise.

– Ce sont mes amis. Je ne sais pas comment ils ont réussi à se poster à cet endroit, je marmonne en leur faisant signe moi aussi.

Signe de dégager. À tous les coups, Addi est parvenue à se faufiler et l'autre imbécile n'a pas su l'en dissuader.

Il m'a pourtant promis qu'il était capable de refréner ses idées folles.

ON A LES AMIS QU'ON MÉRITE, IL PARAÎT.

Riley ouvre de grands yeux et scanne mon visage avec un air stupéfait.

– Donc tu t'appelles... Elvis ? il articule, incertain.

– On dirait bien.

– C'est un pseudo ou un truc du genre ?

– C'est mon prénom. Vous avez le droit de rire, je vous en prie.

– Non !

Je suis persuadée qu'il en a envie.

– Allez-y, j'insiste en hochant le menton. J'ai l'habitude, ça arrive tout le temps quand les gens découvrent mon prénom.

– Je ne vais pas me moquer de toi ! C'est plutôt atypique, voilà tout.

À qui le dites-vous, monsieur Moore ? Il y a beaucoup de choses atypiques chez moi, à commencer par mon prénom. Je suis issue d'une mère droguée et d'un X qui n'a probablement pas même l'idée d'avoir engrossé une strip-teaseuse rachitique. Elle m'a mise au monde dans un squat, entouré de ses copains de came fans d'Elvis Presley. Quand il a fallu me trouver un prénom, ils n'ont pas cherché plus loin, que je sois une fille n'est pas non plus un détail qui les a freinés. On peut dire que j'ai eu de la chance dans cette histoire, parce que s'ils avaient été des inconditionnels de Chuck Norris... Bref, Elvis, ce n'est pas si mal.

– Allez, on décolle ! s'exclame le pianiste en claquant ses mains. Let's go, Elllviiis !

OK, ce prénom est un enfer. Pourquoi faut-il que tout le monde le prononce en prenant cette fameuse intonation insupportable ? Dieu merci, il m'épargne le déhanché qui va avec.

Il avance vers le jet et... au temps pour moi, il a à peine gravi les six marches menant à l'intérieur de l'avion que ma joie d'y avoir échappé se fait expulser par son coup de hanche. J'imagine que le faire tout en montant un escalier était trop risqué.

– Oh yeah ! Oh yeah ! Oh yeah !

Il répète cette maudite phrase à chacun de ses déhanchés. Mon côté groupie est surpris lorsque j'envisage de lui enfoncer un pieu entre les omoplates. Je jette un ultime coup d'œil dans mon dos, ressentant toujours l'envie de m'échapper, mais les deux gardes du corps qui ferment la marche m'obligent à avancer. L'un d'eux me scrute avec sérieux, comme s'il avait lu dans mes pensées et estimait mon degré de dangerosité. J'étire mes lèvres dans un sourire auquel il ne répond pas.

Je reporte mon attention sur Riley, qui envoie un salut à l'hôtesse, debout devant un rideau tiré. Elle sourit poliment en l'ouvrant pour nous. Elle doit être habituée à ses frasques, car elle m'adresse une œillade compatissante.

– Bienvenue à bord, mademoiselle.

Je n'ai pas le temps de la remercier que Riley lui lance :

– Elle s'appelle Elvis. J'te le dis, car tu vas la revoir souvent. Oh yeah !

– Je comprends mieux son attitude, elle souffle en secouant la tête. Ne vous inquiétez pas, c'est sa façon de vous accueillir chaleureusement.

– J'imagine que je dois me sentir honorée, je bredouille.

– Bon sang, je kiffe cette nana ! s'exclame la réincarnation du King.

Pour la seconde fois, il interprète mes propos comme de l'indifférence quant à leur notoriété. Je vais peut-être bien m'en tirer, au final.

– Bon vol, Elvis, ajoute l'hôtesse. Si vous avez besoin de quoi que ce soit, faites-moi signe, mon prénom est Diana.

– Mais on l'appelle Lady Di, précise Riley. Je suis entouré de gens incroyables !

Il m'invite à le suivre et reprend son numéro. J'avoue qu'il maîtrise bien le mouvement et je sais de quoi je parle : toute ma vie, j'ai eu droit à cette réaction.

OUI, MAIS C'EST RILEY MOORE QUI LE FAIT, LÀ ! RILEY MOORE !

J'en ai conscience et j'aurai tout le loisir de me rejouer cette scène ubuesque ce soir. Parce que, pour l'instant, je suis trop occupée à canaliser ma démarche, mes pensées, la gravité, la pomme que j'ai avalée en me levant ce matin et qui menace de remonter... Bref, tout ce sur quoi la proximité croissante d'Oxton Briggs a un impact.

Je n'étais jamais entrée dans un jet, et je suis sidérée par ce que je vois. Même si je m'en suis bien tirée vu l'endroit où j'ai démarré, j'ai des goûts modestes. Le luxe ne m'a jamais donné envie et tout ce que j'ai sous les yeux à cet instant est si ostentatoire que je me sens mal à l'aise. Cet avion est un salon volant fait de cuir et de bois. Des fauteuils et une banquette, une table et un écran plus grand que ma télévision.

ET OXTON BRIGGS LÀ-BAS, AU FOND !

Si Rita a déjà repéré l'objet de notre obsession, pour ma part, je repousse au maximum la seconde où je serai forcée de m'adresser à lui. Je fais courir mes yeux partout pour l'ignorer. L'avantage, c'est que ce jet contient plus de passagers que ce à quoi je m'attendais. Sans compter Riley – qui se prend encore pour Presley –, il y a deux hommes installés devant un match de basket, ainsi qu'une femme enceinte en train de s'exciter après un grand blond blafard. Il était au Ang'Hell, mais j'ai oublié son prénom. Les seuls que je reconnais sont le manager du groupe et Asher, qui croise justement mon regard. J'adresse à ce dernier un sourire poli, mais sa réaction me fait froncer les sourcils. Il se redresse tout à coup sur son siège, ouvre grand ses paupières et s'accroche à sa bouteille d'eau de manière anxieuse, comme si j'allais la lui voler. Au même instant, les moteurs se mettent en route et je m'agrippe à ma sacoche.

C'EST PARTI !

– Les amis, on dit bonjour à Elviiis ! s'exclame alors Riley.

Oui, c'est parti...

12
OXTON

*Qui crache sur Oxton le premier jour
sera heureux pour toujours.*

Les coudes posés sur la table, j'assiste au déversement de colère de notre attachée de presse. Heureusement pour moi, cette fois, je ne suis pas la victime de son flot de paroles ininterrompu. Son visage est tout rouge et si son index furieux pouvait se détacher de sa main, il irait s'enfoncer dans la gorge de Gregory pour écourter sa vie.

– Du calme, Miranda, j'interviens dans la pause de deux secondes qu'elle laisse dans son monologue excédé. Dans une heure, tu seras officiellement en congé, tu veux bien t'asseoir et effectuer tes exercices de respiration ?

– Ces exercices sont censés m'aider à mettre mon enfant au monde, ils n'ont pas vocation à m'empêcher de commettre un meurtre !

– Ça pourrait les rentabiliser. C'est pas justement l'un de tes mots favoris ? je poursuis.

– Ce n'est vraiment pas le moment.

Avec son tempérament de feu, je suis étonné qu'elle n'ait pas accouché prématurément. C'est son dernier jour avec nous, et j'aimerais autant qu'elle n'expulse pas son mini-double diabolique dans l'avion. Égale à elle-même, elle se fout royalement de ce que je lui recommande.

– Je vais rester debout jusqu'à ce que ce bouffon disparaisse de mon champ de vision ! À ce moment-là, peut-être que je me calmerai, elle débite à toute allure. À quoi tu pensais, bordel ? elle lance ensuite à son remplaçant.

Enfin, Gregory était supposé la remplacer, mais vu la tournure des événements, il va nous falloir un nouvel attaché de presse. Je connais Miranda depuis cinq ans, jamais elle ne le laissera s'en tirer comme ça, ce qui me va. La tête de ce dernier ne me revient pas.

Je m'apprête à ouvrir la bouche pour prendre les choses en main, quand la voix de Riley résonne devant moi.

– Les amis, on dit bonjour à Elviiis !

Je penche la tête vers l'allée centrale et hausse un sourcil. Qu'est-ce qu'il fout, à remuer comme s'il était le King ressuscité ? Derrière lui, je repère une fille qui avance en regardant autour d'elle avec attention. OK, j'ai compris, il fait son show pour impressionner notre nouvelle spécialiste des réseaux sociaux. Celle qui a touché à ma guitare comme si tout lui était permis. Je la détaille rapidement. Maintenant qu'elle ne porte plus sa casquette et ses lunettes de soleil, je remarque à quel point elle est jeune. *Ou bien c'est moi qui vieillis.* Quoi qu'il en soit, elle n'a pas intérêt à me les briser. J'avais déjà un *a priori* sur son job, autant dire que son attitude mardi n'a rien arrangé.

Riley arrive à mon niveau et écarte les bras pour donner de l'ampleur à son annonce.

– Ox, dis bonjour à celle qui va faire de toi un nouvel homme ! il proclame en se décalant sur le côté.

Rien que ça ?

Il passe son bras tendu au-dessus de la tête de la nana, qui a le réflexe heureux de se pencher pour éviter un coup de coude dans le front. Lui ne s'en rend pas compte et poursuit son manège en posant une main sur son épaule pour la pousser un peu en avant. Je cherche le contact visuel pour qu'elle lise tout de suite dans mes yeux que je ne serai pas sa marionnette, mais n'obtiens qu'un profil à demi tourné vers mon pote.

– Elvis, voici Oxton Briggs, le légendaire chanteur des Unfool.

Il vient de parler comme s'il s'adressait à quelqu'un qui se réveillerait d'un coma de dix ans. À vrai dire, vu son visage impassible, c'est peut-être le cas. Il a dit qu'elle s'appelait comment, déjà ?

– Sal...

– Ces foutues hormones m'ont affaiblie ! s'excite Miranda, toujours dans son délire. J'aurais dû sentir que tu manquais de professionnalisme quand j'ai validé ta candidature.

J'étais sur le point de croiser le regard de cette fille, mais ses yeux sont à présent scotchés à la moue meurtrière de Miranda.

– Qu'est ce qui se passe, Mira ? s'inquiète Riley en comprenant qu'ils débarquent en plein milieu d'une crise.

– Il se passe qu'on a embauché une commère doublée d'un adulateur !

Ses globes oculaires sortent quasiment de leurs orbites alors qu'elle prononce ce dernier mot. Elle est terrifiante et Gregory flippe à mort.

– C'était trop beau de penser que je pourrais partir l'esprit en paix !

– Non mais d'accord, j'adore ce que vous faites et je vous trouve exceptionnels...

J'ai horreur de ce type de personnage, ces fans qui essaient de nous infiltrer pour se sentir exister. Comme l'a fait ma mère avec mon géniteur...

– Bon, prends tes affaires et tire-toi, j'interromps Gregory pour mettre fin à cette conversation.

Il ouvre de grands yeux interloqués.

– Vous n'allez quand même pas me virer pour ça ? Juste parce que j'adore votre musique !

– À ce niveau, c'est elle qui commande et tu t'es grillé.

Je l'aurais viré aussi, rien que pour sa mèche blonde gominée, mais j'aime faire porter le chapeau à Miranda. Ça fait partie des missions d'une attachée de presse, non ?

– Pour ça ? Espèce d'abruti ! elle s'énerve en soufflant fort. Regarde ! elle poursuit en lui collant presque l'écran de son portable sous le nez. Je t'ai donné carte blanche au Ang'Hell et tes bavardages de comptoir font déjà le tour de la toile.

– Je suis désolé, répond ce dernier. Je ne savais pas que ce type était blogueur.

– Mais on s'en fout qu'il soit blogueur, boucher ou laveur de vitres ! Ton rôle implique de tenir ta langue, pas de discuter avec des fans ou avec n'importe qui d'autre.

Elle pousse une espèce de grognement hystérique, puis joint ses mains comme si elle priait pour qu'il brûle éternellement en enfer, avant d'interpeller mon garde du corps.

– Travis s'il te plaît, jette-moi ce sac de vomi dehors !

– Les moteurs tournent, balbutie Gregory.

– Estime-toi heureux qu'on ne soit pas dans le ciel ! elle rétorque, amère.

Elle va me manquer.

Travis se lève et l'escorte jusqu'à la sortie. Miranda tombe enfin assise sur son siège et étend ses jambes sous la table.

– Pousse tes pieds de là, Briggs ! Mes chevilles sont si gonflées que tu vas devoir me porter sur ton dos jusqu'à la voiture en arrivant.

Je me décale à l'autre extrémité de ma banquette pour qu'elle puisse s'installer à sa guise. Dans sa position semi-allongée, seul son ventre rond l'empêche de glisser sous la table.

– Tu te sens mieux ? je lui demande.

Paupières closes, elle prend de longues inspirations. Le calme avant la tempête.

– Dans une heure, j'aurais dû partir l'esprit léger, elle grommelle. Une heure !

– Tu vas arrêter de bosser comme prévu.

– Jamais de la vie ! C'était déjà le pire moment pour passer la main, autant te dire que je ne supporterai pas de partir alors qu'il n'y a plus personne pour prendre le relais. Au fait, où est la community manager ?

– Juste là, l'informe Riley. J'essaie de te la présenter depuis cinq minutes mais je suis certain que tu l'as traumatisée maintenant.

– Bonjour, prononce la concernée d'une voix timide.

– Tu vois, elle est toute chamboulée ! il réprimande Mira. Ne t'inquiète pas, mon enfant, il fait mine de rassurer la nouvelle, je ne la laisserai pas te jeter dans le vide si elle en a après toi.

– Va voir ailleurs si j'y suis, Moore ! T'as pas des mélodies inédites à composer au lieu de polluer mon air ?

– J'ai presque fini celle sur laquelle je bosse et j'ai même un titre ! Le morceau s'intitulera « Miranda s'est échappée des Enfers pour détruire l'univers ».

– Je l'adore déjà, elle le cingle.

Elle lui offre son rictus diabolique avant de porter son attention sur la pauvre fille coincée entre eux. D'ici, je la trouve plutôt inconsistante, ça m'étonnerait qu'elle tienne le rythme qui nous attend ces prochaines semaines. L'avantage, c'est qu'elle n'a pas l'envergure d'une emmerdeuse, mais la perspective de me traîner un boulet touche-à-tout me gonfle d'avance.

– Comment tu t'appelles ? se renseigne Mira.

– Elvis Calloway.

– Elvis ? C'est un pseudo ? elle s'étonne en écho à mes pensées.

– Non, c'est mon prénom, elle répond sur un ton qui révèle le nombre incalculable de fois où elle a dû entendre ça.

En même temps, c'est un blase inattendu, surtout pour une petite nana comme elle.

– Oh ! OK ! C'est original. Moi, c'est Miranda Palmer.

– Beaucoup moins stylé, chuchote bruyamment Riley.

Je sais maintenant pourquoi il a traversé l'avion en poussant des « Oh yeah ».

– Je suis l'attachée de presse maudite de ce groupe de malheur.

– Elle fait semblant de nous détester, mais elle nous aime d'un amour indéfectible, souffle toujours le même.

– C'est faux. Tout ce qui m'arrive est leur faute.

Allez, c'est reparti !

– Sois sur tes gardes, Elvis. Si tu ne fais pas gaffe, tu finiras comme moi : sourde et enceinte !

Son interlocutrice fronce les sourcils. J'attends qu'elle me lâche une œillade interrogative, mais c'est vers Riley qu'elle se retourne.

– On n'a pas encore percé le mystère de celui qui l'a fécondée, mais aucun de nous trois n'est le père de cette petite chose, il répond sans qu'elle ait formulé quoi que ce soit.

– Je trouve la chose en question plutôt énorme vu le périmètre de son bide, je la taquine.

J'écope d'un coup de pied dans le tibia et d'un regard noir.

– Assieds-toi et sors ton matos, Elvis, elle enchaîne aussi sec, insensible au fait qu'elle m'a probablement fracturé la jambe.

– Tu crois que c'est une allusion sexuelle ? me susurre Riley.

Il est en forme aujourd'hui, je me demande si c'est à cause du concert de ce soir ou de la recrue.

– Ferme-la, elle a l'air de se détendre un peu, je l'interromps avant qu'il poursuive sa blague nulle.

La nouvelle s'installe à côté de Mira, pile en face de moi.

– Je vais te donner les accès Insta du groupe, annonce notre attachée de presse. Il faut qu'on rebondisse sur les conneries de Gregory.

– Qu'est-ce qu'il a fait exactement ? s'enquiert la soi-disant pro en sortant une bouteille d'eau de son sac.

Elle la débouche et la porte à sa bouche, attentive à la suite.

– Pile ce qu'il faut éviter ! Il a balancé des infos confidentielles, à commencer par le nom des hôtels où nous allons loger. Je dois tout réorganiser et je m'attends au pire maintenant ! Quand on bosse pour des personnalités publiques, ce genre de débordement est intolérable. On ne doit pas trop les aimer, encore moins les aduler. Crois-en mon expérience, c'est pourtant facile avec eux !

La seconde qui suit, j'entends un gargouillis inquiétant, suivi d'une attaque d'eau tiédasse qui m'arrive en pleine figure. Elle vient vraiment de me cracher son eau dessus ? *Sans déconner ?* Je cligne des paupières lentement, jusqu'à scruter le visage écarlate et coupable qui me fait face. *OK, ça continue. D'abord ma gratte, maintenant ça.*

– Oh ! Je suis désolée !

Riley est mort de rire, quant à Miranda, elle pleure et ce ne sont pas les hormones, pour une fois. J'attrape une serviette sur le plateau de rafraîchissements et m'essuie sans quitter mon agresseur des yeux.

– Je t'avais dit que c'était la bonne, se marre encore mon foutu ami. Oh yeah !

– Je me sens déjà un peu mieux, enchérit Mira. Tu connais le fameux dicton, Elvis ?

– Euh... non, elle bredouille.

– Qui crache sur Oxton le premier jour sera heureux pour toujours.

– J'en connais un autre qui dit : « Recommence et t'es virée », je rétorque avec acidité.

– Les dictons sont pas censés rimer ? se moque Mira.

Je lui adresse un doigt d'honneur, mes iris quant à eux sont rivés sur sa voisine. Elle ne soutient pas mon regard – à vrai dire, elle m'ignore complètement – et s'affaire à paramétrer nos comptes sur les réseaux sociaux, à partir de son téléphone et de l'ordinateur portable qu'elle a sorti de son sac. Il y a chez cette nana un truc qui me dérange, mais je n'arrive pas à l'identifier. Cela dit, sa simple présence m'agace. Mira, quant à elle, se met à bosser très facilement avec la seule autre fille du staff. Vu son caractère, j'imagine que c'est bon signe, mais rien à faire, cette community manager ne me revient pas.

L'avion décolle, j'enfonce mes écouteurs dans mes oreilles pour ne plus entendre leurs échanges soporifiques et ferme les yeux. Sans savoir pourquoi, j'entrouvre un œil après quelques minutes et observe la fameuse Elvis. Son téléphone dans une main et sa bouteille d'eau dans l'autre, elle est à nouveau en train de boire. Elle sent probablement mon angoisse soudaine qu'elle me crache dessus une deuxième fois, car elle lève le nez de son écran, le goulot au bord des lèvres. Contrairement à tout à l'heure, elle ne se détourne pas immédiatement et j'en profite pour lui adresser un avertissement silencieux : « Tiens-toi tranquille. » Ses iris marron sont insondables tandis qu'elle reste immobile plusieurs secondes, avant de baisser lentement son arme.

Dès lors que je suis hors de danger, je me réfugie sous un masque de nuit et allonge mon dossier. Les concerts à Vegas sont toujours harassants et avec tout ce que j'ai déjà en tête, mieux vaut que je me repose. Quand j'arrive à dormir, mon esprit se calme un peu.

13
ELVIS

Croix de bois, croix de fer,
si je réponds à Oxton Briggs,
je vais en enfer.

J'ai craché sur Oxton Briggs. Si j'avais dû lister les pires façons de faire connaissance, lui cracher de l'eau à la figure serait certainement arrivé en troisième position. Juste après « le renverser en voiture » et « lui vomir dessus ». Ajoutez à ça mon indélicatesse vis-à-vis de son instrument et me voilà cataloguée.

Rita voudrait pouvoir se débarrasser de moi.

TU ES UN MONSTRE, ELVIS, UN MONSTRE !

Quand Mira a énoncé les raisons pour lesquelles ce pauvre garçon s'est fait licencier, ma personnalité de groupie a avalé de travers et... *j'ai craché sur Oxton Briggs.* Vu la façon dont le chanteur m'a dévisagée ensuite, je suis certaine qu'il me déteste. Ces prochains mois vont définitivement être un calvaire. Même si je ne diffuserais aucune info secrète, ils ne doivent jamais découvrir que je suis fan, moi aussi.

Alors que Mira me briefe sur les réseaux sociaux des Unfool, je ne peux pas m'empêcher de lancer des coups d'œil sur celui qui roupille en face de moi. La dernière fois que je l'ai vu de si près, il avait dix ans de moins. Il a changé, bien sûr, mais je ressens encore cette aura qui le caractérise. Il est toujours aussi beau, même avec son masque de nuit, si bien que je n'arrive pas à le regarder plus de quelques secondes.

– Le vol dure environ une heure, tu penses avoir pris tes marques sur les comptes du groupe d'ici l'atterrissage ? me demande l'attachée de presse sans lever le nez de son PC. C'est court, mais on a du pain sur la planche, j'ai besoin que tu sois efficace tout de suite. Et, d'après la proposition de ton agence, tu devrais également créer des comptes personnels pour Oxton, c'est ça ?

– En effet. Aucun problème pour la durée de prise en main.

– Tu me donneras les accès, on ne sait jamais ça peut être utile. Je les filerai aussi à Ox, qui sait, tu vas peut-être lui donner le goût du digital.

– Compte là-dessus, il grommelle alors que je le croyais endormi.

– Bien sûr, madame Palmer, je vous transmets ça dès que c'est opérationnel.

– Si tu continues à m'appeler « madame », je te jure d'agir comme Riley et de fredonner des chansons du King chaque seconde. Même au pied de ton lit.

– Il pourrait faire ça ?

– Je te laisse le découvrir.

Je reste un instant la bouche ouverte, imaginant la scène.

RILEY MOORE AU PIED DE SON LIT, QUI N'EN RÊVERAIT PAS ?

Moi, Rita, l'idée est carrément flippante !

– Bon, sinon, ton agence nous a envoyé un document totalement imbitable sur les stratégies social media préconisées... Tu peux m'expliquer ça concrètement ? Quand tu auras créé un compte perso pour Oxton, il y aura forcément des retombées...

Je lui tends les notes présentant mes idées. Elle les lit à toute vitesse en hochant la tête.

– OK, ça au moins, c'est limpide. Si tu veux mon avis après des années à fréquenter ces trois-là, il te manque simplement un quotidien avec eux pour mettre le doigt sur les détails qui pourront faire la différence. J'espère que t'as du caractère parce que, crois-moi, il en faut !

Oh ça, oui ! Il s'est un peu fait la malle cette semaine, mais j'ai dû me forger un tempérament à toute épreuve avec ma mère. Ce qui me fait défaut pour l'instant, c'est la formule magique me permettant de côtoyer le groupe sans risquer de laisser échapper un hurlement hystérique de groupie. Je mise sur Rita pour lui bloquer le passage.

À QUOI JE SUIS RÉDUITE !

Je prends mes marques dans la *Unfoolsphere* et, avant que l'avion n'entame sa descente et que je ne puisse plus me déplacer, je me lève pour aller aux toilettes. Ma petite sacoche sur l'épaule, je vais en profiter pour vérifier mon taux de sucre, vider ma vessie et pousser un cri silencieux pour me calmer.

Lorsque je reviens à ma place, plus légère d'un demi-litre mais pas plus sereine, Oxton m'observe comme si j'allais à nouveau m'en prendre à lui. Il va falloir que je fasse un point sur notre collaboration, mais après le coup de la guitare et celui de l'eau, ma langue reste collée à mon palais. Je tenterais bien un sourire aimable pour commencer, mais mon capital confiance est encore trop bas pour que je sois certaine de ne pas afficher un rictus flippant, aussi, je choisis l'ignorance.

Ma jambe qui tressaute au sol accroche le rabat de ma sacoche et révèle le contenu de cette dernière. L'attention de Miranda se focalise sur l'appareil photo qui y est rangé.

– Dis donc, joli ! Un paparazzi ne serait pas mieux équipé. Moi qui pensais que les CM ne se servaient que de leur téléphone.

– La plupart, oui... Mais pour certains posts, je préfère varier.

– Intéressant ! D'ailleurs, à ce sujet, sache qu'Ox est au courant que tu vas le mitrailler sous tous les angles à partir de maintenant afin d'alimenter son futur *feed* perso.

– Pardon ? intervient le concerné.

– Il va te faire croire que c'est faux, mais c'est dans le contrat.

– C'est faux.

– Tu vois, elle réplique. Tu as dû remarquer que le contenu du groupe posté jusque-là est très peu centré sur lui, ce qui est invraisemblable vu son ego hors du commun. Si tu t'y prends bien, il finira par y prendre goût.

– Compte là-dessus, il la contre encore.

Elle doit avoir l'habitude de ce sujet de conversation, car elle poursuit après avoir haussé les yeux au ciel :

– Tu comprendras rapidement que cette personne pense pouvoir faire évoluer sa carrière sans se mouler à ce que le public réclame : une fenêtre sur sa vie. Je voulais attendre un peu avant de t'en parler, mais t'as l'air sympa, je préfère te prévenir tout de suite. Il va être chiant. Très chiant.

– Je me fous de vos conneries de réseaux sociaux et de vos merdes commerciales. Le public aime ma musique !

– Et éclaire-moi, ce que tu vises en tant qu'acteur, c'est tourner dans des comédies musicales ? Non ! Donc ta musique, c'est très bien, mais ça ne suffit plus. Les producteurs s'en moquent pas mal. Au contraire, ça te dessert dans ce domaine. Ils ne te font pas confiance.

Elle chope une barre de céréales sur la table, ouvre l'emballage et mord avidement dedans. Je suis sûre qu'elle imagine le bras du chanteur à la place. Lui paraît à deux doigts d'exploser.

– Sois mignonne, Elvis, reprend Mira, la bouche pleine. Dis à ton nouvel homme objet qu'avoir des fans ne suffit pas pour s'imposer au cinéma.

– Avoir des fans ne suffit pas, je répète sans la quitter des yeux.

Elle me pince le menton entre son pouce et son index et fait pivoter mon visage en direction du chanteur.

– Essaie plutôt par là, elle précise.

Il m'inspecte d'un air hautain, me mettant au défi de lui tenir tête.

VAS-Y, VI ! scande Rita.

Facile à dire pour toi qui te terres derrière moi !

Je prends une vive inspiration et me racle la gorge.

– Votre attachée de presse a raison, je commence en me concentrant sur chaque mot. Il est important de... Je...

... n'arrive pas à mettre de l'ordre dans mes idées quand mon interlocuteur est Oxton Briggs et qu'il m'observe comme si j'étais un escroc essayant de l'arnaquer. J'ai déjà dû expliquer à d'autres clients l'intérêt d'un compte Instagram ou Snapchat correctement alimenté, et j'y crois vraiment, mais là, tout ce que mes neurones sont capables de m'envoyer comme informations, c'est la largeur de ses épaules, son parfum et cet épi au sommet de son crâne qui fait rebiffer une de ses mèches.

– Tu... ?

Zut, j'en étais où ?

– L'impact des réseaux sociaux n'est pas à prendre à la légère, j'ajoute.

Sa bouche se tord, il hoche la tête.

– Waouh ! Tu es aussi convaincante que les types qui viennent sonner à ta porte pour te prédire la fin du monde. Non, en fait, tu es même moins convaincante qu'eux. C'est dommage, je me sentais un peu faiblard aujourd'hui, j'crois que t'aurais pu réussir à me vendre ton truc. Ça promet pour la suite. J'avais raison de mettre en doute l'intérêt d'embaucher une community manager, d'autant plus tout juste sortie du lycée.

EH OH ! FAUT PAS EXAGÉRER !

J'adore mon travail, qui est bien plus complexe et intense que le maigre crédit qu'il lui apporte avec son timbre dédaigneux. Le choc de son affront me prend au dépourvu.

– Est-ce que vous essayez de jouer au musicien capricieux ? Si c'est l'idée, en plus de vos réseaux sociaux, il va aussi falloir bosser votre talent de comédien.

Une turbulence fait subitement trembler la carlingue et, face à moi, je vois deux sourcils se relever, puis se froncer dangereusement. Quelque part loin dans mes oreilles, j'entends Rita hurler à la mort. *Qu'est-ce qu'il vient de se passer ? Ce n'est quand même pas moi qui ai dit ça ? Non, impossible ! Le jet a été aspiré dans une dimension alternative et nous allons nous crasher sur une île mystérieuse.*

– Enfin un recrutement sensé ! souffle ma voisine en levant les pouces.

À en juger par la satisfaction peinte sur le visage de Miranda et l'expression opposée sur celui d'Oxton, c'est bien moi l'auteure de cette poésie. Mon intervention cinglante a au moins l'avantage de lui clouer le bec, puisqu'il se contente de changer de siège pour rejoindre ses amis. Il l'avait bien cherché, mais il est mon client. *C'est quoi, mon problème ?*

– Bien joué, Elvis, me félicite ma nouvelle collègue de travail.

– Est-ce qu'il va me virer ?

– Oh non ! Il ne fait pas ça comme ça, sauf quand c'est moi qui le lui demande. Il est plutôt du genre à transformer ta vie en enfer pour te pousser à démissionner. Mais tu viens de démontrer que tu n'as pas froid aux yeux, tu devrais tenir bon.

Son timbre chantant me laisse à penser qu'elle n'est pas sérieuse. Et puis, c'est d'Oxton Briggs qu'il s'agit, il n'a rien d'un tel connard.

T'EN ES SÛRE ? ON NE PEUT PAS DIRE QU'IL SE SOIT MONTRÉ TRÈS ACCUEILLANT JUSQUE-LÀ.

Je garde le silence jusqu'à l'atterrissage et m'empresse de me diriger vers la sortie dès que Diana nous informe que nous pouvons y aller. Asher, Kassim et Riley ouvrent la marche, je les suis sagement tout en me répétant que ma présence ici doit être le résultat d'un coma dans lequel je suis plongée depuis une semaine.

PEUT-ÊTRE PLUS QUE ÇA ! QUI DIT QUE TU N'ES PAS DANS UN HÔPITAL SORDIDE DEPUIS UNE DÉCENNIE ET QUE LES UNFOOL NE SONT QU'UNE CRÉATION DE TON CERVEAU RAMOLLI ?

Mais oui, Rita, rien que ça.

– C'est toi qui l'as rendu tout ronchon ? me souffle Riley en regardant au-dessus de mon crâne.

– Non ! je me défends. Je crois qu'il a eu peur des trous d'air.

Oh ! Mais qu'est-ce que je raconte ?

Riley se marre en me couvant d'un regard satisfait.

– Je crois plutôt qu'il devient naturellement plus désagréable chaque année. De toi à moi, depuis qu'il est entré dans la trentaine, c'est pire. Et cette histoire de cinéma n'arrange rien...

Sa tonalité s'est altérée, révélant une note de sincérité.

– T'inquiète, en ce qui me concerne, c'est tout l'inverse ! il se reprend en tapant du poing sur mon épaule. Plus je vieillis, plus j'aime mon prochain. D'ailleurs, tu veux bien que je sois ton meilleur ami ?

Il bat des cils en me montrant ses dents, j'avale ma salive difficilement. Pour cause, quand je monte des scénarios dans ma tête avant de m'endormir, il y a une base fixe : Oxton tient le rôle de mon mari transi d'amour qui souffle des pétales de rose vers moi, Asher et Riley, celui des grands frères dont j'ai toujours eu terriblement envie. L'un protecteur, l'autre déconneur. Mais tout ça fait partie de mon imaginaire d'adolescente et certainement pas d'un but à atteindre. Voilà pourquoi je ne voulais pas de ce travail ! S'il y a bien une chose que je partage avec ma mère, c'est l'idée que la vraie vie est bien moins sympa que celle qu'on se crée d'une façon ou d'une autre. Elle a choisi le crack, moi, les courts-métrages nocturnes. C'est bien moins dangereux, en tout cas jusqu'à aujourd'hui.

– Ce suspens est intenable !

– Désolée, monsieur Moore, la place est déjà prise.

– Merde. Ta meilleure amie alors ? Asher dit que j'ai un timbre un peu féminin.

– Ce poste aussi est pourvu.

– D'ordinaire, je n'ai pas tant de mal à me faire accepter comme ami. Le côté rock star, tout ça tout ça...

– Ce n'est pas trop difficile à encaisser ? je me surprends à rétorquer.

– J'écrirai une chanson triste à ce sujet, il soupire en saluant Diana qui est plantée à l'avant du jet. Ce sont celles qui fonctionnent le mieux. À défaut de me rendre heureux, tu me rendras riche.

Il passe la porte et s'engage dans l'escalier. Je me prends une rafale de vent chaud dans la figure alors que j'en fais autant.

– Hello Vegas ! Elvis est de retour en Terre sainte ! il s'exclame en sautant les trois dernières marches.

Il atterrit sur la piste en levant les bras. *Quand est-ce qu'il va arrêter avec ça ?*

– Tu te sens émue ? il m'envoie en faisant trembler sa lèvre inférieure.

À vrai dire, c'est la première fois que je viens dans cette ville. En dehors de Los Angeles où j'ai vécu toute ma vie, je n'ai voyagé que dans deux États grâce à mon travail : l'Ohio pour rencontrer mes clientes Hope et Prudence, et New York, pour faire la connaissance du joueur de NBA Donovan Wolinski.

– Alors, ça te fait quoi ? il revient à la charge.

Tandis que j'atteins l'ultime marche, un frottement dans mon dos me fait tourner la tête. Quand je comprends à qui appartient l'avant-bras qui a frôlé ma colonne vertébrale, je perds l'équilibre, mon pied s'emmêle dans la lanière du sac que je porte à bout de bras et je m'affale à genoux sur le tarmac.

– Ça me fait mal, je réponds malgré moi à la question de Riley.

14
ELVIS

Qu'est-ce qui est grand, brun et qui sent les ennuis ? Indice : ce n'est pas un ours.

Riley s'empresse de venir à ma rencontre et me détaille du haut de son 1,83 mètre. *Oui, je connais même leurs tailles.*

– C'est l'émotion de revenir sur le sol sacré qui te fait te prosterner ainsi ?

– Quelque chose comme ça.

Il se penche et tire sur mon coude pour m'aider à me relever. Je dépoussière mon jean pour cacher ma stupidité et évalue l'état de mes rotules. Durant un instant, je regrette de ne pas avoir de fracture, ça m'aurait permis de rebrousser chemin direction Los Angeles.

– Pourquoi tu l'as poussée, Ox ? il balance par-dessus ma tête sur un ton blagueur. Tu nous avais promis de contrôler ton pendant sadique ! Ta dernière victime a cassé ses quatre dents de devant, ça t'a pas suffi ?

– J'avoue que c'était extrêmement tentant, mais celle-ci a fait le job toute seule.

Il largue sa phrase tel un parpaing et me dépasse comme si de rien n'était. *Quel connard !* Son ton acerbe et son absence de compassion m'atteignent plus profondément que prévu. Non parce que j'aurais voulu qu'il se jette sur moi, mort d'inquiétude, en tâtant chaque partie de mon corps pour s'assurer que j'allais bien… mais plutôt parce qu'une fois de plus, son comportement ne colle pas à l'idée que je me faisais de lui. Le sol me semble moins stable tout à coup.

T'INQUIÈTE ! TU L'AS JUSTE MIS DE MAUVAIS POIL AVEC TA GRANDE BOUCHE !

C'est le chanteur des Unfool, mon crush ultime, pas un trouduc insensible et égocentrique… à qui ma main droite est en train d'adresser un doigt d'honneur que je n'ai pas autorisé. Riley rigole, ma main gauche se hâte de rabaisser l'autre, mais Oxton s'est retourné et ne manque pas mon affront. Il arque un sourcil, je fais de même pour donner le change. Histoire d'y aller à fond au point où j'en suis, je saisis mon portable et fais ce pour quoi on me paie.

– Tu viens de me prendre en photo ? il grogne à mon attention.

– Hashtag Viva Las Vegas, je rétorque effrontément.

Il me scrute en inspirant lentement, mon courage bat déjà en retraite et je baisse les yeux sur mon téléphone.

T'ES COMPLÈTEMENT INCONSCIENTE, VI !

Effectivement, quelque chose cloche chez moi. Qu'est-ce qui me prend d'agir ainsi avec lui ? La plupart du temps, le stress me fait raconter n'importe quoi mais là, chaque échange me met en position défensive et il en ressort une espèce d'agressivité mordante.

– Remuez-vous ! nous crie Miranda.

Deux gros 4 × 4 nous attendent près d'un hangar vitré. Je ralentis le pas pour ne pas m'engouffrer dans celui des musiciens. J'ai besoin d'un sas de décompression avant d'arriver à l'hôtel, afin de procéder à une petite mise à jour mentale. La pression me fait dégoupiller, je dois me reprendre.

Avant tout, je tape un message pour Addison. D'habitude, j'opte pour les vocaux, mais les sièges voisins sont occupés, je n'ai pas envie que les autres entendent mon épopée aérienne. Heureusement, son téléphone lit les textos à voix haute.

Elvis : Je viens d'atterrir à Vegas.
Addi : Ne vous mariez pas ce soir !
Elvis : Hein ?
Addi : Chester m'emmène acheter une robe seulement lundi ! Je suis sûre qu'il accepte mal son amour à sens unique alors il repousse l'inévitable.
Elvis : De quoi tu parles ?
Addi : Je sais que c'est difficile de se contrôler quand l'amour frappe, mais je frapperai plus fort si tu te maries avec Oxton Briggs sans moi !

Ce n'est définitivement pas près de m'arriver vu ce qu'il vient de se passer.

Elvis : Relax, pas d'union à venir.

C'est le moins que l'on puisse dire.

Addi : Comment ça ? Pas de coup de foudre pour la starlette ?
Elvis : Nope !
Addi : La déception ! Même pas une petite main au cul ?

Elvis : C'est bon, t'as fini ? Je suis là pour le boulot, pas pour trouver un mari.
Addi : Un mari riche… Quelle rabat-joie ! Reviens me parler quand tu auras défait le nœud de ton côlon.

Je clos la conversation et cale ma tempe contre la vitre. J'observe les rues de Vegas en soupirant, elles sont nettement moins impressionnantes que ce à quoi je m'attendais.

– La journée, c'est plutôt quelconque, c'est la nuit que t'en prends plein les yeux.

Je me tourne vers celui qui vient de me parler.

– Je m'appelle Mills, je suis l'ingé son de la tournée.

– Et moi, la community manager. Elvis, j'ajoute en lui tendant la main.

– Promis, je vais pas t'emmerder avec ça, il murmure en souriant. Riley a déjà mis le paquet.

– Je t'en suis profondément reconnaissante.

– C'est ton baptême du feu ?

– Ça se voit tant que ça ?

– Tu vas t'y faire, c'est une expérience incroyable, surtout avec les Unfool. Si tu veux un conseil, évite juste de cracher sur Oxton à l'avenir, ça fait mauvais genre.

– Tu m'as vue ?

– Tout le monde t'a vue ! Mais personne n'a commenté à voix haute, on n'a pas envie de se faire virer.

– Génial.

Il cache son rire derrière sa main tatouée, tandis que je m'enfonce dans mon siège en me frottant le visage. Je démarre du mauvais pied, c'est super. Il me tarde de passer des journées entières avec eux !

Je reviens sur mon écran et ouvre la photo prise à la sortie de l'avion. Je ferais un excellent paparazzi, Oxton est canon dessus. Je suis la seule à savoir que l'air sombre qui flotte sur ses traits m'est destiné, n'importe qui d'autre prendrait ça pour une pose de rock star.

Soudain, j'ai une idée. Je m'empresse de créer un compte Instagram au nom d'Oxton Briggs et j'envoie en parallèle un mail à Sarah pour que notre contact privilégié chez eux le fasse certifier au plus vite. Je ne vais rien poster dessus pour l'instant, mais ce profil personnel vide va réveiller la toile et susciter une véritable attente chez ses fans. Ils vont se demander ce qu'il se passe tout d'un coup et la mayonnaise va rapidement prendre. Ce sera le tremplin parfait pour amorcer la suite.

Je retourne sur le compte des Unfool, retouche un peu la photo et tape un court texte accrocheur sur lequel j'identifie le profil tout neuf pour inciter les gens à s'abonner.

« @OxtonBriggs est à Vegas ! Gros concert #Unfool ce soir à l'Ultra Arena ! »

Je m'interromps en pensant à quelque chose.

– Dis-moi Miranda, je l'interpelle alors qu'elle s'active elle aussi sur son portable. Tu crois que tu peux me dégoter deux places VIP pour ce soir ? Ce serait cool de les faire gagner à des fans. Les gens adorent ça et vu que le show est complet, ça va relancer la com sur l'événement, booster la publication et mettre en avant le nouveau compte du chanteur vedette.

– T'es déjà à fond. J'aime ça ! Si tu penses que c'est bien, alors fonce. Par contre, j'te préviens, Ox est pas du genre à laisser entrer des fans dans sa loge.

– Il est pas proche d'eux ? je m'étonne.

– Non, il les tient à distance depuis toujours. Il les respecte, mais parfois j'ai l'impression que ça génère un truc bizarre chez lui. Et je te parle même pas d'Asher qui ferait un malaise si une groupie se jetait à son cou. Il ne penserait qu'aux bactéries qu'elle pourrait lui transmettre.

Une vraie partie de plaisir, ma parole !

Sa remarque sur Oxton me laisse perplexe. Là encore, ça ne colle pas avec ce que j'imaginais de lui.

Je reprends la publication pour y ajouter le concours flash et balise au mieux le contenu avant de valider la mise en ligne.

– On arrive, annonce le chauffeur.

Quoi, déjà ? Nous passons devant l'hôtel le plus immense que j'aie jamais vu, puis descendons dans un parking souterrain. Un majordome nous attend à la sortie de la voiture et nous guide jusqu'à un ascenseur privé presque aussi grand que ma chambre. Cachée derrière un type qui ne s'est pas présenté mais qui a tout l'air d'un garde du corps invincible, je me colle dans un recoin et regarde mes pieds.

La cabine gravit la tour pendant une longue minute. Je relève le nez lorsqu'un mouvement à ma gauche attire mon attention. *Oh ! C'est pas vrai !* Oxton cale son épaule contre la cloison, à dix centimètres de moi, et brandit son téléphone devant mon visage. Il est trop proche, j'essaie de me déplacer, mais je ne parviens à gagner qu'un piètre centimètre. Sa présence m'oppresse, j'ai du mal à m'oxygéner correctement.

– Un concours, sans déconner ?

Le peu d'air que j'avais réussi à faire entrer dans mes poumons me ressort aussi sec par les narines. *Il a vu la publication ?*

– Je croyais que les réseaux sociaux ne vous intéressaient pas.

– Je suis vigilant, je me méfie de ce que tu pourrais faire.

Il est tout ce qu'il y a de plus sérieux.

– C'est vrai que c'est terrifiant 98 229 likes en moins de quinze minutes.

J'essaie d'avoir la victoire modeste, mais j'ai soudain très envie de m'applaudir.

– T'as quel âge pour faire gagner des places ? Quatorze ans ?

Je brûle de lui dire que c'est l'âge que j'avais quand il a entamé sa carrière sous mes yeux, mais je me contente d'une réponse plus professionnelle.

– Rassurez-vous, monsieur Briggs, je connais mon travail. Je ne ferai rien qui puisse nuire à votre image.

– Comme jeter ma guitare par terre ou me cracher en pleine face ?

Ça va, pas la peine d'en faire toute une histoire !

– J'ai avalé de travers ! Et je vous ai présenté mes excuses pour cet incident.

Un rictus qui ne présage rien de bon ourle ses lèvres. Je crois que ma remarque sur ses prédispositions à être acteur a causé des dégâts. Avec du recul, j'admets que ce n'était pas la meilleure chose à dire, même s'il s'était montré désobligeant.

Dieu merci, un bip retentit et les portes s'ouvrent enfin. *Sauvée par le gong !* Décontenancée, je suis la dernière à sortir de l'ascenseur. Notre groupe se scinde en deux, à droite les Unfool et à gauche les autres. Je ne sais pas trop où aller, je décide de prendre la direction la plus éloignée de celle de mon client.

– Elvis ! me hèle Miranda qui est partie de l'autre côté. Toi, tu viens avec nous !

Je m'immobilise et grimace.

– À plus tard, me lance Mills en me tapant sur l'épaule.

J'opère un demi-tour et pénètre dans ce qui s'avère être une suite royalement ostentatoire, en essayant de camoufler mon air ébahi. Les musiciens sont déjà installés sur des canapés, comme si tout ça n'était pas dingue. Je sais que les gens riches ont l'habitude de ce genre d'environnement, mais ça n'en reste pas moins hallucinant.

ET UN PEU STUPIDE !

Effectivement, quand je pense au camp de caravanes de mon enfance où je me rends encore de temps en temps pour apporter à manger au vieux Wilfred, je me dis que tout ça est beaucoup trop. Mais bon, qu'y puis-je ?

– Ça te plaît ? me demande Riley lorsque je passe derrière lui.

Je m'arrête et me tourne dans sa direction. Même s'il est calé dans les coussins comme un être humain lambda, j'ai du mal à me faire à cette vision.

– C'est joli, je parviens à commenter en lui souriant poliment.

Assis à côté de lui, Oxton me lâche un coup d'œil rapide, pendant que son acolyte me scrute plus longuement. Je prends conscience que j'ai de la chance de profiter d'une telle suite, alors je m'empresse de remercier Riley.

– Avec plaisir, Elllvis !

Il se jette en arrière sur le sofa et roule sur lui-même en entonnant l'un des tubes du King. Au passage, il donne un coup de genou dans le menton du chanteur.

– Fais gaffe, putain ! il râle en lui enfonçant son poing dans le ventre.

– *Love me tender, love me sweeet*[8] ! ronronne Riley, mort de rire.

– T'en as pas marre d'entendre ça constamment ? soupire Miranda devant moi.

– Je suis habituée, je rétorque en haussant les épaules. Rien d'original, j'ajoute sur un timbre plat.

– Comment ça ? se redresse Riley, scandalisé. Tu vas me dire que c'est pas de la magie à l'état pur d'avoir le plus cool des Unfool en train de te fredonner du Presley ?

TU N'AS PAS IDÉE !

– C'est un rêve.

J'ai voulu prononcer ça d'une façon normale, mais mon self-control a transformé mon ton en quelque chose de tellement ironique que je me fissure de l'intérieur. Je sens mes oreilles devenir brûlantes et je visualise Rita nouer mes amygdales autour de son cou pour quitter ce monde anxiogène. Je me racle la gorge et gonfle les joues.

– Kassim a pas foutu dans ton contrat une clause qui stipule que tu dois nous aimer ?

Mais j'étais sincère !

– Disons au moins simuler ? il renchérit en feignant la désillusion.

– Je sais simuler !

– Ah oui ?

---

8. « Aime-moi tendrement, aime-moi avec douceur. » Paroles de la chanson *Love Me Tender,* interprétée par Elvis Presley.

Blanc gênant.

– Cool, il acquiesce, fier de lui. Je me sens nettement plus serein pour l'avenir.

– Ignore-le, Elvis, me sauve l'attachée de presse en me tirant par le bras. Les rock stars ont beau jouer les types rebelles blasés et jurer le contraire, ils ont besoin d'amour.

– Qu'est-ce que tu sors comme conneries, ricane Oxton. Quand je pense à ce pauvre bébé qui entend tout ce que tu racontes, je ressens presque une once d'empathie.

– Surtout lui, elle précise en me faisant signe de la suivre.

15
ELVIS

Si tu aimes Oxton Briggs tape dans tes mains. Si tu le détestes, tape sur ton front.

Miranda m'entraîne au bout du salon, vers des marches transparentes qui mènent à l'étage. Là-haut, alors que le vaste couloir se scinde en deux ailes circulaires qui semblent se rejoindre au fond, la démesure poursuit son œuvre. Nous passons devant quatre premières chambres dont les portes ouvertes me laissent apercevoir des espaces immenses baignés de lumière.

– Voici ta piaule, m'indique l'attachée de presse lorsque nous atteignons l'extrémité arrondie. La mienne est juste à côté, si tu m'entends crier pendant la nuit ne t'inquiète pas, les hormones de grossesse me provoquent des cauchemars impossibles.

– J'ai l'habitude.

– Oh ! Toi aussi, tu hurles « à l'assassin » en plein milieu de la nuit ?

– Non, mais j'ai toujours eu des voisins plutôt bruyants.

À commencer par ma mère et ses super potes qui vivaient la nuit et dormaient le jour.

– Nickel, je t'adore déjà ! J'ai besoin d'une douche et d'un peu de calme pour conclure le problème « Gregory ».

Profites-en pour t'installer, manger un morceau et préparer le concert de ce soir. Rendez-vous au salon à 14 h 30, tu accompagneras les gars aux répétitions.

– Ça roule.

– D'ailleurs, t'as déjà assisté à un de leurs shows ou pas ?

Dilemme ! Je n'ai pas envie de lui mentir.

– Ouais... mais c'était il y a un bail, je choisis de répondre en agitant ma main comme si ça remontait à un siècle.

– Tu vas voir, ils sont géniaux ! Mais si tu leur répètes que j'ai dit ça, je viendrai répandre mes fuites urinaires sur ton drap.

– C'est noté...

Elle entre dans sa chambre, j'en fais autant dans la mienne et referme derrière moi.

Ma valise a été déposée près de la baie vitrée. Avant de découvrir mon fief pour ces prochaines nuits, je lâche mon sac sur le lit et farfouille à l'intérieur. J'attrape ma pochette à insuline et file dans la salle de bains attenante. Par chance, je ne devrai pas la partager avec qui que ce soit.

Je me lave les mains en observant mon reflet dans le miroir. J'ai une drôle de tête, que je reconnais à peine. Je suis tellement concentrée sur l'idée d'avoir l'air normal que je ressemble à une coquille vide. Je fais des grimaces pour détendre mon visage, puis me pince les joues pour leur donner un peu de couleur. Mon teint n'étant pas très frais, je m'empresse de contrôler mon taux de sucre. Lorsque le résultat s'affiche, je comprends mieux. Je m'administre rapidement de l'insuline et retourne dans la chambre m'allonger sur le matelas. Je dois être vigilante, le stress n'est pas copain avec le diabète. J'écarte les bras et les jambes et scrute le plafond.

Je suis en tournée avec les Unfool. Je me répète cette phrase en boucle, dans l'idée que ça devienne une notion tout à fait anodine. Ce n'est pas encore gagné, mais je suis de nature optimiste. J'observe ensuite ma chambre : un joli bureau laqué blanc, un écran de télévision et un dressing bien trop grand pour ce que j'ai apporté. Sur une petite table ronde nappée de blanc, un déjeuner est disposé sous une cloche. Je me retourne et m'appuie sur mes coudes. *Qui dort dans un lit rond, sans déconner ?* À coup sûr, je vais finir par terre cette nuit. Un traumatisme crânien me rendra peut-être moins imprévisible face aux musiciens.

– C'est pas le moment de faire une sieste, proteste soudain une voix.

Je pousse un cri et me propulse sur le côté. Je rencontre le sol plus vite que je l'aurais cru, mon foutu grand front amortit ma chute, ainsi que la moquette molletonnée. Pas de commotion, seulement une bonne dose de ridicule vu la position que j'offre à... Oxton Briggs. La moitié de mes jambes est encore sur ce matelas du mal. Avec mes fesses relevées et ma joue par terre, je n'ose pas imaginer à quoi je ressemble. *Bon sang, mais qu'est-ce qu'il fiche ici ?* Je ne m'attendais pas à ce qu'il se pointe dans ma chambre.

– Y'a-t-il un souci avec ta mobilité ? il me balance mollement. Deux fois en une heure, tout de même.

Charmant ! En réponse, toujours dans la même position, je tends un bras en avant, ferme le poing et frappe lentement le sol.

– Toc, toc, je commente en poursuivant ma démonstration.

C'est quand même pas compliqué de frapper avant d'entrer, qu'on soit une célébrité n'y change rien. Chez ma mère, des intrus se pointaient systématiquement dans ma minuscule cabine sans s'annoncer, si bien que j'ai développé un rejet épidermique pour ces mauvaises manières. Dans le contexte actuel, si je dois, en plus du reste, appréhender que le chanteur fasse irruption dans ma chambre sans crier gare, je suis bonne pour une cellule capitonnée ou une prison sécurisée.

– Qui est là ? il rétorque avec condescendance.

– Les bonnes manières, je marmonne dans ma barbe – ou dans la moquette, en l'occurrence – avant de rouler sur le dos.

Je me relève, tire sur mon tee-shirt et croise les bras sur ma poitrine en rivant mon regard au sien. Je l'étudie attentivement, cherchant celui que je m'attendais à rencontrer. À savoir, un être divin foulant gracieusement la surface terrestre en distribuant amour et bienveillance sur son saint passage. Certainement pas ce type mal élevé qui entre ici comme s'il était chez lui et se fout de moi en prime.

MAL ÉLEVÉ, MAIS BEAU COMME UN DIEU, LÀ-DESSUS, PAS D'ERREUR SUR LA MARCHANDISE !

Effectivement, aucune surprise de ce côté-là, mais ce critère futile n'efface pas son caractère de cochon. Je m'emploie à rejeter l'once de déception qui m'assaille. Je ne veux pas abîmer l'image réconfortante que j'ai modelée de lui. Face à moi, le leader cligne une fois des yeux.

– On... peut... s'y... mettre ?

Il ponctue sa phrase par des pauses entre chaque mot. Je sens mon sang migrer vers mon front, pour l'encourager à donner un coup vif en avant. Cela dit, vu notre différence de taille, mon attaque le prendrait au mieux en pleine gorge. Ce serait plutôt fâcheux pour un chanteur.

– Eh oh ?

Deux doigts claquent devant mon visage. C'est à mon tour de cligner des yeux pour me ressaisir, puis d'afficher un sourire professionnel.

– En quoi puis-je vous aider, monsieur Briggs ?

– Vous êtes combien à cohabiter dans ton crâne ?

– Nul ne le sait.

Il y a seulement Rita, en théorie, mais vu qu'elle-même a régulièrement plusieurs personnalités, il m'est impossible de répondre à cette question. Et difficile pour lui de rétorquer quoi que ce soit, si ce n'est un « hum » qui peut signifier un million de choses. Il demeure immobile et silencieux un long moment.

– En quoi... puis-je... vous aider ? je répète en reproduisant sa précédente tonalité.

Est-ce que je cherche à me faire virer ? Cette réflexion me tire un rire crispé, qu'il traduit malheureusement sans encombre. Il plisse les yeux comme pour me mettre en garde, je me racle la gorge.

– Oublie, je ne me sens pas rassuré d'être seul avec toi dans une chambre. On fera un point sur ton boulot devant témoins. Si on peut appeler ça un boulot.

Et il repart comme il est venu, dans un courant d'air qui me laisse pantoise. Et sidérée. Et remontée comme un coucou.

Pour éviter de lui courir après afin de lui faire dévaler l'escalier tête la première, je tire la chaise, m'installe à table et mange le repas encore chaud. À chaque coup de fourchette, j'imagine la main d'Oxton Briggs à la place du morceau de viande. Pourquoi est-ce qu'il dénigre autant mon travail, alors qu'il ne m'a même pas laissé le temps de lui montrer ce que je peux faire ? Il se conduit comme si je m'étais imposée, pourtant je suis ici pour l'aider, nom d'un chien !

Pour me vider la tête, je remplis mon estomac. Quand il ne reste rien sur le plateau, je migre vers le bureau et me mets à travailler pour me changer les idées. Enfin, si on veut, puisque les Unfool sont partout sous mes yeux. Je planche sur un planning détaillé des posts à publier dans les prochains jours, crée des *templates* de visuels pour gagner du temps à l'avenir, réponds aux questions de certains fans... De fil en aiguille, lorsque je relève le nez, il est déjà l'heure de me préparer à partir. Je fonce sous la douche, m'habille d'un slim et d'un tee-shirt noir et glisse mes pieds dans des Vans de la même couleur.

Tandis que je descends les marches vers le salon, Oxton et Miranda sont en plein débat. Je longe le mur discrètement et me poste hors du champ de vision du leader.

– Tu ne viens pas, Mira.

– Il faudra me passer sur le corps !

– Pas besoin d'en arriver là.

– On est d'accord, ça me dégoûte rien que d'y penser.

– J'ai une meilleure idée : tu es virée.

– Vraiment ? Super ! J'ai déjà calculé les frais de licenciement. Bouge pas, je t'envoie ça.

– Comment ça, tu les as déjà calculés ?

– Tu passes ton temps à vouloir virer tout le monde, je suis quelqu'un qui anticipe tout, tu devrais le savoir !

Son index tape frénétiquement l'écran de son portable, celui d'Oxton émet un bip trois secondes plus tard.

– 79 000 dollars ? il tique en fronçant les sourcils.

– Oui. Et chaque jour qui s'écoule fait augmenter la somme, elle le provoque calmement.

– OK, tu viens. Mais j'te jure que si tu accouches au milieu des coulisses, tu te débrouilles.

– Affaire conclue ! C'est toujours un plaisir de négocier avec toi, Briggs.

Sa voix triomphante me tire un rire étouffé, qui n'échappe pas au chanteur.

– Et toi ? C'est combien si je te vire ?

Ça me coûtera plus cher qu'à lui, ça, c'est certain.

– Fous-lui la paix ! le rabroue Riley en se matérialisant à côté de moi.

Il cale un bras sur mon épaule, je me raidis, et ça le fait marrer.

– T'inquiète pas, Elvis ! Si ce grand con se débarrasse de toi, je t'engage. Je suis vachement plus photogénique que lui, et tu pourras m'inscrire à tous les concours que tu veux pour faire gagner mon corps sur les réseaux.

– C'est... généreux.

– Allez, on décolle ! ordonne Miranda. Elvis, tu montes avec les gars, je vous rejoins plus tard, j'ai un point presse à caler.

Elle me tend un badge d'accès au concert.

– Je t'ai envoyé par mail les deux places VIP pour le concours, je te laisse t'occuper de les transmettre aux gagnantes.

– C'est génial, merci.

Tout le monde se met en route vers le parking souterrain. Je garde le nez sur mon téléphone pour ne pas lancer un nouveau round avec mon client. Je me serais bien passée de monter en voiture avec eux, mais je dois accepter que c'est comme ça maintenant.

Je monte dans un gros van aux vitres teintées, sur la dernière rangée de sièges à l'arrière. Les trois musiciens occupent la même rangée devant moi. J'enfonce mes écouteurs dans mes oreilles et, alors que je m'apprête à enclencher une playlist Unfool, Oxton se retourne vers moi. Je l'ignore volontairement, aussi bien parce qu'il m'impressionne toujours autant que parce qu'il me cherche sans relâche. Je préfère m'enfermer dans un monde merveilleux où sa voix, lorsqu'il chante, m'emporte très loin. Ses lèvres remuent, il essaie d'attirer mon attention, mais je feins la concentration, tout en imaginant ces mêmes lèvres me fredonner le morceau que j'écoute.

FAR AWAY, BABYYY ! s'égosille Rita de son côté.

Mon cerveau va exploser. Deux doigts claquent devant mon nez, j'oriente mes yeux vers celui à qui ils appartiennent sans bouger la tête et retire l'une de mes oreillettes.

– Oui, monsieur Briggs ?

Il ouvre la bouche pour enchaîner, mais le son qui provient de mes écouteurs l'interrompt dans son élan.

– Qu'est-ce que tu écoutes ?

– Les Unfool. Je m'immerge dans votre univers, tout ça tout ça, je me justifie maladroitement.

Il me détaille avec une telle force que ma température corporelle augmente.

– Mieux vaut tard que jamais, il commente sans cesser son inspection.

LA CONDESCENDANCE INCARNÉE !

– Oui, je sens que mon existence prend un tournant majeur.

Je me mords la langue, trop tard une fois de plus. *C'est pas vrai, cette nouvelle manie de lui tirer dessus à bout portant dès qu'il me pousse dans mes retranchements !* Contre toute attente, il me surprend en laissant échapper un souffle rieur qu'il ravale aussitôt. Il porte son regard vers la vitre, revient sur moi, avant de reprendre son masque impassible.

16
ELVIS

Quel fil est-il conseillé de couper pour désamorcer la bombe Briggs ? Trop tard !

Oxton retrouve sa position face à la route sans rien ajouter. Il est infernal, c'est la deuxième fois qu'il entame une discussion et y met fin sans aller au bout. Après seulement quelques heures en sa présence, je me sens comme un chewing-gum qu'on aurait mâché, collé sur le coin d'une table puis mâché à nouveau. Je repositionne mon écouteur et observe la circulation qui se fait plus dense à mesure que nous approchons de la salle de concert du Mandalay Bay.

La voiture franchit une barrière automatique et se gare dans une allée privée, loin de la foule devant laquelle nous venons de passer en contournant l'Ultra Arena. Les portes n'ouvrent que dans quatre bonnes heures, mais les spectateurs sont déjà nombreux à patienter. Je préférerais me trouver parmi eux, tandis qu'ils donneraient certainement tout pour prendre ma place.

La porte du van coulisse, les gars commencent à sortir, Oxton tend une jambe dehors puis se fige.

– Petite précision au sujet de ton concours débile. Hors de question que des groupies débarquent dans ma loge. J'ai pas de patience avec les gamines ennuyeuses.

Il me toise par-dessus son épaule en prononçant ces derniers mots, qui me sont clairement directement destinés. *Waouh ! Du mépris maintenant, de mieux en mieux ! Et la gamine t'emmerde !* En plus de briser mon fantasme amoureux, il m'impose une attitude infecte à laquelle je n'étais pas préparée. Je vois bien qu'il attend ma réponse, mais sur ce coup, rien ne me vient. Le cœur battant, blessée par son irrespect, je le laisse s'éloigner. J'ai besoin qu'il sorte de mon espace vital avant de causer trop de ravages.

Je compte jusqu'à dix, quitte à mon tour le véhicule et baisse le nez sur mon portable pour clôturer ce foutu concours que je regrette déjà d'avoir lancé.

DU NERF, VI ! NE LE LAISSE PAS TE DÉGOÛTER DE TON ACTIVITÉ.

Facile à dire, on ne se débarrasse pas si aisément de son « doudou », même quand celui-ci se transforme en ourson cannibale.

Complètement absorbée par mes pensées, je prends soudain conscience que je suis seule au milieu d'un grand parking. Je scrute les environs et repère un vigile qui garde une double porte. Je me dépêche d'aller à sa rencontre.

– Désolée ! J'étais en train de finir un truc, j'ai pas suivi le groupe, je lui explique en cherchant le badge que m'a confié Miranda au fond de mon sac.

Je l'attrape par la cordelette et le lève devant moi. Il parcourt d'un coup d'œil rapide la liste qu'il tient entre ses mains.

– Désolé, mademoiselle, vous n'avez pas le droit d'entrer.

Pardon ?

– Il doit y avoir une erreur, j'ai un badge...

Je lui colle mon laissez-passer sous le nez, il le lorgne un instant avant de revenir sur sa fameuse liste.

– Vous n'avez pas l'autorisation d'entrer, il répète sur le même ton.

C'est quoi, cette connerie ? Les nerfs en pelote, je garde difficilement mon calme.

– Je fais partie du staff des Unfool, évidemment que j'ai l'autorisation !

Derrière lui, je remarque soudain un visage que je reconnaîtrais entre mille.

– Monsieur Briggs ! je le hèle en agitant ma main. Eh oh !

Il me jette un regard et je jurerais voir un sourire fugace passer sur sa figure.

– Vous pouvez dire à cette personne que je travaille pour vous ?

Il pince ses lèvres comme s'il cogitait, puis avance vers nous avec une lenteur intenable. Arrivé au niveau du videur, il lui tend la main.

– Comment ça va, Rody ?

– Très bien, Oxton. C'est toujours un plaisir de bosser quand vous vous produisez ici.

– Ta femme est en forme ?

– Oh oui ! il se marre.

Bon, c'est bien gentil et touchant leurs retrouvailles, mais j'aimerais bien me mettre au boulot.

– Monsieur Briggs, pourriez-vous dire à Rody ici présent que je travaille pour vous, s'il vous plaît ?

Il me toise de la tête aux pieds, une lueur machiavélique dans les iris.

– Je suis débordé et j'ai le crâne rempli de mélodies, mais je me souviens quand même parfaitement des gens qui bossent pour moi.

– C'est tout à votre honneur, je grince en sentant son mauvais coup arriver.

– Et aussi de ceux qui sont sous le joug d'une injonction d'éloignement à mon égard. Bon boulot, Rody, il reprend en tapant sur l'épaule du molosse. Elle est maligne avec son faux badge.

Quoi ?

– À votre service, Oxton !

Sur ce, le chanteur tourne les talons.

– Vous vous moquez de moi ? je crie, furieuse.

– Appelle la police si elle fout le bordel, il lance en s'éloignant. Peut-être qu'un séjour en prison l'empêchera de me harceler.

Non mais je rêve ! Il ne va pas me faire ça ?

– Allez, circulez, mademoiselle. Estimez-vous déjà heureuse d'avoir vu votre idole de si près.

– Mon idole ? je siffle en sentant mon cœur frapper fort contre ma poitrine.

Oh non, je ne suis pas fan d'un type comme ça, c'est clair !

– Allez-vous-en tant que je suis encore d'humeur charitable. Et faites-vous soigner.

Nul besoin de négocier avec ce Rody. Sidérée, je m'éloigne hors de sa vue et me pose contre un mur pour réfléchir. Mes oreilles sifflent et mes poings me démangent. Je persiste à lorgner la porte que garde Rody, persuadée que le leader va réapparaître en me lançant un « T'as aimé ma blague ? Allez, rentre ! ». Mais les minutes s'égrènent et il ne revient pas me chercher.

– Non mais quel connard ! j'éructe. C'est quoi son problème avec moi ?

Je m'octroie une minute pour fulminer, avant de réfléchir à une contre-attaque. Pas question de me laisser faire de la sorte sans rien tenter. On ne m'a jamais fait un coup bas pareil, mais j'ai de la ressource.

J'organise mieux mes pensées en marchant, j'arpente donc la rue perpendiculaire dans laquelle je me suis réfugiée en échafaudant un plan. La première option serait d'attaquer un spectateur pour lui voler sa place.

MOUAIS, PAS TERRIBLE.

La seconde serait de trouver quelqu'un qui vende des billets sous le manteau, mais ça va coûter un bras et je n'ai pas la somme nécessaire sur moi – ni sur mon compte d'ailleurs.

Je ressens soudain un besoin de sucre facilement identifiable, je fouille dans ma sacoche, à la recherche d'une brique de jus d'orange, et la bois à petites gorgées, en agrandissant mon périmètre autour du bâtiment. Une autre porte bien gardée par un mastodonte attire mon attention. Une idée fuse dans mon cerveau. C'est de la folie, mais je tente le tout pour le tout.

– Hey, vous ! je crie tout à coup en courant vers lui.

Assis sur deux caisses empilées, il se redresse et bande les muscles.

VAS-Y, ELVIS ! T'AS FRÉQUENTÉ DES TYPES TOUT AUSSI IMPRESSIONNANTS !

Je ne me démonte pas et me façonne un masque confiant.

– Un problème, mademoiselle ?

– Pas moi ! C'est Rody ! Il est aux prises avec un groupe hors de contrôle ! Je fais partie du staff Unfool, on était en train de bavarder quand ces cinglés ont déboulé. Il m'a envoyé chercher de l'aide, c'est la folie là-bas.

Je brandis mon badge et joue si bien la fille affolée mais sûre d'elle, qu'il fonce sans même s'interroger. Je fais claquer mes semelles pour qu'il croie que je me lance à sa suite et, une seconde avant qu'il ne bifurque dans la ruelle gardée par le pauvre Rody faussement en galère, je m'élance vers la porte dénuée de surveillance. J'attrape la poignée, tire d'un coup sec et me jette à l'intérieur. Découvrant un énième homme dans le couloir, je conclus ma comédie en me penchant vers l'extérieur.

– Dis à Rody qu'on se fait une bière après le concert ! je balance à un interlocuteur inexistant.

Je claque le battant et affiche un sourire confiant vers celui qui m'observe.

– Vous pouvez venir avec nous, si le cœur vous en dit ! Je suis la community manager des Unfool, je précise en lui présentant mon autorisation. Je paie ma tournée, c'est la coutume.

– Génial ! il s'émerveille à l'évocation d'une pinte gratis.

– Top ! À plus !

Je m'empresse de traverser le couloir, sans savoir où aller, mais tant pis. Je dois m'éloigner avant que ma mascarade n'éclate au grand jour.

Débordant d'adrénaline telle une espionne qui s'infiltre à ses risques et périls, je détache mes cheveux pour modifier autant que possible mon apparence. Je passe les mains entre mes mèches pour leur donner du volume. Pas sûre que ce soit d'une grande efficacité, mais c'est mieux que rien.

C'EST PATHÉTIQUE, ricane Rita.

Je fais le sprint de ma vie dans un labyrinthe infini, grimpe deux volées de marches et soudain, victoire ! Je débouche dans une véritable ruche remplie de techniciens qui zigzaguent en braillant dans leurs oreillettes. J'approche du but.

– Excusez-moi ! j'interpelle une femme qui passe devant moi. Je suis la CM des Unfool et je me suis perdue dans ce dédale. Pouvez-vous m'indiquer leur loge ?

Elle pose ses yeux cernés sur mon badge, hoche la tête et me répond en articulant à peine. Je n'ai pas le temps de la remercier qu'elle s'est déjà volatilisée. Armée d'une bonne mémoire et d'un sens de l'orientation soudain aiguisé par l'adrénaline, je parviens à trouver ma route. Le groupe dispose d'un salon privé, vide quand j'y pénètre. Parfait, ça me laisse l'occasion de retrouver un rythme cardiaque normal. Il faudrait que j'aille faire des photos de la scène et de la salle prête à se remplir pour alimenter les réseaux, mais je tiens absolument à être tranquillement posée dans ce petit fauteuil en velours bleu marine au moment où Oxton Briggs franchira la porte. Je veux qu'il me voie, installée comme une reine de retour dans son royaume après l'avoir repris aux mains de l'ennemi. Je suis peut-être une fan inconditionnelle, mais certainement pas une proie facile.

Je les entends arriver avant de les voir, leurs voix se rapprochent jusqu'à ce que le leader pousse la porte entrebâillée. Je suis ravie qu'il ouvre la marche, j'ai tout le loisir d'observer son visage lorsqu'il m'aperçoit. Rita jubile tellement de son air stupéfait que je meurs d'envie de me joindre à elle, mais je me contrôle et accorde à mon client un sourire éclatant.

– Tu fais quoi, Ox ? Avance ! s'impatiente Riley dans son dos.

Il sort de sa transe et, sans me quitter des yeux, s'approche d'un sofa. Il s'y assied avec la lenteur d'un prédateur. J'ai déjà baissé le regard depuis un paquet de secondes, faisant mine d'être très absorbée par ma tablette. L'abus d'écran, c'est mal, mais qu'est-ce que c'est pratique pour échapper aux attaques télépathiques !

– Oh ! Elvis ! T'étais où ? me lance Riley en posant ses fesses sur mon accoudoir.

– De-ci, de-là, j'élude avec ironie.

– T'es pas censée nous suivre partout pour prendre des photos ? m'envoie Oxton sur un timbre piquant.

– Vous savez, mon métier ne consiste pas uniquement à multiplier les clichés, mais vous aurez plusieurs occasions pour vous en apercevoir. De looongues semaines, j'ajoute sur un ton railleur. Quoi qu'il en soit, ça me fait chaud au cœur de vous avoir manqué, monsieur Briggs. Rassurez-vous, je suis là même quand on s'attend à ce que je ne le sois pas.

ET TOC !

Ses lèvres s'ourlent d'un rictus carnassier, je pressens qu'une bataille s'amorce entre nous et je suis subitement assaillie d'une légère angoisse. À force de vouloir cacher ma vraie nature de fan, est-ce que je n'alimente pas une attitude à l'exact opposé ?

IL T'A BLACK-LISTÉE POUR QUE TU RESTES SUR LE TROTTOIR, EN TE FAISANT PASSER POUR UNE MENACE !

T'as raison, Rita, sur ce coup, je n'exagère pas.

En réponse, j'affiche une moue identique.

QUE LE COMBAT COMMENCE !

17
OXTON

Nous avons les moyens
de vous faire parler.
Épargnez-vous le pire, avouez.

Comment a-t-elle réussi à entrer ? Tout en la scrutant, je me pose cette question en boucle. J'ai du mal à croire que Rody l'ait finalement laissée passer, surtout après mon petit numéro de vedette harcelée. À vrai dire, je m'attendais à ce que Mira aille la chercher à son arrivée, mais cette foutue community manager est tranquillement installée dans ma loge, à me défier de ses prunelles chocolat. Elle ne laisse paraître aucun indice sur la manière dont elle s'y est prise et ça me rend dingue qu'elle puisse voir à quel point je suis stupéfait. Je dois admettre qu'elle cache bien son jeu, au premier abord, rien n'indiquait qu'elle puisse faire preuve d'un tel aplomb. Sa réflexion dans le jet m'a mis hors de moi, mais j'avoue qu'en cet instant elle m'impressionnerait presque.

Riley tousse bruyamment en nous dévisageant tour à tour.

– Asher, c'est moi ou y'a une onde électromagnétique digne de l'Étoile noire entre Elvis et Ox ? J'ai envie de nommer ça un Elvox. Ça sonne comme une terrible menace mystique.

Le batteur n'a que faire de ce que lui raconte notre pote. Il est obnubilé par autre chose, que je devine sans difficulté.

– T'as bu dans cette bouteille ? il interroge Elvis.

– Euh... non.

– Et dans celle-ci ? il insiste.

– Non plus. Elles sont neuves, elle précise en désignant le niveau d'eau.

Il émet un bruit de gorge dubitatif. Quand il bloque sur un truc, il perd toute logique. Je savais que l'affront de cette fille à Los Angeles serait une obsession pour Asher et j'en rigole d'avance. Jamais il ne lui foutra la paix, il va peut-être même la faire craquer avant moi.

– Tu as bu dans le verre de Kassim, dans cette salle de réunion à L.A., l'aiguille Riley en sentant son incompréhension. Tu l'as traumatisé.

– Ah ! Ah ? Désolée... elle articule, donnant l'air de se rejouer la scène. Je ne recommencerai pas.

– Ouais, grince Asher en fronçant les sourcils.

Elle remue sur son siège, son assurance semblant s'être envolée.

– Bon, je vais faire quelques clichés de la salle qui se remplit ! elle s'exclame en sautant de son fauteuil.

Ah ! Ça devient intéressant !

– Je t'accompagne, je rétorque en me relevant.

Elle se fige et regarde ses pieds en se mordant la lèvre.

– Mais non, reposez-vous ! elle balance en secouant sa main vers moi.

– Je ne suis pas fatigué.

Il me semble l'entendre grogner alors que ses yeux remontent vers mon visage.

– Vos cernes m'indiquent le contraire, elle réplique du tac au tac.

J'arque un sourcil. Elle ne manque pas de repartie, mais il en faut plus pour me déstabiliser. J'admets qu'en dehors des autres membres du groupe et de cette sorcière de Miranda, ça fait un bail que personne ne m'a tenu tête comme elle. Pauvre petite fille inconsciente, elle est en train d'agiter un morceau de viande devant le grand méchant loup. Vu mes nerfs à vif, elle mise sur le mauvais candidat.

– T'es trop mignonne, je raille. Je ferai un gros dodo ce soir, merci pour ta sollicitude. Maintenant bouge, je meurs d'envie que tu tires mon meilleur portrait. D'ailleurs, je me suis entraîné pendant que tu avais disparu.

Pour illustrer ma phrase, j'arbore une pose absolument ridicule en tordant la bouche.

– Tu aimes ?

Tout en elle me hurle que non. Je prends un pied d'enfer.

– J'adooore, elle susurre en forçant un ton stupide. Je trouve que ça vous rend tellement plus accessible. Vos fans seront touchés que vous partagiez avec eux vos troubles mentaux.

– Elvox, murmure Riley quelque part.

Uppercut, mais j'ai une bonne garde.

– Notre premier point commun, je largue avec une émotion feinte.

Ça me démange de rire, mais je le camoufle. Après dix ans sur le devant de la scène, j'excelle dans l'art de l'illusion. *Vas-y, continue sur ce terrain-là, c'est toi qui glisseras la première.*

– Ça me donne envie d'écrire une chanson ! s'écrie Riley.

– Et à moi, de foutre le camp, baille Asher.

C'est Elvis qui en profite pour s'échapper. Je m'engage à sa suite à grands pas.

– Où est-ce que tu vas, mec ? me balance Riley.

Je l'ignore et course ma cible.

– Comment tu as fait ? j'attaque dès que la loge est derrière nous.

Elle continue à marcher dans le couloir comme si elle était seule. Et sourde.

– Hey ! je beugle.

Elle ralentit, ses épaules se soulèvent dans un soupir résigné et elle pivote dans ma direction.

– Comment tu as fait ? j'insiste.

– Comment j'ai fait quoi ?

Je vais l'étrangler.

– Ne me prends pas pour un con, tu sais très bien de quoi je parle.

– Pardonnez-moi, monsieur Briggs, mais je ne vois pas du tout où vous voulez en venir.

Le nez levé, elle me dévisage avec insolence.

– Arrête de me filer du « monsieur » de cette façon, j'ordonne en la surplombant. C'est crispant.

– Oh ? Vraiment ? J'en suis profondément désolée mais M. Davenport m'a expressément demandé de ne pas me montrer familière, sous peine de terribles représailles.

– Tu penses qu'il est plus dangereux que moi ?

Elle me balance un sourire foudroyant, puis file dans le couloir à toute vitesse. Je reste immobile quelques secondes avant de la poursuivre.

– Non mais... Tu sais à qui tu t'adresses ? je crie dans son dos.

C'est pitoyable comme argument, il me colle à la bouche, mais pas moyen de la laisser gagner. *Elle bosse pour moi, merde !* Elle s'arrête si abruptement que je lui rentre dedans. À mon contact, elle bondit sur le côté, se frotte les bras comme si j'étais couvert de crasse et reprend sans se démonter :

– Je m'adresse à Oxton Harlow Briggs, né à Vancouver le 21 sept...

– Ravale ta fiche Wikipédia.

– À ce sujet, j'ai prévu de la mettre à jour, notamment la photo de profil. Elle date d'au moins une décennie, une petite actualisation me semble la bienvenue.

Elle m'évalue avec un sourire machiavélique scotché sur sa gueule d'angelot.

– Tu...

Merde, je ne sais même pas quoi répondre à ça. Je n'ai aucune idée du cliché qui agrémente ma page Wikipédia, mais plutôt mourir de la peste que lui offrir le dernier mot.

– Tu sais quoi ? j'embraie alors. Tu as entièrement raison, on va en prendre une nouvelle immédiatement.

Sans qu'elle puisse s'échapper, je me jette sur elle, passe mon bras autour de son cou et la rapatrie contre mon flanc. Je dégaine mon portable comme un cow-boy et le lève devant nous. Trois pressions de doigt plus tard, je capture un selfie de nous deux.

– Non mais ça ne va pas ! elle s'offusque en me repoussant.

Elle recule comme si je l'avais gazée avec un aérosol empoisonné, et pose une paume sur sa poitrine qui monte et descend très vite. Ses yeux sont écarquillés, elle est toute retournée. Je jubile. Plus encore quand je découvre cette merveilleuse photo d'elle sur mon écran, la joue enfoncée dans mon aisselle.

– Tu es si photogénique, je la complimente en hochant la tête avec appréciation.

– Il ne se passe pas une journée sans qu'on me le dise ! Maintenant que vous êtes content de vous, vous pouvez l'effacer.

– Tu ne veux pas la voir d'abord ? C'est ton premier selfie avec moi, ça compte, ces choses-là.

J'oriente le portable vers elle, elle cache aussitôt ses yeux derrière ses cheveux.

– Non !

Elle est si bizarre, ce n'est pas comme si je lui montrais une *dickpick*[9].

– Il faut vraiment que j'aille bosser, elle souffle, hors d'haleine en amorçant un demi-tour. Je vous rappelle à toutes fins utiles que c'est la raison de ma présence, alors si vous pouviez vous faire à l'idée et ne pas me mettre de bâtons dans les roues.

Je lui emboîte le pas en ricanant.

– Vous restez là ! elle s'agace en me devinant derrière elle.

Elle se prend pour qui ? Le pire, c'est qu'elle attise mon envie de jouer.

– Dis-moi comment tu as passé la sécurité et je te fous la paix. Je gère très mal ma curiosité, je ressens déjà sa brûlure partout en moi.

– Quant à moi, je gère très mal ma voix intérieure, je l'entends déjà me hurler de vous pousser dans une fosse remplie de groupies cannibales.

---

9. Photo de parties intimes.

– Tu vas foutre mon concert en l'air.

– Vous aviez qu'à ne pas m'empêcher d'entrer.

Eh bien ! Ça l'a vraiment mise hors d'elle...

– Tu l'as cherché en te montrant désobligeante dans le jet.

– C'est vous qui avez commencé par me manquer de respect ! Je n'ai fait que me défendre.

– Tu ne devrais pas me provoquer, je suis obstiné.

– C'est puissant et ça rime... Ça ferait une super chanson, ou une publication, voire un tee-shirt.

– Très bien, j'assène.

Elle ne lâche pas l'affaire. *Elle veut jouer à ça ? Parfait !* Je n'étais pas favorable à sa présence, j'ai maintenant trouvé comment faire passer la pilule. J'avais besoin d'un exutoire à la pression que l'évolution de ma carrière m'inflige, le voilà debout devant moi, sous la forme d'une petite nana qui me tient tête.

– Heureuse que nous parvenions enfin à un accord.

– Je joue de la guitare depuis que je suis gosse, je suis doué pour les accords.

– Félicitations, monsieur Briggs.

Je rêve de lui faire bouffer ses « m*onsieur Briggs* ». Je pourrais la virer sur-le-champ rien que pour ça. Une part de moi en a envie depuis qu'elle a touché à mon instrument, mais une autre s'obstine à vouloir la rendre chèvre. Je me découvre un penchant sadique et je ne vais pas manquer de l'utiliser dorénavant.

Je la laisse partir devant, abandonnant l'idée de la poursuivre. Cependant, avant qu'elle ne bifurque au bout du couloir, je l'interpelle.

– Tu n'aurais jamais dû faire ça !

Elle disparaît de ma vue sans répondre, mais je mettrais ma main au feu que ma menace l'a fait tressauter.

– Attends de voir la surprise que je te réserve, j'ajoute alors qu'elle n'est plus là.

18
ELVIS

Quand ta journée se termine comme ça,
plus de doutes, tu as vendu des organes
dans une vie antérieure
et tu le paies maintenant.

Je n'arrête de marcher qu'une fois certaine que le chanteur a cessé de me poursuivre. Entre lui et les trois mecs de la sécurité qui doivent être à mes trousses tels des loups sanguinaires, je me sens traquée. J'ai un trop-plein d'émotions. Résultat : je suis à bout de souffle. Dès que je repère un logo WC, je défonce presque la porte de ces derniers, m'engouffre à l'intérieur et m'enferme dans la première cabine. Je m'effondre sur le trône et étends les jambes.

Y'A COMME UN AIR DE DÉJÀ-VU !

– Ce type va me rendre cinglée, je grince en me pinçant nerveusement la paume.

Sa menace est encore épinglée à mon dos comme s'il avait lancé une fléchette aiguisée en plein dans le mille. Je ne sais plus où j'en suis, chaque heure qui s'écoule me met face à de mauvaises surprises le concernant. Où est l'idéal masculin que j'avais construit dans mon esprit ?

TU ES SUICIDAIRE, MA VIEILLE... LE PROVOQUER, QUELLE BRILLANTE IDÉE !

Je ne suis pas sûre de faire le poids contre lui, mais je ne vais pas pouvoir rester cachée là indéfiniment. Je profite de ce temps seule pour me piquer le doigt, histoire de survivre au moins jusqu'à minuit, puis déverrouille mon téléphone. J'ai besoin de discuter avec Addison et je remarque au même instant qu'elle m'a devancée, il y a deux minutes, sur notre conversation commune avec Chester. Sarah aussi m'a envoyé des messages. Priorité à l'ancienneté, j'ouvre d'abord le vocal de ma meilleure amie.

Addi : Je le savais !

Son hurlement aigu me fait grimacer.

Elvis : Quoi ?
Addi : Je le savais !
Elvis : Qu'est-ce que tu savais, bordel ?
Addi : Que ton petit chéri ne résisterait pas à ton charme.

Qu'est-ce qu'elle raconte ?

Addi : Être aveugle, ça craint. Je vendrais les organes de Chester rien que pour voir cette photo de vous deux !
Ches : Je ne demande qu'à me débarrasser de toi, moi aussi, mais qui va te nourrir si je ne suis plus là ?
Addi : Han... Dilemme ! D'ailleurs, ça ne sent pas la bouffe, que fais-tu ?
Ches : Je suis assis à un mètre de toi... Le type qui parle, c'est moi.

Elvis : Est-ce qu'on peut revenir au sujet principal qui est toujours un mystère ?
Ches : Désolé, Vi, elle a entendu mon hoquet de surprise devant cette photo inattendue, elle s'est jetée sur moi. J'ai rien pu faire d'autre que la lui décrire !

Cette photo ? Non ! Ce n'est pas celle que je crois, hein ? Et où a-t-il vu ça ?

Addi : Je le soupçonne de noircir la réalité. T'as intérêt à m'appeler pour me raconter !

Mes doigts tremblent quand j'ouvre ensuite les textos de mauvais augure de ma collègue de boulot.

Sarah : T'es la rock star des CM, Vi !
Sarah : Davenport a déboulé dans mon bureau comme si sa queue venait de prendre dix centimètres. C'est génial !
Sarah : Allez, réponds ! On a reposté ta photo avec Oxton sur l'Insta de la boîte. Je suis trop fière de toi !

La mâchoire décrochée, j'avale de l'air comme je peux. Mon processeur interne rame, infecté par un virus que mes pare-feu n'ont pas vu venir.

– C'est pas vrai, il n'a pas fait ça ?

Je sors de ma transe, ouvre le compte Instagram des Unfool sur lequel rien ne figure et le monde me tombe sur la tête quand je passe sur celui que j'ai fraîchement créé pour Oxton.

– Oh ! Mon Dieu !

J'actualise la page. Ma photo est toujours là, affichant un nombre de likes et de commentaires affolants. Il a posté sans mon accord le selfie qu'il a pris. Pire ! Il l'a foutu sur son compte. Je lis la légende. À chaque mot, l'un de mes organes trépasse.

« Je vous présente Elvis, un nouveau membre de la team Unfool. On lui réserve l'accueil qu'elle mérite ! Oxton. »

IL APPELLE ÇA UN ACCUEIL ?

Peu importe, il est complètement fou !

Il vient de bousiller l'effet d'annonce que j'avais commencé à préparer. Est-ce qu'il a seulement une petite idée de ce qu'il va déclencher en m'affichant ainsi en sa compagnie sur son propre profil ? Bien sûr que non, cet abruti refuse de prendre mon boulot au sérieux. Il aurait au moins pu préciser ma fonction. Je sais ce que camoufle le sourire qu'il adresse à l'objectif, je connais le contexte dans lequel a été fait ce cliché du diable, mais sans ces éléments, au mieux, les fans penseront que les Unfool vont intégrer un quatrième musicien, au pire, que je suis la petite amie d'Oxt... Non, je ne peux pas le formuler, même dans ma tête.

Mon premier réflexe est de faire disparaître la publication, mais je m'arrête au moment de cliquer sur Supprimer. Elle est en ligne depuis moins d'un quart d'heure mais a déjà été partagée sur une tonne de comptes, y compris celui de mon employeur. Si je l'efface, les abonnés se poseront encore plus de questions, émettront deux fois plus de suppositions tordues et, pour couronner le tout, Davenport pétera un câble.

C'est plus fort que moi, je survole les premiers commentaires et, sans grande surprise, les spéculations vont bon train. « WTF c'est qui cette nana ? », « Trop de love Oxy <3 j'adore ! », « Elvis mais c'est le prénom du destin pour une rock star ! », « Bienvenue dans le cœur d'Oxton, Elvis ! #love », « Quelqu'un sait qui est cette fille ?? », « Dégage pétasse, Oxton est à moi. »

Je ferme la page et pose mes coudes sur mes genoux. Ce connard vient de me balancer en pâture à la foule impitoyable qui hante la toile. Mes pensées fusent dans tous les sens avant que la colère prenne le dessus sur toute logique. *Ça ne va pas s'arrêter là !*

Je commence par répondre à Sarah.

Elvis : Tu rigoles ? J'aurais jamais fait un truc pareil. Pour quel genre de CM ça me fait passer ? Cet Oxton est un cafard qui s'est mis en tête de me faire interner ou incarcérer pour meurtre !
Sarah : Houlà ! Je croyais que tu l'adorais...
Elvis : Moi aussi, mais c'était avant qu'il aspire mon âme de groupie. Maintenant sa communauté se demande ce que cache cette photo de malheur. Il n'a même pas précisé que je suis sa CM. J'ai pas envie que des paparazzis m'attendent devant mon immeuble à mon retour !
Sarah : Tu es excessive, Vi. Si les gens cherchent, ils vont tomber sur notre post et capter ton job. Ce n'était pas la stratégie de départ mais faire de

toi une CM identifiée peut être bénéfique. Ça va multiplier l'impact que tu auras. Mise là-dessus !

Elle n'a pas tout à fait tort, mais je ne vais pas y arriver. Pas avec les Unfool, pas avec Oxton Briggs, et encore moins avec celui qu'il se révèle être. Mon passif avec le groupe est trop important pour que je puisse trouver ma place dans un tel cirque. *Je veux rentrer chez moi.*

Elvis : Ce qu'il a fait détruit tout ce que j'avais en tête. J'ai du boulot, on se tient au courant.

Je rouvre Instagram, histoire d'enfoncer le clou, et me souviens soudain du concours que j'ai lancé et dont je ne me suis pas encore occupée.

TU PENSES À CE QUE JE PENSE ? s'écrie Rita quand une idée s'impose à moi.

Comment pourrait-il en être autrement ?

C'EST FABULEUX ! FONCE !

Ma vengeance qui s'esquisse est sublime. Je n'aurais jamais cru en arriver là, mais il l'a bien cherché. J'aurais pu passer outre son premier mauvais coup en invoquant les forces divines, mais le second a réveillé Rita Vendetta, qui prêche pour le démon.

JE RÉPANDRAI SES CENDRES SUR LE MONDE ET TRAÎNERAI SON ÂME DANS LES LIMBES !

Dans le fond, ce qui me rend le plus folle de rage, c'est encore cette désillusion qui grandit. Il est à l'opposé de ce que j'avais rêvé et pour accepter cette découverte, mon cerveau a opté pour la rébellion.

IL VA VITE APPRENDRE QUE JE PEUX AVOIR BEAUCOUP D'IMAGINATION !

Il est plus que l'heure de choisir les heureuses gagnantes des places VIP. Je me fous des consignes, elles auront un accès direct à leurs idoles. Remontée à bloc, je décide de jouer la carte de la triche. Pour cette fois, je vais m'asseoir sur mes principes et ne pas laisser le hasard faire son œuvre. *Promis, je ne recommencerai plus !* Je fais défiler les commentaires sous la publication en activant mon radar à groupies. J'ouvre les profils qui m'interpellent, en quête des deux meilleures candidates. Je vais lâcher sur Oxton Briggs les pires fans qu'il aura jamais rencontrées. Je regrette de ne pas avoir réclamé à Miranda dix places VIP, j'aurais pu former un escadron d'assaut armé jusqu'aux dents.

Je trouve le duo de poltergeists parfait, je suis fière de moi. À coup sûr, ces deux nanas hanteront le chanteur jusqu'à la fin de sa vie. J'en suis d'autant plus convaincue quand elles me répondent moins d'une minute après que je leur ai envoyé un message privé pour les informer de leur merveilleux gain.

Rox-ton : Hiiiiiiiiiiiiiiiiiiiiiii
Melanie_Briggs : OMGGGGGGGG

Le doux son de leurs cris suraigus sonne déjà à mes oreilles.

TU AS VOULU LANCER LES HOSTILITÉS, OXTON BRIGGS, IL EST L'HEURE D'EN ASSUMER LES CONSÉQUENCES !

Mon cœur bat à tout rompre devant tant d'audace. Au moins, il ne se rendra jamais compte que je suis issue du même moule que les deux lionnes qui vont lui tomber dessus à la fin du concert. Et il réfléchira à deux fois avant de me jouer encore un mauvais tour.

19
ELVIS

La vengeance est un plat
qui se mange sans sucre.

Une fois ma riposte organisée, je quitte ma cachette pour faire des photos de la salle et des gradins qui se chargent à vue d'œil. Je me fais discrète, aussi bien pour ne pas tomber sur la sécurité que pour éviter tout contact avec mon client. À choisir, je préfère être sortie d'ici *manu militari* par trois chiens de garde vexés.

Je me plonge à fond dans ma tâche pendant de longues heures, aidée par l'effervescence qui crépite autour de moi et qui éloigne ma mauvaise humeur. J'observe l'envers du décor avec intérêt. Je n'ai jamais eu de contrat avec une telle célébrité, c'est donc la première fois que je découvre les *backstages*. C'est une énorme machine.

– Hey, Elvis !

Cette voix masculine non identifiée me provoque un début d'arrêt cardiaque. Sans réfléchir, je me jette derrière un épais rideau noir. *Ils m'ont localisée !* Je ne bouge plus, cachant mon visage sous mes paumes. Je sens un mouvement d'air et entends un rire.

– Qu'est-ce que tu fabriques, exactement ?

J'entrouvre mes doigts et découvre l'air amusé de Mills, l'ingénieur son. Alors qu'il me détaille, le ridicule de la situation me saute aux yeux, mais pas question de me dégonfler.

– Oh ! Salut. Quoi de neuf ?

– La routine, il entame en appuyant sur ses mots. Des réglages, des répets, une fille cachée derrière un rideau...

– Ta vie paraît si cool !

D'un mouvement de tête éloquent, il m'invite à expliquer ce que je fais là.

– Je joue à cache-cache.

– Qui compte ?

– Bon OK, disons que je suis plus ou moins une criminelle activement recherchée.

– À combien s'élève la récompense sur ta tête ?

– Une fortune, j'espère !

– As-tu encore craché sur Oxton ?

– Non ! C'est une pulsion menstruelle, la prochaine se produira donc dans vingt-sept jours.

– Euh... Et sinon, tu...

Mes yeux soudain exorbités le poussent à s'interrompre. Je tire à nouveau le tissu devant moi pour disparaître.

OXTON BRIGGS À L'APPROCHE !

– Elvis ?

– Ccchhh !

– Tu fous quoi, Mills ? j'entends la voix du chanteur l'interroger.

Ne lui dis pas !

– Hum... ce que je fais ? il articule. J'analyse...

Merci !

– Tu analyses ? Un rideau ?

– Non, la résonance de la salle, la façon dont le son percute la matière, se vaporise dans l'espace.

Le gars est très fort, j'y croirais presque.

– Des délires d'ingé son, quoi ! il conclut en se marrant.

– Je vois. Dans ce cas, pourrais-tu aller vérifier la vaporisation depuis ton poste ? C'est bientôt l'heure.

– Ouais ! Pas de soucis, Ox. Tu vas tout déchirer, mec !

– Si tu te mets à bosser.

– J'y vais maintenant.

– C'est très gentil à toi.

Je vois que je ne suis pas la seule à qui il réserve ce timbre impérieux.

– Ox, t'es d'une humeur de merde ! je reconnais Riley lancer à son pote. Je suis forcé d'être deux fois plus sympa avec les gens que tu martyrises.

– T'as vu Elvis ?

– Nope ! C'est drôlement électrique entre vous, comment ça se fait ?

Ils s'éloignent, m'empêchant de percevoir la réponse. *Dommage !*

J'étouffe sous ce velours poussiéreux et retiens une quinte de toux le plus longtemps possible. Dès que je suis presque certaine que la voie est libre, je quitte ma planque et recrache les acariens logés dans ma trachée.

Je balance des stories à la pelle et, lorsque le concert est sur le point de démarrer, je me trouve une place dans les coulisses d'où j'ai une vue directe sur la scène. Les musiciens vont entrer par le côté opposé, je suis donc sûre de ne pas croiser mon bourreau. Je prends garde à ne pas trébucher sur les dizaines de câbles qui courent partout et, dès lors que je suis certaine de ne gêner personne, je m'appuie contre un pilier et pose une bouteille d'eau à mes pieds.

Armée de mon portable, je lance un direct qui se retrouve très vite suivi par des milliers de personnes. Le compteur monte encore quand une musique d'introduction explose dans les amplis et une nuée de cœur se déverse lorsque les Unfool font leur entrée sur scène. La foule hurle si fort que mes os tremblent et les cris assourdissent mes pensées négatives, n'en laissant passer qu'une alors que le chanteur fend la scène avec assurance. *Vas-y, mec, casse-toi la figure devant des milliers de spectateurs !* Mon aplomb perd en vigueur, Oxton approche sa bouche du micro pour saluer le public en transe. La chair de poule s'imprime sur ma peau, comme si je redevenais tout à coup pleinement la fan que j'étais jusqu'à hier.

Le dernier concert d'eux auquel j'ai assisté remonte à près de deux ans. Chester et Addi avaient économisé pour m'offrir un billet et j'aurais pu mourir ce jour-là tant cette soirée a été extraordinaire. Je me sens soudain excitée et j'accueille avec plaisir ce sentiment familier. Debout derrière son clavier hors norme, Riley entame *No Smell For Pain* et je me liquéfie. Les voir ainsi est si phénoménal que j'oublie instantanément mes doutes et mon envie de déguerpir. Leur musique me tape dans la poitrine, comme un tremblement de terre qui remuerait tout sur son passage. Je manque une inspiration quand la voix d'Oxton s'élève, sa rudesse s'efface et il redevient l'idéal qui m'accompagne depuis dix ans. La musique des Unfool me happe et je perds toute notion du temps. Voilà leur superpouvoir, je l'avais presque oublié ces derniers jours : faire disparaître le mauvais, au moins l'espace d'un instant.

Mes yeux s'agrafent à Oxton Briggs et durant plus d'une heure, je ne ressens pour lui que cette éternelle fascination qui me rassure. Heureusement qu'il fait sombre là où je suis, personne ne peut lire sur mon visage ce qui me trahirait.

L'ultime chanson touche à sa fin et la magie du moment me fait subitement douter de ce que j'ai prémédité. Je suis peut-être allée trop loin avec les deux groupies sauvages. Il n'est pas trop tard pour tempérer la suite des événements. Je prépare mon discours en marchant vers le point de rendez-vous que je leur ai donné. Sans surprise, Roxana et Mélanie sont déjà là, surexcitées. Elles portent chacune un tee-shirt sur lequel le visage d'Oxton est imprimé en grand et sautillent d'un pied sur l'autre en s'extasiant sur le show auquel elles viennent d'assister. Je m'apprête à me présenter, mais apparemment ce n'est plus nécessaire.

– Regarde, c'est Elvis ! s'écrie celle que je reconnais comme étant Mélanie.

– Oh ! Yeah ! vocifère l'autre.

Sur ma lancée, je n'ai pas le temps de ralentir, ni même de m'enfuir en courant. Elles me rejoignent avant que je ne puisse dire « Enfoiré de Briggs » et m'inondent de questions et de commentaires sur la fameuse photo. *Que le sol s'ouvre et les aspire !* J'ai envie de saisir leurs deux têtes pour qu'elles s'assomment l'une l'autre. Cela dit, tout ça est la faute d'un autre et j'ai plus que jamais besoin d'elles, finalement. Si j'hésitais à aller au bout de mon plan, ce petit rappel ravive illico ma volonté. *Adieu sérénité !*

Je fournis un effort surhumain pour ne pas être désagréable, ignore leurs interrogations et tape dans mes mains.

– Je suis la community manager, j'assène malgré tout en espérant qu'elles diffuseront l'info à la planète entière.

La community manager !

– Le concert vous a plu ?

– C'était un bonheur suprême ! s'émerveille l'une d'elles.

– Génial, je souris. J'ai une surprise pour vous... Suivez-moi, Oxton vous attend par ici.

Leurs yeux sortent de leurs orbites, leurs mâchoires se décrochent et elles poussent un long cri en chœur, en se sautant dans les bras. J'ai bien choisi, elles sont encore mieux que ce que je pensais.

Je les guide dans les coulisses et lorsque nous arrivons devant la loge des Unfool, je prends une profonde inspiration et toque trois fois contre la porte.

– Entrez ! éructe la voix de Miranda.

J'appuie d'un coup sec sur la poignée et repousse le battant d'un mouvement du bras. J'ai une vue directe sur le canapé dans lequel Oxton était assis tout à l'heure et qu'il occupe à nouveau. Il relève le nez, croise mon regard et un sourire victorieux se dessine sur ses lèvres.

– Tu as un succès fou, il se vante en me montrant son portable.

ATTENDS DE VOIR LE TIEN, ET DE TRÈS PRÈS !

– Tu te fous de moi, Briggs ? s'excite Miranda, rouge de colère. Je vais te faire regretter ça !

On dirait bien qu'elle n'apprécie pas non plus ce que cette satanée photo peut déclencher.

– Vous avez de la visite, j'annonce sur un ton trop aimable pour être honnête.

Le sourire forcé du chanteur se fane, je me détourne vers les deux jeunes filles qui trépignent derrière moi.

– C'est le grand moment !

D'un signe du menton, je donne le coup d'envoi de la deuxième mi-temps. Tel un tsunami, Roxana et Mélanie entrent en trombe dans la pièce en hurlant leur joie d'être si proches de leur idole. Elles se ruent sur lui et débitent tant de mots à la minute que je vois le leader blanchir et manquer d'air. Il oscille de l'une à l'autre en ouvrant et fermant ses paupières.

BIEN FAIT ! RIRA BIEN QUI RIRA LE DERNIER !

Je sens un feu irradier mes joues – l'enfer qui me guette certainement. Je suis tellement fière de ce que j'ai orchestré pour laver mon honneur que l'envie de sauter sur la table en lâchant un « Baaam » me dévore de l'intérieur.

– Je vous laisse profiter, les filles, je reviens vous chercher dans quinze minutes.

Ou peut-être vingt. Ou peut-être pas.

Travis, le garde du corps posté devant la loge, m'observe un instant avant d'entrer à son tour. Je me penche en avant pour saisir la poignée et referme lentement le battant. Alors qu'il ne reste qu'un minuscule interstice, je capte le regard noir d'Oxton.

– Soyez sages, j'articule avant de claquer la porte.

Je mime un signe de croix pour repousser la malédiction que vient certainement de formuler mon client à mon égard et éclate de rire. On est à égalité, j'espère qu'il a compris à qui il a affaire et que nous allons pouvoir travailler tranquillement à partir de maintenant.

Je dessine un deuxième signe de croix, juste au cas où, et prends la direction de la sortie. Qu'il se débrouille avec ses groupies, tout compte fait, cette journée m'a lessivée et je rêve de me coucher dans un lit, peu importe qu'il soit rond.

20
ELVIS

*Courir après Oxton Briggs
ou mourir de soif dans le désert ?
Pourquoi choisir ?*

Un bruit non identifié me tire d'un rêve, où je cours nue dans une allée de supermarché remplie de fans des Unfool qui hurlent mon prénom.

– Elvis !

Je me redresse dans mon lit, touche ma poitrine pour vérifier que je porte un tee-shirt, puis décolle mes cils en frottant mes paupières. La porte de ma chambre est ouverte et diffuse une légère lumière. Je cligne des yeux pour y voir clair, je discerne seulement une grande silhouette dans l'embrasure. Elle essaie de communiquer avec moi mais il n'y a rien à faire, je ne suis pas suffisamment réveillée pour tout connecter.

– Hein ? je lâche d'un ton pâteux.

– Debout, je veux que tu me photographies pendant mon footing, ordonne la voix d'Oxton depuis l'encadrement.

Immobile, je tente d'analyser cette phrase. *Plaît-il ?* Je me laisse retomber aussi sec sur l'oreiller, en riant doucement. *Je suis encore en train de rêver !* Je tourne le dos à cette illusion en me blottissant sous la couette.

Décidément, mes songes sont à la hauteur de mon étrangeté et... Le lustre au-dessus de ma tête s'allume.

– J'ai dit debout ! T'as cinq minutes pour me rejoindre en bas.

Cette fois, je suis complètement réveillée. Plus que ça, je suis sidérée. Je roule sur le côté et m'appuie sur un coude. Mon client, bien réel, est toujours posté au même endroit et me dévisage avec une décontraction affolante.

– Non mais sortez !

Au fil des années, j'ai perdu l'habitude de m'enfermer à clé, mais c'est déjà la deuxième fois qu'il s'invite dans mon espace sans me demander l'autorisation, il est donc urgent que je remédie à ça.

– Sortez de ma chambre ! je répète en sautant hors du lit.

Mon pied s'emmêle dans le drap, je le secoue en pestant avant de revenir sur l'intrus qui m'observe.

– Techniquement, je ne suis pas à l'intérieur, il me provoque calmement.

FOUS LE CAMP !

Je me mords la langue pour contenir l'acidité de Rita. Je dois rester le plus professionnelle possible. *Moi !*

– Je suis très en colère contre vous, je n'ai pas envie de vous adresser la parole avant au moins 11 heures.

– Joli pyjama, il en jette grave, il se moque.

Il se fiche de ce que je raconte, il m'énerve !

– Vous voulez le prendre en photo pour l'exhiber sur les réseaux, histoire de bien tout foutre en l'air ?

Il passe sa langue sur ses lèvres comme pour goûter cette petite attaque matinale et reprend :

– Je pars faire mon jogging quotidien et tu vas m'accompagner.

– Ah, ah ! Pour quoi faire ?

– Primo parce que c'est bon pour la santé, deuzio parce que tu vas dorénavant me suivre où que j'aille, tertio pour créer du contenu.

Il a prononcé ce dernier mot sur un ton récité en mimant des guillemets, comme s'il avait bien appris sa leçon avant de faire irruption ici. Il est là pour relancer les dés, c'est sûr. Ça ne lui a donc pas suffi ?

Je fronce les sourcils en guise d'intimidation.

– Primo : mon job ne se cantonne pas à créer du contenu. Et je suis d'ailleurs étonnée que ça vous intéresse. Deuzio : ma santé est au beau fixe sans vous. Même mieux ! Tertio : combien de temps va encore durer ce petit jeu ? je balance en croisant les bras sur ma poitrine.

– On ne joue pas, il a le culot de rétorquer. C'est ton travail, je te paie pour ça.

Il passe une main dans son dos et extrait de sa poche un paquet de feuilles roulées.

– J'ai étudié ton contrat cette nuit... il commence en le parcourant rapidement.

– Waouh ! Vous avez des nuits torrides, c'est dingue.

– Si t'es sage, je te ferai participer, il répond du tac au tac en me lorgnant derrière ses cils.

Rita déglutit lorsqu'une image fugace me traverse l'esprit.

DIS OUI !

– Non merci.

– Sûre ? Peut-être que ça détendrait nos rapports. En tout cas quelques heures puisque, ensuite, je serais obligé de te virer.

– Quelques heures ? je pouffe en levant les yeux au ciel.

QUELQUES HEURES ! PRENDS-LES !

Rita a dû dormir trop près de mes hormones, elle divague complètement. *On est en colère !*

– Tu doutes de mon endurance ?

Merde, mais c'est quoi son problème ce matin, avec ses allusions scabreuses ?

– Vous n'êtes pas du tout à mon goût, je débite. On peut en revenir à cette histoire de contrat ? Le reste ne m'intéresse pas.

POURTANT JE ME SOUVIENS TRÈS BIEN DE CERTAINS FANTASMES...

Tais-toi, Rita !

– Bien sûr. Je te signale que c'est toi qui as mentionné mes nuits torrides... Bon, j'en étais où ? Ah oui, ici, il est écrit que tu dois participer à toutes les activités qui me concernent. Finalement, on tourne autour du même sujet, il ajoute sur un ton tendancieux.

– Il ne s'agit pas de vos hobbies ! je réfute en essayant de lui arracher son dossier des mains.

– Le jogging n'est pas un hobby, il me corrige en arborant cet air supérieur qui me révulse. Mon métier me demande une excellente condition physique.

Nom d'un chien, il a préparé toutes ses réponses !

– Il est 6 heures du matin, j'argue alors. Que dit ce foutu contrat sur mes heures de travail ?

– C'est bien que tu en parles.

Lentement, il porte un doigt à ses lèvres et le lèche, avant de tourner les pages en me scrutant par intermittence. Il joue diablement bien avec mes nerfs.

– Pour toute la durée de la tournée, Mlle Calloway sera disponible sans limite contractuelle de jours ou d'horaires, à la seule condition qu'elle puisse jouir...

Il s'interrompt.

– Continuez ! je siffle face à sa figure mutine.

– ...d'un temps de repos minimal de six heures consécutives.

Il prend une nouvelle pause, puis poursuit :

– Tu as quitté ma loge avant minuit hier.

Il me jauge, je lis dans ses yeux que ce qui s'est passé dans cette fameuse loge après mon départ devait valoir son pesant d'or. Je regrette presque d'avoir loupé ça.

– Il est 6 h 03, tu as officiellement ton quota légal de sommeil, il assène avec sadisme.

– Montrez-moi ça !

– Tu ne l'as pas lu avant de le signer ? il me questionne en levant le contrat au-dessus de nous.

– Comme si on m'avait laissé le choix, de toute façon !

Ma remarque le décontenance, il arque un sourcil et penche la tête sur le côté.

– Tu ne voulais pas bosser pour moi ?

On dirait presque que ça lui fait plaisir.

– Bien sûr que si, j'articule avec politesse. Qui ne rêve pas de travailler pour Oxton Briggs ?

– Riley avait donc raison. Maintenant, sachant que tu es ici contrainte et forcée, je me demande d'autant plus si tu vas faire du bon boulot.

Son jugement hâtif me vexe, je comble la distance entre nous et, sans me contrôler, j'enfonce mon index dans son épaule pour manifester mon mécontentement.

– Hey ! Vous me prenez pour qui ?

Ses yeux vont et viennent entre mon doigt courageux et ma bouche pincée. Je le range dans mon dos et avale ma salive en reculant un peu.

– Je suis sérieuse et impliquée, j'ai beaucoup à vous apporter si vous ne vous employez pas à me barrer la route constamment et à dénigrer tout ce que j'entreprends ! J'aime ce que je fais et j'en suis fière, alors ne me faites pas passer pour une petite fille qu'on a punie en l'envoyant à la mine. Ça vous fait plaisir quand les producteurs vous rient au nez ? Non ! Donc arrêtez de vous comporter comme eux !

Ma pique fait mouche, je discerne sa mâchoire qui se contracte.

– Rien que ça ? il articule.

– Rien que ça.

Je viens de taper du pied ? Que le sol m'avale tout entière !

– D'accord, il acquiesce simplement.

Comment ça, d'accord ?

– Enfile ta plus belle tenue de sport, Calloway. C'est ta chance de me démontrer tout ce que tu as à m'offrir sur la distance.

Il ne me donne pas le temps de répliquer, je l'entends dévaler l'escalier.

– Non mais... argh !

OK. Il veut qu'on coure ? C'est moi qui vais le faire cavaler ! Je file vers mon armoire et en sors un legging, un débardeur en Lycra et mes baskets. Quand on souffre d'un diabète de type 1, il est important de pratiquer une activité physique régulière. J'ai donc emporté mes affaires de running et de yoga, sans imaginer une minute que je m'en servirais avec mon idole infernale.

TON IDOLE, T'ES SÛRE ?

Plus trop, Rita... Mais ce n'est pas plus mal pour faire mes preuves tranquillement, non ?

Sur le point de descendre, je rebrousse chemin jusqu'à l'armoire pour en sortir le drone que j'ai emprunté à l'agence. Dommage que ce ne soit pas un modèle avec l'option létale. La vision d'Oxton poursuivi par un drone tueur me met en jambes. J'enfonce l'appareil dans mon sac à dos puis, parée pour affronter mon bourreau, je quitte ma chambre, saute les trois dernières marches transparentes de l'escalier, et me réceptionne dans le grand salon. Assis sur l'accoudoir du canapé, Oxton sursaute et me détaille de la tête aux pieds d'une drôle de façon. Près de lui, son garde du corps, Travis, n'a pas cillé.

– Allons-y, lance ce dernier.

Je les suis jusqu'au parking souterrain et m'étonne de les voir monter en voiture.

– Hum... Je n'étais pas tout à fait réveillée, mais il était question d'un footing, non ?

– J'ai une tête à courir sur le Strip ? m'envoie le chanteur en fermant la portière avant. Tu veux te retrouver au milieu d'une émeute ?

Je monte à l'arrière et boucle ma ceinture.

– La majorité des humains sont encore au lit à cette heure-ci. Même ceux qui vous adulent !

– Ne sois pas si naïve.

Ni vous si égocentrique !

– Quand on est un bon coureur, on échappe à la foule en délire, non ? je pointe avec ironie.

– Tu veux tester ? Vu le succès de ta photo sur les réseaux...

Il souhaite parler de ça maintenant ? Je préférerais vivre dans le déni de cette horreur quelques heures de plus.

– J'ai créé votre profil pour amener progressivement votre communauté dans une nouvelle direction, pas pour que vous postiez tout et n'importe quoi ! Vous vous rendez compte que vos fans pensent qu'il y a un message caché derrière cette publication ?

– Miranda s'est employée à me le faire comprendre, oui. Ça ne te plaît pas d'être mon hypothétique petite amie ? il ajoute en se retournant vers ma banquette.

Les battements de mon cœur s'affolent. Oxton Briggs vient de prononcer les mots « petite amie », en parlant de moi. Même Rita en reste sans voix.

– Non.

Je ne peux pas dire mieux et ma réponse le laisse pensif. Il entame une conversation avec Travis, je me cale contre la vitre et observe d'un œil inquiet la ville de Vegas se transformer en un paysage plus désertique.

Après vingt minutes de voiture, mes baskets habituées à l'asphalte foulent un sol fait de pierres et de sable. Heureusement qu'il est tôt, le soleil ne tape pas trop fort. Oxton pose une casquette sur son crâne et étire ses jambes. *Qu'est-ce que je fabrique ici ? Je suis community manager, merde !*

– Tu devrais t'échauffer, Calloway.

Maintenant qu'il a lu mon contrat, il utilise mon nom de famille à tout-va. Je préfère ça à mon prénom, ça sonne moins intime, mais sa façon de le prononcer me donne envie qu'un vaisseau extraterrestre apparaisse au-dessus de lui et le kidnappe.

ON EST DANS LE NEVADA, ILS CONNAISSENT LE CHEMIN !

Il donne le top départ et nous nous élançons tous les trois. Je profite du silence pour apprécier le cadre. En temps normal, j'ai presque toujours les Unfool dans les oreilles quand je cours. Je suis tentée de demander à leur leader de pousser la chansonnette mais toute conversation avec lui dérive systématiquement sur une escalade de sarcasmes. Et dans un lieu pareil, cela pourrait se transformer en escalade au sens littéral du terme.

Comme s'il pouvait lire mes pensées, Oxton accélère, jette un coup d'œil par-dessus son épaule et augmente encore sa vitesse en comprenant que je tiens la distance. Il reproduit son cirque plusieurs fois. Je devine qu'il est étonné par ma condition physique, au point qu'un voile de déception passe sur sa figure. Il espérait me voir suffoquer, ou projetait de me perdre dans le Red Rock Canyon.

DANS LES DENTS !

– Tu as l'habitude de courir ? il finit par m'interroger en réduisant son rythme pour venir à mon niveau.

– Par la force des choses puisque, c'est connu, l'une des grandes missions d'une community manager est de courir après ses clients pour les photographier en train de faire un footing dans le désert à 6 h 49 du matin.

– Tu arrives même à larguer une longue phrase sans cracher tes poumons !

– Vous n'imaginez pas ce que je pourrais cracher d'autre, par contre, je siffle en allongeant ma foulée.

Je pique un sprint et, lorsque j'ai plusieurs centaines de mètres d'avance sur lui, je gravis un rocher qui surplombe la piste et accède au caprice de la star : j'extrais le drone de mon sac, le paramètre rapidement et le pose à plat pour préparer son décollage.

– Qu'est-ce que tu fous avec ça ? il me questionne en passant en dessous de moi.

– Vous allez voir. Un conseil, gardez une foulée constante. Si vous ralentissez, il se pourrait que ce petit bijou de technologie vous ouvre le front accidentellement.

Il évalue le degré de véracité de ma mise en garde, puis reprend sa course en marmonnant.

– Essayez de ne pas avoir l'air de souffrir, je crie alors qu'il s'éloigne.

Il m'envoie un doigt d'honneur. J'attends qu'il l'ait baissé pour activer la caméra et faire décoller l'engin. J'adore manier cet appareil, d'autant plus quand il s'agit de filer Son Altesse en imaginant viser son crâne avec un flingue. Sur l'écran que je tiens entre mes mains, les prises de vues sont à couper le souffle. Cet endroit est magnifique.

Sans cesser de guider mon espion, je redescends de mon rocher et marche vers le point de départ. À la fin de la boucle qui lui prend près d'une heure trente, je suis contente de moi. Je remballe mon matos, sors une brique de jus d'orange de mon sac et la bois à petites gorgées. Il faudrait que je surveille mon taux de sucre mais la situation ne s'y prête pas. Assise par terre, la paille dans la bouche, j'épie le chanteur pendant qu'il étire ses muscles avec son garde du corps.

Quand ce dernier s'installe derrière le volant, Oxton me surprend en me rejoignant. Il s'assied à côté de moi, et je me concentre sur un buisson pour ne pas penser à sa proximité.

– Tu étais censée courir, toi aussi.

– Faux, vous avez exigé que je vous suive pour filmer vos exploits sportifs, nuance. Mission réussie. J'vous signale que j'ai tout de même parcouru trois bornes sans rechigner.

– Tu t'es bien débrouillée.

Je m'étouffe avec mon jus de fruits.

– Serait-ce de la déception dans votre voix ?

– Même quand je te complimente, tu n'apprécies pas ?

– Je ne suis pas si naïve, je rétorque en reprenant ses mots de tout à l'heure. Vous vouliez me voir souffrir.

– Ton coup bas d'hier soir méritait une offensive matinale.

– Bien essayé. Ai-je besoin de faire remarquer que c'est à nouveau vous qui aviez commencé ?

Son silence anormal attire mon attention sur lui. Qu'est-ce qu'il... ? La chaleur ambiante doit assécher mon cerveau et altérer ma vue parce qu'Oxton Briggs ne peut pas être en train de... bloquer sur mon décolleté !

– Qu'est-ce que vous regardez ?

Il relève la tête d'un coup sec. Il ne garde son air coupable qu'un millième de seconde, mais cela suffit à me faire suffoquer.

– J'te mate pas ! il réfute de lui-même avec véhémence.

Mes yeux perplexes font un aller-retour entre ma poitrine et ses iris.

– C'est pas ce que tu crois, j'ai jamais vu une nana transpirer autant, c'est tout.

Un bref rire ironique sort de ma bouche. Il sait que je l'ai pris en flagrant délit, heureusement pour lui, je n'ai aucune envie de m'étaler sur le sujet. Pas question de me laisser atteindre par ce que ça génère en moi. À Rita de se démerder avec ça.

– C'est l'argument le plus improbable qu'il m'ait été donné d'entendre. Monsieur Briggs, vous suez comme un bœuf, vous aussi !

– Tu peux m'appeler Oxton, il élude en jouant avec des cailloux.

– Y a-t-il un alinéa à ce sujet dans mon contrat ?

– Non, mais je peux le faire ajouter.

– Vous n'avez pas mieux à faire ? Vous lancer dans le cinéma, par exemple ?

Il détourne son attention du sol et m'adresse une œillade sévère. *Qu'est-ce que j'ai dit ?*

– Je ne te demande pas ton avis.

Sa voix a repris cette intonation désagréable. *Il est cyclothymique, ma parole !*

– Ça tombe bien, je ne vous l'ai pas donné. Vous pouvez bien faire ce qui vous chante !

– Je suis capable de faire autre chose que chanter, justement.

– Oh ! Mais je l'ai remarqué, et vous savez quoi, je m'en cogne ! Moi, je suis juste là pour partager vos auréoles de sueur avec le monde entier.

NE PARLE PLUS DE TRANSPIRATION !

Il a un réel problème avec son envie de s'émanciper de sa carrière actuelle. Il lève ses fesses de diva et file jusqu'à la voiture. Je le soupçonne d'être capable d'avoir l'indécence de dire à Travis de mettre les voiles sans m'attendre, alors je me rue à sa suite. J'ai eu un sursaut d'espoir durant de brèves minutes, mais ce mec est définitivement une vraie plaie.

21
OXTON

J'aurais dû prendre l'escalier.
Pousser quelqu'un dans l'ascenseur
ne sert à rien.

Cette nana est une vraie plaie ! Je l'ai ignorée durant le trajet du retour, puis au déjeuner. Maintenant, seul dans l'ascenseur de l'hôtel, je n'arrive toujours pas à me l'enlever de la tête, même après une heure de musculation intensive. Elle a été embauchée depuis moins d'une semaine, mais elle excelle à déjouer mes plans, me surprend quand je pense être sûr de moi et s'emploie à mettre le doigt sur ce que je préfère garder enfoui. Le plus dingue, c'est qu'elle a l'air de faire tout ça très naturellement. D'abord son intrusion dans l'Ultra Arena, puis son attaque de fans et maintenant son aptitude à courir dans le désert sans défaillir. Sans compter ses reparties bien senties. Quand est-ce que j'aurai le dernier mot ? Elle m'exaspère autant qu'elle m'intrigue, au point que j'en viens à la détester une heure sur deux. Elle est intelligente, spontanée, piquante, ce qui me rend encore plus incertain de ce qu'elle m'inspire.

Habituellement, je vois clair dans le jeu des autres. Je suis dans un mauvais trip en ce moment, y'a pas à dire ! D'abord mes rêves de cinéma qui se révèlent ardus à atteindre, et maintenant cette fille qui me résiste à sa manière. Ça me donne envie de la pousser dans ses retranchements, de fissurer la façade blindée qu'elle renvoie continuellement. Un nombre incalculable de gens gravitent autour de moi, pourquoi Elvis se démarque de cette façon ? J'en ai ras le bol de me sentir aussi vulnérable depuis des mois.

– Mec, tu es une star internationale adulée de tous que rien n'atteint ! je profère à l'attention de mon reflet dans le miroir.

– Vous vous répétez ça tous les matins ?

Tellement accaparé par mes pensées, je n'ai pas entendu les portes s'ouvrir ni aperçu Elvis derrière moi. La bouche tordue par un rire qu'elle essaie de retenir, elle pince son menton pour donner le change.

– Qu'est-ce que tu fais dans mon ascenseur ? je rétorque sans me retourner.

– Je suis consciente que les gens comme moi prennent l'escalier pour laisser aux gens comme vous l'usage de l'ascenseur, mais j'ai naïvement songé pouvoir braver les règles sans être prise en flagrant délit.

Elle reste plantée là, si bien que les portes ne font que s'ouvrir et se refermer.

– T'attends quoi pour entrer ?

– Je peux ? Vraiment ? Merci, ô grande star internationale adulée de tous !

Garce ! Une jolie garce par-dessus le marché.

– Pas de tous, apparemment, je pointe en la couvrant d'un regard entendu.

Cette facette d'elle aussi aiguise mon intérêt. Elle me traite comme un type banal et, loin de me vexer, ça démultiplie mon envie de la faire vaciller.

Alors qu'elle se cale dans le coin opposé de la cabine, je me tourne vers elle et lui adresse un clin d'œil. Elle se racle la gorge. Est-ce que ça fonctionne ?

– Dis-moi, Elvis...

– Dites-moi, monsieur Briggs... elle entame en même temps.

– Honneur aux dames.

– J'ai pensé à quelque chose concernant les fans de votre groupe. Ils sont nombreux, c'est indéniable, mais je trouve leur engagement assez limité.

– C'est-à-dire ?

– Ils sont là, mais ils n'interagissent pas suffisamment avec vous. Du coup, je me demandais si vous seriez d'accord pour qu'on leur crée une identité à eux aussi.

– C'est une passion chez toi ?

– Comment ça ?

– Créer des identités aux autres ?

– C'est une passion chez vous de créer des chansons ?

– Évidemment, c'est mon métier.

– J'aime quand vous faites les questions-réponses, elle conclut. Donc, j'étais en train de vous dire que j'ai imaginé un nom pour votre communauté. La Fan Squad, elle ajoute en se mordant la bouche.

Elle est mignonne quand elle prend cet air penaud. Nous atteignons l'étage de notre suite, elle marche devant moi en attendant ma réponse.

– Et en quoi cette Fan Squad va servir mes intérêts ? je l'interroge sérieusement.

– Ce sont eux qui vont donner de l'ampleur au changement.

– Et moi, dans cette histoire ? À quel moment je prends les commandes de ma vie ?

Mon ton excédé la freine alors qu'elle s'apprêtait à ouvrir la porte.

– Lorsque vous aurez compris pourquoi je suis là et qu'on pourra travailler dans le même sens, je vous assure que vous serez seul maître à bord.

Elle passe la carte magnétique de la suite sur le lecteur et entre. Elle commence à monter l'escalier avant de pivoter vers moi.

– Vous ne m'avez pas répondu. Vous êtes d'accord pour la Fan Squad ?

Oui. J'ai envie de lui dire oui, mais je ne me résous pas encore à lâcher du lest.

– Vas-y, j'm'en fous, fais ce que tu veux.

– On progresse ! Cet entrain me remplit d'amour pour vous.

– C'est le but caché, je rétorque. Te séduire pour faire de toi un membre de cette Fan Squad.

– Me séduire ? Vos outils de séduction sont sans commune mesure. Sincèrement, vous vous y prenez comme un manche.

– Ah oui ? Qu'est-ce que je devrais faire, d'après toi ? je susurre pour la mettre mal à l'aise.

Elle plisse le nez et avale sa salive.

– Je suis community manager, pas love coach. Débrouillez-vous !

– Pardonne-moi, en général je n'ai pas d'efforts à faire dans ce domaine. Ça m'angoisse.

– Alors, concentrez-vous sur le domaine qui m'intéresse et qui devrait être votre priorité.

Elle s'accroche à la rampe comme pour se retenir de sauter à pieds joints sur ma tête.

– Donne-moi un indice, Calloway. Des fleurs ? Du maquillage ? Une robe ?

– Une arbalète et des flèches empoisonnées.

Bizarrement, je l'imagine très bien la manier pour me faire regretter ma provocation. Hors de question de m'arrêter en si bon chemin, cet échange futile vient de m'ouvrir l'appétit.

– Je trouverai bien comment atteindre ton cœur, Elvis.

Mon ironie bute contre l'air qui flotte soudain sur son visage.

– Il y a quelques jours, je vous aurais accordé le bénéfice du doute. Dommage.

Elle m'envoie un sourire crispé avant de s'en aller et je reste trois bonnes minutes à scruter la marche sur laquelle elle se tenait.

22
ELVIS

Je teste actuellement dix conseils infaillibles pour se débarrasser d'une vedette insupportable. Retour d'expérience asap.

Après un autre concert complet à Vegas hier soir – sans groupies diaboliques, et avec un Rody un peu rancunier mais qui m'a tout de même laissé entrer –, j'entame une nouvelle journée dans un monde où, pour la deuxième fois consécutive, je trottine derrière un Oxton Briggs en tenue de sport.

J'avais prévu de barricader ma chambre avant de me coucher, j'ai été déçue quand il m'a simplement informée à la fin du show qu'il m'attendrait à 6 heures pétantes à l'entrée de la suite. Sans drone, il a tout de même précisé. L'entendre s'exciter derrière ma porte close est donc un doux rêve avorté.

Lancé sur un rythme tranquille, il semble avoir compris qu'il ne servait à rien d'inciter au duel son cardio et le mien. Cela dit, il regorge d'imagination dans la provocation, j'en ai fait les frais hier, lorsqu'il s'est mis à me parler de séduction. Heureusement que j'étais déjà échaudée, parce que la Elvis naïve n'aurait pas su comment réagir face à cette espèce de Roméo sadique. Je le dérange, je le vois bien, et il cherche comment me rendre la pareille.

Derrière moi, Travis, reste en retrait, assurant la sécurité du chanteur à distance. À vrai dire, j'imagine mal une horde de fans débouler du canyon, mais on n'est jamais trop prudent quand on est le leader d'un groupe phare.

– Je sais comment tu es entrée, vendredi soir.

Cette phrase est la première qu'Oxton m'adresse depuis le lever du soleil. *Bonjour à vous aussi ! J'ai bien dormi, merci !* Son silence ne me dérangeait pas, mais son ton vainqueur me tire un sourire.

– Vous avez remarqué la corde qui m'a servi à escalader la façade ?

– Tu es parvenue à te jouer de trois types de la sécurité, c'est impressionnant.

– Vous admettez m'avoir sous-estimée ?

– Ne prends pas cet air satisfait.

– Vous me tournez le dos, qu'est-ce que vous savez de mon air ?

Tandis qu'il me jette un coup d'œil par-dessus son épaule, je m'empresse d'afficher une moue ordinaire.

– Vous devriez regarder devant vous, sinon...

Je n'ai pas le temps de terminer ma mise en garde qu'il trébuche sur une pierre. Sa cheville se tord et il se casse la figure.

– Mon Dieu, je suis médium, je souffle, une main devant la bouche.

Il roule sur le côté et me toise depuis le sol. J'ai beau être au-dessus de lui, il n'en reste pas moins impressionnant, même après une chute ridicule. Travis arrive à notre niveau et regarde spontanément aux alentours.

– Je crois qu'une fan sniper est cachée quelque part du côté de ce gros rocher, j'annonce très sérieusement. Il s'est effondré tout à coup.

– Tu te fous de moi ? siffle le chanteur.

– Je n'oserais pas. Ça arrive à tout le monde de s'étaler par terre et je vous ai trouvé très gracieux. Une chute digne de votre rang.

KARMA, OUAIS !

– Tu m'as porté malheur.

– Oh ! Vous m'avez percée à jour ! À mes heures perdues, je suis Elwitch, une sorcière qui lance des sorts plus vite que son ombre.

Mes piques sont toujours aussi inspirées, je les débite avec une rare facilité. Il me dévisage, perplexe, puis regarde son garde du corps.

– Elle te fait rire, Travis ?

– Absolument pas, monsieur.

Du coin de l'œil, je devine un rictus très discret sur le visage de ce dernier, qu'il cache en tendant une main généreuse vers son client pour l'aider à se relever. Une fois debout, le chanteur dépoussière son jogging et reprend sa course. Je soupire et me tourne vers Travis.

– Vous veillez sur lui depuis combien de temps ?

– Six ans.

– Waouh ! Le courage à l'état brut ! Et qui veille sur vous ?

– À peu près tous les saints que je trouve à prier.

J'éclate de rire. Derrière sa carrure et son masque de mercenaire, cet homme cache de l'humour. Je l'aime bien.

– On devrait y aller, il poursuit avec un hochement de tête. Sinon il va nous licencier tous les deux.

– Il me virera la première quand je lui demanderai de prendre la pose entre deux rochers.

Ce merveilleux jogging matinal terminé, nous sommes de retour dans la suite. J'ai obtenu mes photos sans rébellion. Finalement, je me suis inquiétée pour rien, on dirait que mon laïus porte ses fruits. Le temps de formuler cette pensée réconfortante et d'ouvrir la porte de ma chambre, la voilà qui part en fumée. L'espace d'une seconde, je crois m'être trompée de pièce, mais c'est bien mon soutien-gorge qui est pendu à la chaise.

– Qu'est-ce...

Sur mon lit, des pétales de rose rouges forment un immense cœur au centre duquel trône une boîte de chocolats. En forme de cœur, elle aussi. En prime, un parfum masculin flotte dans l'air.

– Tu aimes ?

La voix d'Oxton est si proche de mon oreille que je pousse un cri guttural en opérant un demi-tour. Les mains en appui sur l'encadrement, il prend toute la place.

– C'est un hurlement de joie ? il m'interroge.

– C'est une manie chez vous ? je crache en même temps que mon dernier souffle.

– Les fleurs et le chocolat ? il fait semblant de ne pas comprendre. Non, j'ai surfé sur Internet et je suis tombé sur « dix conseils infaillibles pour séduire une femme ». C'était le numéro 3, il sourit en désignant mon lit.

Ce sourire est machiavélique. Bon sang, il en est toujours à cette histoire de séduction dans le seul but de me faire craquer. Enfin, criser !

– J'ai hésité avec le numéro 6, il continue en frottant sa barbe. Mais c'est encore trop frais entre nous, ça risquait de te faire peur que je me dévoile autant.

– Parce que cette mise en scène-là n'est pas flippante ? Votre odeur est partout !

– Tes joues sont toutes rouges et tes yeux brillent. Je vois que tu es émue.

– Vous êtes à côté de la plaque, arrêtez ça tout de suite. En plus, vous n'aurez pas assez de dix conseils pour parvenir à vos fins !

DOUZE, PEUT-ÊTRE...

Méfie-toi, Rita ! Je peux retenir mon souffle pour te faire perdre connaissance !

– C'est ce qu'on verra, il riposte en se frottant les mains.

Je lui claque la porte au nez et pousse un nouveau cri en y découvrant son portrait épinglé. J'entends son rire résonner de l'autre côté.

– Vous êtes malade ! je siffle en rouvrant la porte.

– Conseil numéro 7. Ou 8, j'ai un doute.

– Cet article est destiné aux psychopathes. Tout ce que vous allez obtenir, c'est une femme habillée en blanc qui...

– En blanc, tu dis ? Comme pour un mariage ?

– Qui vous fera une piqûre dans la fesse tous les jours. Je ne pense qu'à l'asile dans lequel vous allez finir !

– J'ai une grande force mentale.

– C'est ce qu'on verra, j'ironise en repoussant le battant entre nous.

Je verrouille, fonce vers mon lit et rassemble ces fichus pétales. J'ai déjà en horreur ce genre de trucs en temps normal. Qu'est-ce que j'ai fait afin qu'il déploie autant d'énergie pour me pousser à bout ? Je n'ai jamais vu ça, même chez mes clients les plus chiants.

Forcée de rejoindre Miranda qui m'attend en bas, je redescends dans la grande pièce principale. Sur la terrasse, les Unfool boivent leur café. Ça n'a rien d'un dimanche habituel avec une Addison qui renverse les verres d'eau que je laisse inexorablement traîner partout.

– Bordel ! Qui laisse traîner ses verres d'eau partout ?

Ah ! Au temps pour moi, cette partie-là ne varie pas. Asher a quitté ses amis et son coude vient de buter dans l'un d'entre eux. C'est une vilaine manie que je ne parviens pas à contrer. Je bois énormément d'eau, c'est typique de ma maladie, et j'avoue utiliser un nouveau verre quasi systématiquement. Personne n'est parfait.

– Désolée ! Je le cherchais, je ne me souvenais plus où je l'avais laissé.

J'attrape une pile de serviettes en papier et accours dans sa direction pour éponger la flaque à ses pieds.

– Y'en a deux autres là-bas, il me juge en désignant des endroits improbables.

– Vous avez l'œil, je tente de lui sourire. J'oublie toujours où je les pose.

– Ça me dégoûte.

Son visage écœuré me jauge, puis il disparaît à l'étage. *C'est juste un verre d'eau !* Ou peut-être quatre ou cinq, mais rien à voir avec un vieux pansement émanant d'une plaie purulente. Il est vraiment spécial.

– Elvis ! me hèle Miranda depuis le canapé sur lequel elle s'est installée pour travailler.

J'essuie rapidement les dernières gouttes, balance les serviettes détrempées dans une poubelle et rejoins l'attachée de presse. Je repousse un coussin et m'assieds à sa gauche.

– Oui ?

– Cette photo enflamme la toile, elle soupire en appuyant sur le côté de son ventre. Dire que je devrais être en congé, à m'empiffrer de crèmes glacées ! Enfoiré de Gregory !

Elle me montre l'écran de son ordinateur, j'évalue avec horreur l'impact croissant de cette connerie *made in* Oxton Briggs. Nous n'avons pas eu l'occasion d'en parler, elle et moi, elle a été aux abonnés absents toute la journée d'hier, et moi, j'ai préféré m'occuper des images capturées au drone pour reporter l'inévitable.

– Cet idiot a pris la photo sans me laisser le temps de l'assommer et je ne pensais pas qu'il la balancerait sur Internet !

– Je le sais, Elvis. Même si je te côtoie depuis à peine quarante-huit heures, j'ai perçu que ça ne te ressemblait pas. Et la rencontre VIP à laquelle j'ai assisté ensuite a fini de me convaincre. Bon, je t'avais dit de ne rien organiser de tel, mais il l'avait bien mérité.

Elle lève le nez de son PC et m'adresse un sourire complice.

– Mélanie et Roxana, tu les as choisies, hein ?

– Nooon... C'était un tirage au sort des plus classiques ! On appelle ça le karmasard... je murmure d'une petite voix qui ne la dupe pas.

– Ce fut un si beau spectacle ! J'avais envie de le brûler vif au moment où ces filles sont entrées, j'ai même cru accoucher de nerfs. Elles ont illuminé ma soirée ; au détriment de mes tympans, certes. Cela dit, je me dois de te mettre en garde, je ne suis pas certaine que ça lui serve de leçon.

– Il me fait courir chaque matin pour me le rappeler, je réponds. Il est comme ça avec tout le monde ou c'est un privilège qu'il m'octroie ?

Elle tord sa bouche et tripote le tissu tendu de son débardeur.

– Je connais Oxton depuis très longtemps. Il était déjà porté aux nues et adulé quand j'ai commencé à bosser pour lui, même s'il est vachement plus aimé depuis que je suis à son service...

– Bien sûr, je pouffe.

– Mais il avait conservé une espèce de recul appréciable et sain.

Elle l'observe à travers la baie vitrée, en poussant un soupir inquiet.

– Depuis quelque temps, il est plongé dans un brouillard négatif et je ne saisis pas pourquoi. Rien n'a changé, il compose toujours, je perçois le plaisir qu'il prend sur scène... Mais il est constamment sur la défensive, c'est incompréhensible.

Son analyse fait naître en moi une sorte d'apaisement. Il n'est peut-être pas si loin de ce que j'imaginais, finalement. S'il est dans une période difficile, ça pourrait expliquer certaines choses.

– Et s'il était juste fatigué ?

TU LUI CHERCHES DES EXCUSES, SANS DÉCONNER ?

– J'y ai pensé et je les ai tous les trois obligés à prendre des vacances l'hiver dernier. J'ai aussi poussé Ox à consulter une psy et, résultat des courses, ça n'a provoqué que l'émergence de sa lubie cinématographique. J'aurais jamais dû lui donner du temps pour réfléchir, elle conclut en secouant la tête.

– Tu es contre son projet ? je m'étonne.

Je n'aime pas entendre Miranda dire ça, mais je le garde pour moi.

ON N'AIME PLUS OXTON ! revendique une Rita encore outrée d'avoir dû courir deux fois dans le désert.

– C'est un bon chanteur et un musicien génial. Mais vouloir subitement devenir acteur... On dirait qu'il cherche à résoudre quelque chose et je crains qu'il s'enfonce davantage. Bref, tout ça pour t'expliquer qu'il était déjà tendu avant que tu sois recrutée et qu'il m'a tout l'air de t'avoir choisie comme bouc émissaire de sa frustration.

– Génial, je maugrée en lorgnant la star.

Doté d'antennes ultra-sensibles, il quitte Riley des yeux et croise mon regard à travers la vitre. Il le soutient plusieurs secondes, avant de m'envoyer un baiser. Je secoue la tête et me détourne.

– Pour en revenir à cette photo de merde, reprend Miranda, il faut qu'on réagisse sans attendre. J'ai reçu un paquet de demandes d'interview. Je n'ai pas le temps pour ça, sans compter que ce n'est pas le bon moment pour que les nanas qui bavent sur lui le croient en couple.

– Ne m'en parle pas. Ce nouveau profil devait me servir à faire monter la tension, puis à le positionner comme l'acteur à côté duquel les studios d'Hollywood seraient passés jusqu'à maintenant. La future lady Gaga, en d'autres mots. Adulé sur scène, salué derrière l'écran. Je dois trouver une parade au plus vite. Si on alimente les ragots, c'est dans une téléréalité qu'on va finir par lui proposer de tourner.

– Je pense que nous devons t'introduire officiellement. J'ai activé mon réseau et les médias nous suivront si nous leur fournissons une info à se mettre sous la dent.

– Tu m'angoisses, là... je l'interromps. Laissons couler, j'ajoute en sachant très bien que c'est impossible.

– Elvis... Oxton ne poste jamais rien et le voilà qui jette un selfie avec une nana devant des millions de disciples. Tu n'es pas dupe, ce genre de chose ne coule pas, ça forme un bouchon visqueux dans le tuyau, ça remonte et inonde la baraque.

Elle fait une pause et gonfle ses joues.

– Ça fait beaucoup parler... Y'a une chose sur laquelle capitaliser et nous devons mettre le doigt dessus.

– Il me tarde de connaître tes idées, mais par pitié, ne me fais rien faire de tape-à-l'œil. Si j'ai choisi ce travail, c'est justement pour rester confortablement cachée derrière mon écran.

– Beaucoup de gens aiment se retrouver sur le devant de la scène, elle me taquine en battant des cils.

– Pas moi. Et pour ta gouverne, mieux vaut que personne ne découvre ma bizarrerie. Tu aurais davantage à rattraper qu'un selfie désastreux.

– Tu aiguises ma curiosité, elle murmure en se frottant les mains. J'ai toujours eu un faible pour les individus atypiques.

– Tu m'en diras tant !

– Et puis, tu t'appelles Elvis, je t'assure que ça claque et reste en mémoire.

– Ouais, ben je préfère me faire oublier !

– Tu saurais pas chanter, par hasard ? J'imagine un duo...

Elle part dans son délire en remuant les mains devant elle comme si elle créait un tableau.

– Je suis la pire chanteuse dans un rayon de dix mille kilomètres, ne gâche pas ton énergie dans cette direction.

– Je vais m'occuper de toi, elle conclut en jouant des sourcils.

– T'es enceinte de combien, exactement ? Juste pour savoir si j'ai le droit de souhaiter que tu accouches très bientôt.

– Désolée, il me reste encore deux mois et demi avant la délivrance !

– Déception.

Une de plus.

– Bon, j'ai du contenu à créer. Plus vite j'aurai ajouté un millier de photos au compte de M. Briggs, plus vite la mienne sera oubliée.

Je vais chercher mes affaires dans ma chambre et reviens m'installer dans le salon, un peu à l'écart. Je dispose sur la table tout ce dont j'ai besoin pour officier, enfile mes écouteurs et me plonge dans l'univers merveilleux des Unfool. Comme je viens de le dire à Miranda, je dois me dépêcher de multiplier les publications pour que notre selfie ne soit plus aussi visible. *Bon sang, il y a beaucoup trop de likes et de commentaires !* Mais le deuxième post sur le compte du chanteur ne peut pas être créé à la va-vite. Puisqu'il veut se démarquer des Unfool, j'écarte directement les clichés que je peux avoir de lui avec Riley ou Asher. Je préfère aussi éviter tout lien avec la musique. Les photos des concerts seront réservées au compte du groupe. Je réfléchis un moment à la meilleure solution. Il me faut quelque chose qui suscite la curiosité tout en dévoilant Oxton plus qu'il ne l'a fait jusque-là. *OK, je sais !*

J'ouvre mon logiciel de montage vidéo et récupère les images capturées grâce au drone. Sur fond de musique intrigante, je crée une capsule qui montre Oxton en train de courir. Après un gros plan sur ses foulées, puis un arrêt sur son air pensif alors qu'il scrute l'horizon, il devient de plus en plus petit à l'écran, pour finir par se perdre au milieu de la terre ocre du désert. Après quoi court-il ? À quoi pense-t-il ? Voilà la question que tout le monde va se poser. *Parfait !*

Satisfaite de mon montage, je le mets en ligne aussitôt, puis bifurque sur le compte du groupe. Il n'y a pas une grande régularité dans les publications, et objectivement, si le rendu est loin d'être catastrophique, il fait preuve d'un amateurisme qui ne rend pas justice aux Unfool. La forme est trop scolaire et le fond, inconsistant. Je ne m'étonne d'ailleurs qu'à présent de ne pas avoir effectué de transition avec celui qui tenait les comptes avant moi. S'est-il fait renvoyer, lui aussi ?

– Au fait, Miranda, qui alimentait les réseaux avant mon arrivée ? je me renseigne auprès de l'attachée de presse.

– Asher.

– Sérieux ?

– Pourquoi ça t'interloque autant ?

– Eh bien... Difficile à dire.

– Tu sais, Ash est plus...

Son regard dérive quelque part durant plusieurs secondes, puis elle cligne des paupières en se raclant la gorge.

– Tu devrais échanger avec lui à ce sujet, je suis certaine que ça pourrait t'être utile.

– Tu rigoles ? Il se comporte avec moi comme si j'avais un zona géant ultra-contagieux, il n'acceptera jamais !

– Never say never[10], Elvis !

– C'est pas le titre d'une de leurs chansons ?

– Ma préférée, elle conclut avec un clin d'œil.

10. Ne jamais dire jamais.

23
ELVIS

Parfois j'imagine le karma comme une grande brune badass habillée en cuir. Il me semble l'avoir aperçue me filer le train ces temps-ci.

L'étape à Vegas touche à sa fin, demain matin nous prendrons la direction de Phoenix, mais avant ça, nous avons enfin une soirée libre et j'ai bien l'intention de fuir loin d'Oxton Briggs. Il n'a toujours pas abandonné son idée d'« opération séduction » et je commence à croire que son objectif est de me faire déguerpir. *Si seulement je pouvais !* Ma vie me manque, même penser à Davenport me rend nostalgique.

Je suis dans ma chambre depuis deux bonnes heures, à préparer le lancement de cette Fan Squad maudite. Je ne suis pas loin de brûler ma carte de membre avant même sa création. Plus vite j'aurai terminé, plus vite je pourrai aller me promener. J'ai besoin d'un break. Le rythme est dur à suivre, malgré ma condition physique. Dire que les Unfool vivent comme ça depuis dix ans ! Moi, en trois jours, j'ai déjà le sentiment d'avoir entamé mon espérance de vie. Sans compter les repas qui se prennent sur le pouce ou à des heures indécentes, si je survis à ça, j'en serai la première étonnée.

Je glisse mes pieds dans des sandales, mets des lunettes de soleil et descends au rez-de-chaussée. Je crois d'abord être seule, mais je découvre tout à coup la table de travail occupée par Kassim, Riley, Asher, Miranda, et Oxton... Ils suspendent leur échange en me voyant. Leurs yeux sont agrafés à moi comme si j'étais en train de léviter en marmonnant des paroles en latin.

– Pourquoi j'ai l'impression d'interrompre une discussion cruciale ?

Au même instant, mon portable que je tiens en main se met à sonner. C'est mon boss. Il ne m'appelle jamais directement, cela dit, c'est mon premier gros contrat, c'est peut-être normal. Ou bien il y a un problème, vu l'atmosphère ambiante impossible à ignorer. Je remonte mes lunettes sur mes cheveux et passe d'un visage à l'autre. Ils sont tous bizarres, mais c'est la figure d'Oxton Briggs qui m'inquiète le plus.

– Qu'est-ce qu'il y a ? j'articule en piétinant de gêne.

Mon téléphone sonne encore, une légère angoisse se loge dans mon ventre. Pas moyen que je décroche avant de savoir ce qu'il arrive.

NOSTALGIQUE, TU DISAIS ?

– On a un problème, entame Mira en se mordant la lèvre.

Elle fait glisser vers elle la tablette positionnée au milieu de la table et l'oriente vers moi. Je ne vois rien de là où je me trouve, j'avance donc vers eux. À mesure que mes yeux discernent ce qui figure sur l'écran, ma démarche ralentit. C'est un article de presse et c'est mon portrait qui l'accompagne. *Où ont-ils dégoté cette photo ?* Puis je lis le titre et j'en reste interdite.

« Elvis, drogues & rock'n'roll. »

Je cligne des paupières et sens un poids monumental me tomber sur les épaules. Je relève spontanément la tête vers mon client. Pas besoin qu'il m'en dise plus, j'ai déjà compris ce qui se joue. Il a attiré l'attention sur moi avec le selfie, il n'en fallait pas plus pour alimenter des journalistes en manque de matière. Il se lève de sa chaise et ouvre la bouche, je le pointe du doigt pour l'intimer au silence.

– Vous... vous...

J'avale ma salive pour éviter de l'insulter, puis survole à nouveau les quatre autres personnes qui m'observent avec un air grave. Ce qui figure dans ce torchon médiatique doit concerner mon enfance dorée.

Davenport persiste à m'appeler, je l'imagine, le teint violacé par la colère. Lui qui misait sur une employée sans accroc, il a dû tomber de son siège. À tous les coups, il me téléphone pour me virer.

– Fais voir, je parviens à dire à Miranda.

J'effectue un pas de plus, attrape la tablette et fais défiler la page. Rien de ce que je lis ne m'est inconnu. En trois pavés, le journaliste déballe la vie rêvée d'Elvis Calloway. Une jolie caravane, une mère proche de ses petites aiguilles, quelques courts passages en foyer. Il n'y a aucun scandale affreux mis en lumière ici, mais voir son passé étalé ainsi est franchement blessant. Il y a peu de détails, mais je me demande bien qui leur a balancé tout ça.

Mes émotions tourbillonnent, j'ai besoin de m'éloigner de ce public mutique.

– Je reviens.

Je sors de la pièce, traverse le living et m'isole sur la terrasse. J'empoigne la rambarde avec hargne et pousse un cri brutal. Ce n'est même pas cet article qui me bouleverse, mais l'enchaînement d'actions qui en est à l'origine. En décrochant ce contrat, je m'attendais à galérer, mais j'étais très loin du compte. Je pensais devoir me méfier de moi, je découvre à mes dépens que la menace vient de celui que j'ai porté aux nues toute ma vie. J'ai surmonté une enfance franchement compliquée grâce à Oxton Briggs et le voilà qui fait voler en éclats ma vie d'adulte.

TERMINÉ L'ADULATION, TERMINÉ !

C'est plus complexe que ça, Rita.

Je me sens trahie et les larmes coulent toutes seules. Ce type est en fait un abruti doublé d'un connard égoïste. À cause de lui, cet article va me griller. Personne ne voudra m'embaucher après ça. Et ce foutu téléphone qui ne cesse de sonner. Davenport ne lâche rien. Plus je repousse le moment de décrocher, plus il doit criser, mais tant pis.

Des pas claquent dans mon dos, je me contente de jeter un coup d'œil rapide en arrière.

– Si vous venez me virer, faites ça vite et bien ! je crache en essuyant mes larmes du revers de la main. Y'en a un qui attend son tour, j'ajoute en désignant mon portable, et je suis certaine qu'il est plus compétent que vous pour faire ça.

– Pourquoi je ferais ça ? il demande d'un ton qui semble sincèrement surpris.

OH ! MONSIEUR N'EST PEUT-ÊTRE FINALEMENT PAS UN SI MAUVAIS ACTEUR QUE ÇA...

– Comme s'il vous fallait une raison pour vouloir m'éjecter ! En tout cas, si vous en cherchiez une, elle est toute trouvée. Bien joué ! Vous pouvez jubiler, allez-y.

Il respire fort quand il pose ses avant-bras à ma gauche et rive ses yeux à mon visage encore humide.

– Je suis désolé.

BEN VOYONS !

– Vous êtes désolant, je corrige. Je me suis jointe à vous pour vous aider dans vos projets, mais vous êtes incapable de vous remettre en question. C'est quoi votre problème, à la fin ? Faites-vous soigner, bordel !

Mon téléphone recommence à hurler. Je m'apprête à le jeter dans le vide, mais il s'en empare sans que je puisse l'en empêcher.

– Qu'est-ce que vous... Ne décrochez pas !

Il décroche. *J'aimerais qu'une rafale l'emporte dans le désert !*

– Oxton Briggs à l'appareil.

J'entends la voix grave de mon patron résonner, mais je ne discerne pas ses propos.

– Comment allez-vous, monsieur Davenport ? Je peux vous appeler Trent ?

J'approche d'abord ma main pour lui arracher mon bien, il la repousse comme une mouche. J'approche alors ma tête pour tendre l'oreille, mais sa large paume se colle à mon front et me repousse en arrière. *Je rêve !* Je frappe son poignet et écope d'un regard d'avertissement.

– Donnez-moi ça ! j'articule sans prononcer le moindre son.

Il secoue la tête de gauche à droite, puis se met à arpenter la terrasse, concentré sur sa conversation avec mon patron. Ils doivent préparer mon licenciement en duo. Je ne leur ferai aucun cadeau. Il s'immobilise à plusieurs mètres de moi et me scrute à distance d'une façon si indéchiffrable que mon souffle manque une inspiration. J'essaie de lire sur ses lèvres, mais à moins qu'il soit en train de dire : « Il est urgent que je monte à cheval », je suis nulle.

– Ce ne sera pas nécessaire, je l'entends prononcer alors que je marche vers lui.

– ...

– J'en fais mon affaire, rassurez-vous.

– Votre affaire ? je siffle. Je vais...

Cette fois, il crochète ma nuque avec son bras, ramène mon dos contre son torse et me bâillonne avec ses doigts. *Il se fout de moi ?* Alors qu'il poursuit sa discussion téléphonique sans être perturbé par la situation, je lève mon pied et l'enfonce d'un coup sec dans le sien, avant de mordre ce qui obstrue ma bouche.

– Put... Je dois vous laisser, il grogne dans le combiné en m'étouffant presque. Nous sommes attendus. Excellente journée, Trent.

Il interrompt la communication et me repousse en avant.

– Tu m'as mordu ?

– J'espère que j'ai la rage.

– Ce ne serait pas une surprise.

– Rendez-moi mon téléphone ! Vous vous prenez pour qui ? Ça ne vous a pas suffi de m'humilier devant le monde entier, il faut aussi que vous preniez plaisir à bavarder avec mon ancien patron ?

Je suis à bout de nerfs et je ne contiens pas une nouvelle tournée de larmes. Elles représentent tout le désarroi provoqué par le véritable Oxton Briggs et je n'ai aucun pansement à mettre là-dessus pour le moment. Son corps tressaute et sa main se tend en avant comme si elle avait le réflexe de vouloir me toucher.

– Vous voulez bien me foutre la paix ? je renifle en retournant m'accouder à la rambarde. J'aimerais me recueillir sur ma défunte intimité.

Rien ne me prépare à ce qui se déroule ensuite. Oxton tire sur mon coude, me fait pivoter face à lui et me prend dans ses bras. Entourée de sa chaleur et de son odeur, je sens ma vanne d'oxygène se bloquer, mon corps devenir aussi droit et rigide qu'une baguette chinoise. Si mon cœur ne battait pas à tout rompre, je pourrais croire que je suis morte.

– Je suis sincèrement désolé, Elvis. J'ai pas réfléchi quand j'ai posté cette photo. J'connais ce milieu pourtant, mais je te jure que j'ai agi sans penser aux conséquences et j'étais loin d'imaginer que... Je n'ai pas cherché à te faire du mal. Je peux être sacrément con, mais je ne suis pas un tel enfoiré.

Son changement de ton me coupe l'herbe sous le pied. Même s'il a défié toutes mes attentes, là, il est sincère. Pour autant, la façon qu'il a de m'étreindre, en me tapotant l'arrière du crâne comme si j'étais un petit chien, me donne des fourmis dans le cervelet. Plus jeune, je me suis figuré très souvent une scène dans laquelle je lui racontais toutes ces choses. Il m'écoutait attentivement, puis me serrait contre lui et caressait mes cheveux en fredonnant l'une de ses chansons.

UN MYTHE EST MORT AUJOURD'HUI !

– D'accooord... Si je vous pardonne immédiatement, est-ce que vous me lâcherez ?

Il recule sa tête pour me regarder.

– Le leader des Unfool est en train de te consoler et tu n'apprécies pas ? il feint d'être outré sans me libérer pour autant.

– J'imagine que ce serait le plus beau jour de ma vie si je ne venais pas de me faire virer à cause de vous.

– Davenport est toujours ton patron, et moi aussi. Tant que tu touches pas à ma gratte ou à une bouteille d'eau, tu perdras pas ton job.

– Quel soulagement ! je ris nerveusement. Je perdrai juste la vie par déshydratation...

L'instant s'étire, ça devient gênant alors je tapote maladroitement sa poitrine.

– Monsieur Briggs...

– Oxton ! il m'interrompt en se renfrognant.

À sa façon de me regarder, je vois qu'il est réellement contrarié par ce qu'il a provoqué.

IL Y A DU PROGRÈS !

Nos prunelles restent rivées les unes aux autres et je n'entends plus que Rita qui psalmodie.

– J'ai sous-estimé ce que peuvent générer ces réseaux sociaux, il confesse. C'est compliqué de...

– C'est pas faute d'avoir tenté de justifier ma présence à tout bout de champ.

– Ouais, toi aussi, je t'ai sous-estimée.

Je me défais de son étreinte, indisposée par sa nouvelle façon de me scruter.

– Oh ! S'il vous plaît, gardez votre pitié si vous ne voulez pas finir en bouillie cinquante-deux étages plus bas !

Ma menace lui tire un souffle amusé.

– C'est pas de la pitié, Calloway, c'est de la culpabilité.

ÉVIDEMMENT ! QU'EST-CE QUE JE CROYAIS ?

– Je vous libère de votre fardeau, je déclare sur un timbre solennel.

– Aussi facilement ? Tu m'as habitué à plus de rebondissements, je suis un peu déçu.

– J'ai eu suffisamment de rebondissements pour aujourd'hui. Et puis, comme j'ai toujours un boulot, je garde mon énergie pour ça.

– Waouh ! Un câlin magique et ça repart déjà pour toi ?

Je lève les yeux au ciel.

– J'ai été prise de court, je me justifie pour ne pas dévoiler la véritable raison de mon craquage, mais j'me fous de cet article.

– Quoi ? Je t'ai consolée pour que dalle ? il fait semblant de s'indigner.

– J'aurais préféré que ma vie ne soit pas étalée sur Internet, mais je n'ai pas honte de mon passé. Y'a des milliers d'enfants qui vivent des choses comme ça, et d'autres bien plus graves. OK, ma mère était toxico, j'ai dormi sur un matelas douteux au fond d'une caravane qui aurait fait convulser Asher, mais que voulez-vous que les gens fassent de ça ?

Il quitte la ville des yeux et tourne son profil vers moi. Pour ma part, je persiste à lorgner cette voiture bleue tout là-bas.

– J'ai déjà subi des moqueries, des jugements, mais moi, je sais qui je suis. J'ai appris à passer au-dessus de ça, à me définir autrement que par ce reflet que les autres pensent percevoir. Tant pis pour ceux qui ne voient qu'un minuscule morceau de moi.

Je n'ai pas contrôlé mon flot de paroles, je me sens tout à coup un peu gênée. Je me résous à regarder vers mon voisin, qui me scrute intensément.

– Enfin, voilà, quoi, je conclus en forçant un sourire. Puisque je bosse toujours pour vous, est-ce qu'on va pouvoir s'y mettre à présent ? je lui demande alors qu'il continue à m'examiner. Non, en fait, c'est pas une question, à partir de maintenant, vous allez charbonner sans broncher.

– Ouais. Hum, on va d'abord s'occuper de contrer cet article.

D'une impulsion des coudes, il se redresse, puis quitte la terrasse. C'est sa marque de fabrique, les départs fulgurants.

24
ELVIS

Les médecins m'ont toujours
dit que le sucre pouvait me tuer.
Aucun d'eux ne m'a mise en garde
contre les dangers d'un chanteur borné.

J'avale plusieurs goulées d'air avant de revenir à l'intérieur. Kassim s'est évaporé, ne restent que les musiciens et Miranda, à côté de qui je tire une chaise. Je m'assieds et me sers un verre.

– Vous avez parlé de bouteille, pas de verre, je lance au chanteur qui m'observe. On dirait que je vais vivre.

Une ébauche de sourire s'imprime sur sa bouche. J'ai à peine vidé mon eau qu'un homme entre dans la suite.

– C'est quoi ce bordel ?

– Un revenant ! s'exclame Mira. C'est pas illégal pour un agent récemment embauché, de prendre autant de congés ?

Difficile de dire si elle est ironique ou non.

– C'est pas illégal de faire bosser une femme enceinte depuis si longtemps ? il réplique en faisant glisser ses lunettes de soleil sur son nez. Ce ventre a doublé de volume en quinze jours, qui t'a mise en cloque une deuxième fois ?

– Ton père, un homme charmant.

– On se demande surtout qui l'a engrossée la première fois, raille Riley.

– Ta mère, elle révèle sur un timbre cassant.

Je n'ai jamais questionné Miranda au sujet de son compagnon, et les regards qui pointent sur elle portent à croire que l'identité du géniteur est réellement un mystère. J'admire sa résistance, si je devais être la cible de l'inquisition du groupe depuis deux trimestres, j'avouerais n'importe quel crime que je n'aurais pas commis.

– Voici donc la fameuse Elvis...

Le ton de l'agent est aussi désagréable que la sensation de sa main dans la mienne. Sa poigne est molle et moite, j'ai un mauvais feeling sur ce mec.

– En chair et en os.

– Je suis Darell County, l'agent cinématographique d'Oxton, fraîchement revenu de Punta Cana, dont le bénéfice semble déjà s'étioler.

C'EST TROP TRISTE.

– Arrête, tu vas nous faire chialer, raille le chanteur.

– Ox, Ox... si j'étais toi, je me ferais tout petit. Vu ce que j'ai entendu de tes derniers exploits, je ne la ramènerais pas.

Non mais quel gros con ! Je m'attends à ce qu'Oxton réplique de manière acide, mais il se tait. D'ailleurs, je lui adresse une œillade interloquée qu'il balaie.

– Allez, on s'y met ! annonce Kassim en réapparaissant. Je vous rappelle qu'on a un avion à prendre pour Phoenix demain matin. Et avant ça, un scandale à contenir...

UN SCANDALE, N'EXAGÉRONS RIEN !

Son timbre incisif relance les hostilités. Ils parlent tous fort, se coupent la parole, rebondissent.

– Je...

Au contraire de Riley et Asher qui montrent tous les signes d'une dégénérescence cérébrale face au sujet, je sais exactement de quoi il en retourne. J'ai déjà eu à gérer des buzz, bons ou mauvais, alors s'ils daignaient me laisser en placer une...

– Il nous faut davantage de veille active sur l'e-réputation, persiste Kassim. La tournée bat encore son plein, on ne peut pas se permettre des retombées court-circuitées par une rumeur à la con sur le couple formé par Oxton avec une fille au passé sulfureux.

Un passé sulfureux ? Non mais qu'est-ce qu'il ne faut pas entendre ! On croirait qu'ils viennent de me découvrir une carrière cachée dans le porno.

– Est-ce que je peux...

– Il faut mettre en place des actions pour éviter la reprise de l'information, embraie Miranda.

– On pourrait...

– Et s'assurer que cet être stupide ne recommence pas, assène Darell à Oxton.

– Putain, c'est bon ! râle ce dernier.

Mes maigres interventions restent sans réponse. Je bouillonne jusqu'à ce qu'une Rita habillée en Viking, brandissant une épée, me mène à l'explosion.

– Oh mon Dieu ! je m'écrie de façon si vive que le genou d'Asher frappe le dessous de la table. Je suis morte, c'est ça ?

J'enfonce mes ongles dans mon cuir chevelu et secoue la tête, avant d'ouvrir grand les yeux.

– J'ai des dernières volontés. Je dois contacter Melinda Gordon[11] pour qu'elle puisse parler en mon nom.

Personne ne pipe mot durant de longues secondes.

---

11. Nom du personnage principal de la série *Ghost Whisperer*. Celle-ci a la capacité de voir et de communiquer avec les fantômes.

OK, TU AS L'AIR POSSÉDÉE MAIS AU MOINS, ILS T'ÉCOUTENT MAINTENANT !

– Ah ! Parce qu'elle souffre aussi d'un syndrome psy dont je ne suis pas au courant ? s'enquiert Darell auprès de Kassim. Déjà que cette histoire de cinoche est un gouffre d'énergie, si c'est pour se taper une illuminée comme CM, non merci !

« Cette histoire de cinoche » ? Pour un agent dont c'est le milieu de prédilection, je ne le trouve pas très investi.

– Elvis, m'interpelle Oxton. Tu te rends compte que c'est une réunion importante, là ?

– Tu peux me voir ? j'articule en appuyant sur chaque mot. Tu peux m'entendre ?

– Elle est géniale, se marre Riley.

– Quelle délivrance ! je persiste sans honte. Voilà dix minutes que vous parlez tous comme si je n'étais pas là. Mais je suis soulagée de constater que je suis bien vivante.

– Continue comme ça et ça ne va pas durer...

– Votre culpabilité me manque déjà, monsieur Briggs, j'aurais dû en profiter, je cingle.

J'enroule mes bras autour de moi et mime un câlin ridicule. Il pince ses lèvres et souffle par le nez.

– Excusez-moi, on peut poursuivre ? s'agace le manager.

– Bien sûr ! Merci de me donner la parole, monsieur Abad.

– Je ne vous donne rien du tout. Vous êtes le cœur même du problème, mademoiselle Calloway. C'est à nous de régler ça. Sans vous.

Certainement pas !

– J'ai eu de longues minutes pour écouter vos idées et j'ai bien en tête vos problématiques puisque, ô doux Jésus, ça fait aussi partie de mon quotidien professionnel.

Sans compter que ça me concerne, j'ai donc une double raison de m'impliquer là-dedans.

– Fais gaffe, Kass, la petite Elvis n'est pas du genre à se laisser faire, chuchote Miranda.

– Vous n'avez pas compris, objecte ce dernier en me dévisageant durement. On vous a embauchée pour travailler l'image d'Oxton sur les réseaux sociaux, pas pour foutre le bordel avec vos casseroles.

– Kass... l'avertit Oxton.

– Quand je dis « sans vous », ça signifie qu'il vaut mieux pour nous tous que votre contrat prenne fin aujourd'hui.

Quoi ?

– Quoi ? rugit le chanteur en écho à ma pensée. Ça sort d'où, ça ?

Miranda prononce un deuxième « quoi ? », Riley, un troisième. Même Asher émet un mini-son.

– On ne va pas perdre du temps à bosser sur l'image d'une community manager, alors qu'il suffit d'en prendre une nouvelle.

– Elle a foutu aucun bordel, c'est moi qui ai déconné !

– Ouais, mais jusqu'à preuve du contraire, toi, on peut pas te remplacer.

– C'est mort. Si tu la vires, je te vire dans la seconde et je la réembauche.

La voix d'Oxton a claqué dans l'air, son manager le scrute sans comprendre. Moi non plus, je n'en crois pas mes oreilles.

– Qu'est-ce que vous lui avez fait ? me demande Kassim avec suspicion.

– Mais rien ! je me défends.

– Y'a encore une semaine, il ne voulait pas de CM, vous êtes avec nous depuis quatre jours et il me menace pour vous garder. Vous avez un dossier contre lui ou quoi ?

Je cherche le regard du chanteur, j'avoue être moi-même estomaquée par sa réaction.

– Tu te la tapes ? il revient à la charge.

– Eh oh ! Le respect, ça vous parle ? Vous me prenez pour qui ? je m'insurge.

– Le sujet est clos, tranche Oxton.

– Merci de répondre « non » à sa question insultante ! j'ajoute à son attention.

– Non, il prononce lentement sans rebondir sur l'affront de cette demande.

COMME SI ÊTRE ACCUSÉE DE COUCHER AVEC OXTON BRIGGS POUVAIT ÊTRE LA PIRE CHOSE AU MONDE !

J'adresse un « hum » à Kassim, qui n'apprécie guère.

– Tu proposes quoi, Elvis ? m'interroge le leader des Unfool.

Pour la première fois, je ne devine pas chez lui cette arrogance habituelle face à mon activité. Je me sens pousser des ailes.

– Ce pour quoi je suis payée. C'est justement par le biais des réseaux qu'il faut désamorcer la situation. Les gens se demandent qui je suis et ce que je fabrique avec vous, il faut qu'ils saisissent, et vite.

La tablée entière semble hypnotisée par mon ton presque vindicatif.

– Je suis votre community manager. Pas une nouvelle conquête ni la gamine d'une junkie. Enfin si, je le suis... pas la conquête, mais... bref ! Je suis là pour vous accompagner dans vos projets et ce n'est pas un article de mes deux qui va me barrer la route. Qu'ils aillent se faire voir, je leur enfoncerai des publications au fond de la gorge de mes propres mains jusqu'à ce qu'ils comprennent ce que je fous ici !

Je termine mon plaidoyer en vidant un nouveau verre d'eau. Cette situation est l'électrochoc qui me manquait pour plonger dans ce contrat tête baissée. Libérée de mes attaches de groupie, je deviens *the* community manager.

– OK. Et concrètement, ça donne quoi ? demande Oxton.

– Je vais trouver une façon de me présenter. Je dois d'abord analyser l'ampleur de la diffusion avant de vous faire des propositions adaptées.

– Joli laïus, me complimente Miranda. Ces révélations n'étaient pas tout à fait ce que j'avais en tête quand je parlais d'une information à mettre sous la dent de mes contacts, mais depuis que cette photo est parue, je milite pour qu'on communique autour de toi. Et pour te répondre sur l'ampleur de la diffusion, cet article est partout. Il faut réagir vite, l'image d'Oxton et des Unfool est également en ligne de mire. Dieu seul sait ce qui pourrait sortir demain.

– Rien de plus ! Je ne suis pas aussi intéressante.

– Alors ils inventeront n'importe quoi et la boule de neige se transformera en avalanche, elle contre.

Je déteste ce que je m'apprête à dire.

– Si je fournis aux fans ce qu'ils attendent, ils n'auront pas besoin d'aller chercher l'info ailleurs.

– Et on grillera les pseudo-journalistes en quête de scoop sur la ligne d'arrivée.

L'attachée de presse fait deux pas, avant de se figer en poussant un cri aigu. En un battement de cils, Asher se lève pour la rejoindre.

– Quoi ? il s'inquiète.

– Je sais ! elle braille. J'ai la solution !

– J'ai cru qu'elle accouchait, se moque Riley.

– Moi aussi, grommelle le batteur en reprenant sa place.

Si je suis surprise de voir cet éclair de protection chez lui, Miranda ne me donne pas l'occasion de me pencher là-dessus.

– Y'a une avant-première à Los Angeles demain soir. J'avais décliné l'invitation pour vous permettre de profiter d'une soirée tranquille à Phoenix avant le concert du lendemain, mais on dirait que je vais devoir rappeler les organisateurs et que vous ferez un détour par Hollywood.

Mes jambes se mettent à trembler. Qu'est-ce qu'elle échafaude ?

– Et on dirait qu'il va te falloir une jolie robe, Elvis. C'est l'occasion parfaite pour t'introduire comme celle qui...

Elle suspend sa phrase pour y donner un effet d'annonce horripilant.

– ... diffuse tout ce qui se passe dans la vie d'Oxton Briggs.

– C'est une idée brillante ! s'exclame Darell.

TIENS, JE L'AVAIS OUBLIÉ, CELUI-CI.

Rita hoquette et plonge dans ma vessie pour mettre fin à ses jours. *Lâcheuse !*

– Soyons sérieux une minute, je rigole nerveusement. J'évoquais une visibilité avec un petit V. Ce que tu proposes, c'est du jamais-vu.

– Justement ! Les fans vont être en feu. On leur offre un accès dédié à leur idole. Bon sang, comment j'ai pu ne pas y penser plus tôt ? C'est grâce à toi, Elvis !

Miranda est surexcitée. Si elle n'était pas enceinte, je lui balancerais une chaise dessus. *Je ne pouvais pas la fermer ?*

– Vous savez quoi, je vais rappeler M. Davenport pour qu'il me vire.

– Reste assise, elle ordonne.

– Ce qu'elle veut m'obliger à faire figure dans mon contrat ? j'interpelle Kassim.

– Et comment ! il grommelle.

Je me tourne vers le chanteur, en quête d'un allié.

– C'est le moment de libérer votre personnalité et de refuser, monsieur Briggs.

Il braque ses iris sur moi et fait mine de peser le pour et le contre.

– Qu'est-ce que tu as exigé sur la terrasse ? Attends, je cherche la formulation exacte. Voilà, « vous allez charbonner », c'est ce que tu as dit, et comme j'ai beaucoup à me faire pardonner, j'accède à cette requête, Calloway. On ne va plus se quitter, toi et moi.

Il forme un cœur avec ses doigts, je tape mon front contre la table.

25
ELVIS

*Chacun sa façon de voir un tapis rouge.
Le mien n'est qu'une carpette
avec le sang d'Oxton Briggs dessus.*

Los Angeles. 16 h 57. J'aurais dû profiter de ce moment de repos pour prendre un bain débordant de mousse. Au lieu de ça, je viens de passer les pires heures de ma vie, à faire une vidéo de moi – que j'ai recommencée dix-neuf fois – dans laquelle je me présente et fais semblant de sourire et d'être terriblement excitée par mon annonce et le programme de ce soir.

« Hello ! Ici Elvis, qui vous parle depuis la suite des Unfoooool ! Je crois que le suspense est assez monté pour que je puisse enfin tout vous avouer. Vous vous demandez qui je suis ? Vous allez adorer la réponse : vos yeux et vos oreilles ! Vous rêviez d'un accès à votre groupe préféré, je vous le donne. Et ça commence dès ce soir. Si je vous dis : Hollywood et tapis rouge, vous voyez où je veux en venir ? Rendez-vous sur l'Insta d'Oxton à 19 h 45 ou au Regency Village Theatre, pour les plus ambitieux. »

Je visionne cette horreur pour la dixième fois, Miranda finit par m'arracher le téléphone des mains pour valider la mise en ligne sur les comptes d'Oxton et des Unfool.

– Elle est nickel, tu passes super bien à l'écran.

– Ouais, je vais me jeter sous un bus, je reviens.
– Fais ça vite, on n'a pas la journée.

17 h 21. *Grève des bus.* Je cherche une façon de mettre fin aux jours d'Oxton sans être soupçonnée.

– Vos yeux et vos oreilles ! je l'entends crier depuis sa chambre voisine de la mienne.

– Vous avez bientôt fini ? je vocifère en collant ma bouche au mur qui nous sépare.

– Presque. Je dois encore me laver les yeux et les oreilles !

– Je vais vous faire du mal !

– Tu me menaces ? J'en crois pas mes yeux et mes oreilles !

J'attrape un coussin et hurle à l'intérieur.

18 h 12. Je peine à entrer dans une combinaison bleu marine hors de prix. De la « crêpe de laine », m'a confié la nana qui est venue nous livrer des tenues pour la soirée. Je t'en foutrais ! Au moins, j'échappe à la robe en tulle turquoise qu'elle voulait coûte que coûte me faire porter. J'accepte déjà beaucoup de choses, ça suffit !

18 h 41. Un type aux cheveux verts et noirs me tartine la figure avec un fond de teint « effet 100 % naturel », tout en me mettant des petites claques sur la mâchoire du dos de la main, dans ce qui doit être un tic de maquilleur.

– Regardez-moi. Ouvrez. Fermez. Ouvrez. Clignez. Souriez. Avec les dents.

Si je lui montre mes dents, ce sera pour le mordre !

– Canon, mademoiselle Elvis ! Oh yeah !

ÇA FAISAIT LONGTEMPS...

19 h 07. Un mètre soixante-dix-sept. Je ne porte jamais de talons, comment suis-je censée tenir debout avec ceux de douze centimètres que j'ai aux pieds ?

– Vous n'avez rien de plus plat ? je supplie presque une nouvelle femme dédiée aux chaussures. J'ai le vertige.

– Non. Elles sont très jolies.

– Je ne dis pas l'inverse. J'ai déjà vu des sabres magnifiques, ça ne change rien au fait qu'ils soient mortels.

Elle ne relève pas ma comparaison. J'ai envie de pleurer devant tant d'impuissance, d'autant plus que c'est moi qui ai soufflé l'ébauche de cette idée.

19 h 19. La nouvelle heure du diable. Je traverse la suite devant Miranda, au téléphone. Elle hausse les sourcils et son pouce en découvrant ma tenue. J'ai envie d'ériger mon majeur en retour, mais j'ai les mains occupées par mon sac et mon portable. Je me contente donc de lui transmettre un doigt d'honneur télépathique, qui passe totalement inaperçu.

– Ils sont déjà en bas, vas-y, elle me souffle. Travis va t'accompagner, j'arrive.

– Une escorte, carrément ? T'as peur que je prenne la fuite ?

– Oui.

– Avec ça aux pieds ?

Le garde du corps pose ses serres sur mon épaule dénudée et me guide silencieusement. Dans l'ascenseur, je m'appuie contre la paroi et soupire.

– Combien pour que vous me cassiez la jambe ?

– Je ne suis pas dans vos moyens.

– Oh ! Allez ! On peut trouver un compromis entre petites gens, non ?

– On dirait que cette étiquette ne vous convient plus, il commente calmement.

– Aidez-moi. Je n'ai pas signé pour ça.

Ding !

CONDAMNÉE PAR LE GONG.

Les portes de la cabine s'ouvrent et nous débouchons directement à l'extérieur, devant une imposante limousine noire. Riley fume une cigarette en discutant avec Oxton, il avise mon apparence et file un coup de coude à son voisin. Le chanteur affiche un sourire radieux en m'apercevant, il est fier de lui. *Fumier !*

– Où est la robe mentionnée par Miranda ? il m'accueille avec une mine faussement déçue.

– Je l'ai rangée dans votre penderie, vous pourrez la porter lors de votre prochaine soirée chic.

Ses yeux descendent jusqu'à mes chaussures. Ils remontent ensuite jusqu'au bijou de six kilos pendu à mon cou, dont le pendentif frôle la naissance de ma poitrine.

– Quoi ? Vous voulez le collier aussi ? je le cingle alors qu'il reste bloqué dessus.

Il cligne des paupières et reporte son attention sur son pote.

– C'est vrai qu'il est drôlement agréable à regarder, ce collier, commente Riley en écrasant son mégot. Il en met plein les yeux.

– Et les oreilles, ajoute Oxton.

– Rha ! Changez de disque !

– Cette réplique était trop facile, il assène avec dérision.

Je les dépasse et entre dans la limousine en fulminant. Asher y est déjà installé. Tandis que je tire sur la ceinture de sécurité avec rage, les deux autres prennent place. Le leader s'assied en face de moi, dos à la route.

– Tes fringues sont assorties aux miennes, le rendu sera top sur les photos de nous, il me cherche.

– Le bleu me va beaucoup mieux qu'à vous, ça vous donne un teint blafard.

MOI, JE LE TROUVE CANON.

Si tu t'aventures sur ce terrain-là, Rita, j'appelle un prêtre exorciste !

– Tu n'es pas heureuse de fouler un tapis rouge en ma compagnie ?

Même quand j'étais encore folle de lui, je n'ai jamais pensé à ça.

– Le seul tapis qui me rendrait heureuse serait celui dans lequel j'enroulerais votre cadavre.

– J'aimerais tant que tu sois fan de moi, Elvis Calloway, il susurre avec défi.

Eh bien, il fallait y penser avant de tout foutre en l'air !

– Oh ! Mais il y aura des fans par milliers. Partout. Tout le temps. Je jure de consacrer ces prochaines semaines à déchaîner sur vous des fan squads entières, avides de votre sang. Les deux groupies de Vegas n'étaient qu'un avant-goût de ce qui vous attend.

Tous les passagers éclatent de rire au moment où Miranda se pointe.

– Qu'est-ce que j'ai loupé ? elle demande alors que la limousine se met en route.

– Un Elvox, répond Riley. C'est le nom que j'ai trouvé pour leurs affrontements.

– Ça sonne comme un surnom de couple de stars, j'adore ! s'enthousiasme l'attachée de presse.

– Moi, ça me fait penser à un virus ou à un champignon, s'en mêle Asher.

– Oh ! Croyez-moi, j'aimerais être une bactérie très contagieuse, je maugrée.

– Quels seraient les symptômes ? se renseigne Oxton.

– Avec un peu de chance, mes prières seront exaucées et vous aurez la surprise. Il sera trop tard pour trouver un remède.

– Elvox, chuchote Riley en se servant une coupe de champagne. Tu en veux une, Elvis ?

L'alcool et le diabète font un mauvais combo, mais j'ai vérifié ma glycémie avant de partir et j'ai grignoté, donc une coupette ne devrait pas avoir de grosses conséquences. Si ça peut me détendre, je fonce !

– Volontiers, merci.

Les fines bulles ne parviennent pas à éradiquer la boule que j'ai dans la gorge. On va bientôt arriver à destination et la panique commence à gagner du terrain. Qu'est-ce que je fous dans cette limousine, habillée comme quelqu'un d'autre ?

TU BOSSES POUR UN TYPE RICHE ET CÉLÈBRE !

Dis comme ça, Rita, on dirait que je suis une escort girl *!*

Je redouble d'efforts pour rester concentrée sur ma mission de ce soir. La véritable épreuve sera au moment du défilé sur le tapis rouge. Une fois que ce sera passé, je n'aurai plus qu'à utiliser mon téléphone et la machine sera lancée. C'est dans mes cordes. Je crois.

TU CROIS ? AVEC DES TALONS COMME ÇA ?

Je ne suis pas quelqu'un qui se laisse facilement impressionner et je suis en mesure de jouer ce rôle qu'on m'a collé.

Notre véhicule ralentit, s'arrête et mon cœur aussi. Oxton avance sur son siège et pose ses coudes sur ses genoux. Il est si à l'aise que j'en suis écœurée. S'il restait du champagne dans ma coupe, je le lui jetterais au visage.

– Prête ?

– Va te faire voir Oxton, je crache au bord de l'évanouissement.

– Incroyable ! Il aura fallu en arriver là pour que tu m'appelles enfin par mon prénom.

– Je ne parviens plus à respirer. Mon cerveau n'a pas assez d'oxygène pour fonctionner.

– T'as ton portable ? me demande Miranda.

– Va te faire voir, toi aussi. Je n'ai rien à faire ici. Je suis community manager, putain !

– Attention, elle décompense, chuchote Riley.

– Je vous déteste. De toute mon âme. Chacun d'entre vous.

Et je le pense vraiment.

QUEL REVIREMENT !

– On croirait entendre Miranda, il se marre.

– C'est le moment, Elvis, annonce cette dernière.

J'expire par à-coups en ouvrant le compte Instagram d'Oxton. Je positionne l'appareil devant mon visage et m'observe sur l'écran. Je sais mettre un masque quand il le faut, j'ai révisé cette leçon toute ma vie pour déambuler entre les caravanes. Dans mon champ de vision, Oxton me jauge, je fais comme si de rien n'était et étire ma bouche pour détendre mes traits.

– Je commence le live dans 3, 2, 1...

Lancer ce direct revient à jeter à la mer le parpaing accroché à ma cheville, qui va sans nul doute m'entraîner six mètres sous la surface, mais il est trop tard pour reculer.

– Salut tout le monde ! j'entame d'une voix pleine d'engouement.

Histoire de gagner un peu de temps pour obtenir une meilleure audience, je me présente à nouveau, en direct cette fois.

– Je m'appelle Elvis et, avant que vous me posiez la question : oui, c'est mon vrai prénom ! Pour celles et ceux qui s'interrogent encore, je suis community manager et je ne vais pas me contenter de vous proposer un joli feed ici... Oh non ! Vous méritez mieux que ça. À partir de ce soir, je vais suivre Oxton et les Unfool où qu'ils aillent et je vous embarquerai. Nous allons former la Fan Squad Unfool, soit la meilleure *squad* au monde, bien sûr.

– Saluuut ! crie Riley en collant sa joue à la mienne pour apparaître sur l'écran.

Des dizaines de cœurs s'affichent et les commentaires se multiplient. Je ne parle même pas du nombre hallucinant de spectateurs connectés.

– Celui-là essaie déjà de me voler la vedette !

– J'essaie surtout de me mettre cette super-espionne dans la poche ! J'ai pas envie qu'elle vous dévoile ma passion secrète pour...

– Je vous dévoilerai tout, je l'interromps en jouant des sourcils. Mais en temps voulu. J'ai beaucoup mieux, tout de suite ! Est-ce que vous êtes prêts à nous accompagner sur le tapis rouge le plus convoité aujourd'hui ? C'est l'avant-première du très attendu Spiderman ce soir, et si les célébrités seront nombreuses, je n'ai aucun doute, vous n'aurez d'yeux que pour...

Je switche la caméra vers le leader des Unfool, qui affiche un petit sourire enjôleur. Il lâche un « bonsoir » agrémenté d'un clin d'œil et, dans un parfait enchaînement, la portière s'ouvre sur les hurlements du public.

– On y va ? il prononce sur un ton charmeur.

Je suis ravie de ne plus être filmée, personne ne voit mes yeux exorbités. Oxton sort le premier, je m'engage à sa suite.

NE BLOQUE PAS SUR LES CENTAINES DE PERSONNES EN LIESSE, NI SUR LES FLASHS QUI CRÉPITENT, NI SUR LES JOURNALISTES QUI VOCIFÈRENT.

J'avance comme si le sol allait se fendre en deux et m'avaler. Je me retrouverais dans l'enfer des groupies avec un CD rayé des Unfool qui tournerait pour l'éternité. Quoique, attends... Je suis déjà en enfer !

CONCENTRE-TOI !

– Tu peux avoir l'air moins tendue ? me chuchote Oxton en me pinçant le coude. Je viens de voir Miranda passer un pouce sur sa gorge, tu sais qu'elle est en transe, là, j'ai peur.

J'éloigne le téléphone le plus possible pour filmer la foule, et j'en profite pour lui murmurer :

– Moi, j'ai peur ! Ne t'approprie pas la peur, elle est à moi jusqu'à ce que cette soirée maudite soit terminée ! Je fais de mon mieux, si vous voulez moins de raideur, je vous invite à me traîner par les pieds, je le rabroue. Maintenant, oubliez-moi et éloignez-vous, que je puisse vous filmer à distance.

– Fais d'abord un joli sourire, il me souffle en calant une paume contre mes reins.

– C'est pas une bonne idée, j'articule du coin de la bouche.

– J'm'en fous, ça me fait marrer.

Je tente de m'échapper, il resserre ses doigts sur mon flanc puis prend la pose avec une spontanéité affolante.

Je suis coincée à sa droite devant un parterre d'objectifs et des voix qui hurlent son prénom... et le mien. *C'est du délire !* Je reste concentrée sur mon rôle et change à nouveau le sens de la caméra pour que nous apparaissions sur le direct.

– Alors ? C'est pas de la folie ?

Riley et Asher nous rejoignent et se postent derrière nous. Sur l'écran, nous voir tous les quatre ainsi m'envoie une décharge dans la poitrine.

– Elvis ! Par ici ! m'interpelle une jeune journaliste.

– Sa première interview ! s'exclame Riley.

Il me pousse dans le dos et récupère mon portable pour filmer cette scène à laquelle je n'avais pas pensé. J'ai tout juste le temps de sourire à la brune et son caméraman qu'elle m'assaille de questions.

– Qui êtes-vous ? D'où venez-vous ? Et que faites-vous avec Oxton ? Vous avez l'air très proches.

– Je suis la community manager des Unfool.

J'ai l'impression de répéter cette phrase trois fois par jour.

– Je vais les suivre partout ces prochaines semaines, pour partager avec le public tout ce qui se passe et qu'on ne voit jamais. Alors si vous ne voulez rien louper, abonnez-vous aux comptes d'Oxton Briggs, des Unfool, et rejoignez la Fan Squad.

Je conclus par un clin d'œil et m'empresse de déguerpir aussi vite que mes échasses le permettent.

– On dirait que tu as fait ça toute ta vie, me lance Oxton.

– Je ne suis pas si facilement impressionnable.

– J'ai bien compris...

– Merde, mon portable !

– Riley fait joujou avec.

Au milieu du tapis rouge, le pianiste se filme aux côtés d'une mannequin également invitée. Conscient de notre attention, il se fige et oriente le téléphone vers moi en approchant.

– Regardez-moi cette allure ! il commente.

– Monsieur Moore, c'est mon job ça, je rigole en lui faisant signe de me le redonner.

– Je dois rendre l'antenne, les amis, sinon Elvis va perdre son boulot !

Je récupère mon smartphone et m'éloigne un peu pour les filmer tous les trois ensemble.

Lorsque leur trio se forme devant l'affiche promotionnelle, j'en profite pour communiquer une fois de plus sur cette Fan Squad, qui va servir nos intérêts. Les réactions en ligne sont excellentes, j'ai hâte d'analyser les retombées. Je me tais quand ils posent à leur tour devant les photographes. L'espace d'une seconde, les revoilà tels que je les ai façonnés dans mon esprit. Charismatiques et hors d'atteinte.

– Ramène-toi, Elvis ! me hèle Oxton Briggs.

L'espace d'une toute petite seconde déjà écoulée.

26
OXTON

Je n'aime pas reconnaître mes erreurs mais… Non, rien.

Le poing sous le menton, assis dans le jet qui nous fait quitter Tucson après un énième concert, je scrute le front plissé d'Elvis Calloway tandis qu'elle tape à toute vitesse sur son clavier. Quelque chose en elle a changé depuis notre dernier jour à Vegas, mais je ne la connais pas assez pour déterminer quoi. Elle m'intriguait déjà avant, maintenant plus encore. Sa façon de réagir à l'article et son attitude à Hollywood nous ont tous scotchés, moi le premier. Cette discussion que nous avons eue sur la terrasse de l'hôtel me laisse pensif et un peu con, parce que ses mots ont provoqué un écho en moi. Aussi inattendu que ça puisse l'être, elle m'a touché. Je l'avais cataloguée comme une gamine inutile, une fana des réseaux sociaux déconnectée de la réalité, qui s'évertuerait à me briser les burnes. *Oh ! Elle me les brise toujours, hein !* Mais il y a autre chose.

Mes *a priori* ont été mis à mal par ces détails à propos de son passé et la manière dont elle s'est imposée avec courage et assurance à cette avant-première. N'importe qui aurait flippé, ou aurait adoré être exposé ainsi. Je peux dire sans hésitation qu'elle a détesté ça, vu la façon dont elle me le fait payer depuis. D'autant que sa prestance dans sa jolie combinaison bleue n'est pas passée inaperçue des journalistes. Moi aussi, je l'ai remarquée. L'avantage, c'est que ça a étouffé dans l'œuf les effets qu'aurait pu avoir ce foutu torchon médiatique. En un claquement de doigts, elle s'est imposée comme le lien entre les fans et nous. La reine de la Fan Squad.

Depuis l'avant-première, il s'est écoulé cinq jours, deux concerts à Phoenix et un à Tucson, cinq jours à me tirer la tronche dès qu'elle interrompt ses directs. OK, elle est plus cool que prévu mais... *C'est une vraie peste !*

– Pourquoi tu la mates comme ça ?

La question de Riley me la fait quitter des yeux. On était en train d'évoquer le prochain album, je ne sais plus à quel moment j'ai décroché.

– T'as développé une dépendance à l'Elvox ?

– On dirait le nom d'un médoc, je me marre.

– Si tu dépasses la dose, tu pourras plus t'en passer, il me taquine.

– Pas plus de deux fois par jour, c'est bien ça ?

– Ouais ! En plus, elle t'a dans le collimateur, Ox. Tu cherches la merde ?

– Non, je cherche la gloire et les fans.

– Mais bien sûr, tout le monde sait que tu as besoin de ça.

– C'est comme ça qu'on me l'a vendue, j'te signale. Vous me l'avez tous collée dans les pattes, je respecte vos attentes.

Ça m'emmerde de me l'avouer – et pas moyen de le dire à Riley – mais malgré la nature électrique de la plupart de nos échanges, je me sens enclin à lui donner une vraie chance. J'aime sa mentalité. Au fond d'elle, je ne ressens pas de jugement sur mes nouveaux objectifs, juste une volonté de faire ce pour quoi elle est ici sans s'économiser. Une sacrée volonté quand on sait d'où elle vient et ce que j'ai provoqué avec ma photo stupide.

– T'es tellement chiant, mec, continue Riley sans se douter de mes pensées. On a déjà eu cette conversation. Tu devrais arrêter de faire une fixette là-dessus et te concentrer sur ce que tu veux.

– Ouais.

– Elle est sympa, en plus. Elle me fait marrer. C'est cool d'avoir une nana qui tienne tête au grand Oxton Briggs, sans tomber en pâmoison dès que tu ouvres le bec.

Effectivement, son répondant n'est pas désagréable. J'ai multiplié les fausses techniques de séduction pour la titiller, mais elle demeure hermétique. J'aime ça.

Je perçois du mouvement, c'est justement elle qui repousse son ordinateur et s'extrait de son siège en cuir molletonné. Elle tire sur son tee-shirt, inspire profondément, puis marche jusqu'à moi en parlant toute seule.

– Est-ce que vous auriez un moment à m'accorder ? elle me demande poliment.

– Qui êtes-vous, madame ? Si on s'était déjà rencontrés, je me souviendrais de tant d'amabilité.

Riley fait claquer sa langue.

– J'ai des cachets dans ma valise si t'as besoin d'aide pour côtoyer ce grand con, il lui propose. J'en prends depuis qu'on se connaît, effet garanti !

– C'est très gentil, mais j'ai déjà un traitement pour étouffer ma voix intérieure. Elle me somme d'éradiquer l'espèce humaine et j'ai dû doubler les doses ces derniers jours. J'ai peur que ce soit un cocktail détonnant.

Ça va ? Je ne vous dérange pas ? Ces deux-là s'entendent bien, je ne saurais pas dire pourquoi ça me gonfle.

– C'est à quel sujet ? je balance sèchement.

Elle adresse une œillade à mon ami, il perçoit sa demande silencieuse et s'éclipse. J'apprécie qu'elle fasse la part des choses entre les enjeux du groupe et les miens.

Une fois que nous sommes seuls, elle s'installe face à moi et croise ses mains devant elle.

– Votre carrière.

– Elle te fout des paillettes dans les yeux, hein ? je la taquine en avançant mon buste pour que nos visages se fassent face. Tu veux un autographe ?

Elle cille plusieurs fois et mord ses lèvres comme pour s'empêcher de riposter.

– Elle est incroyable, oui, elle place calmement. On pourra faire votre rétrospective en grande pompe quand le moment s'y prêtera, mais là, ce qui m'intéresse, c'est de faire mon job.

Toujours la même rengaine.

– Tu fais la gueule depuis presque une semaine, il était temps que tu te mettes à la tâche.

– Non mais... c'est à peine si j'ai dormi tant il y a eu de choses à gérer autour de la soirée à Los Angeles ! Vous savez le temps que ça prend d'analyser les retombées et d'essayer d'anticiper les tendances à ne pas louper ?

– Non, j'croyais que ton taf consistait à poster des photos de moi, je la pique.

Je ne connaissais pas ce métier et à force de la voir sur tous les fronts, je commence à en découvrir toute la complexité. Mais ça, je ne le lui dirai pas, j'aime trop l'emmerder.

– Ce dont tu parles a l'air chiant à mourir, j'enfonce le clou.

– Vous pourriez embaucher n'importe qui pour...

Elle ferme les yeux et murmure ce qui ressemble à un « Rita, mange-moi de l'intérieur ». Mais je dois mal comprendre, car ça n'a aucun sens.

– Restons professionnels, d'accord ? elle articule.

– J'espérais encore que tu cèdes. Je misais énormément sur le mug personnalisé que je t'ai offert mais je dois me rendre à l'évidence, notre relation est strictement professionnelle.

– Je prie chaque soir pour qu'il y ait même moins que ça, elle maugrée. Donc, côté pro.fe.sio.nnel, je me suis rendu compte que nous n'avions pas eu de véritable discussion, vous et moi.

– J'ai pourtant l'impression qu'on bavarde comme deux vraies pies, tous les deux.

– De discussion constructive, elle précise. Quel est votre réel objectif côté cinéma ? Et comment voyez-vous les choses ?

– La transition est rude. Je préfère quand tu me gonfles et que je t'énerve en retour.

Elle s'empare d'une bouteille d'eau et la porte lentement à ses lèvres. OK, j'ai saisi la menace, je lui fais signe de continuer.

– Darell m'a adressé les contacts qu'il a commencé à identifier, jusque-là c'est son boulot, pas le mien. En ce qui me concerne, j'aimerais savoir ce que vous désirez, vous. Ici, elle ajoute en posant deux doigts sur sa poitrine. Oublions une minute ce que votre statut de vedette implique, pourquoi vouloir être acteur ?

C'est la première fois qu'on me demande ça. Bon, les gars se sont déjà interrogés, mais pas de cette manière. Elvis patiente, je reste de marbre en apparence. Son air concerné me délie la langue.

– J'ai toujours aimé ça. Si j'avais pas percé dans la musique, j'aurais étudié le théâtre.

Je brode un peu autour de la vérité, d'accord.

– Ah bon ! J'en savais rien, elle souffle en fronçant les sourcils.

– Faut dire que tu sais pas grand-chose des Unfool ou de moi, je la pique sans arrière-pensée.

– Euh... elle s'empourpre.

Elle oscille d'une émotion à l'autre en un battement de cils, c'est phénoménal.

– Je te taquine, relax. Même la plus grande fan serait pas au courant de ça, j'te pardonne.

– Merci, elle souffle, un peu gênée. Et donc...

– Ma carrière de musicien a pris toute la place ces dix dernières années, j'ai vécu le truc à fond et je suis chanceux d'avoir eu l'opportunité de faire tout ça. Mais peut-être que j'ai fait le tour...

– Et qu'il vous manque cette deuxième facette de vous ?

Ma facette, pas celle de mon père en superposition.

– Oui.

– D'accord. Qu'est-ce qui vous attire, comme style ? À première vue, Darell vous oriente principalement vers le film d'action, c'est votre volonté ?

– Il pense que c'est une meilleure porte d'entrée.

– Donc ce n'est pas ce à quoi vous songiez, elle décrypte sans peine.

– Je préférerais quelque chose de plus profond, de plus sombre...

Je me sens gêné et ça me crispe.

– Mais j'ai conscience que des concessions seront sûrement nécessaires.

Elle éclate de rire.

– J'étais pas prête à vous entendre prononcer le mot « concession », mille excuses.

– Et à m'entendre épeler le mot « virée » ?

– On en est encore au stade de la menace, monsieur Briggs ?

– On est revenu au stade du monsieur, toi et moi ? je la contre.

– Pourquoi ça vous perturbe autant ?

– Quand je collabore avec quelqu'un, on se passe de ces formalités.

Elle joint ses paumes avec cérémonie et lève les yeux vers le plafond.

– Collabore, elle articule. Amen !

– Ça ne signifie pas que je serai un client facile, je précise en voyant clair dans son jeu.

– Évidemment ! Mais on progresse, et c'est important que je sache tout ça si on veut pouvoir vous donner une image en adéquation avec celui que vous êtes.

– Je ne te laisserai pas faire de moi ce que je ne suis pas.

– Rassurez-vous, je ne vais pas vous rendre aimable, je ne suis pas magicienne !

En réponse à sa provoc, je lui adresse un doigt d'honneur.

– J'ai eu une idée, elle reprend plus sérieusement sur le ton de la confidence. Vu que les producteurs sont encore réticents, pourquoi ne pas commencer par un clip sous forme de film ? C'est un format de plus en plus courant, ça pourrait vous mettre le pied à l'étrier.

– On en a fait quelques-uns qui ne sont pas si éloignés, tu les as visionnés ?

– Je les ai vus un paquet de fois, elle balance avant de se racler la gorge. Enfin, depuis que j'ai signé le contrat, quoi.

C'est pas comme si j'avais eu le temps de les... Bref, oui, je les ai visionnés. Ils sont cool, mais j'imaginais quelque chose de beaucoup plus visuel, où vous seriez l'acteur principal. Avec un scénario qui met la lumière sur vous.

Son idée n'est pas mauvaise mais tourne encore et toujours autour du groupe.

– Qu'est-ce qui vous déplaît ? elle remarque. On peut tout se dire, allez-y.

Cette fois pas de sarcasmes dans sa voix, elle est vraiment à l'écoute.

– Que l'identité Unfool soit associée à ça.

Elle fronce les sourcils.

– Est-ce que cette carrière d'acteur est l'outil de votre émancipation ?

– Non, je réponds spontanément. J'veux pas arrêter la musique si c'est ta question.

– Quel est le problème, alors ?

– Je ne suis pas qu'un musicien.

Elle se mordille un ongle en hochant la tête. Elle cherche sincèrement à me comprendre, ça me fait un bien fou.

– Je résume : vous voulez déployer une seconde passion, dissociée de l'actuelle. Deux Oxton bien différenciés.

– Ouais.

– Je vois. Mais ce n'est pas tout à fait compatible avec votre notoriété. C'est pas impossible, hein, mais que vous le vouliez ou non, les gens vous connaissent comme Oxton Briggs, le leader des Unfool. On ne peut pas appuyer sur la touche *Reset*. Il y a une transition à mener en douceur pour que le public élargisse la vision qu'il a de vous.

Elle fait une pause et pointe un doigt dans sa direction.

– C'est pour ça que je suis là, elle chuchote. Je préfère le préciser, au cas où ce serait encore obscur pour vous.

– Continue.

– Sans compter que c'est un atout à ne pas sous-estimer. Vous êtes connu et reconnu, vous avez une longueur d'avance sur quelqu'un qui débarque de nulle part. Alors oui, la musique vous colle à la peau, mais...

Elle pince les lèvres et remue sur son siège.

– Mais ?

– Bougez-vous !

Emportée dans son plaidoyer, elle a haussé le ton. Riley et Asher penchent la tête vers nous, amusés.

– J'ai entendu tous vos arguments, elle poursuit plus bas, mais vous savez ce qui bloque ? Votre passivité. Vous manifestez cette envie mais vous n'engagez rien derrière.

– J'ai un agent pour ça...

– Hum.

– Quoi « hum » ?

– Rien.

– Ne me dis pas rien, j'ai vu la tronche que t'as tirée. Une remarque à formuler sur Darell ?

– Le soleil de la République dominicaine lui va bien au teint.

– Calloway...

– Il bosse pour vous depuis quand ?

– Ça doit faire quatre ou cinq mois.

– Et qu'est-ce qu'il vous a proposé de concret pour l'instant ?

– Un rôle de musicien que j'ai refusé et quelques rendez-vous ici et là. Rien de concluant.

– Hum.

– Tu vas continuer longtemps comme ça ? Balance le fond de ta pensée. Promis, j'lui dirai pas que tu peux pas le blairer.

J'ai haussé le ton, moi aussi, plusieurs des gars nous jettent un coup d'œil.

– Taisez-vous ! elle s'empourpre encore. On ne parle d'aucun d'entre vous, elle leur envoie ensuite.

Elle se focalise à nouveau sur moi et se met à chuchoter. Je suis tenté de lui dire que c'est pire si elle essaie de ne pas attirer l'attention, mais je suis curieux de connaître son avis sur Darell, alors je la ferme.

– Ce n'est pas que je l'aime pas. J'ai juste pas l'impression qu'il vous prend au sérieux quand je l'entends parler de « cette histoire de cinoche ».

Elle mime des guillemets et jette un regard de biais vers l'auteur de ces mots. Ce n'est pas la première fois que ce mec étale son doute sur le bien-fondé d'une nouvelle carrière, mais il a bonne réputation.

– Il vous faut un agent qui soit plus convaincu que vous-même. Et quand je vois ce que vous manifestez jusqu'à maintenant, ça n'aurait pas dû être si compliqué à trouver.

– J'ai aussi embauché une CM, j'te rappelle.

Elle pince les lèvres, l'air de dire : « Ouais, bien sûr, embroché plutôt, non ? »

– C'est pas moi qui vous transformerai en acteur. Ni même Darell. Ce n'est personne d'autre que vous ! Je vais faire de mon mieux pour coudre de jolies choses autour de tout ça, mais il faudra que vous soyez le moteur. Jusqu'à aujourd'hui, je n'ai vu que votre mauvaise humeur et vos défenses. Éblouissez-moi, nom de Dieu !

Cette dernière phrase recèle un je-ne-sais-quoi qui m'interpelle.

– Quelle fougue, Calloway !

– C'est pas ma faute si je semble plus motivée que vous.

Et bim, un point pour elle.

– Je ne manque pas de motivation... j'ai juste aucune idée de par où commencer.

C'est tellement personnel et enfoui depuis si longtemps...

– Alors faites ce clip dont je vous parle. Qu'est-ce que vous avez à perdre ?

Je porte le regard sur les autres passagers de l'avion. Inexorablement, j'ai le sentiment d'être tributaire d'eux.

– Si vous pensez avoir les épaules pour devenir acteur, faites-vous confiance ! Votre manager semble être quelqu'un d'encourageant, proposez-lui un nouveau single exclusif, un truc sombre et profond, et le tour sera joué !

Cette nana me sidère par sa spontanéité qui flirte avec la naïveté et le génie.

– Je vais y réfléchir, je pèse mes mots pour ne pas afficher un air trop conquis par cette idée.

– OK, mais j'vous préviens, monsieur Briggs, dès que vous aurez posé un pied hors de ce jet, estimez que votre période de probation est définitivement terminée.

– Tu fais flipper.

– Ah oui ? elle souffle en souriant.

Sa fossette plus marquée à gauche et ses légères taches de rousseur lui confèrent une moue enfantine. Je repense alors à cet article de journal et l'imagine des années en arrière, vivant dans une caravane au sol jonché de seringues. C'est dingue, rien ne transparaît au premier abord. Je lui souris en retour, ses yeux s'arrondissent et elle change de figure illico.

– Quoi ? je m'étonne.

Je n'ai fait que lui sourire, elle me dévisage comme si deux longues canines venaient de me pousser.

– Rien, j'ai... envie de faire pipi.

Elle se volatilise en un claquement de doigts. Je pouffe nerveusement face à cette sortie de scène particulière. Elle est définitivement spéciale mais je ne retiens qu'une chose de notre échange : je suis remonté à bloc.

27
OXTON

A-t-on déjà vu une planète réussir
à se débarrasser de son satellite ?
Armageddon dans 5…4…3…

Depuis que j'ai écouté Elvis me prodiguer ses conseils dans cet avion, dix jours sont passés, pendant lesquels elle m'a donné le temps de mûrir ses idées et de les digérer. Elle continue à graviter autour de moi de façon rapprochée mais pas étouffante, me photographie un peu trop à mon goût et m'adresse de petites piques bien senties dès que mes grognements s'intensifient, ce qui arrive assez souvent vu mon humeur de ces deux derniers jours.

– Putain, mais c'est pas vrai !

L'inspiration n'est pas là. Plus je la cherche, plus elle se barre. Pourtant, je devrais être rempli d'énergie artistique. Avec les gars, on profite d'une pause dans la tournée pour bosser sur un nouveau titre, et pas n'importe lequel : celui qui est destiné à ce fameux clip que Kassim, Ash et Riley ont validé. Il n'a pas été simple de leur proposer ça, cela dit, ils ont accepté bien plus rapidement que ce à quoi je m'attendais. Elvis n'avait pas tort, il était nécessaire que je m'impose davantage.

Nous voilà donc dans une villa floridienne dotée d'un studio d'enregistrement, en train de finaliser des paroles, tout en balançant des accords récalcitrants.

– Non ! grogne Riley en faisant un doigt d'honneur à son clavier.

Il pianote, s'interrompt, recommence... Avant de lever encore une fois son majeur.

– Y'a un truc qui déconne, je tique en me frottant le visage. Bordel, ça vient pas.

C'est peut-être l'enjeu sous-jacent ou je ne sais quoi d'autre, mais effectivement, nous ne sommes pas musicalement efficaces aujourd'hui. Je ne ressens pas cette adrénaline qui se diffuse en moi chaque fois que je suis sur la bonne piste. *Fait chier !*

– Mills, file-moi une bière s'te plaît !

Derrière son panneau de contrôle, il hoche la tête et s'exécute. Je la décapsule d'un coup sec sur le coin de la table et bois une grosse rasade. Je vais péter un plomb.

– On devrait peut-être faire une pause, propose l'ingé son en offrant des bouteilles à Ash et Riley.

– On devrait plutôt picoler pour de vrai, je grogne à l'attention de mes potes.

– La dernière fois qu'on a fait ça en pensant être plus créatifs, je me suis réveillé avec ta bouche dégoulinante de bave sur le front, oppose Asher. Plus jamais.

– T'es une putain de rock star en carton, mec !

Il hausse les épaules. J'aperçois Mills sourire en regardant derrière moi. Je me retourne au moment où Elvis passe la porte du studio, son appareil photo dans la main.

– Ça va ? il s'intéresse avec un peu trop d'entrain à mon goût.

Il vit chaque instant avec nous depuis qu'on a posé nos sacs dans cette villa, j'ai eu tout le loisir de le voir apprécier la présence de ma community manager. Lui aussi...

– Oui, et toi ? elle répond avec un large sourire.

– Très bien, merci.

– Cool ! J'ai le droit de faire une photo pour la postérité ?

– Bien sûr, il accepte.

– C'est pas toi qu'elle veut photographier, sombre idiot, je le tacle. Retourne tripoter ton joujou au lieu de faire les yeux doux à ma CM.

Il lance une expression amusée à Elvis et se tire en la gratifiant d'un clin d'œil en bonus. Je la scrute pour estimer son degré de sensibilité au charme de Mills et, dès qu'elle croise mon regard, je pointe du doigt son appareil photo.

– C'est mort.

– J'ai demandé par politesse, elle m'informe sans gêne en le levant devant elle.

– Tu interromps un grand moment de création. Sors d'ici.

Contrairement à son habitude, elle tourne les talons sans répliquer. Merde, j'ai pas envie qu'elle se tire, en fait. Je cherche un truc à dire, mais Riley me rend service en tapant du poing sur son instrument.

– Pourquoi tant d'agressivité envers ce pauvre piano ? elle lui demande en se figeant.

– Il ne produit rien de bon, ce matin. Comme nous tous.

– Un grand moment de création, hein ? elle se moque.

– Ouais, bon, on galère.

– Plus que ça, je sens mes cellules se nécroser, geint Asher.

– Ça ne vous arrive jamais ?

– Si, bien sûr, mais là, on doit se bouger pour boucler l'enregistrement. Kassim a activé son réseau pour organiser ce clip au plus vite. Il est capable de débouler ici dans vingt minutes, en nous disant que le tournage commence demain.

– Je suis sûre que vous allez réussir. Y'a pas un élément nouveau qui vous parasite ?

– Maintenant que t'en parles, je commence en me grattant le menton, tu es l'élément nouveau. Je te soupçonne d'agir sur mon transit artistique.

– C'est donc de cette partie de votre corps que sortent de si jolies chansons ?

– Tu as toujours réponse à tout ?

– J'essaie. Avec vous, ça me vient si naturellement.

– Hey, Asher, chuchote Riley sans discrétion. Toi aussi, ces deux-là émoustillent ta fibre créatrice ?

– Si le feu sacré vous revient déjà, monsieur Moore, je peux filer ! elle conclut en levant les pouces.

– Attends, je lance. Tu restes pour nous dire ce que t'en penses ?

Elle est interloquée, comme tout le monde dans cette pièce.

– Non merci.

– J'ai demandé par politesse, je réponds en utilisant ses mots de tout à l'heure. On a besoin d'une oreille neutre.

– Hum... Je vois pas comment je peux vous aider.

– Ouais, c'est vrai que tu nous écoutes même pas, je ricane, exprès pour la faire enrager.

Et ça fonctionne, je maîtrise de mieux en mieux la technique.

– Et alors ? elle riposte. J'accepte de rester, elle ajoute avec défi.

Gagné !

– Tu deviendras peut-être enfin fan de nous. Il n'est jamais trop tard pour rejoindre la lumière.

Pour seule réponse, elle secoue la tête.

– Allez, on s'y remet.

Elle part s'installer dans un des canapés qui bordent le mur du fond, ramène ses jambes sous ses fesses et cale un coussin contre son ventre. Nous reprenons nos essais. À chaque combinaison de notes que ma guitare émet, je lorgne son visage dans l'espoir d'y déceler une quelconque émotion. Au bout de dix horribles minutes, elle n'a toujours rien manifesté et nous, on en est au même point. Mort.

– T'en penses quoi, Elvis ? je l'interpelle.

– Vous pouvez refaire le *tananitanananinani* ?

– Plaît-il ? se marre Riley.

Je repositionne ma gratte et accède à sa demande que, aussi étonnant soit-il, j'ai comprise. Elle quitte le sofa et s'approche de nous en prenant un air concentré.

– Ça te raconte quoi ? je m'enquiers en reproduisant le même accord une deuxième fois.

Elle regarde devant elle bizarrement. Je suis curieux de savoir ce qui lui passe par la tête.

– Je vois du vide dans ses prunelles, s'angoisse Asher. Comme dans la salle de réunion. Si elle s'approche de moi ou de ma bière, je vous jure que...

– Relax Ash, elle est simplement d'accord avec nous, c'est de la merde, s'esclaffe Riley.

– Absolument pas ! elle se récrie. C'est pas mauvais, c'est juste que...

Elle plisse les paupières, comme pour puiser plus loin dans son esprit. Elle appuie sur ses tempes, retrousse son nez et tape du pied. Soudain, elle ouvre de grands yeux et claque des doigts.

– Est-ce que cette mélodie n'est pas vachement similaire à celle de *Call me Now* ?

Mes acolytes et moi échangeons un long regard. Je remue la tête de plus en plus vite à mesure que son commentaire fait son chemin dans mon cerveau. Je fredonne tout bas et...

– Mais t'as raison !

Je fredonne plus fort, gratte les cordes, puis pousse un profond soupir.

– Putain, c'est pour ça que j'y arrive pas ! J'ai l'écho de *Call me Now* en arrière-plan, j'avais pas percuté mais maintenant que tu le dis, c'est limpide.

– Ouais, me rejoint Riley en fermant les yeux. C'est dingue !

Ses doigts bougent sur les touches alors qu'il confirme cette révélation.

– Bien vu, se contente de valider Asher.

– Attends, comment tu as fait pour penser à cette chanson ? je m'étonne tout à coup. C'est pas un morceau très connu.

Elle devient rouge comme une pivoine et recule d'un pas comme si on l'accusait d'un crime.

– Je suis une personne consciencieuse, elle argue en prenant un air vexé. Qu'est-ce que vous croyez ? Que je vais manœuvrer dans le monde des Unfool sans connaître leurs chansons ?

Elle reprend son souffle et brandit son index devant elle.

– Trois semaines que je vous écoute jour et nuit !

– Mieux vaut tard que jamais, ricane Riley en appuyant ses mots par un court air au piano.

– Je me sens libéré d'un poids, je poursuis en posant mes doigts sur les cordes. Reprenons tout à zéro, les gars. Calloway, si tu as une autre illumination, ne la garde pas pour toi.

J'agrémente mes paroles par un clin d'œil reconnaissant. Elle déglutit et hoche la tête. Elle retourne se lover dans le coin du canapé et je plonge entièrement dans l'élaboration de ce nouveau titre.

Nous ne voyons pas les heures défiler et quand l'épuisement nous incite à interrompre la session, on a tellement bien avancé que notre bonne humeur est partagée.

– Putain, ça fait du bien ! baille Riley en s'étirant. Je suis à sec mais heureux.

– C'était bon, je confirme. J'sais pas si c'est la perspective du clip en filigrane mais, une fois le blocage passé, ça a fusé comme un feu d'artifice. Je vous suis sincèrement reconnaissant d'avoir accepté de le tourner.

Je reçois une boulette de papier dans la tronche, lancée par Asher.

– Y'a que toi qui t'es mis en tête que ça nous poserait un problème. C'est pourtant pas compliqué, tu veux faire du cinéma, eh ben vas-y.

Je suis crevé par l'effort, mais je regorge d'énergie.

– Alors Calloway, je lance en me tournant vers le canapé.

Je me tais instantanément. Elle est profondément endormie, recroquevillée sur le flanc, les mains jointes sous sa joue. Vu son air détendu, elle doit pioncer depuis un bail.

– Merde, on est si soporifiques ? je chuchote aux autres.

– Elle semble pas avoir souffert, elle a un sourire d'ange.

Je pivote vers Riley, qui la couve d'un regard attendri.

– Qu'est-ce que j'ai dit pour que tu me mates de travers ?

– Elle est trop jeune pour toi, je grommelle en me levant.

Une fois posté au-dessus d'elle, j'évalue la possibilité de la porter jusqu'à sa chambre. *Qu'est-ce que tu fous ?* Je chope un plaid sur le fauteuil voisin et la couvre. *Qu'est-ce que tu fous ?*

– Elle est trop jeune pour toi aussi, vieux.

– Ferme-la, Moore. Dis pas de conneries.

– Toi d'abord, il riposte sur un ton malicieux.

Je sors de la pièce et grimpe à l'étage me faire un café. Cette journée défie mes attentes, à tout point de vue. Le groupe, le clip, Elvis. Je vois les gars remonter à leur tour, je n'aime pas la savoir toute seule endormie en bas. Sans réfléchir, j'attrape une banane et retourne dans le studio désert. Je risque de la réveiller si je la porte, alors je me pose sur le deuxième canapé perpendiculaire au sien. Je finis par m'allonger de façon à l'avoir dans mon champ de vision et l'observe dormir paisiblement. Elle ne bouge pas d'un millimètre, sa poitrine se relève doucement, ça n'a strictement rien d'un spectacle distrayant, pourtant je mange mon fruit sans la quitter des yeux. *Qu'est-ce que tu fous ?*

28
ELVIS

Apparemment, se trouver au mauvais endroit au mauvais moment est une nouvelle passion dans ma vie.

J'émerge du sommeil et mes membres courbaturés me tirent un croassement. J'ai le corps endolori comme si j'avais dormi sur un... canapé en cuir ? Je redresse la tête pour me localiser. Je suis encore dans le studio, hormis une petite lumière près de la porte, toutes les autres sont éteintes et il n'y a pas âme qui vive. Il me faut une poignée de secondes pour me remémorer les derniers événements. *Merde, je me suis endormie pendant qu'ils composaient ?* Et ils m'ont laissée là, à baver sur un coussin moutarde !

J'ADORE CETTE COULEUR, ÇA SE MARIE SUPER BIEN AVEC LE VERT BOUTEILLE DU SOFA.

– Je me fous de la déco, Rita ! Je n'ai aucune dignité, sans déconner.

Je me suis toujours questionnée sur leur processus de création d'un nouveau titre, l'avoir sous les yeux était dément mais apparemment pas assez pour m'empêcher de sombrer. J'ai honte, ils vont tous penser que je n'en avais rien à carrer. Une fois de plus.

TU AS RONFLÉ !

– Oh ! Seigneur !

Un crissement provenant de ma gauche attire mon attention. Du second canapé, plus exactement, que je n'avais pas encore inspecté et que je découvre occupé. Par un Oxton Briggs qui dort. Je me frotte les paupières, me pince la joue, mais il est toujours là. Hébétée, je scanne à nouveau la pièce pour tâcher de déterminer ce qu'il se passe pour que nous soyons tous les deux allongés sur un putain de canapé.

DEUX, précise Rita, EXAGÈRE PAS.

Peu importe !

Je suis dans les vapes, comme si j'avais trop dormi et que... je me réveillais à côté d'Oxton Briggs ! D'ailleurs, il est quelle heure ? Je cherche mon portable qui s'est glissé entre les coussins. 5 h 41. *Quoi ? Nom de Dieu, mais j'ai passé toute la nuit ici ?*

Je repousse le plaid, je suis en sueur et les soudaines palpitations de mon cœur me mettent en alerte. Je n'ai pas besoin de faire un long calcul pour comprendre ce qui arrive. Certes, la situation est éprouvante, mais je me suis endormie sans manger et sans surveiller mon taux de sucre. Si je ne monte pas très vite dans ma chambre, je vais avoir des ennuis.

– Bien dormi ? j'entends une voix rauque émerger à ma gauche.

Il choisit mal son moment pour se réveiller. Bien obligée de faire cas de sa présence, je me mets debout et tente de lui adresser un vague sourire qui n'atteint pas mes lèvres. J'ai la tête qui tourne et je suis énervée contre moi.

– Ça va ? il tique en se relevant sur un coude. T'as pas l'air bien.

Il ne doit pas se rendre compte que j'ai un problème et, plutôt que prétexter calmement n'importe quoi, je panique et m'emporte.

– J'ai failli mourir de chaud sous ce plaid.

Je ne trouve que ça à répondre, ou presque.

– Qui est l'idiot qui m'a couverte avec ce truc alors qu'il fait soixante-dix degrés dans ce four ?

– Oh ! Putain, elle est pas du matin, il souffle en retombant allongé. Je suis l'idiot en question, il ajoute en me jetant un regard sous son bras replié.

– Comme c'est étrange, je rétorque pour cacher la gifle mentale que vient de me mettre Rita.

– Je vois que tu as survécu, je vais devoir trouver autre chose pour me débarrasser de toi.

Si je continue à bavarder avec lui, je ne ferai pas de vieux os. Je m'échappe sans un mot et fonce jusqu'à ma chambre, en tout cas aussi vite que ma maigre énergie me le permet. Je me jette sur mon nécessaire à diabétique et m'empresse de me piquer le doigt. Le verdict tombe, j'avais raison de m'inquiéter, mon taux de glucose est vraiment haut. Bonjour hyperglycémie, comment ça va ? Heureusement que je me suis réveillée tôt, quelques heures de plus et je n'aurais probablement pas pu gérer ça moi-même.

– Tu déconnes, Elvis... je me rabroue en ouvrant le petit frigo.

Ça fera bientôt un mois que j'ai commencé ce contrat et je multiplie les conneries avec mon diabète. Je décale des repas, des injections, rien de mieux pour me dérégler, au risque de provoquer pire encore. Je suis plutôt bien acceptée par les Unfool et leur équipe, je devrais leur en parler. L'ordre de Davenport est beaucoup trop dangereux pour moi, je ne pensais pas que ce serait si compliqué de dissimuler mes habitudes.

T'ES DANS UN AUTRE MONDE, VI ! TU T'ATTENDAIS À QUOI ?

Rita a raison, mais je me suis fait aspirer dans cette spirale trop vite pour tout anticiper. *Je suis diabétique ! Rien de honteux, non ?*

Je m'allonge sur le lit et scrute le plafond, attentive à mon corps. La dose d'insuline que je viens de m'injecter va tout remettre en ordre et le programme d'aujourd'hui me permettra de passer la matinée au lit. Je suis rassurée que mon client ait mis fin à sa lubie de s'inviter dans ma chambre, mais je me demande comment il s'est retrouvé à dormir dans le studio avec moi. Est-ce qu'il s'est fait surprendre par le sommeil, lui aussi ?

QU'EST-CE QUE TU CROIS ? QU'IL EST VENU TE REJOINDRE ?

Peu avant midi, je me sens capable de me remettre en action. J'ai programmé plusieurs publications mais ce n'est pas une raison pour ralentir le rythme. La Fan Squad réagit hyper bien, je dois persévérer. Avant ça, je prends une douche, m'habille d'un short et d'un tee-shirt confortable, puis quitte ma chambre avec ma sacoche de travail sur l'épaule. Dans cette villa, elle est la plus éloignée des autres, je traverse donc un long couloir avant d'apercevoir un être humain. Asher, en l'occurrence, qui, sans me remarquer, ouvre la porte de la chambre de Miranda et se penche à l'intérieur sans y entrer.

– Tout le monde est sorti manger, tu veux que je te commande quelque chose ?

– J'ai pas faim.

– Tu as mal ? je l'entends s'inquiéter alors que j'approche.

– Non, je grimace comme ça pour retarder l'apparition des rides. Évidemment que j'ai mal !

– Je peux faire quelque chose ?

– Tu m'as mise enceinte, je pense que c'est suffisant.

Les propos de Miranda me frappent le front comme si je venais de poser le pied sur un immense râteau. Elle blague, ce n'est pas possible !

– Comment l'oublier ? il répond d'une voix rauque.

Oh merde ! C'est vrai ? Je n'imagine pas deux personnes aussi diamétralement opposées que Miranda et lui. Asher est...

FUIS AVANT QU'IL TE REPÈRE !

J'arrête de marcher et pars en arrière sur la pointe des pieds. Le batteur pense qu'ils sont seuls, je vais me hâter de disparaître avant qu'il... ne referme la porte et pivote dans ma direction. S'il y avait eu une fenêtre ouverte à ma gauche ou à ma droite, j'aurais sauté. Dommage, ce n'est pas le cas, je vais devoir l'affronter. Il se raidit en me trouvant là et évalue la probabilité que mon audition soit défaillante.

– Heyyy ! je lance alors, en faisant semblant de ne pas avoir découvert l'identité top secrète de celui qui a mis Miranda en cloque.

Ma démarche est affreusement forcée alors que je repars dans le bon sens, mais tant pis. Hors de question d'avouer que j'ai surpris cette conversation, même s'il y a peu de chances qu'il ne s'en doute pas vu la maigre distance entre nous.

– Vous avez surgi dans ce couloir, monsieur Johansson, j'ai failli faire une crise cardiaque. Vous vous déplacez hyper vite. Et silencieusement. Monsieur, c'est fou...

ELVIS, TAIS-TOI !

Je débite trop de mots, lui donne du « monsieur » à tout-va, c'est une catastrophe.

– Comment ça va ? je persiste en arrivant à son niveau.

Et comme dans chaque moment de stress, je déconne. J'ajoute un contact physique sous la forme d'une main qui tapote son épaule découverte. Il porte un marcel, ma paume est donc en relation directe avec sa peau. Il écarquille les yeux, j'écarquille les yeux. Il baragouine un truc, je baragouine un truc.

– Tu sais où sont les autres ? je parviens à lui demander.

– Ils t'attendent en enfer.

– Ah ! D'accord.

Je tends un doigt vers l'extrémité du couloir en reprenant ma marche.

– Je vais donc aller les rejoindre… en enfer, j'articule en m'éloignant à reculons.

C'EST SÛREMENT LE NOM D'UN RESTO BRANCHÉ.

C'est cela, oui.

Il braque ses prunelles sur moi tout du long. Déjà que le coup du verre d'eau était mal passé, je viens d'aggraver mon cas. Le pire, c'est que je ne sais pas ce qui le tend autant maintenant : que j'aie posé mes doigts sales sur son bras ou que je sois potentiellement au courant de sa paternité cachée.

Il n'y a que lorsque j'arrive au rez-de-chaussée que mon cerveau formule une question qui aurait dû jaillir tout de suite : lui qui déteste les contacts, comment fait-il l'amour ?

BEURK, JE NE VEUX PAS SAVOIR !

D'ailleurs, je ne voulais rien savoir du tout et me voilà détentrice d'un nouveau secret dont je me serais bien passée. Où est ma petite vie tranquille ?

Le soleil brillant de juillet m'attire à l'extérieur, tout semble plus simple quand il fait beau.

LE CIEL EST BLEU, LES OISEAUX CHANTENT ET... ASHER EST LE PÈRE DE CE BÉBÉ !

Je pose mes affaires sur la table de jardin et réfléchis à des actions à mener pour arrêter d'imaginer les ébats de Mira et Asher. Force est de reconnaître que l'épisode hollywoodien a très bien fonctionné, je suis sollicitée de toutes parts pour offrir aux fans encore plus de contenu. C'est nouveau pour moi, cette mise en scène autour de ma personne. Je ne suis pas à l'aise, pourtant après avoir visionné le premier direct, j'ai plutôt bien tenu mon rôle. J'ai fait plusieurs lives depuis, qui attirent de plus en plus de monde. Je n'ai pas l'intention de me donner en spectacle toutes les cinq minutes, je dois déterminer quels sont les incontournables qui porteront leurs fruits. Je dresse donc des listes, des tableaux, et rature le tout un nombre incalculable de fois, me provoquant des crises de nerfs à la pelle. J'échange des mails avec Sarah, des messages vocaux avec Chester et Addison et, quand je commence enfin à y voir plus clair, j'entends la baie vitrée coulisser derrière moi. *Pitié, pas Asher ou Miranda !*

– C'est ici que tu te caches ?

Oxton s'assied sur la chaise face à moi avec tout le naturel du monde. Il n'y a pas si longtemps, j'aurais arrêté de respirer à la seconde même.

– Quel fin détective !

Il chope la feuille sur laquelle j'ai noté mes idées, je n'ai pas le temps de la rattraper. Il la survole en remuant la tête.

– Intéressant. T'es au courant pour...

Au courant ? Au courant !

– Pas du tout ! je crie en lui jetant mon stylo dessus.

Il l'esquive et me dévisage comme si j'étais possédée.

– Tu viens de me jeter un stylo à la tronche ?

– Il est parti tout seul.

– Qu'est-ce qui te met dans un état pareil, aujourd'hui ? Déjà ce matin...

– Je suis désolée pour tout à l'heure. J'étais un peu désorientée de me réveiller dans le studio et de vous trouver à côté.

– Dire que j'ai hésité à m'allonger en cuillère derrière toi pour pas que t'aies froid...

Je me décompose en imaginant une scène mille fois fantasmée, qui n'a pas le même relief à présent mais n'en reste pas moins éprouvante.

– Je plaisante, Calloway ! Je ne suis ni un pervers ni un fumier.

– Je sais bien.

– Tu es si différente quand tu pionces. J'ai bien fait de te filmer pour que le public me croie, tu peux ajouter ça à cette *to-do list*.

Il agite la feuille qu'il tient toujours, sous mes yeux exorbités.

– Vous n'avez pas fait ça ?

IL EN SERAIT CAPABLE !

– T'es à l'ouest aujourd'hui, il se marre. Bien sûr que je ne l'ai pas publiée, j'ai retenu la leçon.

Il ne nie pas pour autant m'avoir filmée.

– Si je trouve une vidéo de moi sur votre portable, ma vengeance sera sanglante, je l'avertis d'une voix calme. J'peux ajouter une tonne de choses sur cette liste ! Des vidéos à foison, en toutes circonstances.

Mes menaces le font rire, il m'énerve.

– Bon, et sinon, j'allais te demander si tu es courant qu'on a réussi à bosser ce single hier pendant que tu ronflais.

– Vous avez bouclé le morceau ?

– Pas encore, mais ton copain Mills travaille les meilleurs essais.

Son intonation est indéchiffrable, mais la curiosité de découvrir cette nouvelle chanson l'emporte.

– T'as envie d'écouter ce qu'on a enregistré ?

– Bien sûr !

– C'est une version non aboutie, mais ça donne le ton, il me prévient en posant son téléphone entre nous.

Il presse l'écran avec son index, une introduction inédite résonne alors, suivie de sa voix. Spontanément, mes paupières se ferment. Si je peux écouter leurs albums un millier de fois, il n'y a rien de comparable avec la découverte d'un nouveau titre. Je ne les aime pas forcément tous avec la même intensité, mais ils ont toujours quelque chose à raconter qui me touche. Et celui-ci... celui-ci est incroyable. Comme par magie, je suis subitement loin de la villa, loin de Miami et encore plus de l'ambivalence qui règne en moi depuis que les Unfool ont pris forme humaine. Je retrouve cette paix familière qu'eux seuls savent m'apporter avec leur musique. J'ai eu tendance à l'oublier, mais là, je la ressens comme si elle ne m'avait jamais quittée. Ça me tape dans la poitrine et me donne la chair de poule. Je me souviens de toutes ces fois où, enfermée dans ma chambre avec mes écouteurs sur les oreilles, je couvrais les cris des copains de ma mère avec les chansons des Unfool. Ils devenaient ma bulle, dans laquelle je n'étais pas la gamine rachitique de la caravane 12, forcée d'évoluer dans un monde épuisant. Je me créais une tout autre vie, dans une vraie maison, avec une vraie famille et des amis. J'étais à la fois personne et quelqu'un.

– Alors ? il me questionne.

J'ai toujours les yeux fermés, j'attends d'être certaine de ne pas laisser échapper une larme avant de les ouvrir.

– Oxton, cette chanson est géniale, je souffle.

– Elle doit même être encore mieux que ça, vu que tu viens de t'adresser à moi en utilisant mon prénom. Ce sont des étoiles que je distingue dans tes prunelles ?

J'ai soudain peur qu'il puisse lire en moi combien je suis sensible à ses chansons, j'embraie maladroitement sur un sujet moins risqué.

– Je suis seulement impatiente que vous tourniez ce clip et qu'il vous ouvre des portes. C'est le but de ma présence. Aussitôt fait, aussitôt...

– Débarrassée ?

Ce n'est pas la façon dont je comptais conclure ma phrase, mais je ne le corrige pas. Il acquiesce avec moins d'entrain, j'ai l'impression d'avoir gâché sa surprise et de l'avoir vexé.

– Je...

Il tape deux coups sur la table, se lève et se barre sans attendre que j'aie fini de parler.

– Avant que j'oublie, Calloway.

Je me retourne vers la terrasse, il s'est immobilisé, le corps à moitié à l'intérieur.

– Oui, monsieur Briggs ?

Sa mâchoire se contracte, il déteste vraiment m'entendre l'appeler de cette manière.

– Demain matin, 6 heures.

Et il se vengera en me faisant courir.

29
ELVIS

Agiter sa saucisse devant tout le monde n'est-il pas puni par la loi ?

Des pas lourds dévalant l'escalier me font sursauter et perdre la sucette que j'ai dans la bouche. Elle s'écrase par terre et se casse en petits morceaux. *Sérieux ? Pour une fois que je peux manger un bonbon sans risque !* Oxton apparaît à côté du canapé sur lequel je suis allongée sur le ventre depuis plus d'une heure. Avachie serait plus exact. Je m'empresse de faire un roulé-boulé pour reprendre une position plus décente et repousse la mèche folle qui me tombe sur le nez.

– Vous m'avez fait peur ! Vous n'êtes pas parti avec les autres tout à l'heure ? je balance en guise de salut.

– Bien sûr que si, je suis avec eux, ce que tu vois là n'est qu'une projection de mon corps astral.

– Ah, ah.

Il me jauge. Depuis qu'il m'a fait écouter sa nouvelle chanson, il est d'humeur inégale.

J'ai couru avec lui ces quatre derniers matins. À ce rythme, je vais devoir me payer une paire de baskets et des séances de cryothérapie pour aider mes muscles à faire face. En dehors de ces temps merveilleux, lui et les autres ont été très pris par l'enregistrement final du morceau à paraître. J'ai pu enfin en découvrir la version définitive hier soir, cachée sous mon drap. J'ai eu l'impression de redevenir l'Elvis adolescente, qui s'endort avec ses écouteurs dans les oreilles. Je le connais déjà par cœur, même s'il a une saveur différente maintenant que je côtoie personnellement les Unfool. Mon cerveau a cependant appris à compartimenter : les musiciens d'un côté, les êtres humains de l'autre. J'ai au moins un pied dans la réalité, j'imagine que ce n'est pas plus mal ainsi.

– Viens m'aider, Calloway, ordonne Oxton.

LA VOILÀ, TA RÉALITÉ !

Je fais exprès de lever lentement la tête vers lui, en affichant un air qui clame clairement : « Euh, excusez-moi, vous pensez vraiment que c'est une façon de demander ? » Histoire d'appuyer encore un peu l'effet, je cligne des yeux à intervalles réguliers. Il frotte sa barbe, fait claquer sa langue et prend une forte inspiration.

– Mademoiselle Calloway, auriez-vous s'il vous plaît l'obligeance de bien vouloir m'apporter votre aide ?

Je suis persuadée que cette formulation lui entaille l'intérieur des joues.

– Monsieur Briggs, il serait opportun de m'indiquer la nature de votre requête avant que je ne vous donne mon accord. Peut-être ne suis-je pas disposée à accéder à votre demande. Peut-être ne suis-je pas la personne adaptée. Peut-être ne...

– J'ai reçu le script du clip.

Je perds aussitôt de ma superbe en remarquant dans sa main une liasse de feuilles roulées, et jette ma tablette sur le côté.

– Sérieux ? Montrez-moi ça !

Il arque un sourcil et reproduit parfaitement l'air que j'affichais il y a dix secondes.

– S'il vous plaît.

– J'ai envie de me caler dans le jardin, suis-moi.

Appâtée, je cours derrière lui jusqu'aux transats. Il s'assied en biais sur l'un d'eux et je m'installe en face de lui. Dans cette position, nos genoux se touchent.

– Vous l'avez lu ? j'attaque aussitôt.

– Ouais.

– Ça vous plaît ?

– Ouais.

– Bon sang, vous me donnez envie de sauter dans la piscine et de retenir mon souffle pendant vingt minutes. Donnez-moi ça, espèce de rabat-joie !

Je lui arrache le script, le pose sur mes cuisses et entame ma lecture. Le pied du chanteur bat la mesure, ses doigts pianotent, mais ça ne me déconcentre pas.

– Lis plus vite, il s'impatiente au bout de cinq minutes à peine.

– Vous voulez bien aller me chercher un verre d'eau, s'il vous plaît ?

La minute suivante, une bouteille se matérialise sous mon nez, je la vide presque entièrement et poursuis ma lecture. J'adore ! Mais je ne laisse rien transparaître devant un Oxton en ébullition. Je fais exprès d'afficher plein de mimiques contradictoires, juste pour le rendre fou. Sentant que ça fonctionne, je cache mon rire derrière une quinte de toux. Lorsque je tourne l'ultime page, il tape une fois dans ses mains.

– Alors ?

– Une minute, je vais aux toilettes.

– Tu joues avec mes nerfs volontairement ?

– J'ai envie de faire pipi, j'énonce avec évidence. C'est un besoin naturel qui n'a rien à voir avec Sa Seigneurie. Je peux me retenir de faire beaucoup de choses. Croyez-moi, j'en refoule un tas vous concernant ! Mais pas ça.

– Si tu arrêtais de boire autant, tu n'irais pas pisser toutes les cinq minutes.

– Oh ! Certes. C'est aussi simple que de s'empêcher de respirer.

– Essaie pour voir.

– Si je meurs, vous ne saurez pas ce que je pense du script. Et vous n'aurez plus personne à malmener. Votre vie redeviendra un puits d'ennui sans fond.

Je raconte n'importe quoi, mais étonnamment, il ne pipe pas mot et fait avorter notre bataille.

– Bouge-toi, il finit par grogner.

Je marche jusqu'à la salle de bains d'un pas si lent que je reçois la bouteille d'eau vide dans le dos. Je fais volte-face, faussement outrée, avant d'éclater de rire.

– OK, j'me dépêche !

Je reprends ma place en moins de trois minutes, lui n'a pas bougé. Il a le menton sur les poings, et ses prunelles avides me font culpabiliser.

– Je ne suis pas une spécialiste, mais... c'est de la bombe atomique ! Honnêtement, je ne savais pas à quoi m'attendre et c'est trop bien.

Ses traits se détendent spontanément, il en tombe même sur le côté, allongé sur le transat.

– Je suis rassuré.

– C'est juste mon avis, je bafouille.

Il me décoche une œillade indéchiffrable.

– Je vais devoir apprendre tout ça, il reprend.

– Vous avez déjà pris des cours de théâtre ?

– Quand j'étais gosse, oui. J'ai arrêté au lycée pour la musique. J'aimerais bien en suivre à nouveau à la fin de la tournée, après notre retour à L.A.

– Très bonne idée ! Vous voulez que je vous aide à répéter ? je m'entends ajouter.

– Pourquoi tu ferais ça ? il s'étonne.

J'ai tout à coup honte d'avoir proposé une telle idiotie sans réfléchir. Après tout, ce n'est pas mon travail, qu'est-ce qui me prend ?

– Laissez tomber, j'sais pas pourquoi j'ai dit ça. Je n'ai aucune qualification dans le domaine, en plus.

Je saute sur mes pieds pour fuir loin de ma honte.

– Je vais finir ce que j'étais en train de monter, à plus tard.

– Non, attends. Reste là, j'ai envie que tu m'aides !

Je me retourne à moitié vers lui, déconcertée.

– Ah bon ?

– J'ai pas envie de faire ça avec des gens que je connais bien, mais pas non plus avec d'illustres inconnus. Tu es l'entre-deux parfait et je suis à l'aise avec toi, alors...

OH.MON.DIEU ! C'EST LA CHOSE LA PLUS SYMPA QUE J'AIE ENTENDU SORTIR DE SA BOUCHE DEPUIS VOTRE PREMIÈRE RENCONTRE !

Je prends une grande inspiration et retiens mon souffle pour canaliser Rita et mon pouls par la même occasion. Il m'a eue par surprise, il me faut plusieurs secondes pour recouvrer mes esprits.

– J'osais pas te demander, mais si t'es OK alors je le suis aussi.

– Vous n'osiez pas ? je pouffe.

– Je pensais pas que tu accepterais, parce que ça implique de passer davantage de temps seule avec moi.

– C'est vrai qu'endurer votre présence peut-être terriblement… insupportable, je raille. Mais après lecture du script, j'ai l'envie irrépressible de vous voir pleurer au milieu d'une rue déserte. Ça compensera l'effort.

– En fait, oublie. Où avais-je la tête ? Tu vas en profiter pour te foutre de ma gueule !

– Je vous taquine. Le tournage commence quand ?

– Dans deux semaines.

– Quoi ? Déjà ?

– Kassim et ses contacts… J'avoue que je pensais avoir plus de temps, ça va très vite.

– C'est mieux comme ça. Au moins, vous en passerez moins à cogiter, grogner, douter, marmonner…

– T'as fini ?

– J'ai d'autres verbes en stock, je me sens frustrée d'arrêter en si bon chemin.

– Tu es dure.

– Mais vous voulez mon aide, je réplique avec un petit sourire en coin.

– On est de retour et on a apporté à bouffer ! crie soudain Riley depuis la terrasse. Venez manger !

Oxton roule le script et me fait signe de le suivre.

Je n'aime pas quand on m'impose un menu sans me consulter, c'est toujours un casse-tête de calculer discrètement ce que je peux ingérer ou non. Je m'isole un instant dans ma chambre pour me piquer le doigt et redescends m'asseoir à leur table. Miranda et Kassim sont en pleine discussion sur le tournage à venir. Quant à Asher et Riley, ils échangent avec Oxton sur le contenu du script qu'ils ont également reçu. Je profite de ce que personne ne fasse cas de moi pour observer ce qu'il y a sur la table. Ce n'est vraiment pas terrible. Purée de pommes de terre, steak baignant dans une sauce grasse, nuggets, saucisses, hamburgers... Tout ici est réuni pour m'empoisonner. Bon OK, j'exagère un peu, mais je suis très pointilleuse sur mes repas, d'autant plus au vu de l'instabilité de ces derniers dans le cadre de ce contrat.

– Ça te plaît pas ? m'interpelle Oxton.

– Si, si.

– Pourquoi tu grimaces ?

Merde !

– C'est mon visage naturel, ne soyez pas désobligeant !

Ma réponse le fait rire. Je vois Riley lui lancer un regard amusé.

– Quoi ? lui demande Oxton.

– Rien. Je suis juste ébahi par la facilité avec laquelle Elvis arrive à te rendre agréable. C'est quoi, son secret ?

Oxton lui adresse un doigt d'honneur pendant que Kassim enchaîne.

– Je suis d'accord, tu es moins chiant depuis qu'elle est là.

L'atmosphère devient gênante, je remue sur ma chaise alors que tout le monde nous observe l'un et l'autre.

– Tu es donc heureux de ne pas l'avoir virée ?

– Je reconnais que ça aurait été une erreur, il admet en me faisant un clin d'œil.

L'attitude du manager envers moi évolue chaque jour, sans que je sache pourquoi. Il y a trois semaines, il voulait se débarrasser de moi, mais depuis peu, il me soutient face aux piques du chanteur... On dirait qu'il m'a adoptée dans l'équipe et ça me fait plaisir.

– Désolée de briser vos espoirs, mais il est moins chiant avec vous seulement parce qu'il se réserve pour moi, je balance alors. Quand je ne serai plus parmi vous...

– Foutez-moi la paix, m'interrompt Oxton.

– Changeons de sujet, embraie Miranda en croquant dans un nugget. Elvis, j'ai une proposition à te faire.

– Hum... J'ai détesté chacune de tes propositions jusqu'ici.

– Ils font la paire, tous les deux, elle réplique en levant les yeux au ciel.

Elle pioche une frite, la trempe dans la mayonnaise et poursuit :

– J'arrive à terme dans sept semaines, il va falloir que je me ménage.

– Ça, c'est clair, valide Asher.

Elle braque ses iris noirs sur lui, il la scrute sans rien dire. Je sens mes joues s'enflammer.

NE LEUR MONTRE PAS QUE TU AS DÉCOUVERT LEUR SECRET !

– J'ai reçu plusieurs candidatures pour mon remplacement, est-ce que tu voudras bien me donner ton avis ?

– Euh... Oui, si ça peut être utile, mais pourquoi ?

– T'es le boss de la Fan Squad, j'ai confiance en ton radar. Pas moyen d'écoper d'un deuxième Gregory.

Pour le coup, j'admets volontiers que je sais reconnaître un adepte des Unfool quand j'en croise un.

– D'accord.

– Tu t'y prends comment pour identifier nos fans ? Tu les renifles ? rigole Riley.

– Mange, ça va être froid, m'envoie Oxton.

Quand il se montre prévenant de cette façon, il ressemble davantage à l'image que j'avais de lui. C'est si rare que je mets ça sur le compte d'un instant de faiblesse.

SANS OUBLIER QU'IL A BESOIN DE TOI POUR SON CLIP !

– Merci, je souffle.

Je reprends mon inspection des plats devant moi et entame un calcul mental.

– Tu comptabilises les calories ou quoi ? il m'interroge.

C'est pas vrai, il ne peut pas s'occuper de son assiette ?

TROUVE UN TRUC ! N'IMPORTE QUOI !

– Ah voilà ! je fais mine de me révolter. Je suis une nana donc forcément, je m'inquiète des calories. Non, monsieur Briggs, peut-être que je fais simplement face à des aliments qui ne me correspondent pas. Est-ce qu'une femme peut choisir son repas ou est-ce un privilège masculin ? J'en ai marre, de subir les diktats d'une société patriarcale !

C'EST ÇA TON EXPLICATION, VRAIMENT ?

– Euh... Désolée, j'ai kiffé ton discours, mais c'est moi qui ai passé commande, grimace Miranda.

– Tu sais juste pas quoi prendre, me taille Oxton.

À court d'arguments, je lui tire la langue et me rabats sur une saucisse et de la salade verte, histoire de lui faire fermer son clapet et, accessoirement, de ne pas attirer l'attention sur ma façon de manger.

Kassim avale sa bouchée et pointe sa fourchette sur moi.

– Au fait, Elvis, j'ai zappé de t'envoyer le script final du clip, je le fais tout à l'heure.

– D'accord, je réponds sans oser admettre que je l'ai déjà lu avec Oxton.

Je ne suis pas certaine qu'il ait envie que j'en parle devant tout le monde.

– Je t'ai pas attendu pour le lui faire lire.

Bon, apparemment, ça ne le gêne pas.

– Ah ? Et t'en as pensé quoi ?

Je tempère la groupie qui voudrait hurler partout à quel point c'est génial. Les fans vont être comme des dingues si le résultat est aussi cool sur un écran que sur papier.

– Pour ce que ça vaut, j'ai adoré, je récite en jouant avec... une saucisse pour me donner une contenance.

Je fiche la paix à ce morceau de cochon grillé et continue :

– Je suis impatiente de le découvrir à la télé.

– À la télé ? tique Oxton. Tu as conscience qu'avant ça, tu m'accompagnes sur le tournage ?

– Elvis a le droit de venir et pas nous ? s'indigne Riley.

– Ça fait partie de son taf.

– Vous n'êtes pas du voyage ? je m'étonne.

– Nope, vous irez rien que tous les deux, susurre le pianiste. Je sais pas ce que tu fais pour te rendre à ce point indispensable, il ajoute sur un ton tendancieux.

– N'importe quoi ! C'est logique, je suis community manager, il y aura un tas de contenus à créer là-bas.

– Tu peux arrêter de brandir cette saucisse à chacun de tes mots ? Ça me met mal à l'aise.

Merde, voilà que je recommence !

– Je brandis cette saucisse si ça me chante, je réplique en mangeant un morceau.

– Et une saucisse qui chante, ça te tente ? il questionne en posant son bras sur les épaules d'Oxton.

À cette proposition inattendue, ma gorge se contracte autour de ce que je suis en train d'avaler. Résultat : je m'étouffe, me plie en deux et manque de vomir.

– Désolée Oxy, ce n'est pas la réaction que j'espérais.

J'ai les larmes aux yeux lorsque je me redresse, le visage d'Oxton est un peu flou mais son air me laisse perplexe.

30
OXTON

*J'ai toujours eu un problème
avec les gens à vélo.
Aujourd'hui, ça tourne à l'obsession.*

Assis à l'arrière d'un 4 × 4 avec Riley et Asher, je quitte une séance photo pour retourner à l'hôtel. On est rarement seuls tous les trois pour ce genre de choses, mais Miranda avait un rendez-vous médical au même moment. Quant à Elvis, je lui ai accordé une journée de congé. À vrai dire, j'allais refuser tout net, mais Kassim a accepté avant que je puisse abuser de mon pouvoir. Vu qu'on part demain matin vers la Louisiane pour deux jours de tournage, mon manager a estimé qu'elle avait le droit de souffler. *Traître !* Il voulait la virer et maintenant il est aux petits soins avec elle. *On dirait que c'est contagieux.* Je ne voulais même pas la recruter au départ, comment se débrouille-t-elle pour se faire une place si facilement ?

Je jette un coup d'œil par la vitre teintée, et confirme ainsi mon ressenti : la voiture n'avance plus.

– Hey, Travis ! Tu roules plus vite que ça d'habitude.

Notre garde du corps multifonction m'adresse un regard blasé dans le rétroviseur.

– T'es pressé ? T'as un rencard avec quelqu'un ? il suggère en s'étirant sur son siège.

– Tu te mets à me répondre ou je rêve ?

– La mauvaise influence d'Elvis, constate Asher.

– Tu fais bien de parler d'elle, approuve Riley avec un demi-sourire.

– Si tu penses être plus rapide à pied, j't'en prie.

Pour illustrer ses paroles, Travis actionne le verrouillage centralisé et m'invite à sortir.

– Tu cours trois fois plus qu'avant, tu devrais pouvoir rallier l'hôtel en moins de deux.

– Où est la motivation quand y'a pas une jolie nana pour l'accompagner ? raille encore Riley.

Depuis quelque temps, il n'a de cesse de balancer des insinuations plus ou moins poussées, que je m'emploie à ne pas relever. Je crois qu'il s'ennuie ferme ou qu'il est en manque de relation. Je l'ai pas vu serrer une fille depuis Vegas. Il n'y a pas que lui, d'ailleurs.

– C'est le seul moment où elle lui court après, renchérit Travis.

Bien placé. Même moi, ça me tire un rire. C'est fou, elle n'est pas là, mais on parle d'elle comme si elle était des nôtres depuis un bail. Je ne me souviens presque plus comment c'était avant son arrivée. Lorsqu'elle est absente, j'éprouve un sentiment similaire à celui qu'on ressent quand on est certain d'avoir oublié quelque chose d'important. Je déteste ça. Et aussi qu'elle me filme ou me photographie pour les followers. Et qu'elle ne soit jamais en rupture de stock de reparties. Et qu'elle n'ait pas l'air comblée de partager mon quotidien. *Ouais, c'est clair que je hais tout ça...*

À la vitesse d'une charrette du XVIIIe siècle, Travis se gare enfin devant la villa. J'y entre le premier.

– Calloway ?

La pièce principale est déserte, mais j'entends de la musique résonner depuis le jardin suspendu qui agrémente la grande terrasse. J'avance jusqu'à la baie vitrée, survole les plantes et repère Elvis dans une position... intéressante. En fait, ce sont ses fesses moulées dans un pantalon qui attirent mon attention, car elle est pliée en deux sur un tapis de sol. La minute suivante, elle se redresse, s'appuie sur une jambe et cale son autre pied contre son genou en ramenant ses mains au-dessus de sa tête. Je ne savais pas qu'elle était adepte du yoga. J'ai toujours trouvé ça ridicule, mais la voir faire me donne une tout autre approche de la question. Depuis quand cette pratique est-elle aussi captivante ?

Je pars me servir à boire. Sur la table, puis sur la console, deux verres d'eau entamés me font sourire. Elle a vraiment un souci avec ça, mais maintenant ça m'amuse. J'opte finalement pour un jus d'orange, que je bois à petites gorgées pour ne pas retourner devant la baie vitrée. Je ne vaux pas mieux que Kassim. Qu'est-ce qui a changé ? Elle me gonflait et soudain...

– Qu'est-ce qu'elle fait, d'après toi ? j'entends la voix de Riley demander.

Il a pris ma place devant la vitre, mes jambes s'activent plus vite que mes neurones. Je le pousse avec mon épaule en marmonnant.

– Elle se dandine sur Aretha Franklin, lâche Asher en la détaillant par-dessus ma tête. Elle a du rythme.

C'est peu de le dire, elle se balance sur *Respect*[12] alors qu'il y a trois minutes elle communiait avec la nature.

---

12. Respect, *I Never Loved a Man the Way I Love You* (1967).

Elle passe du calme à la tempête en un battement de cils, du Elvis tout craché. Si elle savait qu'elle a un public, elle serait mortifiée. Je meurs d'envie de m'annoncer rien que pour la faire hurler. De prime abord dans cette salle de réunion, j'étais loin de penser rencontrer une nana pareille.

– T'avais cerné tout ça en elle, chez Davenport ? j'interroge Riley.

– Qu'elle danserait au milieu du jardin ? Honnêtement, je l'avais pas imaginé. Mais j'avais effectivement senti qu'elle serait de bonne compagnie. Et toi ?

– Moi, j'ai vu que ses vieilles Converse ce jour-là. J'l'aurais jamais embauchée si t'avais pas insisté.

– J'ai du flair, mon frère ! il argue en gonflant ses narines. Mais j'avais pas anticipé qu'elle te taperait dans l'œil. J'espérais qu'elle te taperait tout court, et j'étais pas si loin.

Plutôt que le contredire, je garde le silence. Elle ne me laisse pas de marbre, c'est vrai. Elle est jolie, mais c'est sa façon de me booster qui me plaît. *C'est purement professionnel.*

– Tu la regardes avec le sourire d'un type qui apprécie beaucoup sa présence.

– Je l'aime bien, car elle fait du bon boulot, je minimise en haussant les épaules. Recommence pas à divaguer.

– C'est tout ? Parce que dans ce cas, j'vais peut-être tenter le coup. Y'a de bonnes *vibes* entre nous.

Ça, je le sais. Ils s'entendent bien. Mieux qu'elle et moi et... je déteste ça aussi.

– Même pas en rêve, mec. Elle bosse pour moi, ne viens pas te fourrer au milieu de ça.

Il bat des cils en prenant une moue peinée.

– Tu briserais le cœur de ton meilleur ami ?

– Sans remords, je rétorque aussi sec. Trouve-toi une meuf, vieux !

– Et si je ronge mon frein d'ici l'automne ? À ce moment-là, tu seras hyper-occupé à tourner des films, manger du pop-corn en t'admirant sur grand écran, fricoter avec des petites actrices plus jeunes que toi...

– J'ai déjà donné niveau actrices, je suis vacciné. Maintenant, dégage de mon espace vital.

Il se tire en rigolant. Je colle mon front à la fenêtre et observe encore Elvis. Elle ne nous a toujours pas remarqués, elle se croit seule et laisse libre cours à sa personnalité. C'est une fille spéciale, chaque jour qui passe, je le ressens un peu plus, mais je ne sais pas trop quoi faire de ça. Je la détaille avec une sorte de fascination que je ne me souviens pas avoir déjà éprouvée.

– Ox ! Tu peux venir voir deux secondes, s'te plaît ?

La voix d'Ash dans mon dos me permet de refouler cette pensée déroutante. Je quitte mon poste d'observation et rejoins le batteur.

– Qu'est-ce qui se passe ? je lui demande en sautant par-dessus le dossier du canapé pour atterrir à côté de lui.

– Rien.

– Tu as braillé mon prénom pour que dalle ?

– Comme quatre-vingt-neuf pour cent des nanas qui occupent ton lit.

J'étends mon bras pour lui mettre une petite claque derrière le crâne et en profite pour pencher la tête, afin de jeter un nouveau coup d'œil sur Elvis.

– Oxton.

– Oui, Asher ?

– N'y pense pas.

– De quoi tu parles ?

– C'est un miracle si j'ai survécu à sa présence ! Y'a encore deux verres, là et là, il les pointe avec son doigt accusateur. Elle est pas nette, je mets mon veto.

– Sur quoi ?

– Sur elle et toi, il assène.

– Tu vas pas t'y mettre, toi aussi ?

– Qu'est-ce qu'il y a ? s'invite Riley en s'asseyant sur le tapis devant nous.

J'adresse un avertissement muet à Ash. Pas moyen qu'il relance l'autre lourdingue sur ce sujet.

– Je suis en train d'expliquer à Ox que ce sera Elvis ou moi.

– Ah ! Ah !

Je lève les yeux au ciel et grince des dents. *Traître !* Dieu soit loué, un petit cri nous fait tous tourner la tête.

– Depuis quand vous êtes revenus ? elle nous questionne, les joues rouges.

– Assez longtemps pour découvrir ta chorégraphie magistrale, je réponds. Si un jour on prend des danseurs pour nos concerts, j'te veux en première ligne. Comment s'appelle ton mouvement, là ?

Je me lève et reproduis un geste ridicule. Comme prévu, elle se décompose.

– Il faut procéder à quel genre de rituel vaudou pour obtenir de maigres heures de tranquillité ? Vous ne deviez pas revenir avant 17 heures.

– On est si photogéniques que le gars nous a shootés en un rien de temps et nous voilà déjà de retour !

Elle traverse le salon, chope une bouteille d'eau, grimpe les marches deux par deux et disparaît en haut de l'escalier. Je lui emboîte le pas sans que le gloussement de Riley ou le grondement d'Asher me ralentissent.

La porte de sa chambre est ouverte, je fais l'effort de m'annoncer en toussant. Accroupie devant son mini-frigo, elle relève la tête.

– Bon sang, ça ne va pas recommencer, elle ronchonne. Ceci est mon espace personnel et je suis encore en congé pendant les trois prochaines heures. Sortez !

– On décolle demain, tu t'es engagée à me faire bosser mon texte, tu te souviens ?

J'ai balancé la première excuse à laquelle j'ai pensé. En réalité, je ne sais même pas pourquoi je suis sur le seuil de sa piaule.

– On ne fait que ça depuis quinze jours, elle soupire. À ce stade, je pourrais tenir le rôle de votre doublure sans souci.

C'est vrai qu'elle a amplement rempli cette tâche, pourtant j'ai envie de revoir le script avec elle encore une fois. Je pourrais le faire en solo, mais j'aime sa façon de m'étudier, attentive au moindre de mes faux pas. Elle a l'humilité de dire qu'elle n'a pas l'expérience pour me chapeauter, mais je trouve ses remarques très pertinentes.

T'AS AUSSI ENVIE DE PASSER DU TEMPS AVEC ELLE.

Je devrais m'inquiéter, j'ai l'impression que mes pensées fusent comme si je n'étais plus seul dans ma tête.

– Rien qu'une fois, j'insiste avec une moue implorante.

– OK, elle flanche si facilement que c'en est étonnant. Mais je vous accorde une heure, pas plus.

Elle s'assied au bord de son lit, je file chercher le script et reviens aussitôt. Je m'installe à côté d'elle et nous reprenons au début. Au fil des pages, l'un comme l'autre, nous jouons notre rôle et je ne vois pas les minutes passer.

– Voilà, on a fait le tour, elle lance en souriant.

Il reste la dernière scène, celle avant laquelle nous nous sommes toujours arrêtés, mais là, j'ai très envie de pousser la répétition plus loin que d'habitude.

– Pour ce passage où j'embrasse la fille, tu crois que je dois...

Trois coups tapés contre sa porte m'interrompent, Elvis lève le nez de son texte.

– Oui ?

Le battant s'ouvre sur Mills. *Qu'est-ce qu'il fout ici, celui-là ?*

– Oh ! Salut Ox !

Lui aussi est surpris de me voir dans cette chambre. Je ne réponds pas, ça le fait tiquer mais il ne se barre pas pour autant.

– Tu me cherchais ? j'envoie sèchement.

– Non, je venais dire à Elvis que je suis là.

– Génial, ça valait le déplacement. Tu peux nous laisser bosser, maintenant.

– On a fini, j'arrive dans une minute, elle intervient. Attends-moi en bas.

– OK, à toute.

Dès qu'il a refermé la porte, j'attaque.

– Comment ça : « On a fini » ?

– Je vous avais dit une heure, elle rétorque en tapotant sa montre imaginaire. Le temps est écoulé.

– Vous allez faire quoi, tous les deux ?

– Nous promener, elle répond en quittant le bord du lit pour aller enfiler ses baskets.

– Vous promener ? j'articule. Depuis quand tu te promènes avec Mills ?

– Depuis que j'ai enfin quelques heures de répit pour faire un peu de tourisme. Et Mills connaît bien Miami, il s'est proposé d'être mon guide.

– La bonne blague… je grommelle dans ma barbe. Pourquoi tu m'as pas dit que tu voulais bouger un peu ? J'aurais pu demander à Travis de nous conduire en ville.

– Nous ?

Sa façon de le prononcer me fait serrer les dents. *C'est quoi le problème ?*

– Je connais bien Miami, moi aussi.

– Je n'en doute pas, mais d'après vous, il se passerait combien de temps avant qu'une marée de groupies ne se mette à vous poursuivre ?

Environ six minutes ? Je ne peux rien opposer à ça et ça me rend dingue. L'idée qu'elle se balade avec Mills fait naître un sentiment très désagréable en moi, mais je ne vois pas quoi dire pour contrecarrer leurs plans.

QU'EST-CE QUE TU RACONTES, OX ? QU'EST-CE QUE ÇA PEUT BIEN TE FOUTRE, CE QU'ELLE FABRIQUE PENDANT SON TEMPS LIBRE ?

Voilà, ça recommence !

– Amusez-vous bien, je balance en quittant son pieu.

Je redescends dans la pièce principale, Mills patiente en bavardant avec Asher. Je garde la bouche fermée, mais j'ai une furieuse envie de le jeter dehors. *Se promener, hein ?* Je suis certain qu'il va tenter sa chance, j'ai bien vu comment il se comporte quand elle est dans les parages. Est-ce que je peux le virer pour ça ?

– Qu'est-ce que t'as, Oxy ? m'interpelle Riley. Elvis t'a disputé ou quoi ? Tu tires une de ces tronches.

– On peut décoller, Mills ! crie la concernée en sautant la dernière marche.

– Cool ! J'ai mis des bouteilles d'eau dans mon sac, *let's go* !

– À plus tard, nous salue Elvis.

Je lorgne le sol et mords l'intérieur de mes lèvres jusqu'à ce qu'ils aient quitté la villa.

– Ils sortent ? s'interroge Riley. Genre, rien que tous les deux ?

– J'en sais rien, je réplique.

– Elle a le droit de faire ça ? il ironise.

– Je m'en fous, elle fait ce qu'elle veut de son temps libre.

C'est faux, mon sang s'échauffe, je suis en colère et ça dépasse totalement mon contrôle. Je tire mon portable de ma poche, tape un SMS à Travis et sors de la maison à mon tour.

– On va où ? me lance mon garde du corps en me rejoignant dans l'allée.

– Se promener, je crache en fonçant vers la voiture.

Tout au bout, devant le grand portail sécurisé, je repère Elvis et Mills. Sur des putains de vélos. J'entends d'ici le rire de ma CM, j'arrache presque la portière et la claque plus fort encore, une fois assis sur le siège passager.

– Roule, j'ordonne au conducteur.

– Dans quelle direction ?

Travis est le type le plus discret et fiable que je connaisse.

– Suis-les.

Il hausse un sourcil en comprenant mon manège, mais se garde bien de commenter. Du moins, les dix premières minutes.

– J'ai le droit de te dire que c'est flippant ? chuchote mon chauffeur en me lâchant un coup d'œil en biais.

– Je suis en danger ?

– Non.

– Donc j'ai pas besoin d'entendre mon garde du corps me dire que c'est flippant. Fous-moi la paix et concentre-toi sur la route. Et si tu racontes ça à qui que ce soit, j'écrirai une chanson si immonde sur ton compte que tu ne pourras plus jamais sortir de chez toi.

– Inutile de me menacer, il rigole en continuant à les suivre à distance. Je suis content d'avoir bossé pour toi suffisamment longtemps pour vivre cet instant.

– Je m'assure juste que des fans vont pas lui tomber dessus. Elle est inconsciente.

– Un vrai chevalier servant.

Pendant près de deux heures, nous leur filons le train. Je n'ai jamais autant voulu monter sur une foutue bicyclette ni autant souhaité que Mills se casse la gueule dans un caniveau dégueulasse. Bordel, je suis jaloux d'un ingé son, c'est une plaisanterie ?

TU ES JALOUX TOUT COURT, OX.

31
ELVIS

*Nouveau commandement :
tu ne mettras point ton doigt
dans l'oreille de quelqu'un.*

Nous avons atterri à l'aéroport de La Nouvelle-Orléans il y a une demi-heure et nous sommes en voiture, Kassim, Travis, Oxton et moi, en direction du plateau de tournage. Mon client et son manager discutent ensemble, Travis est au volant comme d'habitude, je suis donc seule dans mon coin.

J'ai toujours eu envie de découvrir la Louisiane, alors je profite du trajet pour observer le paysage qui défile. À ce rythme, suivre Oxton Briggs où qu'il aille me fera bientôt faire le tour des États-Unis, ce dont je n'aurai certainement plus jamais l'occasion quand ce contrat sera terminé.

Je quitte la route des yeux un instant et me rends compte que le leader des Unfool me regarde. Il se détourne aussitôt. Il agit bizarrement depuis hier, ça doit être l'appréhension, je ne vois que ça. Après ma balade en ville, je ne l'ai pas croisé de la soirée et ce matin, c'est à peine s'il a ouvert la bouche, hormis pour me balancer un « On y va, Calloway ». C'est du lui tout craché.

Travis se gare devant le lieu où le clip va être tourné. Le bâtiment qui me surplombe est gigantesque, c'est un hangar très haut et très long dans lequel il me tarde de pénétrer. Nous passons l'entrée bien gardée, Travis nous talonne, Kassim est devant et nous guide sous une large tente blanche.

– Attends-moi là, Ox, je reviens. Elvis, tu m'accompagnes ou tu restes ici ?

– Elle reste, répond Oxton à ma place.

– Elle reste, je répète en prenant une grosse voix.

Kassim hoche la tête et nous laisse. Oxton se prépare un café avec la machine, puis fait les cent pas en gonflant sa poitrine. Il boit une gorgée avant d'éloigner le gobelet de sa bouche.

– Pardon, t'en veux un ?

TIENS DONC, IL REDEVIENT SYMPA !

– Non merci.

– Un beignet ?

UNE BOMBE DE GLUCOSE ?

– Sans façon.

Il recommence à arpenter la tente de long en large, puis se ressert un expresso.

– T'es déjà allée sur un tournage ? il me lance alors.

Il veut faire la conversation pour éviter de penser à ce qui va suivre, ça se voit comme le nez au milieu de la figure. Je préfère ça à son silence.

– Je vis à Los Angeles, j'en ai aperçu en passant dans la rue, mais je n'ai jamais participé comme ça. C'est cool d'être une spectatrice privilégiée.

– Ouais, j'aimais bien ça, moi aussi. Bon, ça remonte à un paquet d'années... Je ne sais pas si tu es au courant, mais j'ai été marié à une actrice.

Damnation ! Évidemment que je suis au courant. La traîtrise de ma vie, à l'époque. J'avais 17 ans, c'est la seule période durant laquelle j'ai refusé d'écouter le moindre titre des Unfool. J'ai eu le cœur brisé quand les tabloïds ont commencé à placarder des photos de leur couple partout.

– Emily Morris, il précise, prenant mon silence pour de l'ignorance.

EMILYYY MORRISSS... JE LA DÉTESTE ENCORE.

– On a divorcé au bout d'un an, il poursuit sans soupçonner que Rita s'acharne contre son ennemie numéro 1.

Je me suis toujours demandé si mes mauvais sorts avaient fonctionné.

– Une erreur de jeunesse ? je le cingle.

– C'est peu de le dire, mais au moins, ça m'a servi de leçon.

– C'est pour ça que vous n'avez plus eu de relations sérieuses après ?

– Qu'est-ce qui te fait croire que j'en ai pas eu ?

BOULETTE !

– Vous venez d'expliquer que ça vous a servi de leçon, je l'ai déduit. N'ai-je pas un esprit de synthèse absolument prodigieux ?

– J'ai une vie qui va à deux mille à l'heure, c'est juste plus simple comme ça, je suppose. Mais t'en fais pas pour moi, je trouve de quoi occuper mon célibat.

– Ouais, donc vous flippez, en somme.

Il lâche son gobelet des yeux.

– N'importe quoi ! Mais dans ce milieu, il y a beaucoup de faux-semblants et de gens qui ne sont pas ce qu'ils prétendent être.

Mon pouls s'emballe et un sentiment de culpabilité m'étreint. Je ne suis pas d'une nature à travestir qui je suis. J'ai une grande capacité d'adaptation, mais pas au détriment de moi-même. Ses mots sont un rappel désagréable du jeu que je mène avec lui et les autres. J'ai tout à coup envie de tout lui raconter, mais ce n'est pas le meilleur moment pour ça.

– Tu as eu des relations longues, toi ? il m'interroge alors.

– Vous vous intéressez à ma vie ? je rigole en rougissant.

– Je m'impose au minimum une fois par jour de ne pas parler que de moi. Ça tombe sur toi aujourd'hui.

– Je me sens si favorisée ! Et la réponse est non... Plus jeune, je n'avais pas beaucoup de succès auprès des garçons. Sauf ceux qui pensaient obtenir de la came gratis, ça va sans dire.

Il me scrute gravement, et se remémore certainement l'article à mon sujet. Je m'attends à ce qu'il me pose des questions sur mon enfance, mais il me prend de court.

– T'as jamais été amoureuse ?

– Si, une fois, je bredouille. Mais...

Mon sang s'échauffe, je ne peux pas m'empêcher de le dévisager en me rappelant les sentiments que j'avais pour lui lorsque je vivais dans mon petit monde merveilleux. Enfin, pour l'Oxton que j'avais imaginé et idéalisé. Étrangement, quelque chose tire dans ma poitrine à cette pensée.

– Mais ?

– C'était un garçon inaccessible.

– Qu'est-ce qu'il est devenu ?

J'ai pris conscience qu'il s'agissait d'un mirage.

– Aucune idée.

Je suis sincère. Qu'est devenue ma version d'Oxton Briggs maintenant qu'il est devant moi en chair et en os, avec ses imperfections et... autre chose que j'apprécie malgré tout au fil des jours ?

– Pourquoi tu ne sors pas avec Mills ?

HEIN ? C'EST QUOI CE SUJET QUI DÉBARQUE DE NULLE PART ?

– C'est clair qu'il serait partant ! il insiste.

– Euh... C'est l'appréhension qui vous fait dire des trucs bizarres ?

– Quoi ? Il te plaît pas ?

– J'en sais rien, c'est pas comme si j'avais eu le temps de me pencher là-dessus.

C'est quoi son délire ?

– T'as eu le temps hier après-midi.

– On est sortis faire du vélo, vous en parlez comme d'un rencard.

– C'en était pas un ?

– Non. Et en quoi ça vous importe, d'abord ?

– Il a du style, il est séduisant.

– Oxton Briggs, chanteur, acteur et entremetteur ? j'énonce comme une speakerine. C'est quoi l'étape suivante ? Jongleur ? Est-ce que je vous demande pourquoi vous ne sortez pas avec l'hôtesse de l'air, moi ?

– Tu pourrais. Et je te répondrais que primo : Diana est mariée. Deuzio : depuis cet hiver, j'ai mis en stand-by ce genre de passe-temps. Je suis pas d'humeur.

– Sans blague ? Qui voudrait d'un râleur ? je ricane derrière ma main.

– Je t'ai entendue ! Ça m'arrive d'être de bonne compagnie.

– Désolée, je n'ai pas l'expérience nécessaire pour en attester. Mais vous avez l'air convaincant en le disant, alors... soit vous êtes réellement un excellent acteur, soit vous êtes un menteur.

– Ça revient au même, non ?

– Ce décor est très joli, je feins de m'émerveiller en lorgnant derrière lui.

– Monsieur Briggs, on vous attend pour le maquillage, nous interrompt une femme.

– Tu viens ? il me propose en se levant.

– Partez devant, je minaude en agitant mollement une main. Je vais lancer un direct et je déboulerai par « surprise » dans votre loge, telle une diva des réseaux sociaux.

– OK.

Je me retrouve seule et, comme prévu, j'affiche mon plus beau sourire et déambule en offrant à la communauté l'envers du décor.

– Salut les amis ! Je suis sur le plateau de tournage du prochain clip des Unfool et, croyez-moi, vous n'êtes pas prêts pour ce qu'Oxton vous prépare ! Regardez-moi ça, perso, ça me donne l'eau à la bouche.

Ce n'est pas une heure de grande écoute, mais l'audience n'est quand même pas mal.

Une fois ma tâche bouclée et la star du jour maquillée, les choses sérieuses commencent. L'équipe se met en place, ça court dans tous les sens et, à côté de moi, Oxton respire bruyamment en lâchant des œillades à la ronde. Riley et Asher ne sont pas là, même s'ils ne figureront pas dans ce clip, j'imaginais qu'ils viendraient. Oxton m'a fait comprendre qu'il préférait être seul, c'est dommage, car quoi qu'il en dise, il a besoin de l'appui de ses meilleurs amis.

– À quoi tu penses ? il me demande alors qu'il attend le signal de la réalisatrice.

– Au reste de la bande. Je persiste à affirmer qu'ils auraient été utiles pour vous permettre de décompresser.

– J'suis pas stressé !

– Vous surveillez les alentours comme un chien abandonné par son maître.

– Tu es là, toi, gratte-moi sous le menton au lieu de te tourner les pouces.

– Pour me faire mordre ?

Il claque des dents, j'éclate de rire.

– C'est cool que tu sois là.

Vraiment ? Je l'observe à la dérobée, il est effectivement agréable quand il met fin à ses mauvaises manières. Il se frotte les mains, fourrage dans ses cheveux, plaque sa barbe, je lui découvre un côté anxieux, très loin de ce qu'il m'a montré jusqu'ici ou de ce que j'avais pu façonner dans mon esprit. Pour une fois, ce n'est pas décevant, c'est même l'inverse.

DIS DONC, ELVIS, TU SERAIS PAS EN TRAIN DE...

– Vous allez tout déchirer ! je surjoue pour le rassurer et couvrir la voix de Rita.

– J'ai l'impression que tout le monde me regarde en se demandant ce que je fous là.

– Mais non ! C'est parce que vous portez cet affreux rouge à lèvres *nude*, je le taquine.

– Il me fait les lèvres toutes douces.

– Vous m'en direz tant.

CELA DIT, ÇA LUI FAIT UNE JOLIE BOUCHE...

Qu'est-ce qui nous prend, Rita ?

La réalisatrice se matérialise entre nous, pose sa paume dans le dos de son acteur du jour et l'emmène. Lorsqu'il me lance un coup d'œil par-dessus son épaule, je souris et lève deux pouces encourageants. Je suis contente pour lui, il entame enfin le concret. Le sourire qu'il me renvoie fait fondre mon pôle Sud et l'ours polaire qui gardait ma forteresse se tire sans se retourner.

MERDE, LE RÉCHAUFFEMENT CLIMATIQUE, ÇA CRAINT !

Je cherche le coin idéal pour photographier Oxton, tout en suivant ce qui se passe. J'adore visionner des *making-of* et c'est encore plus excitant en vrai. En dehors d'un tout petit détail : mon client n'arrive toujours pas à composer avec son anxiété et c'est comme si nos heures de répétitions n'avaient jamais existé. Il est nul.

– Coupez ! beugle la réalisatrice pour la sixième fois. Oxton, quel est le problème cette fois ?

Il lève une main pour s'excuser et faire signe qu'il en a pour une minute. Il trace jusqu'à une table un peu plus loin, aussitôt rejoint par Kassim. Alors que son manager s'adresse à lui de manière assez vive, il descend un verre d'eau d'une traite et capte mon regard. Merde, on atteint le level supérieur, il est en train de paniquer. Il me lance un appel à l'aide muet, comme si je détenais les clés de sa survie.

FAIS QUELQUE CHOSE !

Oui mais quoi ?

BOUGE !

Mes jambes s'activent, je fonds sur lui d'un pas décidé. À mi-chemin, je croise Kassim qui repart vers l'équipe de tournage.

– T'exerces une bonne influence sur lui, débrouille-toi pour qu'il lâche prise, sinon il va se griller.

Dès que j'arrive sous le nez d'Oxton, je l'observe pour déterminer la meilleure façon de lui remettre les idées en place.

– Putain, je suis merdique, il s'énerve. J'ai rien à faire là, j'me complique la vie. Demande à Travis de faire tourner le moteur et attendez-moi dans une ruelle.

Les vannes ouvertes à fond, il continue à débiter son flot d'âneries. Rita perd aussi le contrôle.

DIS UN TRUC RASSURANT ! SOURIS ! SECOUE-LE !

Le résultat n'est jamais bon quand elle me mitraille. Je contracte la mâchoire, remue la tête en quête d'une solution tombée du ciel et mes plombs disjonctent. Je le pointe d'un doigt menaçant, l'attrape par le col et tire dessus pour que sa figure touche presque la mienne.

– Tu la fermes, maintenant !

– Je te demande pardon ? il articule en lorgnant ma bouche toute proche.

Je m'oblige à ignorer la sienne, qui exerce subitement un magnétisme inattendu.

– Tu connais les raisons qui te poussent à être ici. Ça fait des mois que tu as ce but en tête, alors tu vas arrêter tes idioties tout de suite, sinon...

SINON JE TE FRAPPE DANS LES COUILLES OU JE TE METS LA GIFLE DE TA VIE !

– Sinon quoi ?

Rita est trop violente, je cherche.

– Sinon...

Sans prévenir, nos visages entrent en collision et nos lèvres se rencontrent avant que je puisse terminer ma phrase. Elles se pressent, se chevauchent et je me recule en ouvrant de grands yeux choqués. *Oh bon sang !* Est-ce que c'est moi qui l'ai embrassé ? Je passe un doigt sur mes lèvres humides, lui me scrute sans laisser filtrer la moindre émotion.

– Sinon ? il a l'audace de redemander d'une voix râpeuse.

Je suis comme hors de mon corps, ce qui explique certainement ce qui se produit. Parce que si mon esprit était connecté, jamais je ne lécherais mon index, avant de l'enfoncer dans son oreille en guise de « sinon ». C'est son tour d'écarquiller les yeux.

– Tu te fous de ma gueule ?

Il me repousse en grimaçant et se frotte l'endroit que j'ai profané en jurant. Je tourne les talons. *Dieu du ciel !* Je marche droit devant moi, le cœur battant à mille à l'heure tandis que je prends conscience de ce que je viens de faire.

AVEC TA BOUCHE OU TON DOIGT ?

Ah ! Ne dis pas ça comme ça !

HEUREUSEMENT, PERSONNE NE VOUS A VUS... ENFIN, JE CROIS.

– C'est ça ta technique ? m'envoie un Kassim hilare.

– Ce n'est pas moi ! je me défends en pensant au baiser.

– C'était bien ton doigt dans son oreille, je suis formel. Tu es une personne très bizarre, mais apparemment les résultats sont là.

Je découvre ce qu'il me montre, Oxton est reparti sur le plateau d'une démarche plus souple.

– Dites Kassim, vous qui avez du réseau, vous connaissez quelqu'un au programme de protection des témoins ?

– J'ai une cabane cachée dans les montagnes. *Mi casa es tu casa*[13].

Dans d'autres circonstances, j'apprécierais la sympathie grandissante du manager à mon égard, mais pour l'heure, je réfléchis à l'organisation de mes obsèques.

---

13. Ma maison est ta maison (en espagnol).

32
OXTON

Si regarder quelqu'un dans les yeux pendant cinq minutes suffit pour le séduire, imaginez ce que pourrait donner de lui mettre un doigt dans l'oreille.

Redevenir l'Oxton d'il y a quinze ans m'a déstabilisé, je me suis senti vulnérable face aux caméras. J'ai eu besoin de m'éloigner une minute et, maintenant, je suis en proie à un autre bouleversement. Est-ce que c'est moi qui l'ai embrassée ? Ou elle ? Je n'en ai aucune idée, mais au fond, il importe peu de savoir qui de nous deux est à l'initiative de ce baiser, je l'aurais volontiers approfondi. J'ai un goût d'inachevé sur les lèvres. J'ai envie de faire demi-tour et de la plaquer contre un mur. Qu'est-ce qui m'arrive ?

S'il y a un truc certain, c'est que j'ai le tympan humide. Cette cinglée a enfoncé son doigt dans mon oreille. Qui fait des choses pareilles, sans déconner ?

– Tout va bien, Oxton ?

Posté près d'une haute barrière, mon garde du corps mange tranquillement une barre chocolatée.

– C'est maintenant que tu te manifestes, Travis ? je le cingle.

– Pourquoi ? J'ai loupé quelque chose de périlleux ? il feint de s'angoisser.

– Toi, tu vas...

– On peut s'y remettre ? me hèle la réalisatrice qui n'a pas assisté à ce qui vient de se passer. Tu penses pouvoir gérer ou pas ?

En excluant la sensation des lèvres d'Elvis, ce qu'elles ont prononcé est vrai. Je sais pourquoi je suis là, pourquoi j'ai décidé de revenir vers cette première passion. *Vas-y, Ox ! C'est le moment d'être de nouveau complet.*

– Ouais !

– Alors, go. T'as du potentiel, une belle gueule et du charisme, mais ça ne suffit pas. Lâche-toi, sinon on n'y arrivera pas dans un timing aussi serré.

– Go, je me contente de rétorquer.

Je reviens au milieu du décor et, cette fois, malgré l'accueil un peu froid de ma partenaire, mes doutes ne se manifestent pas. Elvis les a mis KO. Et, même si je vais réfléchir à un moyen de lui faire payer la manière dont elle s'y est prise, j'admets que ça m'a remis les idées en place. Mieux que ça : je me jette dans le bain et prends un pied d'enfer. Je ne suis plus l'Oxton Briggs des Unfool, même si je tourne un clip pour le groupe ; pas vraiment « juste Oxton » non plus puisque je joue le rôle d'un autre, pourtant je me sens plus près de moi-même. Je touche du doigt ce que j'espérais trouver et ça me soulage d'une entrave invisible qui m'étouffait depuis un certain temps.

Les heures et les scènes défilent, l'actrice qui m'accompagne est nettement plus agréable qu'au départ et je ne parle pas de la réalisatrice qui m'envoie des paillettes avec ses yeux.

– C'est fini pour aujourd'hui, elle crie justement. Si on fait pas dix millions de vues avec ça, je change de job !

Tout le staff applaudit, je reçois des accolades et des félicitations, même Kassim me secoue l'épaule avec une sorte de ferveur nouvelle.

– Ox, tu m'as scotché. J'étais sceptique, je suis désolé.

– Tu sauras bien comment te faire pardonner.

– Comment va ton oreille, au fait ?

Je cherche Elvis des yeux mais ne la trouve nulle part.

– Elle s'est enfuie loin de toi et de tes représailles, raille Kass.

Quoi ? Est-ce qu'elle a filé tout de suite après notre échange épique ? J'espère que non, j'ai très envie d'avoir son ressenti sur ce tournage.

– Elle est où ? je me tends.

– En train de nous attendre dans la voiture. Elle est partie s'y réfugier dès que la réal a lancé son « Coupez ! ». Sois pas trop hard avec elle, hein !

– T'as vu son geste ou quoi ? je rétorque, soulagé.

– Oh oui ! Je l'admire, j'ai rêvé de te déstabiliser un nombre incalculable de fois. Être témoin de ça...

– Ferme-la ! je me marre sans pouvoir me retenir. Ma vengeance sera terrible.

– Tu peux plutôt la remercier. Pour aujourd'hui, pour cette idée de clip...

Pour sa confiance, son énergie, son humour. J'en suis parfaitement conscient, elle est...

– Allons-y, je me secoue.

Nous montons dans la voiture et filons en direction de l'hôtel.

À côté de moi, presque encastrée dans la portière pour mettre le plus de distance possible entre nous, Elvis n'a pas ouvert la bouche depuis que je me suis assis. Elle est concentrée sur son portable, mais je la soupçonne de faire semblant. Je prends un malin plaisir à la scruter, je sais qu'elle sent le poids de mon attention sur son visage, mais elle ne bronche pas.

– Hum, hum.

Rien.

– Hum, hum, je recommence plus fort.

Nada. J'opte pour une autre méthode.

– *Let's rock. Everybody let's rock. Everybody in the whole cell block*[14]...

C'est le refrain d'un tube d'Elvis Presley, j'entonne le couplet en augmentant le volume quand elle réagit enfin en se tournant vers moi. Encore en mode acteur, je lève un bras devant ma figure, comme si je me protégeais de sa nouvelle frappe imprévisible. Elle pourrait me foutre un doigt dans le nez.

OU T'EMBRASSER !

Je baisse le bras aussitôt.

– Je ne vais pas te cogner !

– Qu'en sais-je ?

J'ai envie d'évoquer son baiser, mais pas devant Travis et Kassim.

– Tu avais besoin d'un électrochoc. Ça a fonctionné, non ? elle a le culot d'arguer. Je t'ai trouvé parfaitement dans ton rôle, ensuite.

---

14. Paroles de la chanson *Jailhouse Rock*, interprétée par Elvis Presley.

– Un encouragement classique aurait suffi. T'as un sacré doigté, je crois que t'as touché ma cervelle, j'ai failli perdre connaissance.

– Toujours dans l'exagération. Je suis désolée, tu perdais tes moyens, c'est le premier truc auquel j'ai pensé.

– Le premier, t'es sûre ?

OK, c'était trop tentant comme sous-entendu et sa réaction vaut le détour.

– C'était vous ! elle s'étrangle en prenant une teinte cramoisie.

– C'est le rouge à lèvres *nude*, c'est ça ? T'as voulu en tester la douceur ?

Elle tord la bouche et bat des cils.

– Pitié, ne parlons plus de ça. Jamais ! On peut faire la paix pour l'histoire du doigt ?

– Tu essaies de gratter mon amitié, maintenant ?

– Sûrement pas ! J'ai déjà deux amis et c'est amplement suffisant. À partir de trois, ça devient chiant.

– Riley va avoir le cœur brisé en l'apprenant.

– Tu lui diras que j'en suis navrée.

– Mills aussi, j'ajoute en feignant l'innocence.

– Lui et moi, ce n'est pas une histoire amicale.

– Quoi ?

Je n'ai pourtant rien vu entre eux quand je les filais hier.

– J'ai bien réfléchi à ta suggestion tout à l'heure et tu as raison, j'crois que je vais lui avouer mes sentiments en rentrant. Je suis amoureuse de lui, pourquoi lutter ?

Elle termine par un rire, elle se moque de moi. J'ai chaud tout à coup, j'ai horreur de mes réactions.

– Quoi qu'il en soit, je veux être sûre de ne pas écoper d'une revanche à la Oxton Briggs, elle ajoute d'une voix normale. Ça partait d'une bonne intention.

J'expire pour me débarrasser de ma nervosité soudaine.

– Je vais prendre le temps de la réflexion. D'ici là, qu'est-ce que t'as pensé de cette première journée de tournage ?

– J'ai du mal à visualiser le rendu, mais ils ont mis le paquet. Le truc avec le feu, c'était impressionnant !

Tout en disant ça, elle remue ses mains et gonfle ses joues avant de relâcher tout l'air dans un « boum » théâtral. Elle est d'un naturel vivifiant qui me donne le sourire.

– Tu sais quand on pourra visionner le résultat ? elle poursuit.

– Kass ?

– D'ici un bon mois, il nous indique depuis le siège passager. Puis il sera diffusé fin septembre.

– Ça marquera un tournant, appuie ma voisine.

– C'est le but, acquiesce mon manager. Mira bosse déjà sur le lancement presse, Elvis, tu vas devoir tout donner sur les réseaux.

– C'est pour ça que je suis là ! elle répond avec conviction.

– T'as intérêt à faire trembler Internet, je l'avertis. Après la correction que tu m'as assénée, ce serait un bon moyen de payer ta dette.

Je lui fais confiance, elle fera quelque chose de génial. Ouais, j'ai confiance en elle et ce n'est pas un constat anodin. Elle me tire la langue, et je réprime la pulsion de l'embrasser. Cette fois, aucun doute que ça viendrait de moi.

CETTE FOIS, AUCUN DOUTE, UN TRUC SE TRAME EN TOI.

J'ai envie de discuter avec elle, mais son portable sonne, alors je l'écoute bavarder avec une dénommée Addison. Ça doit être la fameuse amie dont elle m'a parlé. Elle ne mentionne pas le tournage, je suis juste à côté, mais j'ai étonnamment foi en sa discrétion sur mes activités... Ça doit être cool d'avoir une Elvis dans son existence. D'ordinaire, la vie des autres me passe au-dessus, plus par manque de temps que par réel manque d'intérêt, mais Elvis a cette faculté d'attiser ma curiosité. *À quoi ressemble-t-elle en sortant de la douche ? Qu'est-ce qu'elle aime écouter comme musique ? Est-ce qu'elle a un tatouage ?* Je me pose mille questions sur elle et ça me donne le tournis, d'autant plus quand elles deviennent moins futiles. *Quelle est l'odeur de sa peau ? Quel bruit feraient ses soupirs si je l'embrassais dans le cou ?* Je n'arrête pas de la regarder de biais pour tenter de comprendre ce qui a pu changer tout à coup ou ce que j'ai loupé au début.

Elle reste au téléphone jusqu'à ce que nous nous séparions dans le couloir de l'hôtel qui dessert nos chambres, elle me lance un bref salut de la main avant de s'engouffrer dans sa suite. Je prends une longue douche, l'eau sur mon visage ne parvient pas à effacer la sensation de sa bouche sur la mienne. Je bouillonne en imaginant plus.

– Bordel, elle m'a envoûté ou quoi ? je grogne en enfilant un bas de jogging et un tee-shirt.

Je m'occupe un peu en textotant avec Asher et Riley, réponds à deux mails de Miranda et un de Darell, qui évoque un possible rendez-vous avec un directeur de casting canadien. Difficile de déterminer si Elvis m'a influencé, mais mon agent me revient de moins en moins. Son ton pue le je-m'en-foutisme à peine dissimulé. Je regrette d'avoir emmerdé Elvis à son arrivée, au final elle est la seule à me mettre un coup de pied au cul.

À ce sujet, je me demande ce qu'elle est en train de faire et si elle a des projets pour la soirée. On n'a rien programmé, mais c'est stupide d'être chacun isolé dans son coin. Je pourrais l'inviter à dîner, même si j'ai en tête une autre idée que je m'imagine mal mettre en œuvre de but en blanc. *Toc, toc. Je peux te rouler une pelle pour voir si ta langue est aussi bonne que tes lèvres ?* Merde, j'ai pas lu un conseil séduction à ce sujet ?

TU T'ES GRILLÉ LÀ-DESSUS, MEC !

Elle mérite un moment de repos, elle se montre plus que disponible depuis le début, mais... je tourne en rond dans ma suite et elle pourrait m'aider à répéter une dernière fois pour demain, non ? *Ouais, c'est logique ! Parfait !*

Je sors de ma chambre, celle d'Elvis est pile en face. Après deux enjambées, je toque à sa porte. Des pas étouffés me parviennent et le battant s'ouvre. Elle s'est changée et arbore une robe grise toute simple qui lui va bien. Elle est très jolie.

– Oui ?

– Viens dans ma chambre.

En m'entendant prononcer ça, mon cerveau se transforme en scénariste fou. Il imagine mille possibilités.

– Excuse-moi ?

– En règle générale, quand je dis ça à une nana, la seconde qui suit, je la trouve à poil sur mon lit.

Elle me sourit et me claque la porte au nez. *OK, j'y suis allé un peu fort.*

– Je plaisantais, Elvis !

Même si l'image qui se faufile soudain dans mon esprit n'a rien d'une plaisanterie. Le battant s'ouvre à nouveau, je cache mon trouble derrière une énième provocation.

– Enfin, ce que je viens de dire est vrai, mais...

– Ma paume me démange.

– Heureux de voir que tu me préviens, maintenant.

– Je suis occupée à répondre à vos fans hystériques, est-ce qu'on peut conclure ?

– Ah ! Ben tu vois...

J'intercepte la porte avant qu'elle ne se referme.

– OK, OK, j'arrête ! Est-ce qu'on peut réviser ensemble les scènes qui seront tournées demain ?

– Encore ?

– Ton index a touché mon cerveau, qui a cogné contre ma boîte crânienne. Depuis, je souffre d'une légère amnésie. C'est donc ta faute si j'ai besoin de me remémorer le script. Fais-toi pardonner et après, je t'invite à dîner. Tu gagnes sur tous les tableaux !

Elle plisse les yeux et soupire.

– Si tu veux, mais ensuite, toi et moi, on sera quittes, elle souffle en traversant le couloir vers mon antre.

Elle y entre et s'arrête au milieu de la pièce.

– Ma chambre est deux fois plus grande que la tienne, elle s'étonne en tournant sur elle-même.

– C'est vrai ? C'est un scandale ! C'est moi la vedette, merde !

Pour être honnête, je voulais que nos chambres soient proches l'une de l'autre et il ne restait que ces deux-là. J'ai personnellement demandé à Kassim de filer à Elvis la plus confortable des deux. Elle ne le saura jamais.

Je lui tends un verre d'eau qu'elle accueille en souriant et nous entamons cette répétition improvisée qui, tout compte fait, n'est pas inutile. Je bute sur le même passage depuis dix minutes.

– Tu connais mieux ce foutu texte que moi ! je râle en plaquant mes cheveux en arrière.

– J'ai bonne mémoire, et en plus...

– Oui ?

– Non, rien. Continuons.

– En plus quoi ? j'insiste.

– On a déjà vu ces scènes au moins vingt fois ces derniers jours. T'arrives à chanter des dizaines de chansons sans fourcher, c'est quoi le problème avec ça ?

– Je ne l'ai pas écrit ?

– Ouais, certes. Bon, tu le relis une bonne fois pour toutes en t'imprégnant de chaque mot, je vais faire pipi.

– Enco...

– Ttt ttt ! elle m'interrompt en anticipant ma remarque sur sa vessie.

– Quand je reviens, tu me joues le meilleur rôle de ta vie, elle assène.

Lorsqu'elle me parle comme ça, j'ai envie de dire oui à tout.

Elle reprend sa place et son personnage d'un soir.

– Stop, elle s'agace. Pourquoi tu louches quand tu essaies de me séduire ?

– Personne ne s'est jamais plaint de mon regard de braise.

– Une vie entière dans le mensonge, ça doit faire mal... Recommence !

Je me soumets à son autorité qui, sans l'ombre d'un doute, me bouscule dans mon jeu. Nos dialogues s'enchaînent, elle est à fond alors qu'on attaque la scène finale.

Celle qui se conclut par un baiser. Elle se tient devant moi, ses paumes contre ma poitrine et ses prunelles agrafées aux miennes pendant qu'elle énonce sa partie. Je suis complètement dans mon rôle, mais je mentirais en disant qu'un certain pourcentage de mon esprit n'est pas conscient que ces lèvres toutes proches sont les siennes. Un gros pourcentage ! Je mentirais aussi en disant que je n'avance pas volontairement la bouche. C'est dans le script, on pourrait croire que je suis juste un élève studieux, mais la vérité, c'est que j'ai très envie de l'embrasser.

On a déjà travaillé ce passage en Floride, mais sans jamais le finaliser. Je vois ses yeux s'arrondir quand elle remarque que ce soir, je respecte la moindre ligne du scénario et ne m'interromps pas à l'endroit habituel. Je lui offre une poignée de secondes pour choisir de reculer, mais elle ne bronche pas. Ses prunelles oscillent entre mon regard et ma bouche, ses doigts encore arrimés à mon tee-shirt froissent le tissu au niveau de mon torse. Je me penche sur elle et un désir vertigineux me fauche. Il n'est pas précisé combien de temps doit se prolonger ce baiser, ni si ma langue est requise, mais je prends cette liberté qu'Elvis ne me refuse pas. Le script ne compte plus, comme pas mal d'autres choses, d'ailleurs. Je cale ma main derrière sa nuque et l'embrasse plus profondément. L'avidité qui me saisit allume une étincelle dans mes sens et le léger gémissement qui s'échappe de sa bouche la transforme en incendie. Je m'oblige à y mettre fin presque aussitôt, avant de ne plus pouvoir m'arrêter. Parce que ce baiser a beau avoir duré de brèves secondes, mon cœur pulse fort. Mon corps entier pulse fort. Je libère sa nuque et recule de plusieurs pas. Elvis, quant à elle, avec ses joues rouges et son souffle chaotique, me dévisage comme si je venais de la mordre.

– Je crois que je suis prêt pour demain, je lance pour maintenir l'illusion que je ne suis pas sens dessus dessous.

33
ELVIS

Ci-gît Elvis Calloway,
dont la bravoure légendaire n'a pu
la sauver d'un baiser mortel.

Je suis en état de choc. Face à moi, à distance respectable cette fois, je discerne les lèvres d'Oxton qui remuent, sans qu'aucun son me parvienne. Est-ce que ça s'est vraiment passé ?

OH QUE OUI ! IL T'A EMBRASSÉE ! OXTON BRIGGS T'A EMBRASSÉE AVEC LA LANGUE !

Rita court en rond sous mon crâne en jappant. Je bats des cils en scrutant le pli sur le front du chanteur, de l'acteur, ou qui qu'il soit.

QUI ? C'EST OXTON BRIGGS ET IL T'A GALOCHÉE COMME UN...

– Ça suffit !

– Pardon ? tique mon unique interlocuteur.

Merde, il croit que je m'adressais à lui.

– C'est une manie de m'embrasser aujourd'hui ? je m'emporte malgré moi.

Pourquoi j'ai balancé ça ? Je ne pouvais pas la fermer ?

– Hey ! C'est toi qui as commencé cet après-midi !

– Combien de fois je vais le répéter ? C'était toi.

– Mais pas du tout !

Il a l'air sincère, mais c'est un acteur maintenant, il sait donc simuler.

OU BIEN C'ÉTAIT RÉELLEMENT TOI, COQUINE !

Non ! Pourquoi je l'embrasserais ? Il n'est plus celui sur lequel je craquais.

TU L'AS LAISSÉ FAIRE, À L'INSTANT.

Bon sang, je suis larguée par cette situation.

– Tu m'as trouvé comment ?

– Tu veux que je note la prestation de ta langue dans ma bouche ? j'éructe.

– J'te parle de mon rôle, Calloway !

SON RÔLE, IDIOTE ! MAIS À TITRE D'INFORMATION, JE LUI METS UN 10/10 !

– Ce baiser faisait partie du jeu, il précise. Mais par curiosité, tu lui attribuerais quelle note ?

– J'ai connu mieux, je l'interromps avec un peu trop d'empressement.

– Avec qui ? il sourit en me scrutant trop intensément pour un moment comme celui-ci.

– Robert, un mec super.

ET ÇA FAIT DES RIMES !

– Un type qui s'appelle Robert peut pas avoir de sex-appeal.

– On en parle, de Robert Pattinson ? Robert Downey Jr ? Vous savez, ces acteurs adulés qui ont déjà plein de films à leur actif.

– Ils ne seront qu'un lointain souvenir quand j'aurai plié le *game*.

– Eh ben... Ça me fait mal de l'admettre, mais j'aime entendre ça. Cette volonté, c'est inespéré !

– Tu sais comment me motiver.

– Tu es paré pour demain, je déclare donc les répétitions définitivement terminées. Clap de fin. *The end.*

– T'as raison, on a bien bossé, il répond en désignant le script. Chose promise, chose due, qu'est-ce que tu veux manger ?

De la mort-aux-rats ? J'avais oublié son invitation à dîner, si je la décline et file me réfugier sous mon lit, est-ce que ça rendra cette situation encore plus gênante ? Indéniablement.

– Du *pulled pork*[15], je concède.

– Rien que ça ? il rigole en dépliant la carte de l'hôtel. Je pensais à des sushis, mais ça sonne si basique à côté de ton choix.

Il s'assied sur le canapé et fait glisser son doigt sur le menu en quête de nourriture. Il est à l'aise, maintenant qu'il a terminé sa répétition, tout est parfaitement normal. *Un baiser ? Quel baiser ?* J'en ai fait toute une histoire, on dirait.

SA LANGUE ÉTAIT DIVINE, IMAGINE SI...

Rita, pitié ne fais pas ça !

Je me rends compte que mes jambes flageolent encore, je me poste sur le sofa, aussi loin que possible de lui. Je ramène mes genoux contre ma poitrine et enroule mes bras autour. J'ai imaginé des millions de façons qu'aurait pu avoir le leader des Unfool de m'embrasser, sans jamais croire que ça arriverait vraiment. Ni comme ça. J'en serais presque déçue si Rita ne prenait pas tout l'espace dans ma tête en foutant la zizanie dans mes émotions. *Pourquoi j'ai autant aimé ?*

AH QUAND MÊME ! TU L'ADMETS !

Oui, on ne m'avait jamais embrassée de cette façon et c'est terrifiant.

– À quoi tu penses, Calloway ?

---

15. Spécialité du sud des États-Unis. Porc effiloché extrêmement tendre.

– À ce que je ferais si c'était la fin du monde, je réponds au pif.

– Raconte.

Merde !

– J'ai plusieurs idées, ce serait trop long à développer.

– Le room service arrive dans vingt minutes, ça va nous occuper.

– Comme vous voudrez, monsieur Briggs.

– Et elle rechute ! il s'exclame en rejetant la tête en arrière. Tu souffres d'une maladie chronique du « monsieur » ou quoi ?

Je n'ai même pas noté que mes barrières ont repris leur place. Je me contente de le narguer avec un sourire.

– Vous voulez entendre mes idées ou pas ?

– Je brûle d'impatience !

– Option 1 : la surface de la Terre est ravagée par des tempêtes, nous vivons dans des souterrains...

– Nous ? il m'interrompt en nous désignant.

– C'est un nous collectif, espèce d'égocentrique vaniteux ! Plutôt mourir de faim et de soif sur une Terre désolée que passer l'Apocalypse coincée avec vous dans un tunnel obscur et crasseux.

– Tes phrases sont si longues... Tu as conscience que ça diminue l'apport en oxygène de ton cerveau et que c'est sans doute pour ça que tu es bizarre ?

Je lève non pas un, mais deux majeurs vers lui.

– De toute façon, vous ne survivriez pas une journée !

– J'aurais pourtant une super community manager pour veiller sur moi.

– Dans mon contrat, y'a une clause qui stipule que toute fin du monde entraîne l'arrêt immédiat de mes engagements.

– Elle sera supprimée dès demain matin. Et puis, réfléchis, je pourrais te chanter des chansons.

– Il y a un truc génial qui s'appelle Spotify.

– Et comment tu comptes recharger ton téléphone ? En plus, mon statut d'idole t'apportera des faveurs.

– Du genre l'accès VIP à un concert devant un public de zombies ?

– D'où sortent ces zombies ?

– On vient de passer à l'option 2, suivez un peu ! Maintenant que j'y songe, vous me seriez très utile. Si je leur livre en pâture le grand Oxton Briggs, à coup sûr, ils se désintéresseront de mes organes.

– Tu penses à tout, c'est dingue.

– N'est-ce pas ?

Le temps qu'il narre à son tour ses options apocalyptiques, un homme au costume impeccable nous apporte notre commande. Il dresse une table digne d'un restaurant gastronomique, nous prie de bien vouloir prendre place, puis lève les deux cloches en inox en nous souhaitant un bon appétit.

QUEL MONDE ÉTRANGE ET SURFAIT !

– Tu regrettes ton choix ? me demande Oxton en remarquant que j'observe ce qu'il y a devant moi. On peut échanger, si tu préfères.

– Bas les pattes, c'est à moi ! Je ne suis toujours pas habituée à vivre de cette façon, voilà tout.

– Tu te fais jamais livrer à bouffer ?

Sa question me tire un ricanement.

– Certainement pas ce porc effiloché sous cloche, je ris en penchant la tête pour comprendre l'œuvre d'art culinaire que j'ai sous le nez. Je suis sûre qu'il coûte une fortune et ça me met mal à l'aise.

– T'en fais pas, si tu te régales, c'est l'essentiel.

– C'est pas ça. Je connais des gens qui n'ont même pas les moyens de manger trois repas par jour et qui pourraient se nourrir pendant une semaine à ce prix.

Wilfred par exemple, ce vieil ours qui vit encore dans la caravane numéro 3 du camp où j'ai grandi et à qui j'apporte quelques courses quand je le peux. Oxton scrute nos assiettes et tripote l'un de ses makis avec le bout de sa baguette.

– Je reviens, il lance en quittant sa chaise.

Est-ce qu'il l'a mal pris ?

Lorsqu'il réapparaît, il m'est impossible de lire sur son visage si je l'ai vexé.

– Pardon si j'ai cassé l'ambiance, je m'excuse d'une petite voix.

– Non, tu as raison, parfois j'oublie la chance que j'ai.

– Merci pour ce repas, je ne vous jugeais pas, c'est promis.

– Je sais. J'aime bien ça chez toi, d'ailleurs, cette façon que tu as d'être toujours ouverte d'esprit.

Mon cœur, touché par les mots d'Oxton, bat plus vite. Il y a des choses qu'il aime chez moi et c'est la première fois qu'il m'en fait part.

IL T'A EMBRASSÉE QUAND MÊME !

J'essaie de penser à autre chose.

RATÉ !

Laisse-moi tranquille !

– T'es la seule qui ait accueilli mon envie de cinéma avec autant d'entrain, il poursuit sans se douter que je me dispute avec Rita. Et ne me rabâche pas que tu es payée pour ça, tu es comme ça.

– J'ai beau être jeune, j'ai connu un paquet de gens dans ma vie.

– Quand tu vivais avec ta mère ?

Il n'avait jamais plus évoqué cet article édifiant jusque-là, j'apprécie son approche humble.

– Oui. Beaucoup d'entre eux avaient des rêves et je trouvais ça génial, même dans cet endroit. Quand on abandonne ses rêves, on perd tout espoir, et je déteste cette idée.

J'ai parlé tout en lorgnant mon assiette. En levant les yeux, je croise ceux de mon client, profonds et concentrés.

– Quoi ?

– T'es vraiment pas celle que j'imaginais, il souffle.

SI VOUS SAVIEZ !

– Raconte-moi un souvenir de jeunesse, il enchaîne en se raclant la gorge.

– Un bon ou un mauvais ? je plaisante.

– Un bon.

– Hum... Je devais avoir 11 ans et une fille de mon âge a emménagé dans la caravane en face de la mienne. C'était la première fois que j'avais une voisine avec qui je pouvais jouer et discuter. Personne à l'école ne venait chez moi et je n'étais pas quelqu'un qu'on invitait à une soirée pyjama. Elle n'est pas restée très longtemps malheureusement, mais j'ai adoré cette parenthèse.

– C'est plutôt triste pour un bon souvenir.

– Je ne suis pas d'accord. Elle est partie vivre dans le Kentucky quand son père a décidé de reprendre sa vie en main. Ça m'a montré que c'était possible.

– Ta mère a repris sa vie en main, elle aussi ?

– Pas quand je vivais encore avec elle, mais maintenant si. Elle ne se drogue plus.

– Elle est où, aujourd'hui ?

– Dans l'Illinois aux dernières nouvelles. Elle a effectué un virage à cent quatre-vingts degrés en se mariant avec un pasteur.

– Il a dû kiffer le côté brebis égarée.

– Je ne vois que ça, je rigole.

– Tu as coupé les ponts ?

– Oui et non. Tu vas trouver ça étrange, mais j'ai du mal avec sa nouvelle existence. Je suis heureuse qu'elle ait réussi à se sevrer mais... c'est presque comme si ce n'était plus ma mère et...

Je m'arrête au milieu de ma phrase lorsque je me rends compte que je n'ai jamais dit ça à personne. Le seul à qui j'en aie parlé, c'est l'Oxton de mon imagination. Ces deux versions de lui se rejoignent pour la première fois.

– Et ? il s'intéresse sans se douter de mes pensées.

– Et en général on se donne des nouvelles pour notre anniversaire. Elle est née le lendemain du mien, c'est pratique.

– C'est quand ?

– Le mien ?

– Le sien ! J'envisageais de l'appeler pour le lui souhaiter et la remercier d'avoir mis au monde cette affreuse personne qui me fait face.

– C'est le 17 avril, je fais mine de grogner.

– C'est noté ! Je dirai à Mira de lui faire envoyer des fleurs avec une petite carte.

– Désolée, Oxton, j'suis à peu près certaine qu'elle ne sait pas qui tu es.

Il apprécie le retour du « Oxton » qui est sorti tout seul. Je perds les pédales.

– Bon sang, les Calloway piétinent mon ego de mère en fille ! il s'exclame alors.

Le morceau de viande que je viens d'avaler passe difficilement, je le fais descendre avec un verre d'eau mais ma gorge n'en reste pas moins nouée. J'ai horreur du mensonge et je ne vois pas comment me dépêtrer de celui-là.

On termine notre dîner en revenant sur le tournage de cet après-midi et sur le programme de demain. Un flash de ses lèvres sur les miennes me traverse tout à coup.

– Tu as aimé ?

IL LIT DANS TON ESPRIT !

J'en lâche ma fourchette, avant de percuter qu'il parle de ce que j'ai mangé.

– C'était délicieux.

– Parfait ! Alors on peut y aller, il me surprend en quittant la table.

– Où ça ?

– Dehors.

Il enfile sa casquette et glisse son portable dans sa poche arrière. *C'est une blague ?*

– Allez ! il me presse.

– Qu'est-ce qu'on va faire dehors ?

– Une balade.

– On ne va pas sortir se promener tous les deux !

– Et pourquoi pas ? Je connais bien la ville.

C'est moi ou mon escapade avec Mills l'a perturbé ? Il agrippe mon poignet et m'entraîne hors de la suite, dans le large couloir de l'hôtel. Avec ses grandes jambes, il va trop vite pour moi. Quand les portes de l'ascenseur se referment sur nous, il daigne enfin me libérer de son emprise et fait tourner sa visière en arrière.

– Tu fais une réaction aux sushis ?

– Tu m'as donné une idée, je suis sûr que ça va te plaire.

Il sait attiser ma curiosité. Nous sortons au niveau du parking souterrain, où aucune voiture ne nous attend, contrairement à l'accoutumée. Je le suis jusqu'à une Chevrolet garée plus loin. Il la déverrouille et me fait signe de m'installer à l'avant. Je pose une main sur le toit et examine les environs.

– Où est Travis ? C'est lui qui conduit systématiquement. On va pas partir sans Travis, je m'inquiète.

– Chut ! Si tu prononces son prénom trois fois, il va se matérialiser et m'envoyer illico dans les limbes.

Je bloque sur son visage.

– Le poisson cru a des effets hors du commun sur votre personnalité. Il vous rend drôle, je ne m'y attendais pas.

– Et tu n'as pas tout vu ! il énonce avec confiance.

Mon cœur bat la chamade. J'entends alors des pas derrière moi et découvre trois employés de l'hôtel, portant dans chacune de leurs mains deux grands sacs en kraft.

– Pile à l'heure ! les félicite Oxton. Vous pouvez les mettre dans le coffre, il ajoute en actionnant le bouton servant à l'ouvrir.

Il leur file ensuite un billet à chacun et prend place derrière le volant. Je suis complètement paumée.

– Allez, monte avant que ça refroidisse !

Je m'exécute, pas plus avancée. Il manœuvre et lorsque nous débouchons dans la rue, une drôle d'odeur commence à imprégner l'habitacle.

– Qu'est-ce que ça sent ? On dirait...

Je me tourne vers la banquette arrière, plisse le nez, le front et l'hémisphère droit de mon cerveau pour tâcher de trouver une explication.

– Je ne...

– Premier arrêt ! il scande en se garant en double file.

La casquette bien vissée sur le crâne, il saute du véhicule et se précipite vers le coffre. Je le rejoins alors qu'il ouvre un premier sac pour en sortir une boîte en aluminium. Il me dépasse, monte sur le trottoir et s'agenouille près d'un sans-abri assis par terre.

– Bonsoir monsieur, au menu de ce soir, du *pulled pork*. La demoiselle ici présente m'a assuré qu'il était délicieux !

L'homme est aussi surpris que moi, mais n'hésite pas longtemps à s'emparer de ce repas tombé du ciel. Il remercie son bon Samaritain avec émotion, j'en ai les larmes aux yeux alors que je comprends enfin ce qu'il a manigancé.

Quand Oxton revient vers moi, mes sens sont en effervescence.

– En voiture, y'en a encore vingt-neuf à livrer ! il me lance en me passant à côté.

Tandis que je boucle à nouveau ma ceinture, il se réinsère dans la circulation en fredonnant. Je le scrute comme si j'étais spectatrice d'un événement surnaturel. Je n'arrive pas à y croire. Oxton Briggs a organisé une distribution de plats sur le pouce. Je n'avais pas idée qu'il pouvait avoir ce genre de sensibilité. En fait, il démantèle morceau par morceau l'Oxton que j'avais façonné. Ma déception s'étiole, je ne peux pas reprocher à quelqu'un de ne pas être exactement comme je le souhaitais. Surtout quand ce nouvel homme assis à ma gauche me plaît de plus en plus.

– Dès que tu vois quelqu'un dans le besoin, préviens-moi.
– D'accord, je souffle.

À l'affût, je pousse un cri dès que j'aperçois une personne à gâter. C'est une expérience humaine hors du commun et la partager avec le leader des Unfool la rend d'autant plus spéciale.

Nous venons de distribuer l'avant-dernière boîte et nous descendons le trottoir. Un poids a quitté mes épaules, je me sens tellement bien. Arrivés au croisement de deux rues, nous nous arrêtons côte à côte pour attendre que le feu des piétons passe au vert. Une rafale fait voler mes cheveux, il me devance en les repoussant naturellement de mon visage.

– T'as pas froid ?
– Euh... Non, ça va.
– Tant mieux.

Les mains dans ses poches, il m'observe si intensément que je frissonne. Je ressens l'envie qu'il efface l'espace entre nous pour me prendre dans ses bras et m'embrasser encore.

DIS-LUI QUE TU ES FRIGORIFIÉE ET QUE TU AS BESOIN QU'IL TE RÉCHAUFFE !

Impossible, je n'aurai pas le courage de faire le premier pas. Il cogite lui aussi, je le devine dans ses prunelles et le doute perd en vigueur lorsqu'il se penche subtilement vers moi.

– Regarde, c'est Oxton Briggs et Elvis !

Nous sursautons.

Hein ? J'ai rêvé ? Je ne viens pas d'entendre une nana...

– Oxton ! Elvis !

Je n'ose pas bouger, c'est la première fois qu'on me reconnaît dans la rue et c'est terrifiant. Le chanteur recule d'un pas et braque son attention au-dessus de ma tête.

– Chier.

– C'est un petit ou un grand « chier » ? je murmure du bout des lèvres.

Derrière lui, je remarque des passants qui nous dévisagent, puis commencent à sortir leurs téléphones pendant que d'autres nous hèlent. De seconde en seconde, l'attroupement grandit.

OK, on est dans une grosse merde.

– C'est le moment de courir, non ? je parle bas. Je ne ferai pas le poids pour les repousser.

Un premier mec nous demande une photo, puis un deuxième. Je tourne sur moi-même à mesure que mon prénom retentit, jusqu'à me retrouver au bord de la route.

Il faut qu'on se tire d'ici, mais la voiture a l'air si loin. Nom d'un chien, on n'aurait jamais dû sortir sans escorte, je donnerais tout pour voir apparaître un garde du corps. Ou une demi-douzaine de gardes du corps.

– Travis, Travis, Travis ! je répète trois fois, comme l'a évoqué Oxton tout à l'heure.

– Montez !

Le rugissement provient d'un SUV bleu qui vient de piler à deux centimètres de moi.

J'HALLUCINE, C'EST TRAVIS AU VOLANT ! MA PAROLE, ÇA FONCTIONNE VRAIMENT !

34

OXTON

Promenons-nous dans les bois,
pendant que Travis n'y est pas...

La marée humaine qui nous entoure ne m'effraie pas en théorie. J'ai l'habitude des mouvements de foule, mon corps sait comment réagir pour minimiser les risques et absorber les impacts. Pourtant là, je flippe. Pour elle. Toutes ces mains qui la touchent la font paniquer, quant à moi, je vais devenir fou. J'avance progressivement vers elle pour ne pas créer une secousse dans sa direction, mais quand elle est bousculée et qu'elle se retrouve au bord du trottoir, l'angoisse me submerge avec plus de puissance que ces individus massés autour de moi.

– C'était sympa de vous rencontrer, maintenant s'il vous plaît, laissez-nous rentrer, OK ?

J'ai envie de leur hurler dessus. Si quelqu'un la fait tomber sur la route, elle pourrait être fauchée. J'ai à peine formulé cette pensée qu'une bagnole déboule à tombeau ouvert et frôle son corps. Mon estomac fait un salto, mes jambes, un bond en avant, heureusement je reconnais la voix du conducteur qui jaillit par-dessus les cris des fans.

– Montez !

Je n'ai jamais été aussi content de voir Travis. Ni une ni deux, je fonce sur Elvis en carrant les épaules, repoussant le plus proprement possible cet essaim étouffant. Je la chope par le bras, la cale contre mon torse et ouvre la portière d'un geste brusque. Je la pousse dans le SUV sans douceur, je veux juste qu'elle soit à l'abri. Travis fait démarrer la voiture sans attendre.

– Ça va, Elvis ? je lui demande avec inquiétude.

Je la tiens encore contre moi. Je pince son menton entre mes doigts, tourne son visage et repousse ses cheveux pour vérifier qu'elle n'a pas pris un coup dans la cohue. Elle est pâle et essoufflée lorsqu'elle me répond.

– Ouais, je vais bien. C'était un peu flippant, quand même.

Mon pouce trace une ligne au-dessus de son sourcil, sa peau est douce, je ne me résous pas à la lâcher. C'est peut-être le contrecoup du stress, mais sa proximité me fait déglutir. Ses iris descendent sur ma bouche, remontent sur mes yeux et une onde bizarre se diffuse entre nous. Plus forte que celle que j'ai ressentie avant que les passants nous interrompent. J'approche spontanément mon visage, Travis choisit cet instant précis pour piler. Résultat, mon front cogne contre le sien.

– Bordel, je vais vous rouer de coups et vous enterrer ! il hurle au moment où sa tête apparaît entre les deux sièges avant.

Elvis sursaute et échappe à mon contact.

– Vous vous foutez de ma gueule ? il tonne. Mais à quoi vous avez pensé ?

Elle écarquille les yeux, elle doit flipper de le voir perdre son calme habituel.

– Je t'avais prévenue, je chuchote à Elvis en me penchant tout près d'elle. Ce type est plus dangereux à invoquer que Bloody Mary[16].

– C'était son idée, elle rétorque en me poussant lâchement vers lui.

– T'es sérieuse ? je fais semblant de m'offusquer.

– Mais elle était excellente, elle sourit avec une sincérité éclatante.

Son sourire fait vaciller mon estomac et me donne envie de la ramener entre mes bras. Travis m'adresse une œillade meurtrière, puis remet les gaz.

Lorsqu'il s'engage dans le parking souterrain de notre résidence comme un pilote de rallye, Elvis a repris des couleurs. Dommage, je l'aurais bien réconfortée davantage. Il nous extirpe de la voiture *manu militari* et nous rapatrie devant nos chambres respectives. J'attends la punition, mais il se contente de nous fixer du regard depuis le couloir en jurant dans un dialecte inconnu, et nous met au défi de faire le mur une seconde fois. Ce serait la fois de trop, aucun doute là-dessus.

Sur le pas de ma porte, je lance un dernier sourire à ma comparse d'un soir. Elle pouffe à cause de la situation et cache sa bouche derrière sa main.

– Merci pour cette soirée, c'était incroyable, elle chuchote en jetant un coup d'œil vers Travis.

Son grognement nous fait rire tous les deux.

– Ouais, incroyable, j'acquiesce.

Je n'ai pas envie qu'elle se termine, d'ailleurs. Je n'avais jamais fait un truc pareil et c'était génial. Les gars et moi,

16. Fantôme du folklore anglo-saxon, qu'on pourrait rapprocher de la dame Blanche.

nous faisons chaque année des dons à des associations, mais être au cœur de cette démarche est beaucoup plus percutant. Le partager avec Elvis en prime est...

– Bonne nuit, Oxton.

– Bonne nuit, Elvis.

Je suis encore dans le couloir quand sa porte se referme.

– Je t'offre un verre pour le dérangement ? je propose à Travis, qui est toujours posté dans mon dos.

– Tu entres dans ta piaule et tu y restes jusqu'à ce que j'l'aie décidé ! Je dois aller chercher la bagnole.

– Tu trouveras un délicieux porc effiloché dans le coffre, c'est le dernier, fais-toi plaisir.

– Qu'est-ce que tu fichais dans la rue, à distribuer des repas ?

– Comment t'es au courant de ça ? Maintenant que j'y pense, comment tu nous as trouvés ?

– Y'a des vidéos et des photos sur Internet, sombre idiot ! T'as de la chance, dix minutes de plus et toute la ville vous tombait dessus. Si j'étais toi, je préparerais mon testament avant le coup de téléphone de Miranda.

Mon portable s'anime dans la seconde et c'est la sonnerie paramétrée pour mon attachée de presse qui retentit. La douce mélodie de Dark Vador.

– Trop tard... il constate. Repose en paix.

Impossible de laisser l'appel basculer sur la messagerie si je veux vivre une journée de plus.

– Bonsoir Mira, je souffle d'une voix mielleuse en entrant dans ma chambre. Tu ne dors pas encore ?

– C'était le plan. J'avais enfin trouvé une position confortable pour caler mon ventre de baleine ! elle braille à l'autre bout du fil. C'est quoi ton délire, Briggs ? Tu veux que je meure d'une crise de nerfs ou quoi ?

– On peut mourir de ça ?

– J'suis capable de te faire crever à distance si tu continues à me provoquer ! Tu vas m'expliquer pourquoi je vois des photos d'Elvis et toi partout ? Où est-elle ? Je veux qu'elle entende la longue liste de mes représailles.

– J'ai affrété un jet secret pour la mettre en sécurité.

– Va la chercher, elle ordonne en insistant sur chaque mot.

Je pourrais refuser, mais ça me donne une bonne excuse pour la revoir avant demain matin.

– Bouge pas.

Je sors aussitôt et frappe chez ma voisine, trop heureux de la retrouver plus tôt que prévu. Quand elle m'ouvre, j'active le haut-parleur, lui montre le prénom de Miranda sur l'écran et lui fais signe de me laisser entrer. Elle percute vite, s'exécute en grimaçant et appuie son dos contre la porte close en formant une croix avec ses index. Je me place devant elle, pose ma paume sur le mur au-dessus de son épaule et tiens le téléphone entre nous.

– Elle est énervée ? articule Elvis sans un son.

Je hoche la tête. Elle mord sa lèvre, m'envoyant une nuée ardente dans le ventre.

– Vas-y, Mira, nous sommes tout ouïe.

Une attachée de presse en colère équivaut à une tornade de force 3. Mais s'agissant de Miranda, on passe à un niveau 5. D'une traite, elle nous mitraille de reproches sur ce que notre apparition en public peut générer. L'énergie qu'elle insuffle dans ce déchaînement va user toute ma batterie. Après un long monologue enflammé, elle daigne enfin nous faire participer.

– L'article ne vous a pas servi de leçon ?

– Si si, nous répondons en chœur.

– Alors pourquoi vous n'avez pas sorti un foutu téléphone pour filmer ? Ox en train de distribuer des repas aux sans-abri, ça, c'était *catchy* ! D'ailleurs depuis quand tu fais ça ? Vous savez quoi, vous me fatiguez tous les deux. Je vais manger du gâteau.

Elle raccroche aussi sec.

– Bon, ça, c'est fait, je ris en rangeant mon smartphone dans ma poche arrière. Tu viens de prendre ton premier savon. Ça pique au début, ensuite ça glissera sur toi.

– Pas moyen que je génère une nouvelle de ses colères. Je suis sûre que son enfant sera programmé génétiquement pour être sage comme une image après l'avoir entendue neuf mois.

– Ou bien il aura le même caractère que sa mère et ça fera des étincelles. Pire, ils se ligueront contre nous.

– Quel cauchemar ! Même si elle n'a pas tort dans le fond, j'aurais pu te filmer en direct...

– T'es pas une machine, t'as le droit de pas y penser.

– En toute honnêteté, j'y ai songé une seconde, mais...

– Mais ?

– Ça ne se prêtait pas à la situation. Enfin, je crois... J'aurais dû ?

– Non. Je suis content que tu ne l'aies pas fait. On ne bossait pas, on...

On passait la soirée ensemble. Juste elle et moi. Et j'ai adoré ça.

– ...partageait un agréable moment ? elle termine ma phrase, en rivant son regard au mien. Ils sont assez rares pour être mentionnés, elle ajoute sur un ton taquin.

– Exactement. Mais tout ce qui est rare est encore meilleur, non ?

Je n'ai pas changé de position, face à elle, j'ai toujours la main en appui contre le mur sur lequel elle est adossée, au détail près que j'ai réduit la distance entre son corps et le mien. Je ne sais pas ce que j'ai ce soir, mais l'envie de la toucher est omniprésente. Serait-ce une connerie si je décidais de l'assouvir ? Pas de script, cette fois. Juste un besoin impérieux. L'une de ses jambes gigote, mais Elvis ne me lance aucun signal pour que je recule. Elle me scrute comme personne avant elle ne l'a fait. Elle me voit tel que je suis, ne m'adule pas bêtement parce que je suis le leader des Unfool. Avec elle, aucun risque de reproduire mon schéma parental. La vedette et la groupie aveuglée. Cette ombre qui m'oppresse depuis quinze ans. Je la dévisage en silence, nos souffles accélèrent dans un tempo qui s'accorde. Une unique pensée m'habite : je la veux.

– Je vais te confier quelque chose, je susurre en me penchant près de son oreille.

Elle inspire d'un coup bref et ses cils papillonnent. Elle sent bon.

– Je n'aime pas être accusé à tort, je murmure.

– Comment ça ?

– Sur le tournage, ce n'était pas moi.

– Vraiment ? Ce n'était pas moi non plus.

– Pourquoi t'en es aussi sûre ? j'articule en frôlant son cou avec ma barbe.

Sa poitrine se soulève et bute contre mon torse.

– Parce que t'embrasser ne figure pas dans mon contrat, elle réplique d'une voix rauque.

Elle n'y croit pas plus que moi.

– Elvis Calloway, vous êtes si professionnelle, je raille. Cela dit, la journée est terminée, alors si le côté pro disparaît pendant les six prochaines heures, je peux faire ça...

Attentif à ses réactions, je commence par l'embrasser derrière l'oreille. Je ne sais pas comment je parviens à contenir l'envie qui me secoue, mais j'ai besoin de la sentir se défaire de son armure pour ne plus être seul dans ce dédale d'émotions. Elle ne m'arrête pas, alors je continue à me rapprocher de cet ouragan qui n'attend qu'à se déchaîner.

– Et ça...

J'aspire la peau fine de sa nuque entre mes lèvres. Un courant électrique me parcourt jusqu'au bout des doigts. Elle demeure silencieuse, je recule la tête pour la regarder mais ses paupières sont fermées.

– Elvis ?

– Hum ? elle prononce sans les ouvrir.

– Je vais t'embrasser.

– Comme toujours, elle répond en ouvrant les yeux.

Ce que j'y lis fait céder le dernier barrage qui me retenait. Ma main libre recouvre sa joue et ma bouche tombe sur la sienne, avec une ardeur que je ne cherche pas à contrôler. Elle ne se contient pas non plus et mon grondement vibre entre nos dents. Si l'idée de départ était de l'embrasser, le projet prend une tout autre dynamique quand mes doigts quittent le mur et se retrouvent tout à coup aimantés à sa cuisse découverte. Ma paume s'enflamme, ma langue s'affole, mon cœur aussi. Jusqu'à ce qu'elle mette fin au baiser.

Pantois, je la scrute avec une frustration évidente alors qu'elle me contemple d'une façon incompréhensible.

Comme si j'étais à la fois un inconnu et quelqu'un qu'elle a côtoyé toute sa vie. Elle réfléchit trop !

OU TOI PAS ASSEZ ?

J'ai envie de plus, j'ai envie d'elle à me damner, mais je n'arrive pas à être sûr qu'elle veuille continuer, alors je puise en moi la force de patienter. L'idée qu'elle puisse me repousser creuse un sillon dans ma poitrine, qui se referme lorsque, d'une impulsion, elle noue ses bras autour de mon cou et me donne un nouveau baiser torride. Elle s'abandonne et met fin à mes doutes. C'est le coup d'envoi d'un feu d'artifice. Je la serre contre moi et remonte sa robe pour empoigner ses fesses. La douceur de sa peau me tire un râle animal. Ma dernière relation sexuelle date de plusieurs semaines, mais ce n'est pas le manque qui me met dans cet état de transe. C'est elle.

Quand ce n'est pas moi qui la plaque au mur, c'est elle. Quand ce n'est pas elle qui me débarrasse de mon tee-shirt, c'est moi qui lui arrache sa robe. Dans une sorte de danse survoltée, nous atterrissons sur le lit et je me réserve une poignée de secondes pour la détailler et me protéger. Elle n'a absolument rien de la gamine que j'avais en tête à Los Angeles. C'est une putain de nana dont les courbes viennent de signer mon arrêt de mort. Je suis foutu. Je tombe sur elle et, de fil en aiguille, nos corps s'accordent, glissent et s'échauffent. J'ai besoin d'être en elle pour ressentir physiquement l'étau brûlant qui se referme autour de mon âme.

Elle m'intriguait et m'attirait, mais quand elle m'accueille entre ses cuisses, elle m'obsède. Ses chairs m'étranglent, je ferme les yeux pour ne pas me laisser souffler par le vent de pur plaisir qui se lève. Elle balbutie mon prénom en s'ouvrant davantage, ses réactions m'excitent plus encore. Je l'embrasse partout en allant et venant, avant de m'ancrer à ses mains.

Lorsqu'un de ses gémissements retentit plus fort que les autres, je colle mes lèvres aux siennes entrebâillées pour le sentir migrer de sa bouche à la mienne. Je ralentis mes mouvements, la laisse redescendre, mais rattrape le fil de son plaisir avant qu'il ne retombe complètement. Je n'ai pas envie que ça s'arrête et elle non plus, car elle redémarre au quart de tour en enfonçant une langue farouche entre mes dents. Elle enroule ses jambes autour de mes hanches et se cambre. C'est encore meilleur que ce que je pensais. Ce n'est pas la fille la plus entreprenante que j'aie eue entre mes bras, mais je la trouve chaque fois au bon endroit avec une spontanéité qui me rend fou. Mes mains ont besoin de la tenir, de la toucher. Je veux l'entendre s'essouffler, la sentir se mouvoir, percevoir son odeur qui mélange plusieurs fragrances. C'est une bombe pour chacun de mes sens et mon excitation subit d'étonnantes déflagrations. Nos ébats durent un temps infini. Et infiniment bon. J'oublie qui nous sommes, j'oublie qu'elle bosse pour moi et qu'elle me déteste la moitié du temps.

Le désir et le plaisir prennent toute la place jusqu'à ce que je m'effondre sur son corps transpirant. Je reste de longues secondes le nez plongé dans son cou, à haleter et retrouver mon continuum espace-temps. Puis je bascule sur le dos et m'assieds au bord du lit pour me débarrasser du préservatif. Je galère à le nouer tant mon adrénaline est encore à son paroxysme. Mes doigts tremblent, c'était dément. Je me frotte le visage et jette un coup d'œil par-dessus mon épaule, curieux de lire ce que ses traits expriment.

– Tout va bien ?

POURQUOI TU LUI DEMANDES ÇA ? T'AS L'AIR CON.

– Oui.

Agrippée au drap qu'elle a remonté sous son nez, elle me regarde avec de grands yeux brillants, qui papillonnent comme si elle était en état de choc. Merde, c'est bon signe ou pas ? Elle déporte son attention sur le plafond en prenant une longue inspiration. Elle est redevenue la Elvis que je connais. Je la devine en pleine réflexion, mais elle ne prononce aucun autre mot. Moi non plus, je ne sais pas trop quoi dire, mes émotions sont encore si vives que je pourrais lui demander de partir vivre avec moi en Alaska.

Je lorgne le réveil et hallucine qu'il soit déjà 2 heures du matin.

– T'as soif ? je murmure en quittant le matelas.

– Non, ça va, merci.

J'enfile mon jean et traverse la suite plongée dans le noir. J'avance à tâtons jusqu'à la pièce principale, en quête d'un verre d'eau. Sans surprise, j'en trouve un laissé sur le dossier du canapé, encore plein. Je le vide d'une traite et le pose sur la table en souriant. Il n'y a qu'Elvis pour réussir à les faire tenir en équilibre n'importe où.

Je m'approche ensuite de la fenêtre et observe les lumières de la ville en me concentrant sur la sensation nouvelle de bien-être qui se diffuse en moi. Cette journée a été exceptionnelle à tous points de vue, mais toujours grâce à Elvis. Est-ce que je la rejoins ? Est-ce que je retourne dans ma chambre ? J'ai épousé Emily sur un coup de tête après une nuit de débauche, c'est le genre de bêtise qu'on ne commet pas deux fois.

ELLE N'A RIEN EN COMMUN AVEC EMILY, ET TU NE VAS PAS TE TIRER COMME UN VOLEUR !

Je tergiverse encore et me décide sur un compromis honnête : aller lui souhaiter une bonne nuit. Demain, j'aurai les idées plus claires pour aborder ce qu'il s'est passé ce soir.

Le temps que je revienne près du lit, elle s'est endormie dans l'exacte position dans laquelle je l'ai laissée. *Bon, ça simplifie les choses, non ?* Je m'approche doucement pour retirer le drap de son nez et de sa bouche, puis repousse une mèche rebelle de son front. Penché au-dessus d'elle, je regrette déjà ma décision de ne pas m'allonger à sa gauche. J'ai l'impression diffuse que le meilleur rôle de ma vie pourrait être celui-ci.

35
ELVIS

Kit de survie d'Elvis Calloway : un faux somnifère, un faux tatouage et une fausse amie. Je comprends mieux pourquoi ça ne fonctionne pas.

J'ai un talent connu par très peu de gens. Je ne l'ébruite pas, parce que ça me sauve de situations embarrassantes, comme celle que je vis cette nuit. Je suis très douée pour simuler le sommeil.

CE QUI EST CERTAIN, C'EST QUE T'AS PAS EU BESOIN DE SIMULER AUTRE CHOSE TOUT À L'HEURE !

– Tais-toi, Ritaaa ! je gémis en posant mon oreiller sur ma figure.

Oxton a cru que je dormais quand il est revenu dans la chambre après...

DIS-LE !

Bref, j'ai bien failli me faire cramer quand il a caressé mon visage avec une douceur surprenante.

TU AS CHEVAUCHÉ OXTON BRIGGS COMME UNE CAVALIÈRE HORS PAIR !

Mon Dieu, je ne comprends pas ce qui m'est arrivé, je ne suis pas si débridée normalement. Je fais une montagne d'efforts pour me convaincre que ce qui vient de se produire n'est que le fruit de mon imagination. Je ne vais jamais oser sortir de ce lit, je suis paralysée.

IL T'A CASSÉE EN DEUX, OUAIS !

Ma dernière relation sexuelle remonte à presque un an, Rita est tout feu tout flamme. C'était si bon et puissant que j'ai l'impression d'être ivre, mais je ne réussis pas à prendre cet acte à la légère.

Pourquoi est-ce qu'il a couché avec moi ? Il était excité par sa journée ? En manque de sexe ? Il s'est tordu la cheville et s'est rattrapé à mes lèvres ? Il y a mille et une raisons possibles et c'est forcément l'une d'entre elles, parce que le leader des Unfool n'a pas pu avoir envie de s'envoyer en l'air avec moi. Je ne suis que... moi ! Neuf fois sur dix, on s'aboie dessus.

ET TOI, POURQUOI TU T'ES JETÉE À SON COU ? JE CROYAIS QUE TU NE L'AIMAIS PLUS ?

Rita prend un malin plaisir à malaxer mon cerveau entre ses doigts de sorcière. Je n'aimais pas l'Oxton si différent de celui que j'avais imaginé. Mais petit à petit, après avoir dépassé son antipathie et ses coups foireux, j'ai découvert chez lui des aspects qui me plaisent. Beaucoup. Et j'ai flanché. Ou bien mon âme de groupie a subitement refait surface et pris le contrôle ?

Je ne ferme pas l'œil de la nuit, alternant entre réminiscences et débat houleux avec Rita.

Par miracle, je retrouve mes capacités motrices vers 8 h 12 et me réfugie sous la douche, histoire que l'eau fraîche m'aide à clarifier tout ça. En théorie du moins, parce qu'une fois séchée, je ne me sens pas plus avancée. Je vais devoir l'accompagner pour la deuxième et dernière journée de tournage et je me demande quelle attitude je dois adopter. D'un côté, j'ai envie d'y aller pour arrêter de tergiverser, de l'autre, rester dans le déni, c'est bien aussi !

OUAIS, ENFIN, TU VAS TÔT OU TARD LE REVOIR.

J'entends mon téléphone sonner, c'est Miranda.

– Tu vas encore me gronder ? je lance en décrochant.

– J'attends que tu sois en face de moi. Et puis, j'ai besoin de toi aujourd'hui pour les entretiens de recrutement de mon remplaçant. Je viens d'appeler Oxton pour le prévenir que tu ne l'accompagnais pas sur le plateau.

On dirait que le destin a choisi pour moi.

– Il a râlé mais j'ai eu le dernier mot. S'il n'était pas si capricieux, j'finirais par croire qu'il est amoureux de toi. Quelle plaie, ce type !

– M'en parle pas, je bredouille, le cœur battant. Quel est le programme, alors ?

– Je dois trouver la bonne recrue rapidement. J'pensais pouvoir tirer encore deux semaines mais je suis crevée et j'ai découvert que mon médecin maîtrise la menace mieux que moi.

– Tu le vis bien ? je rigole.

– Non, mais ça me donne un challenge à relever. J'ai de la marge de progression.

– J'en tremble d'avance.

– On se fait une réunion en visio ? Il faut que je te briefe sur les huit CV que j'ai sous la main, les entretiens commencent à 10 heures.

– Qu'est-ce que je suis censée faire ?

– Tu les écoutes, tu les observes, tu t'insinues dans leur subconscient pour déterminer s'ils ne sont pas de la même engeance que Gregory. Je m'occupe du reste.

Pourquoi est-ce qu'elle s'est mis en tête que j'étais en mesure de faire ça ? Peut-être qu'au fond d'elle, son intuition lui souffle que je fais partie de cette fameuse engeance et que je peux identifier mes congénères.

– OK, si ça peut te rassurer...

Je m'installe devant l'ordinateur et nous enchaînons les candidats jusqu'à 17 heures. On ne prend même pas le temps de manger, cette nana est un bourreau de travail.

– Alors, verdict ? elle me demande lorsqu'une certaine Amanda s'est déconnectée. J'en ai deux dans le viseur, voyons si on est sur la même longueur d'onde.

– Pour ce que ça vaut, je sens bien Jody et William.

– Veto sur Jody ! Son carnet d'adresses est trop maigre. William par contre, je valide. Merci de m'avoir aidée, Elvis. Je me laisse vingt-quatre heures pour trancher, je te tiens au courant de ce que j'ai décidé quand tu arrives. Je suis déjà à L.A. de mon côté, demain, vous faites l'ultime date de la tournée à Chicago et ensuite, vous me rejoignez.

– Ça marche, Mira. Essaie de te reposer.

Son visage peu convaincu disparaît, je referme l'ordinateur et m'étire. Je n'ai pas vu cette journée défiler, je me demande spontanément comment ça s'est passé pour Oxton.

CONTENTE QUE TU PARLES À NOUVEAU DE LUI ! s'écrie une Rita qui n'attendait que ça.

Oh punaise !

Je me blottirais volontiers devant la télé pour éviter d'affronter la soirée. Nous quittons La Nouvelle-Orléans à 20 heures, direction Chicago où le groupe doit se produire demain au Lollapalooza, un énorme festival avec de sacrées têtes d'affiche. Ce sera une première pour moi, je ne suis pas particulièrement friande des gros concerts en plein air, mais il paraît que c'est une expérience de malade alors... Et puis, au point où j'en suis, peut-être que me faire piétiner par un troupeau suant me remettra les idées en place. En attendant, je profite d'être encore seule pour appeler Addison. Il faut que je lui parle d'hier soir.

– Allô ! j'entends sa voix lancer au bout de la troisième sonnerie.

– J'ai couché avec Oxton Briggs.

Je n'avais pas prévu de lâcher ça de but en blanc et je crois que ma meilleure amie n'était pas prête à encaisser cette information, car elle a de toute évidence perdu la faculté de parler.

– Addi ? T'es toujours là ?

– Un flash lumineux vient de traverser ma rétine. Attends, laisse-moi trouver le canapé, j'me sens un peu désorientée.

Je l'entends buter dans la table basse – facile à savoir vu qu'elle l'insulte – et dès que je la devine arrivée à destination, je patiente en me mangeant la lèvre.

– J'ai couché avec Chester. Trois fois.

Quoi ? Le téléphone me glisse des mains, je le rattrape in extremis et m'assieds à même le sol.

– Tu te fiches de moi ?

– Eh oh ! Tu t'es tapé ton client vedette !

– Chester ? Chester ! je répète sous le choc. Non mais... Chester !

– Je sais !

– Comment c'est arrivé ?

– Il faisait sombre, elle argue sur un ton faussement crédible.

– Si on oublie le fait que tu es aveugle et que cet argument n'est pas recevable, ça fait beaucoup d'obscurité pour recommencer trois fois !

– Je m'ennuie depuis que tu es partie ! Tout est ta faute, point.

Après Asher et Miranda, mon cerveau doit composer avec l'image de mes deux meilleurs amis en train de...

– Argh !

– Tu viens de visualiser ? me questionne Addi.

– Oui. Mais alors quoi, vous êtes ensemble ?

– Jamais de la vie ! On est au clair là-dessus, on s'occupe comme on peut, c'est tout. Il cuisine bien, ça m'a excitée. Le soir où il m'a servi un *pulled pork* merveilleux, j'ai pas pu retenir une pulsion sexuelle.

– Un *pulled pork* ? je m'étrangle.

OK, voilà donc l'élément déclencheur insoupçonné. Tout s'explique !

– Ouais, je sais, c'est une réaction très étrange. Il semble que personne ne nous a jamais mis en garde contre les effets de ce plat. À ton tour, maintenant ! Comment tu t'es retrouvée imbriquée autour de la queue du chanteur ?

Je lui raconte les événements d'hier, depuis le premier baiser sur le tournage, en passant par le deuxième pendant la répétition, pour finir sur notre nuit. Je conclus par un souffle haché.

– Ton histoire est vachement plus excitante que la mienne, elle se lamente. Je suis jalouse !

– Tu rigoles ? C'est le truc le plus angoissant que j'aie vécu.

– Ah ouais ? Plus que la caravane ?

– Non.

– Plus que la gestion de ton insuline ?

– Non.

– Alors ferme-la et profite ! Moi, je trouve ça génial. Ton idole veut ton corps, Vi ! Même dans tes rêves les plus fous, t'as jamais imaginé ça.

– C'est clair.

– Comment est sa bite ?

– Arrête !

– Tu veux savoir comment est celle de Chester ?

– Non !

– T'es la pote la plus chiante au monde... Je crois que je vais te raccrocher au nez.

– Avant ça, dis-moi au moins ce que je dois faire !

– C'était juste une baise d'affamés ou c'était plus que ça ?

– Aucune idée.

– Bon, eh bien, commence par te pencher là-dessus.

– C'est tout ?

– J'entends Chester qui rentre, j'dois te laisser. Au fait, il m'a fait jurer de pas te parler de nos parties de jambes en l'air, donc motus et bouche cousue ! Je t'aime. Bye.

Je m'allonge sur la moquette, pas plus avancée. Qui, là-haut, s'amuse à secouer le bocal de ma vie ?

Je grignote un morceau, puis remballe mes affaires pour le départ. Afin de m'assurer que je n'oublie rien, je me mets à quatre pattes et vérifie sous le lit. Je repère un bout de tissu noir, qui, lorsqu'il pend au bout de mon doigt, se révèle être... le caleçon d'Oxton. Je le jette loin de moi comme s'il s'agissait d'un pigeon mort et me prends en plein front le film X qui s'est tenu ici cette nuit.

IL EST PARTI SANS SON CALEÇON ? À POIL SOUS SON JEAN ?

Je secoue la tête pour exorciser cette vision mais je sens déjà le bas de mon ventre se contracter et une douce chaleur y rayonner. Je ne peux pas le nier, mon corps a aimé.

ET TOI AUSSI ! TU FLIPPES, C'EST TOUT !

Je retourne chercher le caleçon abandonné et le fourre tout au fond de ma valise. Je le rendrai à son propriétaire quand le moment s'y prêtera, ou bien je le jetterai dans une poubelle en même temps que mon équilibre mental.

L'heure venue, je quitte ma suite pour retrouver les autres dans le parking. Dès que j'aperçois Oxton debout devant la portière du SUV loué sur place, une bouffée de chaleur fait buter ma semelle sur le bitume. Dieu merci, je ne me casse pas la figure, mais je lâche la poignée de ma valise, qui claque par terre. À ce son, mon client tourne la tête vers moi, je plonge alors vers le sol pour la ramasser et échapper à ce premier contact visuel.

QUELLE LÂCHE !

Lorsque je me redresse, il me regarde toujours et m'envoie un bref salut de la main. Il est au téléphone, je lui rends un petit sourire crispé et m'engouffre dans le véhicule.

NE COMMENCE PAS À AGIR COMME ÇA, ELVIS !

Rita a raison, je dois me comporter tout à fait normalement. Sa conversation s'étire, ça me donne un maigre répit pour me familiariser avec sa présence et dompter les battements de mon cœur. Vu ce qu'Oxton dit, je suppose que son interlocuteur est Darell. Quand il ouvre la bouche, j'ai le réflexe de poser les yeux sur lui et je croise ses prunelles, chaque fois sans exception. Si lui aussi cherche une réponse sur ma figure, je lui souhaite bien du courage.

Dans le jet, il est toujours occupé. Je boucle ma ceinture et réponds aux questions posées sur les réseaux du groupe jusqu'à ce que j'entende Oxton couper sa communication. Dans mon champ de vision, je perçois son attention portée sur moi.

LÂCHE TON PORTABLE ET DIS UN TRUC MALIN ! ALLEZ, SOIS COURAGEUSE !

– Le petit-déjeuner était délicieux, ce matin !

PFFF... TU ME FATIGUES.

Oxton lève un sourcil, me scrute, puis s'intéresse de très près à l'accoudoir de son siège.

– Cool, c'est important de bien commencer la journée.

– Surtout avec le festival qui nous attend demain !

Je déteste la façon que j'ai de donner le change en racontant des trucs inutiles. Mais qu'est-ce que je suis censée dire ? Excusez-moi, monsieur Briggs, vu qu'on a couché ensemble est-ce que je dois vous appeler chéri ? Jamais ! Et puis c'est une rock star, les gens comme lui se tapent des filles le temps d'une nuit, je ne vais pas me ridiculiser à poser des questions. Après tout, c'est lui qui a provoqué ça, c'est à lui de faire le premier pas.

– Le tournage s'est bien passé ?

– Nickel. T'as regardé la vidéo d'hier soir ? il me demande en appuyant l'arrière de son crâne contre le repose-tête.

– La vidéo de quoi ? je m'affole bêtement, en imaginant une *sextape* de nous sortie de nulle part.

– À ton avis ?

Il me balance un coup d'œil rapide. Il ressemble presque à l'Oxton des premiers jours. Je crois que j'ai ma réponse. Je devrais me sentir soulagée, mais ça me donne mal à l'estomac.

– Non, je l'ai pas vue.

Ça ne m'a même pas traversé l'esprit, j'étais trop occupée à cogiter sur notre nuit et ses conséquences.

– J'étais accaparée par autre chose, je me justifie. Ça donne quoi ?

– Miranda s'est excitée pour que dalle, il reprend sur un ton plat. Les réactions sont bonnes, le côté solidarité humaine fait des émules.

– Génial ! Vos fans ont enfin compris que je ne suis pas votre petite amie.

T'ES SÉRIEUSE ? C'EST ÇA, TA MANIÈRE DE PERCER CE GRAND MYSTÈRE ?

J'ai parlé trop vite et je le regrette instantanément.

– Ouais, il se contente de rétorquer. Ils sont moins cons que prévu, on dirait.

J'essaie d'estimer si j'ai causé des dégâts, mais il se lève pour rejoindre Kassim et Travis. La façon dont je suis assise m'oblige à l'observer par-dessus mon épaule et dès la première tentative furtive, je me fais griller comme une débutante. Je ne parle même pas de la deuxième, dix minutes plus tard, ni du sourire animal qu'il m'envoie chaque fois. Il souffle constamment le chaud et le froid, il me gonfle !

Lorsque les roues rebondissent sur le tarmac de Chicago et que le jet a fini sa manœuvre de stationnement, je suis la première devant la porte.

– Tu es pressée de t'échapper ? chuchote l'hôtesse en souriant.

– Ça se voit tant que ça ?

– Mais non, résonne la voix d'Oxton dans mon dos. Elle adore ma compagnie.

Je ne l'ai pas senti arriver derrière moi, mais je sens ses mains se poser sur mes épaules et me coller contre lui. *À quoi il joue ?* Je suffoque illico.

– Ne sois pas timide, Calloway. Dis à Diana qu'il y a une petite groupie cachée au fond de toi.

Oui ! Non ! Derrière son arrogance, je vois clair dans son jeu et ça m'énerve.

T'ES SÛRE QUE T'ES PAS PLUTÔT ÉMOUSTILLÉE PAR SON CONTACT RAPPROCHÉ ?

Le déni me fait oublier que nous ne sommes pas seuls.

– Oh ! D'accord, j'me lance ! Je rêve de votre signature sur mes seins, mais je viens d'y faire tatouer votre portrait et ce n'est pas encore cicatrisé. Dommage !

Il penche la tête sur le côté pour voir mon profil, puis s'attarde sur mon décolleté sur lequel il a un aperçu plongeant dans cette position.

– J'ai hâte de découvrir ça.

Je m'étouffe, furieuse de lui avoir donné le bâton pour me faire battre.

– Il plaisante ! je crie presque au visage de Diana, tout en bondissant loin d'Oxton.

Discrète et professionnelle, l'hôtesse ne laisse rien transparaître et nous invite à emprunter l'escalier pour quitter les lieux. J'accélère le pas pour devancer le chanteur, mais il est rapide, têtu et décidé à poursuivre sur sa lancée.

– Tu me fais rire, Elvis.

– Pas toi, Oxton.

– Tiens, mon prénom. Quand il sort de ta bouche, c'est quitte ou double. Soit tu vas te jeter sur moi, soit… tu vas te jeter sur moi. Pour deux raisons diamétralement opposées qui me font toutes les deux de l'effet. Enfin, l'une plus que l'autre, ça va sans dire.

OH !

Oh !

AVOUE-LUI QUE TU VEUX SON CORPS, ENCORE !

– D'habitude, tu répliques un truc bien salé ! il s'étonne en plissant le front. T'es mal à l'aise parce qu'on a couché ensemble ?

L'entendre de la bouche d'Oxton Briggs me fait trembler de la tête aux pieds.

– Je préférerais qu'on...

QU'ON QUOI ? QU'ON RECOMMENCE ? QU'ON EN REPARLE DANS DIX ANS ? QU'ON OUBLIE ?

– Ox ! Darell essaie de te joindre, nous interrompt Kassim.

– Dis-lui que je le rappelle, Elvis et moi on discute, là.

– T'inquiète ! je saute sur l'occasion. Prends l'appel, il va peut-être te proposer un truc de malade.

Il n'apprécie pas du tout que je me dérobe ainsi. Je suis surprise, je m'étais préparée à ce qu'il fasse comme si de rien n'était, mais c'est lui qui cherche à en parler. Peut-être pour me dire de faire comme si de rien n'était ?

MOI, CE QUE JE ME DEMANDE, C'EST CE QUI T'EFFRAIE AUTANT.

36
ELVIS

Elvis is alive... Et je me demande bien comment c'est possible en côtoyant Oxton Briggs.

L'hôtel dans lequel nous descendons à Chicago ressemble à celui de Vegas. Majestueux et chic, à l'image de la suite double dans laquelle Oxton et moi pénétrons en silence. Durant les trente-sept minutes entre l'aéroport et ici, il n'a pipé mot et m'a ignorée. Soit Darell lui a cassé le moral, soit c'est ma faute. Le chanteur est pensif, comme s'il planchait sur la résolution d'un problème ardu.

Nous partageons la même suite VIP, une jeune femme pimpante nous y accueille et me guide jusqu'à ma chambre. Elle m'y expédie avec un rictus pseudo-courtois, et s'empresse de retourner auprès de Sa Majesté dans la pièce de vie. Par ma porte ouverte, je l'entends minauder puis glousser, quant à Oxton, il éclate de rire, ce qui ne lui arrive quasiment jamais. Je déteste ça.

ÇA SONNE BIZARREMENT, VA VOIR CE QU'ILS FABRIQUENT !

Il peut bien faire ce qu'il veut...

Je résiste quatre secondes, puis me faufile jusqu'à l'angle d'un mur pour espionner ce qui les faire rire ainsi. Dos à moi, le maudit chanteur se tient face à son interlocutrice. Malgré la stature d'Oxton, je la discerne qui se balance d'un escarpin à l'autre, une main relevée.

ALLUMEUSE !

– Bien sûr, ce sera avec grand plaisir, Catarina.

– À plus tard alors, monsieur Briggs.

– Oxton, il corrige sur un ton qui me hérisse.

NON MAIS OH !

Ce spectacle remplit ma gorge d'acide, que je cracherais volontiers sur le visage poudré de cette chaudière ambulante.

– Catarina, je marmonne tout bas d'une manière méprisante. Je t'en foutrais !

CATINRINA, OUAIS !

– Oxton, je continue à marmonner sur le même ton, en prenant un timbre plus rauque.

J'avais raison, c'est son mode de fonctionnement avec les nanas ! Espèce de...

– Un problème ?

Je fais un saut tant l'apparition soudaine d'Oxton me surprend. Trop occupée à formuler des insultes salées dans ma tête, je ne l'ai pas vu arriver.

– Non mais vous voulez que je meure prématurément, monsieur Briggs ? je l'agresse en portant une main à ma poitrine. Je viens de frôler la crise cardiaque.

– Qu'est-ce que tu fabriques dans le couloir ?

– Je le mesure, je rétorque du tac au tac. Je ne sais pas qui est mon père, mais je le suspecte d'être architecte étant donné ma passion pour les superficies.

– Et il fait combien de mètres carrés ?

– J'ai perdu le fil quand vous avez surgi !

– Je suis navré.

– J'apprécie votre sollicitude. Vous pouvez y aller maintenant.

– Un coup de main pour recommencer tes calculs ?

– Inutile, je vais plutôt analyser le flux énergétique qui circule. D'ailleurs, je sens un fort courant par ici, je vais le suivre jusqu'à ma salle de bains.

– Incroyable, j'arrive à le sentir moi aussi ! il s'écrie en fermant les yeux et en remuant les bras comme s'il était possédé. C'est prodigieux, je vais le suivre aussi jusqu'à ta salle de bains.

Je réprime un rire face à cette personnalité drôle et naturelle qu'il ne montrait pas avant.

N'OUBLIE PAS CATINRINA !

Rita est jalouse et rancunière. Je me renfrogne.

– Elle est sympa, non ? il s'enquiert.

– Je me méfie des filles dont le prénom finit en A, je rétorque sans réfléchir. Mais allez-y, foncez !

T'AS BIEN RAISON, NOUS SOMMES IMPRÉVISIBLES ! revendique Rita.

– Je parlais de cette suite, il lance en affichant un large sourire.

C'était un piège.

– Un souci avec Catarina ? il raille.

– Qui ?

– Je t'ai vue nous épier dans le reflet du miroir.

– Je ne vous espionnais pas ! J'ai entendu un drôle de son sortir de votre bouche, j'ai cru qu'elle était en train de vous égorger, mais vous ne faisiez que rire. Bêtement, si je puis me permettre.

Il m'observe avec malice, comme si mon comportement était celui qu'il attendait.

– J'ai tout manigancé pour t'énerver et ça fonctionne.

Quoi ?

– Je ne suis pas énervée ! je me défends. Je suis plutôt déçue qu'elle ne vous ait pas planté son ongle dans la carotide. Je suis persuadée qu'elle boit le sang de ses proies avant de se rouler dedans.

– Tu as un tel potentiel scénaristique, t'as jamais pensé à te reconvertir ?

– Pourquoi pas ? J'écrirais un film d'horreur sur une célébrité sacrifiée.

– Intéressant...

– Un véritable rôle sur mesure ! Sur ce, je vais me doucher, à tout à l'heure.

Je pars à reculons sous son regard persistant.

Dès que je suis appuyée contre le lavabo, je relâche tout mon air.

Et voilà, une fois de plus, j'ai raconté n'importe quoi ! Dans ces moments-là, je me demande si Rita n'a pas un concurrent qui n'émerge qu'à de rares occasions. Je suis insupportable. Qu'est-ce que je veux, à la fin ? Sa proximité m'inquiète mais sa distance me bouffe la cervelle. Je décide de prendre un bain, ça me permettra de me tenir loin de mon client durant une bonne heure et de réfléchir à ce qui déraille chez moi.

Lorsque la baignoire est suffisamment remplie, je m'allonge sous l'épaisse couche de mousse en soupirant. *Tu attends quoi de lui ? Tu luttes contre quoi, au juste ?* Contre cette attirance qui n'a plus rien à voir avec l'ancienne, contre la peur d'être encore déçue ? Je fais le yoyo et finis par mettre la tête sous l'eau le plus longtemps possible.

Lorsque la mousse a disparu et que je commence à avoir froid, je me résous à émerger, m'essuie les pieds sur le tapis et passe mes bras dans un peignoir.

ÇA VA MIEUX ?

Non !

– T'es toujours en vie où t'as fait ta crise cardiaque à retardement ?

La voix d'Oxton qui émane de derrière la porte me fait bondir et reculer, jusqu'à tomber à la renverse dans la baignoire encore pleine. L'eau amortit ma chute, mais je me cogne la tête contre le carrelage.

– Aïe !

– C'est quoi ce bruit ? Elvis !

Le battant tape contre le mur et mon bourreau se matérialise devant moi.

– Merde ! Ça va ?

– Qu'est-ce que je t'ai fait pour que tu attentes à ma vie deux fois en moins d'une heure ? je fulmine en me frottant l'arrière du crâne.

Il me jauge en clignant des yeux.

– Désolé, Elvis, j'entends des sons sortir de ta bouche, mais mon cerveau n'est pas en mesure de les traiter. Il est trop occupé à te mater.

Je me rends alors compte que je n'ai pas eu le temps de fermer mon peignoir quand ce foutu chanteur s'est invité derrière ma porte et qu'il est à présent presque entièrement ouvert. L'eau cache à peine mon bas-ventre et un seul de mes seins a la chance d'être camouflé par le tissu.

– Sors !

Je me contorsionne pour m'extirper de cette satanée baignoire, mais l'angle de mon corps ne facilite pas les choses. Hormis envoyer des vagues par-dessus bord et divulguer davantage de peau, je ne suis bonne à rien.

– Laisse-moi t'aider, sourit Oxton.

Je feule comme un chat agressif, mais ça ne le décourage pas. Il se penche au-dessus de moi, glisse ses mains sous mes bras, tire, et hop ! me revoilà debout, à moitié nue et trempée. Il décroche le deuxième peignoir pendu et me fait signe de quitter celui que j'ai fermement rabattu sur moi.

– Tourne-toi !

– J'ai déjà vu ce que tu veux me cacher.

– Tourne-toi, je répète.

Il accède à ma requête et me montre son dos. Je largue le tas humide par terre et me couvre en serrant bien fort la ceinture. Il soupire bruyamment.

– J'ai été si mauvais au pieu pour que tu repousses toutes mes tentatives d'en discuter ?

– Quoi ?

Il se repositionne face à moi, sourcils froncés.

– J'y réfléchis depuis tout à l'heure et...

– T'es pas sérieux ? je l'interromps en ouvrant de grands yeux.

C'est donc là-dessus qu'il cogite ? Sur sa performance ?

– Tu es bizarre et distante, il poursuit. Je n'aime pas ça.

– Tu t'attendais à quoi ? Que je te saute au cou en braillant un « Oxy chéri » ?

– Non, là, c'est moi qui aurais pris le large !

– Alors quel est le problème ?

– J'espérais un peu plus de...

Cette conversation est irréelle.

– Tu es Oxton Briggs et je suis ta community manager insupportable, tu te rappelles ? Me fais pas croire que tu t'inquiètes à propos de moi et... de ce qu'il y a eu. C'est ridicule !

ARRÊTE, ELVIS ! C'EST GÉNIAL !

Je rigole nerveusement. Pas lui.

– OK, je vois... Du coup, tout roule entre nous ?

– Comme sur des roulettes.

– On a couché ensemble et tout va bien ?

– Parfaitement.

Je balance mes réponses au plus vite pour me débarrasser de lui. Sa façon de me dévisager se modifie sans subtilité et l'atmosphère se charge autour de nous.

– Donc si j'ai envie de t'enlever ce peignoir maintenant et de recommencer, c'est tout à fait envisageable ?

Rita s'enhardit.

OUIII ! DEUXIÈME ROUND !

Quant à moi, je reste muette et figée en apparence, mais dans mon corps, c'est l'effervescence. Il n'est pas le seul à vouloir recommencer. Je me bagarre avec cette envie depuis qu'il a quitté ma chambre hier soir. Oxton se déplace vers la douche à l'italienne qui agrémente aussi cette salle de bains et actionne le robinet. Quand la température semble lui convenir, il revient vers moi et se cale dans mon dos. Le son de sa respiration me fait perdre la tête.

– Si d'aventure je faisais ceci...

Ses bras m'encerclent et il dénoue la lanière de mon peignoir pour l'ouvrir. Je gonfle ma poitrine et rentre mon ventre.

– Je travaille pour toi, je murmure fébrilement.

– ...et que je posais mes paumes ici, il poursuit lentement en se foutant de cette excuse bidon.

Il passe les pans en éponge, et effleure mes flancs qui se couvrent de chair de poule.

– Je travaille pour toi, j'insiste. C'est pas malin de recommencer si...

SI QUOI ? LÂCHE DU LEST ET PROFITE !

Il plaque mon dos à son torse et caresse mon nombril. L'excitation me sangle et je m'entends expirer. Comment arrive-t-il à me faire basculer d'une émotion à l'autre aussi facilement ?

– Est-ce que tu as envie de moi ? il chuchote dans mes cheveux.

SI TU DIS NON, JE T'EMPOISONNE DE L'INTÉRIEUR !

– Oui.

J'en crève d'envie, même. Je suis tombée amoureuse d'Oxton Briggs quand il est entré dans ce bar et est venu s'asseoir sur ce tabouret à côté de moi, mais avec tout ce qu'il s'est passé ces dernières semaines, je suis un peu perdue. Comment est-ce que la Elvis de 14 ans et celle de 24 ans peuvent ressentir autant de sentiments pour cet homme, aussi intensément, mais pour des raisons totalement différentes ?

Je sens ses muscles se détendre, à une seule exception. Ses doigts remontent vers mes épaules pour me retirer le peignoir. Toujours derrière moi, je perçois des mouvements, le bruit de ses vêtements qui atterrissent par terre et, lorsqu'il revient contre ma peau, il est nu également. Il se moule à moi et ses mains reprennent place sur mon ventre.

Alors qu'il m'embrasse dans le cou, quelques-uns de ses doigts s'aventurent lentement entre mes cuisses. Il guette chacune de mes réactions avec une attention et un respect qui me font chavirer. Je perds mes repères de groupie au profit de nouveaux plus censés, plus naturels, de ceux qui accompagnent une fille et un garçon sur le point de franchir une étape. Il doit ressentir mon lâcher-prise, car il s'engage plus loin avec dextérité. J'oublie où je me trouve et qui je suis, le plaisir me coupe les jambes. Oxton contient mes soubresauts en me maintenant d'un bras, s'essoufflant autant que moi. Enfermée dans son étreinte, je me sens invincible. Une ultime secousse et il m'entraîne sous la douche. L'eau chaude me coule dans la nuque, il est enfin face à moi et me jauge avec une ferveur étourdissante.

– Je vais t'embrasser, il déclare avec une simplicité stupéfiante.

– Comme toujours, je souffle d'une voix qui semble appartenir à une autre.

Son sourire se colle sur le mien, et il m'embrasse passionnément. L'une de mes mains vient prendre la mesure de sa longueur, tandis que l'autre s'emmêle dans ses cheveux. Ses halètements bruyants couplés à la vapeur qui nous entoure créent un cocon érotique impénétrable. Courbé sur moi, il me fait à nouveau l'amour et, alors que ma désillusion semblait rendre ça impossible, je retombe amoureuse d'Oxton Briggs.

***

Lorsque je me réveille à côté d'un dos tatoué découvert, je me sens bien. Courbaturée par une nuit mouvementée, mais bien. Oxton dort profondément, mais sa main est enroulée autour de mon poignet comme s'il craignait que je ne disparaisse. L'espace d'une seconde, un bonheur intense se diffuse dans mes veines, mais la suivante, je me rappelle deux choses capitales. Primo : hier soir je n'ai pas mangé et ne me suis pas injecté l'insuline nécessaire à mon organisme. Deuzio : Oxton ne sait pas que je suis une fan absolue des Unfool et je vais devoir lui en parler. La première devrait davantage m'inquiéter, mais c'est la seconde qui me tord les boyaux. Depuis le début, il se montre tel qu'il est, j'ai l'impression de lui jouer un tour et il ne mérite pas ça.

Je libère doucement ma main de la sienne, sors du lit à pas feutrés et ouvre les taquets de ma valise le plus silencieusement possible pour en extraire mon boîtier. S'il le pouvait, son écran afficherait un « Pauvre conne, tu déconnes ». Je m'enferme dans la salle de bains, ajoutant à mon dossier mon diabète caché. Alors que je jette un coup d'œil vers la douche, la culpabilité me cisaille. Il faut que mon mensonge prenne fin, mais je suis terrifiée des conséquences.

TU FERAIS MIEUX DE FLIPPER POUR TA GLYCÉMIE !

Je transpire en me glissant dans la baignoire, je me savonne rapidement et rejoins la chambre. Oxton dort toujours, je mets un short et un débardeur et file dans le salon. Je passe commande pour un petit-déjeuner adapté et patiente sur le canapé. Deux coups tapent à la porte, je fonce accueillir le room service mais me retrouve face à... Catarina.

– Bonjour, Oxton est là ? elle commence de but en blanc.

Tirée à quatre épingles, avec un gloss couleur anus qui m'ulcère, elle essaie de regarder par-dessus ma tête.

ENFONCE-LUI TES DOIGTS DANS LES YEUX !

– Vous n'êtes pas au courant ? j'énonce en feignant le drame. Il nous a quittés dans la nuit. L'artère qui mène à son arrogance a enfin rompu, il est mort sur le coup.

Elle cille, cherchant à comprendre où commence la vérité et où se termine la vanne.

– Bonne journée ! je conclus en lui fermant la porte au nez.

J'ai à peine fait deux pas que ça toque à nouveau.

– Faites votre deuil, bon sang ! je débite en ouvrant à la volée.

Riley Moore a pris la place de Catinrina, qui se tient droite comme un I sur le côté. Travis et Asher sont là aussi.

– On vient pour la veillée, il souffle avec une peine feinte. Je transmettrai vos vœux à la famille, il ajoute à l'attention de Catarina.

Je m'efface pour les laisser entrer et referme sans un remords pour la prétendante éconduite.

– Tu viens de nous offrir une scène magique ! C'était quoi d'après vous ? Riley s'enquiert auprès de ses deux acolytes. De la jalousie ?

– Je tenais une fan hystérique à l'écart, j'assène.

Un bruit de pas résonne dans le couloir, je prie pour qu'Oxton ne se pointe pas à poil. Dès que Riley l'aperçoit, il pousse un cri, tombe à genoux et lève les bras au plafond.

– Il a ressuscité !

– Il est bourré ? me demande le revenant d'une voix rauque.

Son timbre me fait frissonner. Il traverse la pièce torse nu, Dieu merci, il est presque habillé. *Qu'est-ce qu'il me plaît avec ses cheveux désordonnés...*

TU LE MATES DEVANT LES AUTRES !

Je me détourne illico et tombe sur le regard d'Asher, qui n'est pas dupe, mais ne moufte pas. Il serait bien culotté de commenter alors que je n'ai rien dit sur Miranda et lui.

– Alors, mon pote, comment c'était ? il lance à Oxton en lui tendant son poing.

On pourrait presque croire qu'il évoque la nuit que nous avons passée ensemble et je rougis.

– Kass et Travis nous ont dit que t'avais assuré comme un pro ! le félicite Riley.

– C'était super, j'ai hâte que vous voyiez le résultat.

– T'as de sacrés cernes, vieux, la pression t'a tenu éveillé toute la nuit ou quoi ?

– Quelque chose comme ça.

Il nous dévisage tour à tour avec suspicion.

– Vous avez fait quoi, tous les deux ? il nous interroge en nous pointant du doigt.

Ça frappe à nouveau à la porte.

SAUVÉE !

Mon petit-déjeuner est enfin là, je me jette dessus lâchement en les laissant bavarder. Une fois restaurée, je fais un crochet par ma chambre pour vérifier mon taux de glycémie et reviens avec les autres quand j'entends Riley beugler mon prénom avec insistance.

– Ça vous dit d'aller faire un tour au Lollapalooza cet aprèm ? Incognito ! il articule avec un large sourire. Ce sera blindé de monde, on passera inaperçu !

– Je n'aime pas cette idée, grogne Travis. J'ai déjà donné avant-hier avec ces deux-là !

– Ouais, on a vu ça, il répond en jouant des sourcils. Allez, c'est l'ultime date de notre tournée, demain on repart à Los Angeles pour vivre des mois d'ennui !

Eh oui... c'est le dernier jour, je soupire intérieurement. J'appréhendais la durée de cette tournée et la voilà qui touche déjà à sa fin. J'ai envie de retrouver mon appartement, mes meilleurs amis et ma petite vie tranquille, mais que va-t-il se passer entre le leader et moi quand nous serons de retour au bercail ? Je secoue la tête et remarque qu'Oxton m'observe. Je crois qu'il pense à la même chose que moi.

– J'suis chaud, il tranche d'un ton vif. J'ai besoin d'une bière et de bonne musique. Et toi, Elvis ?

– Carrément chaude, je souffle. J'veux dire, OK ! Je ferai des photos pour mon post sur ce festival !

Un sourire scabreux ourle ses lèvres, j'ai la gorge sèche tout à coup.

– Yeah ! s'excite le pianiste. Pardon, je devrais dire oh yeah !

Il se déhanche, son clin d'œil me ramène sur Terre et m'incite à secouer la tête de dépit.

– Avec Asher on s'est ennuyé grave pendant votre absence, il reprend en faisant une moue désespérée. Du coup, on a fait du shopping comme deux vieilles bourgeoises et on t'a acheté un petit truc, Elvis.

Il ouvre son sac et en sort un sachet qu'il me tend.

– Euh... Pourquoi ?

– Quand on l'a vu, on était obligé de te le prendre. Ouvre !

Comble de la gêne, se voir offrir un cadeau par les Unfool.

OH ! T'AS COUCHÉ AVEC LEUR CHANTEUR, ARRÊTE TON CINÉMA !

Je ravale ma timidité et étends devant moi ce qui se révèle être un tee-shirt noir. Sur lequel est écrit : « *Elvis is alive !* »

– Avoue que c'est la meilleure fringue au monde ! Y'avait le boxer assorti, mais on n'a pas osé aller jusque-là.

Il lorgne ouvertement Oxton, mais ce dernier reste hermétique, concentré sur ses pieds. À vrai dire, je ne sais même pas s'il a entendu, car il semble accaparé par ses pensées. Soudain, sous ses cils, il rive ses iris aux miens avec malice, dans une invitation très claire. Il aimerait beaucoup me voir porter le boxer en question. Le temps de m'en débarrasser.

37
ELVIS

Les tendances, c'est mon boulot.
La preuve, j'en maîtrise un paquet :
tendance à chercher les ennuis,
tendance à énerver Oxton Briggs,
tendance à vouloir écourter ma vie…

Lollapalooza est un événement iconique à Chicago. La scène gigantesque implantée dans Grant Park attire des centaines de milliers de personnes chaque année. Maintenant que je m'y trouve en vrai, j'ai l'impression que les spectateurs sont des millions. L'ambiance est folle tandis que les Twenty One Pilots sont en plein show. Nous ne sommes pas au cœur de la foule mais ça ne m'épargne pas la ferveur générale. Riley avait raison, ce n'est pas difficile de passer incognito dans cette marée humaine surexcitée. Nous portons tous une casquette et des lunettes de soleil, pour ne pas tenter le diable. Clôturer la tournée par un endroit pareil, c'est mémorable. Prise par la musique, je me déhanche en chantonnant. Oxton se penche vers mon oreille.

– Tu connais leurs paroles ? C'est vexant.

Je les oublie instantanément. *Il faut que je lui avoue !*

– Je dis n'importe quoi pour faire semblant, je rétorque.

– Tu mens tellement mal, il rigole en me mettant un coup d'épaule complice.

Je perds le rythme et tire nerveusement sur mon nouveau tee-shirt que Riley m'a obligée à porter. Oxton a tort, apparemment je mens bien, et ça me rend malade.

– Cette fringue me donne des idées déplacées, me confie Oxton en se rapprochant davantage. J'ai repéré un endroit tranquille derrière les arbres là-bas...

Une bouffée de chaleur me submerge, je tape sur les doigts qu'il tente de poser sur ma hanche. Il éclate de rire, je sais qu'il n'était pas sérieux mais cette nouvelle alchimie chamboule mes sens. Je ne m'y fais pas, j'ai le sentiment de vivre la vie de quelqu'un d'autre. Le morceau suivant est un tube, ce qui provoque un mouvement de foule inattendu.

– On est trop exposés ici, Travis s'énerve. On bouge, et c'est non négociable !

Ma respiration s'accélère quand Oxton me prend par la main. Il appuie sur ma visière et je me laisse embarquer plus en retrait, chahutée par les spectateurs euphoriques entre lesquels nous zigzaguons. Sans cesser de marcher, je cherche ma bouteille d'eau dans mon sac mais ne trouve que du vide. Mon sac ! Je ralentis, tâte mes épaules, mes flancs et mes hanches, comme si ma sacoche allait subitement se matérialiser quelque part sur mon corps. Avec ma jupe et mon tee-shirt, c'est facile de deviner que je l'ai perdue.

DANGER !

Je me défais de la poigne d'Oxton, il fait volte-face aussi sec.

– Qu'est-ce que tu fous ?

Il me fait signe de me magner et tente de rattraper ma main. Je l'esquive.

– Allez-y, je vous rejoins plus tard !

Même si sa casquette et ses lunettes camouflent plutôt bien son identité, mieux vaut qu'il ne traîne pas trop ici.

– T'as un problème ?

Il a noté l'affolement dans ma voix.

– Qu'est-ce qui se passe ?

– J'ai perdu mon sac.

Je me filerais des gifles, ce n'est pas possible d'être aussi stupide ! Je fais n'importe quoi. Si Addison était là, elle me frapperait de toutes ses forces et ce serait mérité.

– Y'a quoi dedans ? Ton portable ?

– Non !

– Tes papiers ?

– Non !

– Alors c'est quoi le souci ?

Mon lecteur de glycémie est à l'intérieur, il vaut 80 dollars ! Sans compter les deux stylos à insuline. Quelle conne ! Si j'ai un pépin là tout de suite, je n'ai rien sous la main. J'ai déjà l'impression de sentir mon taux de sucre grimper rien qu'à cette idée. Je tourne sur moi-même comme une girouette défectueuse.

– Hey, hey ! Elvis !

Oxton tend ses bras pour m'attraper par les épaules, je me décale avant qu'il en ait le temps et me mets à courir.

– Attends ! il s'écrie.

Je l'ignore et répète le trajet inverse. Du moins j'essaie, mais avec cette foule et ce bruit, c'est comme chercher une aiguille dans une botte de foin. Tout se ressemble et se mélange, j'ai très chaud et je suis incapable de dire si c'est à cause du stress ou de mon diabète. Avec l'oubli d'hier, mon organisme a déjà été mis à mal. Je jette des regards affolés dans tous les sens, sans que ça change quoi que ce soit.

– Elvis !

La voix d'Oxton qui me cherche résonne quelque part, je devrais être surprise qu'il se soit lancé à ma poursuite, mais je continue à déambuler à toute vitesse parmi les spectateurs. L'odeur de transpiration, de cigarette et de frites me donne maintenant la nausée. Le visage baissé dans l'espoir de repérer mon sac par terre, je ne suis pas attentive aux autres et percute quelqu'un de plein fouet, rebondis en arrière et tombe assise. Je tente désespérément de me remettre debout, mais il y a trop de monde autour de moi et je ne réussis qu'à écoper de coups de semelles. Personne ne semble me remarquer, jusqu'à ce que je sente des mains puissantes me saisir sous les aisselles et me tirer vigoureusement en arrière.

– Tu as perdu la tête, ma parole ! gronde la voix du chanteur au-dessus de moi.

Il encercle ma poitrine avec son bras, me colle à son torse et nous fait fendre la foule d'un pas déterminé. Il a l'intention de nous ramener au point de départ, autant dire de signer mon arrêt de mort.

– Je dois remettre la main dessus, je tente de résister.

– Non mais c'est pas vrai, arrête de gesticuler.

– J'ai besoin de mon sac.

Alors que je me débats, le monde prend soudain une autre perspective. Oxton vient de me basculer sur son épaule.

– Fais-moi descendre immédiatement !

Il se contrefout de mes revendications et des coups de poing pathétiques que je balance dans ses reins. Fatiguée et résignée, je finis par rendre les armes et me laisse pendre lourdement sur lui. *Adieu, monde cruel !* Je prépare mon discours d'entrée au purgatoire. J'imagine qu'avoir pour ultime chauffeur Oxton Briggs est un privilège qui m'ouvrira les portes du Para…

BIZARREMENT, J'AI COMME UN DOUTE.

J'ai l'impression que je reste dans cette position une éternité. Lorsqu'il me relâche enfin, mon centre de gravité est encore collé à son épaule et je tiens mal sur mes jambes.

– Tous les deux… siffle Travis en nous jetant son couvre-chef dessus. Je vais vous enchaîner à moi !

– J'y suis pour rien ! riposte Oxton.

– Vous étiez où ? nous interroge Riley. J'ai tourné la tête et vous aviez disparu, j'ai cru que vous étiez tombés dans un guet-apens et que je ne vous reverrais plus jamais.

– On n'est pas passés loin, crache Oxton en me lançant un coup d'œil sévère. Elvis a perdu son sac et s'est dit qu'elle allait très facilement le retrouver dans une foule compacte et excitée.

– T'étais pas obligé de me suivre, je réplique.

Il ouvre la bouche spontanément mais la referme aussitôt. Il inspire en contractant la mâchoire.

– J'ai pas envie que ta famille m'attaque en justice parce que tu auras été piétinée.

– Ma famille ? La seule qui pourrait t'attaquer au sens physique du terme, c'est ma meilleure amie. Mais telle que je la connais, tu as quatre-vingt-dix pour cent de chances de t'en sortir.

À moins qu'elle ait drôlement progressé depuis mon départ en tournée et qu'elle sache à présent viser. Trêve de bavardage, il faut que je quitte cet endroit au plus vite pour me procurer de nouvelles doses. J'en avais deux d'avance dans mon sac, vu le prix exorbitant que ça me coûte, j'ai vraiment déconné.

– Je fais un crochet aux objets trouvés, je les informe.

– Tu ne bouges plus d'ici !

L'ordre d'Oxton fuse comme un coup de feu, attirant des regards curieux autour de nous. Il est crispé et essoufflé, je prends alors conscience que je lui ai fait peur.

C'EST LE MOMENT DE LUI DIRE QUE TU ES DIABÉTIQUE !

D'accord.

– Je suis d...

– Tu cherches ton sac ? C'est moi qui l'ai.

Je me tourne vers Asher et, dès que mes yeux tombent sur mon bien pendu à son coude, j'entends Blanche Neige chanter et ses petits oiseaux gazouiller.

– Tu l'as oublié à tes pieds quand on a bougé, je l'ai ramassé.

Le soulagement déferle sur moi et, ni une ni deux, je me jette au cou de mon sauveur. Il pousse un cri guttural qui résonne dans mon oreille et je sens tous ses muscles se raidir et s'agiter.

EST-CE QU'IL CONVULSE ?

– Détachez-la de moi ! il prononce en insistant sur chaque syllabe, comme si j'étais une bombe prête à exploser.

Sa voix à la fois écœurée et suppliante déclenche les rires de Riley et Travis. Mon excès de joie m'a légèrement fait oublier qu'il n'apprécie pas les contacts humains. Je le lâche aussitôt et lui offre un espace vital acceptable. J'étais en bonne voie pour me faire pardonner l'épisode de L.A. et je viens de réduire mes efforts à néant. Il me tend ma sacoche du bout des doigts, les sourcils toujours froncés.

Je sens qu'il a envie de me la jeter au visage, voire de m'étrangler avec la lanière.

– Merci, merci, merci ! Désolée pour l'effusion, j'ai vraiment eu très peur de l'avoir perdue.

– Y'a quoi dedans pour que tu risques nos vies ? intervient Oxton en s'approchant de moi.

Il lorgne mon précieux paquetage, je le colle contre ma poitrine et arbore un air détaché.

– Je tiens à mes affaires, c'est tout.

– T'as failli te faire piétiner et moi avec, pour...

Il penche la tête et toise ma sacoche en retroussant le nez.

– ...une besace râpée qui m'a tout l'air de dater de ta puberté.

HEY ! C'EST MON SAC PRÉFÉRÉ, ESPÈCE DE STARLETTE BLINDÉE !

Rita prend le dessus, mon bras dessine un arc de cercle et Oxton écope d'une « besace râpée » dans l'épaule. Je voulais atteindre sa figure mais mes muscles sont encore engourdis de stress.

– Je suis sentimentale, je le contre. Et pour info, je ne dispose pas d'un dressing princier qui se remplit tout seul.

– Si c'est une question d'argent, je t'aurais racheté un sac. Tu n'avais qu'à demander.

– L'argent ne résout pas tout. Et puis j'peux me payer un sac moi-même !

– Apparemment, tu préfères te jeter en enfer plutôt que faire du shopping ! il me contre avec colère. En fait, c'est moi qui vais t'enchaîner si tu recommences un truc aussi con.

– Pardon ?

– T'es inconsciente ! J'te préviens, pendant notre concert de ce soir, tu resteras sagement assise dans les coulisses.

– Pardon ? je réitère en appuyant le ton.

– T'avais raison, Travis, c'était une mauvaise idée. On rentre.

Et comme il sait si bien le faire, il se tire.

– Vivement demain, que je sois débarrassée ! je vocifère dans son dos.

Il s'immobilise et me dévoile son profil piqué au vif. Je me suis laissé emporter dans mon élan.

– Vous m'aviez vraiment manqué, tous les deux, me lance Riley en s'appuyant sur mon épaule. L'Elvox, quand t'y goûtes, tu peux plus t'en passer, il scande comme une publicité. Allez, viens, je vais t'escorter en toute sécurité, il ajoute en passant son bras sous le mien. Je suis certain qu'il regrette déjà d'être parti sans t'embarquer.

Quand nous atteignons la voiture, les yeux du chanteur sont braqués sur moi. Riley me relâche en ricanant, Oxton me surveille jusqu'à ce que je sois attachée à l'arrière et s'engouffre sur le siège avant. Il ne m'adresse pas la parole du trajet ni pendant le déjeuner qui suit. Il n'y a que lorsque je m'isole dans ma chambre qu'il y fait irruption en claquant la porte derrière lui.

– Qu'est-ce que...

Il me muselle avec sa bouche furieuse, me serre fort comme si je risquais de m'évaporer entre ses mains et nous fait basculer sur mon lit.

– Tu veux être débarrassée de moi ? il articule en relevant mes bras au-dessus de ma tête.

Son comportement est différent, sa façon de me regarder aussi. C'est difficile à expliquer, mais il n'a plus rien d'Oxton Briggs, tout en étant lui.

– Pas encore, je chuchote.

PAS DU TOUT...

Il passe sa main sous mon genou et replie ma jambe pour s'imbriquer dans l'espace qu'elle offre. Ma jupe remonte, il n'y a que mon sous-vêtement qui amortisse le poids de son envie.

– Désolé de m'être emporté, je l'entends murmurer tandis qu'il fait courir ses lèvres dans mon cou. J'ai flippé et ça m'a dépassé.

Il ne perd pas de temps à me déshabiller, il déboutonne son jean, se protège et s'insinue déjà en moi en décalant ma culotte. Je gémis en même temps qu'il pousse un long grondement. Je ne me souviens plus comment respirer, mais mon corps semble s'en accommoder.

38
ELVIS

Je n'avais jamais pensé dire ça un jour,
mais éternuer sans porter de culotte,
ça craint.

Après un show monumental que j'ai presque entièrement suivi depuis les coulisses – je soupçonne Oxton d'avoir ordonné à Travis de me coller au train comme un slip trop petit –, nous enchaînons avec un vol direct vers Los Angeles. Oxton et moi n'avons toujours pas abordé le sujet L.A., mais je prends une résolution en voyant les lumières de l'aéroport briller par le hublot du jet. Je vais vivre le moment.

– Contente de revenir chez toi ? me questionne le chanteur.

Assis à côté de moi, il pianote sur le dos de ma main depuis le décollage.

– Mes amis me manquent, on est ensemble la plupart du temps. Je leur ai pas dit que j'atterrissais ce soir.

– Tu vas leur faire la surprise ?

– Addison est chez Chester alors... j'hésite.

Je crains de les découvrir dans une position qui brûlerait mes rétines.

– T'es pas forcée de rentrer tout de suite, tu sais. Il est tard, tu peux venir avec nous et profiter d'une dernière soirée avec les Unfoool.

Il a prononcé ce nom comme une groupie, en jouant des sourcils.

– Y'a Miranda qui nous attend à la villa, en plus, il ajoute l'air de rien.

– Puisque Mira est là, j'accepte, je réponds sur le même ton.

Il s'éclaircit la voix, jette un coup d'œil alentour et revient à moi.

– Je vais t'embrasser.

– Comme toujours.

Sa bouche amusée se penche vers la mienne, l'atterrissage secoue la carlingue et nos nez butent l'un contre l'autre.

– Putain, c'est la deuxième fois, il grommelle.

– Vacances ! s'égosille Riley en sautant dans l'allée.

Oxton remet une distance acceptable entre nous. Ça ne me gêne pas qu'il reste discret sur notre « relation », mais ça ne me donne aucun indice sur ce qu'il envisage.

Sur la route, j'écoute Riley lister ce qu'il compte faire les huit prochaines semaines. Pendant qu'Oxton se concentrera entièrement sur le lancement de sa carrière d'acteur, les deux autres auront le loisir de...

– Jouer au beach-volley dans une équipe féminine ! clame le pianiste en s'y voyant déjà. J'aime trop leurs tenues, elles sont très pratiques pour fendre l'air avec grâce.

QU'EST-CE QU'IL PEUT SORTIR COMME IDIOTIES !

– Bon sang, j'ai changé d'avis, je lance à Travis. Ramenez-moi chez moi, s'il vous plaît.

– Trop tard, il s'excuse en remontant une longue allée bordée d'arbres. On est arrivés.

– Vous êtes de leur côté ! je l'accuse en le pointant du doigt dans le rétro.

Je suis la première à sortir de la voiture et à pousser la porte de la maison.

– Enfin une autre nana ! je me réjouis en découvrant Miranda allongée dans le canapé du salon.

– Les Unfool sont un fléau, elle confirme.

D'ordinaire, elle déborde d'énergie mais là, se gratter le nombril semble lui demander un effort surhumain.

– Ça va ?

– Aussi bien que l'hôte d'un Alien cannibale.

– C'est moi ou ton ventre est encore plus gros qu'il y a trois jours ? je lui lance en m'approchant d'elle.

– C'est pas toi, elle soupire. Cet enfant se nourrit de mes organes, c'est sûr ! Aujourd'hui il a dû engloutir mes sept mètres d'intestin, car je le sens mille fois plus lourd.

– T'as trop poussé, ton congé va te faire du bien.

– Oh oui !

– On va manger un bout dehors, vous venez ? nous propose Oxton.

– Je suis crevée, baille Miranda en remuant sur le sofa.

– Abuse pas, t'as passé la journée échouée sur ton canapé, se moque Riley.

– Ne me provoque pas, Moore, je sens mon don pour la malédiction nettement plus affûté avec mes hormones de grossesse. Tu joues avec le feu.

– Tu viens, Elvis ? me demande Oxton.

– Tu rêves ! rétorque Mira. J'attends d'avoir une oreille attentive à mes lamentations depuis trop longtemps. Elle reste avec moi.

– Bas les pattes, elle est à moi, la contre le chanteur.

– Elle est de retour à L.A., Ox ! Tu vas devoir apprendre à t'en passer après 19 heures.

– Je vais tenir compagnie à Mira, j'interviens. On sait jamais, si elle éternue et qu'elle expulse le bébé.

– Si ça pouvait se dérouler aussi facilement, gémit la concernée.

– T'as besoin de quelque chose ? s'enquiert Asher. T'as pas l'air bien installée.

– Le coussin bleu, là-bas.

Il récupère l'objet sur le fauteuil et le place contre les reins de Miranda. Plus le terme approche, plus il est aux petits soins à sa façon et je lis sur le visage de Mira qu'elle en a conscience également. J'aimerais parler de ça avec elle, comprendre quelle est la nature de leur relation – si relation il y a –, mais l'occasion de l'évoquer ne s'est jamais présentée.

– Merci, Ash.

– Tu sais que si tu pars en courant avec nous, elle ne pourra pas te rattraper ? ironise Oxton.

– C'est vrai, mais je vais rester quand même. Je ne suis pas contre un peu de calme et une soirée entre mecs vous fera du bien.

– On est ensemble depuis une décennie. Ça me gêne pas que tu te joignes à nous.

– C'est gentil, mais non merci. Amusez-vous bien !

Il me scrute un peu trop longtemps sans ciller, d'une façon qui me fait rougir malgré moi. Il insiste par télépathie, je retrousse le nez et secoue la tête de droite à gauche.

– Sinon on commande et on dîne ici.

– Tirez-vous ! rouspète Mira en remuant la main. Elvis et moi, on a une montagne de trucs de filles à se raconter.

Il n'a plus l'air si emballé par sa sortie.

– Bon, on y va. On n'en a pas pour longtemps.

– Parle pour toi ! crie Riley depuis l'entrée. J'ai bien l'intention de me trouver une occupation pour la nuit. Si je continue comme ça, je vais entrer dans les ordres.

– T'as serré une fille en début de semaine, le contredit Asher.

– C'est bien ce que je dis !

Dès que la porte claque derrière eux, je monte dans une chambre vérifier mon taux de sucre, puis reviens auprès de Miranda qui fait des ronds sur son ventre avec sa paume.

– Ça tire ?

Elle acquiesce en pinçant les lèvres et change de position pour s'asseoir. Elle se penche en avant pour attraper sa tablette, et je m'éloigne pour me servir un verre d'eau.

– J'ai choisi mon remplaçant, au fait. Ce sera William. Je suis en train de peaufiner le petit mémo à son intention.

– Petit ? j'ironise.

– J'ai avancé moins vite que prévu aujourd'hui, je ne suis pas dans mon assiette. Mais j'aurai mis la touche finale demain, timing parfait !

Elle nous quitte officiellement après-demain, pour passer le dernier mois de sa grossesse au calme.

– Par pitié, en mon absence, ne me faites pas un nouveau buzz avec Oxton. Je voudrais pouvoir arrêter de fouiller les recoins du Net pour vérifier qu'aucune bombe n'est sur le point de nous péter à la figure...

Elle s'interrompt pour éternuer et me lit un article farfelu au sujet d'Oxton et moi, qu'elle pioche sur Internet. Dans celui-ci, je suis son guide spirituel.

– Les gens savent pas quoi inventer, je rigole.

– Oh oh ! elle prononce soudain.

Je n'aime pas ce « oh oh ».

– Pitié, me dis pas que t'es tombée sur un nouvel article narrant ma relation passionnelle avec le leader des Unfool !

– Oh ! Oh !

Sa voix vient de monter d'une octave, c'est donc pire que ce que je craignais.

– Quoi ? je l'interroge sans oser la regarder.

– C'est la merde !

– Laisse-moi deviner ? Je suis enceinte de notre rock star et les jumeaux sont prévus pour Noël prochain ?

– Là !

Je tourne la tête, elle est maladroitement penchée au-dessus de son ventre. J'efface l'espace entre nous, m'immobilise derrière le dossier du canapé et j'avise la zone qu'elle me montre avec son index, entre ses jambes.

– Et donc ? je poursuis sans comprendre.

– Tu ne vois pas ?

Elle tâte le canapé en poussant une flopée de jurons.

– Quoi ? Ton pénis spirituel ? Je sais qu'il est énorme.

– L'immense tâche humide ! elle vocifère en remontant sa jupe. J'ai perdu les eaux.

Mes yeux et ma bouche s'ouvrent en grand. *Elle blague, n'est-ce pas ?*

– Tu m'as porté malheur ! J'ai éternué et... voilà le résultat.

– Mais c'est trop tôt, tu devais accoucher dans un mois, pourquoi t'as fait ça ?

Elle se dévisse la nuque et me balance un regard noir.

– Tu te moques de moi ?

– Oublie ce que je viens de dire. J'appelle le 911 !

Son portable est sur la table, je me jette dessus.

– Ne rameute pas les secours, je ne vais pas pondre dans l'heure. Tu vas me conduire à l'hôpital le plus proche et tout ira bien.

– Moi ? Je n'ai pas le permis.

– Sérieusement ?

Elle se redresse, traverse le salon, avant de se plier en deux.

– Ça attaque sévère, elle grogne. Appelle Riley, ils doivent pas être loin, dis-leur de venir me récupérer.

Je cherche son numéro dans le répertoire de Miranda, mais tombe directement sur sa messagerie.

– Il ne répond pas ! J'essaie Asher ?

– Non !

Elle se courbe à nouveau en avant, ses ongles s'enfoncent dans le rebord de la table à manger.

– Tu devrais t'asseoir.

– Pas Asher, elle reprend d'une voix hachée. Je lui ai confisqué son portable pour qu'il arrête de passer son temps sur des sites d'hypocondriaques.

– T'es sérieuse ? T'as pas trouvé un meilleur moment pour priver le père de ton enfant de son téléphone ?

Eh merde ! J'ai tenu tout ce temps avec brio, pour craquer au pire instant. Je la vois pâlir, puis pousser une espèce de mugissement terrifiant.

– Ash te l'a dit ?

– Non ! C'est à peine s'il m'adresse la parole. J'ai surpris une de vos conversations.

– T'es au courant depuis quand ? elle articule sur un ton inhumain.

– Depuis la Floride... Mais j'ai rien dit à personne.

Elle essaie de marcher, une nouvelle flaque d'eau tombe à ses pieds.

– Appelle Ox ! elle s'étrangle en portant une main entre ses jambes.

– Il sort ? je m'affole.

– Appelle !

– OK, oui !

Je cherche son numéro et lance l'appel.

– Alors Mira, t'as déjà changé d'avis ? il entame sans un allô. Tu veux finalement te débarrasser de ta copine ?

– C'est Elvis, j'ai perdu les eaux !

– Hein ?

– T'es vraiment la dernière personne à qui demander d'appeler à l'aide, s'excite Miranda.

– Je fais ce que je peux !

– Allô ? Elvis ? Il se passe quoi ? j'entends la voix d'Oxton résonner dans le téléphone. C'est Mira qui braille derrière toi ?

– Elle a perdu les eaux, je corrige. Il faut que vous reveniez nous chercher.

– Tu déconnes ?

– Non.

– Putain ! Riley, fais demi-tour tout de suite ! il crie dans le combiné. On arrive.

– OK, faites vite.

– On fonce.

Il coupe la communication, je jette le téléphone sur la commode et me mets à courir partout dans le salon.

– Qu'est-ce que tu fous, Elvis ?

– Je réfléchis.

– Au lieu de brasser du vent, va plutôt chercher la valise grise dans la chambre.

– D'accord.

Je chope ses affaires, mon sac et lorsque j'entends Miranda pousser un long gémissement, je fonce la rejoindre.

– T'es sûre que c'est pas mieux d'appeler une ambulance ?

Accroupie près de la télévision, elle est en sueur. Dieu merci, la porte d'entrée s'ouvre à la volée, les Unfool ont fait super vite. Oxton et Riley se ruent sur elle, mais Asher se faufile entre eux et se jette sur Miranda le premier. Il passe un bras dans son dos, l'autre sous ses genoux et la hisse contre lui. Qu'est-ce qui est le plus stupéfiant ? Qu'il soit capable de la porter ou de la toucher sans grimacer ? Oxton traîne la valise derrière eux et la balance dans le coffre. Asher allonge Mira sur la banquette arrière et monte à l'avant. À travers la vitre passager, je discerne son visage anxieux.

– Tenez-moi au courant ! je leur lance en reculant.

– Où crois-tu aller ? Pas moyen de rester seule avec ces trois-là. Tu viens ! croasse Miranda.

– Euh... OK.

Je m'insère entre la portière et ses jambes repliées. Riley se jette derrière le volant, Oxton s'assied à l'avant lui aussi et le véhicule part en trombe.

– T'as eu du nez ou tu l'as poussée dans l'escalier ? m'envoie Oxton en se tournant pour me regarder.

– Elle m'a porté le mauvais œil, ouais ! se lamente Miranda. Pourquoi j'ai aussi mal ? Ce connard de gynéco m'a assuré que j'aurais le temps avant que le travail commence. J'vous jure que je lui ferai regretter de m'avoir mentiii.

– Les contractions sont rapprochées, non ? je parle toute seule.

– Qu'est-ce que ça signifie ? s'enquiert Riley.

– À ton avis ? siffle la concernée.

– Inspire et expire, lui conseille Asher.

– Toi, va mourir dans un nid de bactéries ! Écoute-moi, Elvis, le mémo pour William est sur mon ordinateur et j'ai préparé six mails à faire partiiir.

– Non mais c'est pas vrai, je la rabroue. Concentre-toi sur ce qui se passe au lieu de me donner des consignes de boulot.

CETTE FILLE N'EST PAS NETTE !

– Pense… À… Valider… La… Date…

Elle souffle comme un petit chien cardiaque entre chacun de ses mots, je suis sidérée qu'elle parvienne encore à réfléchir alors que, pour ma part, c'est la panique totale.

– Aaah !

Qu'est-ce que je dois faire ?

– Pourquoi tu hurles, Mira ?

– C'est toi qui viens de beugler ! elle rétorque en me scrutant avec ses yeux humides.

– Oh ! Pardon ! Mais je ne sais pas quoi faire, là.

– Riley, tu peux pas rouler plus vite, bordel ? elle rugit en donnant un coup de poing dans le siège conducteur.

– Bien sûr, je peux aussi voler au-dessus des autres voitures en temps normal, mais j'ai laissé les ailes à la maison. C'est pas d'bol.

– Je vous déteste. Je refuse d'accoucher devant vous, misérables déchets de l'industrie du disque !

– Oui oui, pouffe Oxton.

– Oh ! Je sens un truc ! elle hoquette en redressant subitement sa nuque.

– C'est quoi ? je m'inquiète, à l'instar d'Asher.

– Comment veux-tu que je le sache ? Regarde ce qui se passe entre mes cuisses !

QUELLE HORREUR !

– Non.

– Elvis ! elle siffle en me menaçant d'un œil noir.

Même allongée sur une banquette arrière, en plein travail, elle parvient encore à être terrifiante. Elle remonte complètement sa robe pour dévoiler... *Ah !* Je me cache les yeux derrière les mains.

– Où est ta culotte ?

– J'en portais pas.

– Mais ça se fait pas !

– Magne-toi de me dire ce qui se trame là-dessous !

Qu'est-ce que j'ai fait dans une vie antérieure pour vivre un truc pareil ? J'avance la tête en direction de ses jambes et jette un coup d'œil rapide.

– Alors ?

– Ça va, je m'empresse de répondre en acquiesçant à toute vitesse.

– T'as même pas regardééé !

Sa phrase se finit en un cri rauque qui me file la chair de poule. Elle s'accroche à ses genoux et relève le buste en poussant. J'ai une vue directe sur son intimité, je tends mon bras droit pour m'arrimer au siège avant.

– Pourquoi tu pousses ? je m'affole.

– Il faut que cette chose sorte de mon ventre maintenant !

– Hors de question ! Retiens-toi le temps qu'on arrive à l'hôpital.

– Tu te fous de moi ? elle articule péniblement. C'est pas comme si je pouvais faire autrement.

– Tu ne peux pas accoucher sur mes genoux.

– Je mettrai au monde cet enfant sur ton cadavre si nécessaire !

– Tu es possédée par un démon.

Elle me donne raison en feulant. Mes index forment une croix.

– On arrive dans combien de temps, Riley ?

– Sept minutes !

Je ne suis pas une experte en gynécologie, mais j'ai le pressentiment qu'elle va pondre d'un instant à l'autre.

– Je crois que je vais vomir.

– Non, Miranda ! Tout mais pas ça ! je m'écrie en ayant déjà un goût de bile au fond de la gorge.

FERME LES YEUX ET METS TA TÊTE ENTRE TES JAMBES !

– Tu veux que je te chante une chanson ? propose Oxton.

– Je préférerais que tes cordes vocales se détachent et te provoquent une occlusion intestinale !

Elle termine sa phrase par un cri différent des autres.

– Y'a un truc qui va pas, elle galère à articuler. C'est pas normal que ce soit aussi soudain et douloureux.

Alors que mon inquiétude grandit, j'ai subitement une idée. Je tâte mes poches à la recherche de mon portable et me rends compte que je l'ai laissé à la villa.

– J'ai besoin d'un téléphone !

– Tiens !

Oxton me balance le sien, je compose le numéro de mon meilleur ami urgentiste et enclenche le haut-parleur. Au bout de quatre sonneries interminables, il décroche enfin.

– Hum ?

– Chester !

Je l'entends marmonner dans un demi-sommeil.

– C'est Vi. J'ai besoin de ton aide.

Mon timbre angoissé l'alarme aussitôt.

– Vi ? Qu'est-ce qui se passe ?

– Il faut que tu m'aides, je suis en train d'accoucher !

39
ELVIS

Quand cette tournée sera terminée,
je pourrai dire que j'ai tout vu. Tout.

Depuis la banquette avant, Oxton m'envoie une œillade interloquée.

– Oh ! Bordel, mais c'est pas vrai ! enrage Mira en essayant de me frapper avec son pied.

– Tu... Quoi ? reprend la voix endormie de Ches. Tu me réveilles pour te payer ma tête ?

– C'est moi qui suis en train d'accoucher ! tonne Miranda.

Elle tente encore de me filer un coup de pied mais, Dieu merci, ses muscles sont trop tétanisés pour réagir.

– Mon amie Miranda a perdu les eaux et tout va trop vite. Elle est allongée et je suis persuadée que son vagin se transforme et...

– Du calme ! me coupe Chester. Sois plus précise et parle plus doucement, je ne comprends rien.

J'avale un grand bol d'air et lui fais un topo plus factuel de la situation.

– Est-ce que tu vois sa tête ?

– Elle est pâle et grimaçante.

– Pas celle de la mère, celle du bébé, Elvis !

– Ah ! Non !

– OK, écoute-moi, Vi. Il faut que tu me dises s'il y a la tête du nourrisson.

– Comment je vois ça ?

– Tu regardes dans le trou, idiote !

– Jamais.

– Regarde entre mes cuisses, Elvis ! m'ordonne Mira.

– Je suis sûr qu'elle va y trouver des burnes, j'entends Riley chuchoter à Asher.

– Ce seront les tiennes, Moore ! l'agresse Miranda. Quand je te les aurais arrachées et pendues là en guise de trophée.

– T'arriverais pas à marcher avec, il frime.

– On peut se concentrer sur ce qui est en train de se passer sous mon nez ? je m'agace.

– Je préfère ne pas imaginer tout ce qui prolifère à l'arrière, marmonne Asher sans se retourner.

– Oh, toi ! Ferme-la ! crache Mira en le pointant du doigt.

Hormis Asher, je suis la seule à saisir le message caché.

– Allez, Elvis, fais ce que je te dis, c'est important, insiste Ches. On doit s'assurer que le bébé est engagé dans la bonne position pour qu'il ne lui arrive rien. Vu ce que tu me racontes, il est descendu très rapidement.

Merde.

– D'accord.

Je détourne les yeux et tombe sur ceux, concentrés, d'Oxton. Il m'adresse un léger signe de tête encourageant et je m'exécute.

– Attends !

Alors que j'entame ce qui va indéniablement me traumatiser à vie, Asher me lance son flacon de gel hydroalcoolique, si fort que je le reçois sur l'arête du nez.

– Aïe !

– Tu vas lui refiler la peste avec tes doigts crasseux !

– J'ai pas l'intention de la toucher !

Cela dit, il n'a pas tort, alors je me désinfecte les mains sous son regard rassuré et... également inquiet pour ce bébé à naître. J'arrête de cogiter pour ne pas me jeter hors du véhicule en marche et fais ce que Chester m'a demandé.

– Y'a quelque chose... je prononce du bout des lèvres.

– Mais encore ? s'impatiente Ches.

– C'est peut-être la tête, oui, je crois apercevoir des cheveux.

– Parfait. Maintenant, tu vas...

– On y est ! nous avertit Riley en donnant un coup de volant à gauche.

Je regarde à travers la vitre et mon cœur s'emballe en voyant les lumières rassurantes de l'hôpital. *On ne pouvait pas arriver deux minutes plus tôt, histoire que mes pauvres yeux innocents échappent à ce trauma ?* Notre chauffeur dérape devant l'entrée, Asher saute hors du véhicule et court vers l'accueil.

– Un maniaque qui pénètre dans un repaire de maladies de son propre chef ? s'étonne Oxton. Qu'est-ce que j'ai loupé ?

TROIS FOIS RIEN !

Quelques secondes plus tard, il en sort accompagné d'un escadron d'infirmières. Je n'ai jamais ressenti autant de soulagement. La portière s'ouvre dans mon dos, des bras m'attrapent par les épaules pour m'aider à quitter le véhicule. Mes jambes tremblent, si bien que j'appuie mon dos contre la masse dure derrière moi. Trop occupée à scruter l'équipe médicale qui extrait Mira de la voiture, je ne prends pas conscience immédiatement de celui contre qui je suis adossée. Celui à qui appartiennent les bras tatoués qui me retiennent. Mon souffle déraille et je tourne lentement mon profil vers le chanteur des Unfool. Ses prunelles d'abord braquées sur l'attroupement devant nous dévient ensuite sur moi. J'ai envie de l'embrasser.

– Ça va ? Tu es toute pâle.

– Ça t'étonne ?

– Tu es courageuse, je m'en serais jamais approché, il rit doucement.

– Je ne sens plus mes rétines, je crois qu'elles ont mis fin à leurs jours.

– Entrons. Je t'offre un café pour récompenser ta bravoure.

Il enfile ses lunettes de soleil et rabat sa visière pour camoufler son identité. Sans crier gare, il s'approprie ma main, l'enferme dans la sienne et m'entraîne vers le hall. *OK, ne tirons pas de plans sur la comète, disons qu'il craint juste que le contrecoup d'avoir vu l'entrejambe de Miranda d'aussi près me fasse perdre connaissance.*

IL TE TIENT LA MAIN, VI !

Nous suivons le brancard qui part à toute vitesse, l'une des infirmières se retourne vers notre groupe.

– L'un de vous est le père ?

Tandis que Riley et Oxton balancent un « non » en chœur, je regarde automatiquement Asher. Les yeux braqués sur Miranda qui souffre, je devine le chaos de ses pensées derrière son front plissé et la façon dont il frotte son pouce contre son index. Il croise tout à coup mes prunelles. Si je n'ai jamais évoqué ce sujet après l'avoir surpris, cette fois je me lance. Sa manière de me scruter comme pour chercher un quelconque aval délie ma langue.

– Vas-y, je souffle.

Il ferme les paupières et expire en serrant les poings.

– C'est moi, il prononce alors en partant rejoindre son attachée de presse.

J'en ai les larmes aux yeux, j'aimerais voir la réaction de Miranda, mais ils disparaissent déjà derrière des portes battantes. Je me retrouve soudain encerclée par deux membres des Unfool, abasourdis.

– Qu'est-ce que... bafouille Riley en désignant un point devant lui. Est-ce qu'il...

– Ash est le père de ce bébé ? Oxton parvient à verbaliser.

– Non mais c'est incroyable, j'articule en appuyant sur chaque syllabe. Asher et Miranda ?

Est-ce que je simule bien la surprise ? Oxton se place face à moi en relevant un peu sa visière du bout de l'index.

– Je suis effarée, je m'obstine à prétendre.

– Depuis quand t'es au courant ?

– Quarante-neuf secondes. Comme vous deux.

– J'ai vu Ash te regarder.

– Non, tu fais erreur ! Ash pense qu'un contact visuel avec moi suffirait à lui refiler la grippe.

– Elvis...

– On le boit, ce café ?

Riley se colle à son pote et me dévisage. À eux deux, ils forment un mur infranchissable.

– Parle, il ordonne en levant le menton. Parle, ou tais-toi à jamais !

J'arque un sourcil moqueur, il fronce les sourcils.

– Non, c'est pas ça ! Parle ou...

– On s'occupera de toi, tranche Oxton.

C'est un bon acteur, il fait semblant d'être flippant, hein ?

JE NE SUIS PAS SÛRE...

– Infirmière ? j'appelle d'une petite voix. Inf...

– N'espère même pas feindre l'évanouissement pour échapper à des explications, il me bloque.

– Tu me menaces ?

– Oui.

– Dans ce cas, je pourrais me mettre à hurler : « Oh mon Dieu, c'est Oxton Briggs ! » et profiter de la cohue pour m'enfuir ?

– J'aimerais te voir essayer.

– D'accord.

J'ouvre grand la bouche, sans réelle intention d'ameuter qui que ce soit, quand une large paume se plaque sur mes lèvres.

– Tu prends ses jambes et moi ses bras, chuchote Oxton à son complice.

Ils ne sont pas sérieux ?

OH QUE SI !

Je me retrouve devant l'hôpital sans même avoir foulé le sol.

– Elle a besoin d'aide ? s'inquiète un infirmier en pause.

– Oui !

– Non, scandent mes ravisseurs.

– Vous êtes les Unfool ? il percute soudain. Je peux faire une photo avec vous ?

– Bien sûr !

– Vous vous moquez de moi ? je m'indigne en gesticulant. Ils sont peut-être en train de me kidnapper et vous leur demandez un selfie ?

– Ben si vous pouviez prendre la photo, ce serait cool, il rétorque.

– Vous n'avez pas l'impression que je suis légèrement occupée ? À me faire kidnapper ! je répète avec plus de véhémence.

Oxton rigole au-dessus de ma tête. Dans ma position allongée, je ne peux que lui adresser une œillade meurtrière. Ils me relâchent, prennent la pause avec cet idiot en blouse blanche, tandis que je me transforme en photographe en grommelant. Le type repart, Oxton et Riley tombent assis sur le rebord du trottoir. Ils semblent oublier ma présence et se lancent dans une discussion animée.

– Merde, j'arrive pas à le croire, lâche un Riley effaré. Asher et Miranda...

– Asher tout court ! rétorque Oxton. Il supporte déjà pas qu'on le frôle, je pensais qu'il était toujours vierge.

– Mais moi aussi ! Oh ! Tu crois que Mira l'a dépucelé ?

– J'en sais rien. Peut-être qu'il lui a juste fait un don de sperme...

– Ou bien il l'a recouverte de plastique en faisant un petit trou pour sa bi...

– Non mais vous vous entendez ? j'interviens avant d'éclater de rire.

– Toi, on ne t'adresse plus la parole ! m'envoie Riley. Traîtresse !

– Je croyais qu'on se disait tout, ajoute Oxton sur un ton faussement indigné. Que j'étais ton idole entre nous trois. Et je découvre maintenant qu'Asher était ton préféré depuis le début. Je suis scandalisé !

– Outré, renchérit Riley.

– Mon cœur saigne.

– Ce n'était pas à moi de vous en parler, je me défends.

– Tu le sais depuis quand ? m'interroge Oxton.

– J'ai surpris une conversation à Miami.

– En fait, Asher a grave du succès ! percute le pianiste. Et il est courageux, réussir à se faire Mira, c'est comme gagner le *Squid Game*.

– Tu crois qu'ils entretiennent une relation secrète ? reprend Oxton.

– Non, je l'aurais senti ! Je suis doué pour ces trucs-là.

Oxton me regarde sous ses cils en cachant son rictus derrière sa main. Il se racle la gorge, déplie ses jambes et se met debout.

– Bon, ça sert à rien de rester ici.

Il tape un message sur son téléphone et hoche la tête vers la voiture.

– J'ai dit à Ash de nous tenir au jus, rentrons à la maison.

Rentrons à la maison… Ça sonne comme une habitude que je pourrais prendre facilement.

Sur le chemin du retour, nous discutons de tout et de rien. J'ai déjà imaginé une scène comme celle-ci, mais on dirait que c'était il y a une éternité. Et c'est encore mieux en vrai.

– Je vous dépose, j'ai un rencard, lance Riley en se garant devant la résidence.

– Maintenant ? s'étonne Oxton.

– Oui, Ox, maintenant. Mais si tu insistes, je peux rester et m'allonger entre vous.

– Quoi ? je m'étouffe.

– J'suis doué pour ces trucs-là, Elvis ! il se vante en tapotant sur le bout de son nez. Bonne soirée, il conclut en remuant les lèvres.

Cramoisie, je sors de la voiture et file à l'intérieur. Lorsqu'Oxton entre à son tour, il ne fait aucun commentaire et ouvre le frigo.

– T'as faim ?

– Oui !

– Je suis confus, mais je n'ai pas de quoi te cuisiner un porc effiloché.

– Ce qui me perturbe le plus, c'est que tu cuisines, en fait...

– Il y a encore des facettes de moi que tu ne connais pas, Calloway.

– Tant mieux.

Par-dessus la porte du réfrigérateur, ses iris me transpercent, diffusant en moi une chaleur addictive.

C'EST LE BON MOMENT POUR LUI EXPLIQUER CE QUE TU CACHES, TOI !

C'est vrai, on est en tête à tête, de retour à L.A., au cœur d'une relation qui a dépassé les frontières professionnelles.

FAIS-LE ! TU TE SENTIRAS LIBÉRÉE D'UN ÉNORME POIDS !

Normalement, ce n'est pas Rita la plus sensée de nous deux.

C'EST TOI QUI LE DIS !

– Bon, c'est Miranda qui a rempli le frigo avec une énième lubie alimentaire donc... je te propose de la dinde à la sauce maïs, sinon du maïs à la sauce dinde.

– Juste de la dinde.

J'adore le maïs, mais mon diabète, beaucoup moins.

– Je vais te servir la meilleure dinde au monde, il annonce en jetant une barquette devant lui.

– Tu viens de prononcer ce mot tellement de fois que j'ai l'impression d'en avoir mangé deux kilos, je ris en m'asseyant sur le tabouret près de l'îlot.

Tandis qu'il nous concocte un dîner improvisé, je prépare mon discours dans ma tête. J'ai beau le tourner dans tous les sens, je ne sais pas comment commencer.

LANCE-TOI ET ÇA VIENDRA TOUT SEUL !

– Il f...

– T'es heureuse d'être restée avec nous ce soir ? il me demande en même temps.

Fais chier !

– Vu la tournure, j'suis pas sûre...

– T'aurais loupé un truc qui ne se reproduira jamais dans ta vie.

– Oxton Briggs qui cuisine ?

– Non, ça, j'ai bien l'intention de recommencer.

Il me scrute attentivement, je cligne des yeux comme une ingénue.

– Cet accouchement sera une anecdote absolument hors du commun à raconter mais, merde ! J'ai dû... J'ai vu sa...

– N'en parlons plus, il rigole.

– D'accord, je valide en mettant tout dans le même panier.

N'en parlons pas ce soir, je lui dirai demain. Une fois que je serai rentrée chez moi. Je ne sais pas quand nous passerons une nouvelle soirée ensemble et je n'ai pas envie de gâcher celle-ci.

– C'est quoi notre programme à venir ? Mira t'a laissé quelque chose.

– En dehors d'un nouveau trauma ?

J'ouvre le fichier que Miranda a été fichue de m'envoyer entre deux contractions.

– Oh mon Dieu ! Les mémos de cette fille sont suffocants. Je ne sais pas par où commencer.

– Montre.

Je lui file mon portable. Accoudé sur le plan de travail, il fait défiler le document.

– Le premier rendez-vous est dans six jours, je précise. On peut dire que tu es un peu en vacances, non ?

– Ce n'est que l'agenda de Mira, j'ai d'autres impératifs.

– T'es certain ? Elle a tout mis, normalement.

– Crois pas que tu vas t'en tirer comme ça, Calloway. Demain par exemple, j'ai un shooting, Kassim veut du backstage sur les réseaux.

– Quoi ? J'ai rien sur l'agenda.

– Un oubli probablement.

– Un shooting pour quoi ?

– Pour diffuser ma prestigieuse beauté à travers le monde.

– C'est le principe des photos, oui. Enfin, plus ou moins. Mais ça ne répond pas à ma question.

– Tu es ma community manager, tu me suis où que j'aille, les yeux fermés. Point.

À son ton, j'ai le sentiment qu'il invente une excuse pour que je reste avec lui. Est-ce que je préférerais qu'il soit plus clair dans ses intentions ? Non. Ça me va très bien tant que je n'ai pas confessé mes péchés. Même si chaque jour qui passe rend cet aveu un peu plus compliqué.

40
OXTON

Comment fait-on pour empêcher une fille de rentrer chez elle ? Nota bene : l'enfermer à la cave n'est pas une option.

Penchée au-dessus de sa dinde, je l'écoute me décrire deux clientes à elle. Hope et Prudence, des jumelles de quatre-vingt-dix piges qui semblent tout droit sorties d'une *sitcom* des années quatre-vingt.

– Je ne savais même pas que tu avais d'autres contrats que le mien.

– Eh oui, tu n'as pas l'exclusivité de mon talent.

– Je me sens d'office moins spécial, je vais me plaindre à Trent.

– Je déteste que tu appelles ce naze par son prénom !

– Tu t'entends pas avec lui ? J'ai pourtant l'impression que tu matches avec n'importe qui.

Elle m'adresse un regard ironique.

– C'est vrai que toi et moi, on a tout de suite accroché.

Quand je la détaille, avec son visage expressif, ses quelques taches de rousseur et ses cheveux ni vraiment bruns, ni vraiment blonds, je me demande comment je n'ai pas craqué pour elle immédiatement.

TU NE LA CONNAISSAIS PAS. UN JOLI FACIÈS, ÇA NE TE SUFFIT PAS.

En effet, je suis méfiant.

ET BORNÉ.

Qui que tu sois, t'es de quel côté, au juste ?

– Ça n'a rien à voir, je réfute. Tu as tripoté ma gratte avant de me cracher dessus. Il m'a fallu du temps pour dépasser cet affront.

Elle secoue la tête en rigolant.

– Heureusement que je t'ai fait de la peine avec cet article larmoyant.

– Tu te goures, Elvis. C'est pas du tout ce que j'ai ressenti.

Grâce à ça, je l'ai trouvée soudain incroyablement intéressante et courageuse.

DIS-LUI !

Pas avant de découvrir ce que la suite nous réserve. Je n'ai jamais rencontré une fille comme elle, je ne sais pas à quoi m'attendre, de ma part ou de la sienne.

TROUILLARD !

Boucle-la ! J'essaie d'agir de manière sensée, de combattre la pulsion de fermer les volets, les portes et de jeter la clé pour qu'elle reste ici avec moi. J'ai déjà perdu contre moi-même en la convaincant de ne pas rentrer chez elle ce soir, je dois me faire violence.

– Ah oui ! Pardon, c'était de la culpabilité, elle raille, sans rancune.

Je ne la contredis pas et reviens sur le sujet initial.

– Donc je dois te partager avec des jumelles increvables ?

– Increvables mais fans de toi !

– Elles aiment notre style de musique ? C'est trop cool.

– Ah non ! Elles aiment juste ton corps d'après ce que j'ai compris quand je leur ai annoncé que je devais m'occuper de toi.

– Bon, c'est déjà pas mal, j'imagine.

– Et pour info, j'ai également conservé Donovan Wolinski.

Comment est-ce qu'elle arrive à mener tout ça de front sans jamais rien laisser paraître ? Voilà un nouveau truc qui me plaît chez elle.

– Wolinski, le joueur de NBA ?

– Tu le connais ?

– On a donné un concert pour le All-Star cet hiver, c'est un type sympa.

– Très sympa, elle acquiesce en souriant.

J'immobilise ma fourchette à deux centimètres de ma bouche.

– Comment ça, *très* sympa ?

– Quoi ? Je ne fais que confirmer tes dires.

– Non, j'ai juste dit « sympa ». Je suis ton seul client *très* sympa.

– Jamais de la vie ! elle éclate de rire. Toi tu es... Tu es le seul client qui...

Elle réfléchit, je me redresse et la toise.

– Y'a rien qui te vienne spontanément ?

– Si ! Mais ce ne sont pas des adjectifs particulièrement valorisants.

Elle pince sa bouche et plisse son nez pour retenir son rire.

– Tu es virée.

– Tu es le seul musicien ! elle s'exclame alors.

Ce n'est pas ce à quoi je pensais.

– Donc je ne suis pas le seul dont tu as vu la queue ?

Elle ouvre de grands yeux et s'étouffe avec sa viande. Je ne suis pas vraiment sérieux, mais... j'espère bien que sa réponse sera : « Bien sûr que si, personne ne m'a jamais autant fait chavirer que toi, Ox. » Enfin, un truc dans le genre.

RIEN QUE ÇA ?

– Alors ?

Elle boit un verre d'eau et s'éclaircit la voix.

– L'an dernier, j'ai bossé pour un mannequin qui lançait sa marque de caleçons. Pendant un shooting, je suis presque sûre d'avoir aperçu un tout petit bout de son... Laisse tomber.

– De son quoi ?

– Je plaisante ! Tu es le seul dont... Enfin tu vois, quoi.

Elle rougit en lorgnant son couteau, un voile passe sur son visage et je la perds de longues secondes. À quoi pense-t-elle ? Est-ce qu'elle se questionne sur nous, elle aussi ? Soudain, elle pose ses couverts et relève la tête.

– Oxton, il faut que je te d...

– Je sais ce que tu vas me demander, je l'interromps en suivant le chemin de mes pensées. Et la réponse est : j'en sais rien et ça m'est égal. Prenons les choses telles qu'elles viennent, qui vivra verra.

On a plusieurs semaines devant nous pour déterminer ce qui se passe entre nous.

OUAIS, MAIS N'OUBLIE PAS QU'ELLE RENTRERA CHEZ ELLE CHAQUE SOIR !

– Hum... OK, elle acquiesce en mordant l'intérieur de ses joues.

Elle gamberge encore et, sans crier gare, elle repousse le tabouret sur lequel elle est installée. Je cligne des yeux deux fois et je la trouve devant moi, à passer ses doigts dans mes cheveux pour m'attirer vers sa bouche avec force. Sa façon de m'embrasser est si fiévreuse que ma température se met au diapason. Si je n'étais pas submergé par l'excitation, je pourrais croire qu'elle cherche à se faire pardonner. Mais c'est Elvis.

***

Je ne sais pas quelle heure il est, le temps ne s'écoule pas naturellement quand je suis avec Elvis. Je discerne le soleil derrière les épais rideaux. Je me lève tôt d'habitude, mais ça fait plus d'une heure que je l'observe alors qu'elle dort encore. Mes résolutions de voir ce que ça me ferait de ne pas l'avoir à mes côtés à tout instant s'étiolent de seconde en seconde. Hier soir, mon self-control a atteint son paroxysme quand je l'ai étendue sur l'îlot de la cuisine et qu'elle a gémi mon prénom. Je ne vois pas comment je pourrais me passer de lui faire l'amour toutes les nuits, comment me passer de nos discussions, de nos débats futiles... Mais est-ce vraiment le bon moment pour me lancer tête baissée dans une relation ? Si mes souhaits se concrétisent, le cinéma va prendre beaucoup de place dans ma vie et... Il me faut un café.

ET DES COUILLES !

Je me glisse hors du lit, rejoins le salon et, tandis que ma tasse se remplit, je continue à tergiverser. Ces cinq prochains jours, je n'ai rien de prévu hormis rester dans cette baraque pour prendre une pause salutaire. Qu'est-ce que je vais bien pouvoir foutre ? J'ai juste envie d'être avec Elvis, loin des Unfool, de son job et du cadre qui nous régit depuis que je l'ai rencontrée.

Je sors dans le jardin et m'assieds au bord de la piscine, les jambes dans l'eau. Ce dernier jour de juillet s'annonce caniculaire.

– Quelle heure il est ? j'entends sa voix ensommeillée grommeler derrière moi.

Je me retourne et mon cœur cogne contre ma poitrine. Avec son débardeur, sa culotte, et ses cheveux en pagaille, elle me fait un effet de dingue. Je ne savais pas qu'une fille pouvait réduire à néant les sentiments que j'ai ressentis avant elle. Quelle est la meilleure façon de lui demander de rester ?

– Presque 10 heures, je me souviens de lui répondre.

Un verre de jus d'orange à la main, elle s'installe à côté de moi, dans la même position.

– Bien dormi ?

– On a dormi ? elle pouffe en buvant une gorgée.

Elle lève son visage vers le soleil et ferme les yeux.

– Ça fait du bien, ce calme, elle murmure en souriant. Je crois que je vais me baigner vite fait avant le shooting, la température de l'eau est parfaite.

– Quel shooting ?

Son sourcil arqué me rappelle tout à coup mon excuse bidon d'hier.

– Ah oui, c'est vrai. Il est annulé. Le photographe a une angine. Profite, la piscine est à toi toute la journée.

– C'est tentant, je...

– Reste avec moi aujourd'hui.

Simple et efficace, non ? Elle m'adresse un coup d'œil surpris et repousse ses cheveux derrière ses oreilles.

– On a le droit de s'octroyer un temps mort après ces semaines à traverser le pays, je plaide.

– J'ai oublié ce que c'est de ne rien faire, elle rigole. Et j'ai presque oublié à quoi ressemble mon appartement, elle ajoute en faisant la moue.

Je ne suis pas pressé qu'elle s'en souvienne et j'ai l'intention de l'en détourner par tous les moyens à ma disposition.

– Décris-le-moi, je souffle en me penchant vers elle.

– Il n'est pas très grand, ça ira v...

Son mot s'envole lorsque je fais courir mes doigts sur sa cuisse dénudée.

– Vas-y, je t'écoute, je l'encourage en dessinant des spirales sur sa peau. Ne fais pas attention à moi.

– Facile à dire...

Je lui adresse une moue innocente qu'elle scrute un long moment. J'en profite pour mémoriser le motif que forment ses taches de rousseur.

– Il est au deuxième étage d'un vieil immeuble. Y'a d'abord une petite entrée.

– Hum hum, je commente en mordillant son épaule.

– Un salon avec... avec une cuisine minimaliste.

Elle bafouille et frissonne malgré la chaleur ambiante.

– De quelle couleur est ton canapé ? je la questionne en faisant remonter ma bouche dans sa nuque.

– Euh... Bl... Vert. Il est vert.

– Continue.

– La première chambre à gauche est celle d'Addison.

Dans le creux de son cou, son pouls palpite fort contre mes lèvres et j'entends sa respiration saccadée. Je suis la ligne de sa mâchoire avec ma langue jusqu'à atteindre son oreille.

– Comment est la tienne ?

– Elle est... elle est carrée. Ou peut-être rectangulaire et... On s'en fout.

On est d'accord ! Elle me repousse juste assez pour grimper sur moi et, avant que je puisse me féliciter de lui avoir fait oublier la couleur de sa tapisserie, elle se presse au bon endroit en réclamant ma langue dans sa bouche.

Lorsqu'elle se recule pour reprendre son souffle, je pose mes mains sur ses hanches. Alors qu'elle ouvre la bouche pour parler, je resserre ma prise et la jette en arrière dans la piscine. Je ressens une légère culpabilité lorsqu'elle disparaît sous l'eau, très vite balayée par mon rire quand son visage furieux émerge à la surface.

– Enfoiré !

– « La température était parfaite » ! Je cite tes propres mots.

– Celle de la plaque de cuisson est parfaite pour y faire cuire ta figure ! Pars devant, j'arrive.

Je me relève et plonge à côté d'elle.

– T'as bien fait de rester, Elvis. Elle est vraiment bonne.

Chaque matin, je la convaincs de ne pas s'en aller. Je diversifie mes techniques de persuasion et ça en devient un jeu dont j'aime énormément les règles. Durant cinq jours entiers, plus rien n'existe en dehors de son corps, de son esprit et de nos fous rires. Elle me raconte des souvenirs, je lui joue des improvisations. Elle fait la planche au milieu de la piscine, je l'oblige à mater de vieux westerns devant lesquels elle s'endort inexorablement. Nous mangeons quand il faudrait dormir et dormons quand il serait temps de se réveiller. Il n'y a rien que nous deux, dans une bulle inaccessible. Personne ne vient, comme s'ils avaient tous compris d'eux-mêmes que rien ne devait perturber l'alchimie qui grandit entre Elvis et moi. Riley a peut-être trouvé la femme de sa vie. Du moins quelqu'un chez qui habiter pour quelque temps. Je ne pense plus à ma carrière ou à mes doutes, je suis fou d'Elvis et je crois bien que c'est réciproque. Je voudrais lui demander comment elle voit les choses, mais rien ne presse.

– Quand est-ce que tu commences tes cours de théâtre ? elle s'intéresse en barbotant.

– Darell s'est mis en lien avec un prof réputé de L.A., on attend sa réponse.

– Qui ça ?

– Marcello Da Milano.

– Ah oui, il est génial ! Mais il est très demandé.

– Comment tu le sais ?

– Je le connais depuis un moment, avant qu'il ait une telle notoriété.

– C'est-à-dire ?

– Je n'en dirai pas plus, monsieur Briggs ! Je ne dévoile jamais la vie privée des autres.

J'ai l'intuition que ça a un lien avec son adolescence, mais je respecte son silence. J'aime ça chez elle, c'est honorable et rassurant.

– J'espère qu'il m'acceptera comme élève, je reprends en dessinant des cercles sur l'eau. J'adorais ça quand j'étais ado.

– Pas autant que la musique, apparemment.

J'ai appris à l'aimer davantage, à y insuffler ma frustration et ma rage, ce qui a porté ses fruits.

– J'ai fait un choix à cette époque.

– Tu dis ça comme si c'était tout l'inverse d'un choix, elle note en fronçant les sourcils.

De mauvaises émotions se ravivent en moi, essayant de gâcher mon bien-être en sa compagnie. Pas question que mon humeur soit ternie et, au-delà de ça, j'ai envie de lui dévoiler cette partie-là de ma vie.

– Mon père est acteur.

J'ai balancé ça d'une voix étonnamment calme, avec le naturel qu'Elvis m'inspire depuis le début.

– Tu le côtoies ?

– Tu m'demandes pas qui c'est ? je l'interroge.

Elle hausse les épaules. Évidemment, je ne suis même pas étonné.

– C'est de là que tu tiens ton envie de faire du cinéma ?

– Pas du tout, je rétorque sans retenir mon acidité.

Surprise, elle penche la tête en arrière.

– On n'est pas obligés d'en parler... elle chuchote.

– J'ai jamais confié ça à personne, mais ça me bouffe ces derniers temps et j'ai envie de le dire à quelqu'un. Ou plutôt, j'ai envie de te le dire à toi.

Elle baisse les yeux avant de les poser de nouveau sur moi.

– Pourquoi ?

– J'ai confiance en toi, je crois que tu es la bonne personne pour accueillir ce genre de confidence.

Oui, la bonne personne. Ça sonne comme une évidence.

41
ELVIS

Il faudrait boire combien de litres de chlore pour noyer ses mensonges ?

Si la température de l'eau était agréable, elle semble refroidir de seconde en seconde tandis que je prends la mesure de mon mensonge. Le fond de la piscine cherche à m'aspirer et je me laisserais volontiers emporter pour noyer ma honte. Oxton me confie un pan entier de sa vie, m'en croyant digne alors que je mériterais d'être foudroyée sur place.

C'EST LE MOMENT OU JAMAIS, ELVIS. TU NE PEUX PLUS CONTINUER COMME ÇA.

J'en ai conscience, même si je viens de passer cinq jours à me voiler la face. Je me suis convaincue de ne pas saboter ce tête-à-tête hors du commun. Oxton est génial, et ma crainte de le perdre occupe chaque parcelle de mon esprit. J'ai bien essayé de lui en parler le soir où Mira a accouché, mais rien ne s'est passé comme prévu.

– Il est très connu, il poursuit naïvement. J'avais 15 ans quand ma mère m'a révélé qui il était. Toutes ces années, elle m'avait fait croire qu'il était l'homme d'un soir, qu'elle ne connaissait pas son nom ni comment le retrouver. L'homme d'un soir, ça, c'était vrai... Je l'ai super mal vécu, je m'étais figuré un type génial, j'avais presque de la peine pour lui, qui avait un fils sans le savoir. J'ai vite déchanté. Ma mère était l'une de ses groupies, elle a eu ce qu'elle voulait en se le tapant et, surprise, je suis né neuf mois plus tard. Je me suis toujours demandé si elle avait cherché cette grossesse pour coincer mon père. J'lui ai jamais posé la question et, au bout du compte, elle n'a rien obtenu du tout de sa part.

Il reprend son souffle et frotte sa barbe.

– C'est pour ça que je suis méfiant et que j'ai du mal avec les groupies. J'peux pas m'empêcher de les trouver stupides et égoïstes.

Plutôt que de me pousser à lui raconter ce qu'il ne connaît pas de moi, son honnêteté fait couler dans mon corps un épais ciment. J'étouffe, ma gorge se scelle et je me pétrifie. Je le trouve extrême dans son jugement, mais je n'ose pas prendre parti.

– J'étais passionné par le théâtre, à cette époque. Je me voyais déjà briller sur les planches ou devant une caméra. Mais lorsque j'ai appris qui était mon père, que j'ai compris qu'il était au courant de mon existence mais qu'il l'avait cachée à sa vraie famille, j'ai vrillé. J'ai abandonné tout ce qui me rapprochait de lui.

Je voudrais qu'il arrête de parler, je voudrais fuir, mais l'eau agit comme un moule étroit qui me retient prisonnière. Je claque des dents, mais pris dans ses explications, Oxton ne remarque pas mon état.

– Quelques mois avant que tu n'arrives, je me sentais mal. Je crois qu'on peut appeler ça une crise identitaire et j'en ai conclu que j'avais cloîtré une partie de moi pour de mauvaises raisons, qu'à vouloir repousser mon père, je lui donnais finalement une place encore plus importante qu'il ne méritait pas.

Il lâche une profonde expiration et pose les yeux sur mon visage.

– Voilà pourquoi je veux faire du cinéma et pourquoi j'étais si tendu quand tu t'es mis à travailler pour moi. Je t'ai vue comme une énième personne qui allait essayer de me faire changer.

Il tend sa main vers ma joue et recoiffe mes cheveux derrière mon oreille, avec une douceur qui me donne envie de fondre en larmes.

– J'avais pas tout à fait tort, il reprend plus bas en souriant. Mais ton influence n'a rien de négatif.

Il avance son torse, penche sa tête et m'embrasse si passionnément que... que je le repousse.

– Qu'est-ce qu'il y a ? il s'étonne.

– J'ai envie de faire pipi, je parviens à articuler.

– T'es sérieuse ? il rigole en m'envoyant une vague d'eau dans la figure. Je vais me renseigner pour te faire greffer une vessie trois fois plus grande.

Je traverse difficilement la piscine, mes mouvements sont désordonnés et mon souffle est haché.

Lorsque j'atteins ma chambre, je pousse la porte de la salle de bains et m'effondre sur les WC. Je me donne envie de vomir.

DESCENDS ET DIS-LUI LA VÉRITÉ !

Sa mère était une groupie. Si je lui avoue que... J'y arriverai pas.

TU N'AS RIEN À VOIR AVEC ELLE !

Mais j'ai menti.

Rita essaie de me raisonner, mais je suis paralysée par la peur et la honte. Il faut que je rentre chez moi.

NON !

Maintenant.

Je saute sur mes pieds et enfile ce qui me passe sous la main, à même ma peau encore mouillée. Je fourre toutes mes affaires dans mon sac comme si l'apocalypse était en marche. Quand tout est bouclé, je descends au rez-de-chaussée.

– Tu fais quoi, Elvis ?

Appuyé contre le plan de travail, un verre dans la main, Oxton m'observe sans comprendre.

– Il faut vraiment que j'y aille, cette fois !

Il cligne des yeux, totalement pris de court.

– Ma coloc va finir par me griller et capter que j'ai préféré ta présence à la sienne, je me justifie lamentablement. Sa vengeance sera lente et sournoise.

Il fronce les sourcils, ma culpabilité atteint des sommets.

– Qu'est-ce que je vais faire ici tout seul ?

– Ce que tu faisais avant que je te colle aux basques.

– Écrire des tubes interplanétaires ? Être l'égérie d'une génération ?

– Cultiver des boutures d'arrogance et de prétention, je raille en entrouvrant la porte. Profites-en pour faire le point avec ton agent, les vacances sont terminées.

En quatre enjambées, il arrive devant moi pour m'embrasser. Je mets dans ce baiser des émotions qui me dépassent. Je suis une bombe prête à exploser.

– Allez, file avant que j'annule tout ce qui est prévu pour les cinq prochains jours, il se résigne à articuler contre ma bouche.

Je file, oui, presque en courant tant ce qui me poursuit est terrifiant. Je m'engouffre dans le premier taxi qui passe et j'éclate en sanglots au croisement suivant.

– Peine de cœur ? me demande mon chauffeur.

– Quelque chose comme ça, je renifle.

– Les gens vont et viennent, ainsi est faite la vie.

Je me retiens de lui dire d'aller se faire foutre, mais son sourire bienveillant dans le rétroviseur annihile ma virulence gratuite. Ça va, ça vient, j'en ai conscience. Mais Oxton... C'est comme s'il était là depuis toujours. Il a pris plusieurs formes mais la dernière est celle dont les agrafes seront les plus dures à retirer s'il me repousse en apprenant la vérité.

Parvenue devant chez moi, j'ai l'impression d'être partie depuis dix ans. J'ai du mal à retrouver mes repères.

– Qui va là ? beugle la voix de ma colocataire lorsque j'ouvre la porte de notre appartement.

Tiens ! Qu'est-ce qu'elle fait là ?

– C'est moi, Addi.

– Elvis ? Elviiis ! je l'entends hurler depuis sa chambre.

Elle arrive en courant, sans trébucher. Si j'étais en meilleure forme, je la féliciterais. Au lieu de ça, dès qu'elle se jette à mon cou, je me remets à pleurer.

– Oh ! elle se raidit en reculant. Je suis persuadée que je t'ai manqué, mais de là à chialer... Qu'est-ce qui se passe ?

Pour une fois, c'est elle qui me guide jusqu'au canapé. Elle s'assied à côté de moi et s'accroche à mon bras. Je lui raconte tout, dans les moindres détails. Bon sang, ça me fait du bien de ne plus tourner en rond avec Rita pour seule interlocutrice.

– OK... Donc si je comprends bien, tu es rentrée depuis cinq jours ! Je vais te le faire payer pendant cinq ans !

– C'est tout ce que tu retiens ?

– Non ! Mais je tenais à commencer par là. Concernant le reste, je ne te reconnais pas, Vi. Tu n'es pas ce genre de fille, tu es bonne et honnête, tu as toujours pris les embûches à bras-le-corps.

– Ouais, mais quand il s'agit d'Oxton Briggs, je suis complètement à la ramasse.

– Mais il ne s'agit plus de ton petit chanteur fétiche, on parle d'un mec dont tu es tombée amoureuse. Maintenant, pas y'a dix ans ! Tu l'as dit toi-même, il n'a rien à voir avec ce que tu avais construit autour de lui. Tu ne peux pas réagir en fonction de ça.

Elle a raison, mais c'est plus facile à dire qu'à faire.

– Il ne supporte pas les groupies, je souffle sans lui avoir confié l'environnement familial d'Oxton.

– Ouais enfin, c'est grâce à ses fans qu'il en est là aujourd'hui. C'est moche de cracher dans la soupe.

– J'te parle de celles qui frisent l'hystérie et qui sont prêtes à tout.

– Et tu fais partie de cette catégorie ?

– Pas du tout !

– Alors tes arguments ne tiennent pas. Tu salis ton image en te basant sur le jugement abrupt d'une starlette à l'avis beaucoup trop tranché. Tu bloques sur un truc idiot. Tu le kiffes depuis que t'es ado, houlàlà ! Quelle tragédie ! Où est passée ta faculté à relativiser ?

Plus je l'écoute, plus je me sens stupide.

– S'il s'arrête au fait que tu étais fan de lui, il ne te mérite pas.

BIEN DIT, ADDI !

– Tu vas retourner là-bas et tout lui balancer, elle poursuit en me secouant l'épaule.

OUI !

– Mon contrat n'est pas encore fini, je n'ai pas les moyens de prendre un hypothétique licenciement à la légère.

– Hum, cet argument est déjà davantage valable, alors il faut que tu prennes de la distance. Tu n'aurais jamais dû passer ces cinq jours avec lui.

– Je sais, je ne comprends pas ce qui m'a pris. Je me suis laissé emporter par un tourbillon de sentiments et j'ai la sensation d'avoir été ramenée violemment à la réalité ce matin.

– C'est ce que je ressens chaque fois que je couche avec Chester. Et c'est pour ça que je suis venue souffler un peu ici aujourd'hui.

– Vous continuez ? je m'étouffe.

– C'était juste le temps de ton déplacement. Tu sous-estimes les conséquences de ton absence.

– Mais bien sûr.

– Est-ce que tu y vois plus clair ?

– Pas vraiment, mais tu as raison, je vais profiter de la fin de la tournée pour me tenir autant à l'écart que possible. Je vais peut-être me rendre compte que je ne l'aime pas tant que ça, ou bien ce sera lui et les choses se concluront plus simplement.

CETTE CONVICTION EST INCROYABLE...

Et comme pour me rire au nez, mon portable vibre et affiche un texto d'Oxton.

42

OXTON

Est-ce que je dois écouter la voix dans ma tête ? Ok, dis comme ça, c'est flippant.

Elvis s'est évaporée depuis une heure seulement et elle me manque déjà. Je savais qu'elle finirait par rentrer chez elle, mais son départ précipité me contrarie. Je lui ai parlé de moi et elle s'est volatilisée en un claquement de doigts. Comme je la connais, elle a très bien pu s'éclipser en pensant que j'avais besoin d'être seul après une telle confidence. En effet, elle ne dépasse jamais mes limites personnelles.

Quoi qu'il en soit, je me suis habitué à sa présence – encore plus avec cet aparté hors du commun que nous venons de vivre –, et ça me gonfle qu'elle ne soit pas là, je vais donc devoir trouver une solution. La frustration et moi, on ne fait pas bon ménage et j'ai besoin de savoir si elle veut être avec moi. C'est dingue, je stresse comme si elle était ma première petite copine. Si j'avançais à tâtons jusqu'à maintenant, je veux officialiser le fait que je tiens à elle. Ce qui m'attend sur cette fin d'année, j'ai envie de le vivre en l'ayant à mes côtés.

TU POUVAIS PAS LUI DIRE ÇA AVANT QU'ELLE SE TIRE ? DIS-LUI DE REVENIR !

Les battements de mon cœur accélèrent lorsque j'entends la porte d'entrée s'ouvrir, mais je redescends très vite sur Terre en reconnaissant Riley.

– Tu pourrais avoir l'air content de me voir ! il me lance en s'affalant dans le canapé.

– J'ai attendu ce moment toute ma vie, je rétorque.

– Laisse-moi deviner, Elvis s'est barrée et tu déprimes ? Où sont la drogue et l'alcool qui vont avec la vedette dépressive ?

– Ferme-la.

– Tu ne mérites pas mon amitié ! il fait mine de me reprocher. Je suis sans domicile fixe depuis qu'on est de retour, tout ça pour que tu séduises cette pauvre Elvis qui n'a pas idée qu'elle vend son âme au diable.

– Elle a eu des semaines pour s'en rendre compte.

– Ouais, mais tu pourrais te montrer plus reconnaissant envers cet incroyable ami que je suis.

Il s'allonge et croise ses bras derrière sa tête.

– T'as de la chance, ton teint amoureux me rend moins rancunier, il ajoute en ricanant. Tu la revois quand ?

J'ai même pas pensé à le lui demander quand elle est partie.

– Au fait, j'ai eu Asher au téléphone.

Avec l'arrivée prématurée du bébé, le séjour de Miranda à la maternité se prolonge. Et le troisième membre du groupe ne la quitte pas d'une semelle. Nous n'avons pas encore rencontré Jane, leur fille. Asher refuse tout net que nous venions à l'hôpital. Tout le monde sait que l'extérieur regorge de germes agressifs prêts à se jeter sur son enfant. *Asher a un enfant, bon sang !*

– Comment va la petite ?

– Très bien, et Miranda aussi. Quant à Asher, il est égal à lui-même. Dès que sa fille pleure, il pense qu'elle est en train de contracter un virus mortel. Mira a demandé qu'il soit interné, à défaut, il vient manger avec nous dimanche soir. Tu devrais dire à Elvis de se joindre à nous ! Et insiste pour qu'elle bave dans son verre. J'ai pas fini de faire regretter ses cachotteries à ce batteur.

C'est ironique, aucun de nous deux n'en veut à Asher. Former un groupe n'oblige pas à tout partager, j'en sais quelque chose. Content d'avoir une bonne excuse pour faire revenir Elvis, je chope mon portable et lui écris un message.

Oxton : Bien arrivée ?
Elvis : Oui, bien arrivée, merci.
Oxton : Riley vient de réapparaître, le radar de ce mec est hors du commun. Et Ash daigne dîner avec nous dimanche soir. Note-le dans ton agenda, j'enverrai Travis te chercher pour 19 heures.
Elvis : Restez entre vous, vous avez plein de choses à vous dire.
Oxton : La dernière fois que t'as dit ça, un vagin démoniaque s'est ouvert devant toi. Tu tiens vraiment à déchaîner à nouveau les éléments ? Tu viens, c'est non négociable.
Elvis : J'ai le droit de donner mon avis ?
Oxton : Tu envisages de refuser mon invitation ? Tu veux me pousser à lancer un concours pour te trouver une remplaçante ?
Elvis : J'ai gardé le numéro des deux filles de Vegas. Si ça te tente, je peux leur envoyer un message pour les convier à ta soirée privée. Est-ce que c'est

toi qui vas cuisiner ? Ça ajouterait du cachet à ton événement.

Retrouver ses reparties me rassure, mais je n'aime pas cette impression qu'elle se défile.

Oxton : Travis vient te chercher pour 19 heures, c'est tout.

Deux minutes s'écoulent, elle est toujours connectée mais ne répond rien.

Oxton : Allez, Calloway, ne m'oblige pas à me faire inviter à une nouvelle avant-première pour t'y traîner. Tu porterais la robe, cette fois !
Elvis : OK pour Travis à 19 heures.
Oxton : Je savais que cette menace serait entendue. Bonne fin de journée, Calloway.
Elvis : À vous aussi, monsieur Briggs.

Impossible de déterminer si le retour du « monsieur » est ironique. Je la sens distante.

TU TE PRENDS TROP LA TÊTE, OX ! CALME-TOI !

Celui qui squatte mon esprit depuis quelque temps n'a pas tort, je me découvre une nature possessive que je dois apprendre à contrôler.

***

Pourquoi j'ai dit 19 heures ? Chaque minute passée sans Elvis ressemble à une torture. Une heure avant la délivrance, le type que je paie pour cuisiner ce soir se pointe en même temps qu'Asher. Je ne l'ai pas revu depuis qu'on a quitté l'hôpital il y a une semaine et nous n'avons donc pas parlé de ce secret qu'il a réussi à garder pendant huit mois. J'en suis encore sur le cul.

– Alors, vieux ? je l'accueille avec un sourire en coin. Ou je devrais plutôt dire « papa » ?

– Il me faut une bière.

– Tu as un bébé... Merde ! J'arrive pas à y croire. Pourquoi t'as rien dit ?

– C'est une histoire compliquée, je suis venu dîner pour faire une pause.

Ce mec est un véritable coffre-fort et l'idée qu'Elvis ait gardé le double de la clé me touche beaucoup. La confiance est une notion assez rare, surtout avec des gens comme nous.

Nous buvons cette bière avec Riley et lorsqu'on sonne à la porte, je saute de mon fauteuil et me rue sur l'entrée. J'ai une bouffée d'euphorie en retrouvant Elvis sur le seuil et je perds mes mots face à son allure.

– Tu es superbe.

Ma façon de la détailler lui fait monter le feu aux joues. Quelque chose de puissant vibre entre nous, c'est impossible de passer à côté.

ET IMPOSSIBLE DE S'EN PASSER.

– Je vais t'embrasser, j'annonce avec assurance.

Comme toujours... je m'attends à l'entendre répondre. Mais elle se contente d'un drôle de sourire auquel mon cerveau ne prête pas attention. Il ne voit que sa jolie bouche rose. Je survole d'abord ses lèvres, avant de les aspirer. Je mets tant d'entrain dans mon baiser que je dois la retenir pour lui éviter de tomber en arrière. Quand je la redresse, elle est à bout de souffle.

– Tu m'as manqué, Calloway.

– Monsieur Briggs, on était encore ensemble y'a quelques jours, elle tempère.

– Tu mens toujours aussi mal !

Elle fronce les sourcils et avale sa salive en regardant derrière elle comme si elle pesait le pour et le contre avant de mettre les voiles.

– Tu entres ou pas ?

– Bien sûr ! elle sursaute.

Elle me dépasse, je referme derrière elle puis pose mes mains sur ses épaules pour la guider vers le salon. Je ne loupe rien du frémissement qui la parcourt et je l'entends inspirer plus fort.

– Elllvis ! l'accueille Riley sans bouger du canapé. C'est bon de te voir ! Tu nous manques, tu sais !

– Ça sent super bon, elle lance en humant l'air autour d'elle. Qui a cuisiné ?

– Un type qui s'appelle Murray, répond Riley.

– C'est pas Morris ? je demande.

– C'est Corey, corrige Asher.

– Non, en fait, c'est Casey, se présente alors le concerné depuis le seuil de la cuisine.

Vêtu d'une tenue de chef, il affiche un sourire accueillant.

– J'étais le plus proche, se vante Ash.

– J'ajoute la touche finale, faites-moi signe quand la dernière personne est là.

– Ça marche, j'acquiesce.

– Miranda vient aussi ? se réjouit Elvis. Elle et Jane sont sorties de l'hôpital ?

– Non, elles devraient pouvoir rentrer après-demain, l'informe Ash.

– J'ai hâte de les voir !

La sonnette s'active encore.

– Ah ! La voilà ! s'exclame Riley en sautant par-dessous l'accoudoir.

– Qui est-ce ? me demande Elvis. La gagnante d'un concours ?

– Une vieille amie que j'ai envie de te présenter.

– Tu n'as pas d'amis, elle me taquine.

Je n'ai pas le temps de répliquer, la voix de Riley prend toutc la placc.

– Sally ! Viens me faire un câlin, cougar !

43
ELVIS

Je me souviens maintenant pourquoi traîner dans un bar à 14 ans n'est pas une bonne idée.

Une vieille amie qui s'appelle Sally...

C'EST PAS CELLE À LAQUELLE ON PENSE, HEIN ?

Je me retourne au ralenti tandis qu'une voix féminine s'approche. Un timbre rauque, avec un accent du Tennessee. *Nooon !* Je la reconnais avant même de la voir.

EH MERDE, PAS CETTE SALLY-LÀ !

J'ai voulu annuler ce dîner un million de fois, je ne le sentais pas et j'aurais dû écouter mon instinct.

TU ME METS EN CONCURRENCE AVEC TON INSTINCT ? JE SUIS LA PLUS SYMPA DES DEUX !

Ah oui ? T'es contente de ce qui nous pend au nez, là ?

OK, NON, SAUTE PAR LA FENÊTRE !

Trop tard, toutes mes alarmes s'activent en même temps alors que je me retrouve face à la propriétaire du bar dans lequel j'ai découvert les Unfool. Pendant plusieurs mois, elle a été témoin de mon attachement à ce groupe et a entendu presque tous mes soupirs transis. J'espère de tout mon cœur qu'elle m'a effacée de sa mémoire. C'était il y a dix ans, avec tous les clients qu'elle a servis, les chances sont maigres qu'elle me reconnaisse.

– Sally, j'te présente celle que toutes les stars s'arrachent, m'introduit Riley en en faisant des caisses. Mais grâce à moi et mon flair hors pair, elle bosse pour nous et s'occupe de notre petit Oxton comme une cheffe. Il ne peut plus se passer d'elle !

La barmaid pose ses yeux fardés sur moi, lorsqu'ils s'écarquillent de surprise, je comprends que mon vœu n'a pas été exaucé. Je suis foutue. Merde ! Qu'est-ce que je dois faire ?

– Elvis ? Elvis !

Est-ce qu'un jour mes espoirs ne seront pas brisés ? J'hésite à feindre une erreur de sa part, à prendre un accent italien et dire : « Non, moi c'est Rosalina, vous devez confondre », mais entourée d'Oxton, Riley et Asher, c'est impossible.

– Heyyy... je réponds en sentant mes organes se liquéfier. Saaalllyyy...

Elle se rue sur moi et m'attrape dans ses bras tatoués. Sa poigne est aussi puissante qu'il y a dix ans. *Bon sang, ce n'est pas comme ça que les Unfool doivent être mis au courant ! Pas comme ça qu'Oxton...*

JE T'AVAIS DIT DE LUI EN PARLER !

– C'est bien toi ? Je suis tellement heureuse de te revoir !

– Moibauchi, je parviens difficilement à articuler contre son sein.

Elle tend ses bras pour me faire reculer, me dévisage, me colle encore contre elle et recommence.

– Sale petite peste ! elle gronde. Je me suis fait un sang d'encre quand tu t'es volatilisée du jour au lendemain. J'ai mis des potes sur le coup pour essayer de te retrouver, mais ils sont revenus bredouilles.

– Je suis désolée.

Je cherche quelque chose à répondre pour expliquer pourquoi je me suis évaporée, mais je n'ai pas d'inspiration. La seule chose à laquelle je pense, c'est ce qui va me tomber dessus.

– Vous vous connaissez ? s'étonne Oxton.

PUTAIN, PUTAIN, PUTAIN !

Rita panique et c'est encore loin de la réalité. Même si je trouve un prétexte pour rentrer chez moi, ça ne changera rien. Le mieux est de tout tenter pour contenir la déflagration.

– Un peu, je minimise. Depuis, il s'est écoulé une éternitééé !

– Arrête, c'est comme si c'était hier ! J'ai servi des litres de Coca à cette gamine, elle lui répond en m'ébouriffant les cheveux. Enfin, gamine... plus vraiment, elle poursuit en me couvant d'un regard appréciateur. T'es devenue une sacrée nana !

Elle m'attrape la main et me fait tourner sur moi-même.

– Tu es magnifique !

J'ai envie de vomir, je tangue et c'est Oxton qui me stabilise en posant ses paumes sur ma taille. Elle joue des sourcils en l'observant avec complicité.

– Y'a un truc entre eux ? elle chuchote sans discrétion à Riley.

– Chuuut ! il exagère en barrant sa bouche avec son index, avant de passer un pouce sous sa gorge. Ils entretiennent une relation secrète.

– Si j'avais su que dix ans plus tard, tu...

– Bon, on prend l'apéro !

C'était supposé être une question, mais c'est un ordre suraigu. *Il faut qu'on change de sujet.*

– Morray ! Curris ! Carey ! je m'embrouille en voulant héler le cuistot.

– C'est Casey, il crie depuis la cuisine. J'arrive avec les amuse-bouches.

– Génial ! Je meurs de faim, pas vous ? Allez, installons-nous ! Je meurs de faim, pas vous ?

– On a compris, ricane Asher.

L'angoisse qui pulse dans mes veines me rend intenable. Résultat : je tourne autour de la table.

– C'est quoi l'idée ? Un jeu de chaises musicales ? se moque Oxton. Tu veux que je chante ?

– Alors comme ça, tu bosses pour ces lascars ? C'est dingue le destin, quand même !

BON SANG, SALLY NE LÂCHE RIEN !

Je lui fais les gros yeux pour qu'elle n'aille pas plus loin dans sa nostalgie, mais elle ne s'en rend pas compte. Le plateau présenté par Casey attire son attention.

– C'est-à-dire ? tique Oxton.

– Ça a l'air délicieux ! je m'exclame. Je meurs de faim, pas vous ?

– Si tu le dis une quatrième fois, je t'enfonce ce mini-hamburger dans la bouche, s'agace Asher.

– J'ai oublié mon plaid dans ma voiture, je débite sans réfléchir. Sally, tu m'accompagnes ?

– Euh… Un plaid au mois d'août ? C'est un code pour tes tampons ?

– Pourquoi tu parles de destin ? insiste Oxton.

Mon cœur se met à battre plus vite que jamais. Ma gorge se serre et je ne parviens plus à inspirer et expirer naturellement. Si j'avais un miroir devant moi, aucun doute que mon reflet aurait les lèvres bleues et les pupilles dilatées.

– Ben, tu sais, le destin ! j'articule sur un ton surjoué. Je m'appelle Elvis, tu es une rock star, c'est hilarant, ce hasard d'alignement des étoiles dans la galaxie intersidérale.

– Tu ne te souviens pas d'elle, Ox ? s'étonne Sally sans se rendre compte de la catastrophe qu'elle risque de provoquer. La gosse qui était au Ang'Hell tous les jeudis soir. Avec sa tignasse, ses jeans trop grands et son teint pâlichon.

WAOUH, QUEL PORTRAIT CHARMANT !

Ce sera parfait sur la tombe que les Unfool vont me creuser d'un instant à l'autre. Mon attention est accrochée au visage d'Oxton, je le vois réfléchir, froncer les sourcils, plisser le front et froncer les sourcils à nouveau. Impossible qu'il s'en rappelle, c'était il y a dix ans ! Avec tout ce qu'il a vécu depuis et toutes les personnes qu'il a croisées, je ne peux pas croire qu'il se souvienne de moi.

TU AS DÉJÀ DIT ÇA IL Y A MOINS DE CINQ MINUTES...

– Tu dois confondre, Sally. Elvis ne connaissait même pas nos chansons quand elle s'est mise à bosser pour moi.

– J'avoue qu'elle s'est transformée, mais je reconnaîtrais ce regard entre mille. Et puis, avec un prénom pareil, c'est évident.

Fin de la partie. Lorsqu'Oxton braque ses iris sombres sur moi après ce qui me semble être une éternité, les ondes qu'il m'envoie sont plus acérées que des couteaux de cuisine.

– C'est vrai ? C'était toi ?

La bouche ouverte, je suis incapable de parler. Il ferme les yeux pour se replonger dans de très vieux souvenirs.

– On peut dire qu'Elvis est votre première fan, c'est trop mignon de la voir parmi vous !

Bon sang, Sally, par pitié ferme-la ! Oxton se décompose, avant d'afficher un air que je ne lui ai jamais vu et que j'aurais voulu ne jamais découvrir.

– C'est une plaisanterie, Elvis ? La gamine qui m'a supplié de nous accompagner en tournée, c'était pas toi ? il répète plus brusquement en comprenant qu'au-delà de ce détail, le fait que je ne suis pas l'une de leurs fans est faux.

J'attrape un verre de vin rouge et le descends d'une traite.

– Alors, si, effectivement, mais...

Il abat ses paumes sur la table si violemment qu'un hoquet m'échappe. Sally quant à elle, lâche un cri bien plus bruyant.

– Qu'est-ce qu'il se passe ? elle s'inquiète en faisant osciller son regard entre Oxton et moi.

– Du calme, Ox, essaie de tempérer Riley. Ce n'est pas parce qu'elle nous kiffait quand on a commencé à jouer qu'elle est restée une groupie aujourd'hui. Pas vrai ? il m'interroge en se tournant vers moi.

Je ne peux pas leur mentir ouvertement. Jusqu'à maintenant, je me suis contentée de les laisser croire ce qu'ils avaient interprété lors de notre première rencontre. Mais je ne suis pas ce genre de personne, et eux ne méritent pas ça. On a noué une espèce de relation hybride que je ne définis pas encore très clairement et j'aurais dû leur faire cette révélation depuis longtemps.

ASSUME !

J'avais peur, mais ils me connaissent à présent, est-ce que ça change tant de choses que je sois aussi l'une de leurs fans ?

– Elvis ?

Je suis toujours incapable de prononcer le moindre mot. À la place, je plonge le regard dans celui de Riley, qui interprète immédiatement le message imprimé sur mes prunelles.

– Tu...

Il n'a pas le temps de poursuivre qu'Oxton repousse sa chaise en arrière. Son geste brutal me fait monter les larmes aux yeux.

– T'attendais quoi pour me parler de ça ?

– Je... Je ne... Le bon moment.

– Le bon moment ? On vient de passer cinq putains de jours ensemble ! il vocifère en mettant un coup de pied dans la table. Je t'ai baisée sur cette putain de table ! Tu t'es endormie dans mes putains de bras ! Je t'ai parlé de mon putain de père et toi, tu te foutais de ma gueule !

Il ferme les paupières en serrant les poings de rage. Je suffoque de honte alors qu'il déverse tous ces détails devant les autres. Les yeux de Riley oscillent entre le chanteur et moi, Sally ne sait plus où donner de la tête. Seul Asher reste stoïque.

– C'est pas comme ça...

– Dégage, Elvis !

Oxton part comme une flèche vers la baie vitrée, sans me laisser l'opportunité de me justifier. Sur son passage, il renverse tout ce qui se trouve sur une console, puis fait coulisser la fenêtre si fort qu'elle bute violemment contre l'encadrement. Elle vibre au point que je crains de la voir se briser.

– Attends, je vais m'expliquer ! je crie en me mettant debout.

– J'm'en branle, de tes explications, tu te barres, maintenant !

– Non !

– Si tu me suis, je te jure que...

Ses iris me fouettent, un sanglot douloureux bute dans ma gorge contractée. Sa silhouette disparaît dans l'obscurité, très vite rejointe par celle de Riley. C'est une catastrophe.

– N'y va pas, intervient Asher. Crois-moi, il en sortira rien de bon tant qu'il sera dans cet état.

– Il faut que je lui explique toute l'histoire.

– Tu aurais dû lui dire tout de suite, il me lance en soupirant.

IL DIT ÇA COMME SI...

– Attends, tu le savais ?

– Je ne t'ai pas reconnue immédiatement mais oui, j'le savais.

– Pourquoi t'as rien dit ?

Il remue les épaules comme s'il n'en avait pas grand-chose à faire.

– T'as de la chance que je ne me sois pas souvenu de toi dans cette salle de réunion, sinon j't'aurais balancée direct après que t'as bu dans le verre de Kass.

Alors là, je suis sciée. Asher est le plus effacé des trois, le plus hermétique. Du moins, en apparence.

– Ça n'explique pas que t'aies gardé ça pour toi.

– Disons que je t'ai pas mal observée et que je n'ai pas senti de menace. Hormis ta propension à précipiter l'extinction de l'humanité avec tes manies dégoûtantes, il ajoute en grimaçant. Et tu t'es montrée digne de confiance vis-à-vis de Mira et moi, donc...

– L'un de vous deux peut enfin m'expliquer ce qu'il se passe ? nous interrompt Sally. J'ai dit une connerie, c'est ça ?

– Je vais voir Ox et Riley, répond Asher en se levant à son tour. Vous devriez partir, je crois que le repas est terminé.

Il pose un regard insistant sur moi, puis sort de la pièce.

La barmaid donne un coup de semelle dans mon tibia pour attirer mon attention et obtenir mes explications. Je cache mon visage derrière mes mains et enfonce mes ongles dans mon cuir chevelu.

– Je leur ai laissé penser que j'étais tout sauf leur fan, je lui explique en me frottant les yeux.

– Pourquoi t'as fait ça ? C'est complètement débile !

– Je sais. Y'a eu un quiproquo la première fois et je me suis engouffrée dans la brèche sans réfléchir. Ensuite, il y a eu Gregory, cet attaché de presse débordant d'amour qu'ils ont éjecté, puis le fait qu'Oxton a une aversion pathologique pour les groupies et je me suis convaincue qu'ils n'avaient pas besoin de savoir que j'en étais une. En même temps, comment j'aurais pu deviner que ça prendrait une telle importance ? C'était censé être l'histoire de quelques mois.

– Donc je viens de bousiller ta couverture ?

– Ouais... mais je comptais l'avouer à Oxton à la fin de mon contrat. J'avais peur de me faire virer et... Bref, je n'avais pas prévu que tu te pointes dix ans plus tard. J'imagine que c'est bien fait pour moi.

Mon angoisse est à son paroxysme, je ne fais que lancer des coups d'œil vers le jardin. Qu'est-ce qui va se passer maintenant ?

– Viens au bar avec moi, elle me propose avec douceur. On s'installera devant un cocktail pour trouver une solution.

– Merci, mais je préfère rester. Il faut que je lui parle.

– Bon, comme tu voudras. Après tout, j'ai causé assez de dégâts pour ce soir... Je suis désolée que nos retrouvailles aient tourné au fiasco.

– Tout est ma faute.

– Je suis sûre que ça va s'arranger. Je les ai jamais vus donner une telle place à quelqu'un d'extérieur, alors je suis persuadée qu'ils vont te pardonner. Ça arrive de faire une connerie.

– Tu le penses vraiment ? je murmure.

– Pour Riley et Ash, oui... Concernant Oxton, j'avais raison, non ? Il y a quelque chose entre vous ? Davantage qu'une baise sur cette table ? elle ajoute en plissant le nez.

Je garde le silence, parce que j'en sais foutrement rien maintenant que mon masque est tombé.

– Passe me voir au bar, OK ?

– OK. Si on met de côté ce qu'il vient d'arriver, ça m'a fait plaisir de te revoir.

– À moi aussi, Elvis. Je suis vraiment désolée.

Elle quitte la villa, après m'avoir fait promettre de revenir la voir au Ang'Hell. Assise seule à la table, je ne sais pas ce que je dois faire. Rester pour lui parler ? Partir pour le laisser digérer ?

TU DEVRAIS DÉGUERPIR, C'EST JAMAIS BON DE PARLER À CHAUD.

– J'imagine que je ne sers pas la suite ? intervient le cuisinier.

– Rentrez chez vous, Curtis, la soirée est finie.

– C'est Casey, je l'entends soupirer.

Je soupire aussi et me lève. Si je pars comme une voleuse, j'ai peur que ça empire. Malheureusement, lorsque je prends mon courage à deux mains et sors dans le jardin, il est vide.

– Eh oh ? je crie à la ronde. Est-ce qu'on peut en discuter ?

J'ai beau quadriller l'espace autour de la maison, pas moyen de mettre la main sur qui que ce soit. Je croise les bras sur mon ventre pour contenir mes tremblements et me résigne à filer. Nous avons une séance photo programmée demain pour le lancement du clip à venir, je m'expliquerai là-bas, en espérant qu'Oxton soit calmé. Alors que j'attends un taxi au bord de la route, la culpabilité m'accable. Je n'ai pas voulu mentir, je n'avais aucun but sournois. J'ai seulement été stupide et lâche. Ça ne me définit pas, et je ne peux pas croire qu'il tire un trait radical sur moi à cause de ça. Rien que l'imaginer me poignarde en plein cœur.

44
ELVIS

Je savais que ce moment arriverait,
mais mon imagination a été
vraiment merdique sur ce coup.

J'aurais dû rester hier soir et attendre leur retour, au risque d'être accablée d'horreurs. J'ai passé une nuit affreuse, j'ai tourné et viré dans mon lit, l'angoisse et la culpabilité m'ont tenue éveillée sans répit. J'ai fait les cent pas dans mon appart, préparant mon discours de repentie. Addison a tenté de me rassurer, mais je me sens mal. Avec le recul, ça me coûtait quoi, de leur en parler, bon sang ?

– Ça va, Vi ? chuchote Addi en entrant dans ma chambre.

– Non... J'ai le bide retourné, je passe du chaud au froid... Bref, je flippe à mort.

– Tu leur as peut-être menti, mais ils te côtoient depuis presque deux mois. Je suis sûre qu'ils sauront faire la différence. Et puis, c'est pas non plus l'arnaque du siècle !

– Je serai fixée très vite, je dois les retrouver au studio dans moins d'une heure.

La séance photo qui se déroule aujourd'hui, et qui doit servir de promotion pour le clip, est suivie d'une interview avec un magazine de musique. Comme promis, Miranda a balisé toute l'organisation, son remplaçant sera là, je dois simplement veiller à ce que William parte d'un bon pied auprès des journalistes et faire mon retour à Mira. L'enjeu est important et ça ne pouvait pas plus mal tomber. D'ailleurs, est-ce qu'ils l'ont mise au courant ?

NON, ELLE T'AURAIT DÉJÀ INCENDIÉE PAR TÉLÉPHONE !

Mais ça viendra, elle aussi va me détester. Ce château de cartes devenu un foyer agréable vole en éclats.

– C'est Oxton qui m'inquiète. Lui et moi, on a...

– ...couché ensemble. Oui, je sais.

C'est plus que ça. On a partagé des choses fortes.

– Appelle-moi si y'a le moindre souci, OK ? Je viendrai te chercher.

– Avec ta voiture magique qui conduit toute seule ?

– En taxi, espèce de garce mal lunée ! Un coup de fil et je déboule avec mon semi-automatique.

– Mon Dieu, heureusement que tu n'as pas d'arme. Tu serais foutue de me tirer dessus !

– J'ai progressé en ton absence, elle m'oppose avec sérieux.

– Je suis vraiment contente pour toi, alors.

Je la serre dans mes bras, c'est bon de l'avoir à nouveau à mes côtés, surtout dans cette situation. Le froid jeté entre les Unfool et moi me donne un goût prononcé de solitude. Je déteste ça. Je me suis sentie seule une grande partie de ma vie et ce sont eux qui m'ont tenu compagnie. Ce matin, c'est le vide.

– C'était long, cette séparation, je reprends en étreignant plus fort ma meilleure amie. Ce sera la seule et unique fois, plus jamais je ne suivrai une star en tournée.

– Bien sûr que si. Oxton et toi, vous allez vous marier et tu iras où il ira. À la différence près que je serai avec vous.

Je rigole en imaginant ce trio angoissant, avant de sentir les larmes me monter aux yeux. Peut-être que ça n'arrivera jamais. Je n'ai pas fait de tels projets évidemment, mais s'il me rayait entièrement de sa vie, je...

– Je te sens devenir négative, Vi. Stop !

– Waouh ! Tu t'es améliorée, c'est vrai. Allez, j'y vais.

J'avais prévu de me déplacer à vélo, mais je n'en ai pas la force. Cette histoire m'atteint même physiquement. Quand le taxi me dépose sur le lieu du rendez-vous, mon énergie est encore plus basse.

Quand le taxi me dépose sur le lieu du rendez-vous, mon énergie est encore plus basse. Je me présente à l'entrée, le vigile me laisse passer sans encombre. J'imagine que c'est bon signe. Je traverse le grand studio et repère les Unfool au premier coup d'œil. Comment me comporter ?

TU SAUTES DEVANT EUX, TU LARGUES TES MEILLEURES EXCUSES, TU LEUR DIS QUE ÇA NE CHANGE RIEN À QUI TU ES ET TU LÂCHES UNE LARME COUPABLE.

Ouais, les doigts dans le nez !

J'amorce un pas vers eux et croise alors le regard de Riley. Lui qui est si sympa depuis le premier jour esquisse un faible sourire avant de faire non de la tête. Sa bouche remue, mais je suis toujours aussi nulle pour lire sur les lèvres. Oxton remarque le manège de son ami et se retourne vers moi. Ses prunelles glaciales me poignardent à distance. J'arrête d'avancer, déboussolée. OK, ce sera peut-être plus compliqué mais je ne me démonterai pas.

L'atmosphère est encore plus polaire quand un mètre nous sépare, pourtant je transpire abondamment.

– Tout est prêt, on s'y met ! crie une voix.

Comme un seul homme, ils se détournent et s'éloignent. Le sentiment de solitude qui m'étreint pèse une tonne.

– Bonjour, es-tu Elvis ? j'entends une voix m'interroger.

Je me retourne face à un inconnu.

– Oui ?

– Je me présente, William Rouse.

– Oh ! Le remplaçant de Miranda, c'est vrai. Bienvenue...

Je n'ai aucun entrain et jette un froid malgré moi.

– Je serai là-bas si tu as besoin de moi, il poursuit en désignant un coin salon.

Il s'éloigne, tout le monde s'active, alors je reste à l'écart et décide de faire ce que je suis supposée faire ici. Armée de mon portable, je prends des clichés mais le cœur n'y est pas. J'ai encore mal au ventre et la tête lourde. Je dois lancer un direct, mes mains tremblent tellement que j'hésite à l'annuler.

NE CHANGE RIEN À TON TRAVAIL, VI !

Le problème, c'est que trop de choses ont changé. Je me fais violence et entre dans la peau de mon personnage. Je suis si pâle sur l'écran que j'envisage de mettre un filtre bronzant. Je tiens le coup la première minute, mais retourne très vite la caméra pour filmer les Unfool de loin. C'est trop difficile de donner le change devant des dizaines de milliers de spectateurs, l'inquiétude transpire sur mon visage.

Alors que je commente ce qui se déroule, Oxton se tourne soudain vers moi, me scrute durement et marche d'un pas conquérant dans ma direction.

– Tiens, on dirait que notre chanteur préféré vient vous saluer ! j'annonce avec une joie exagérée. Je ne l'ai jamais vu aussi concentré.

Espérons que la communauté avale cette excuse. Il n'est pas concentré, il est furieux. À mesure qu'il réduit la distance, j'ai peur. Il n'a plus cette lueur qu'il me réserve depuis que nous nous sommes rapprochés.

COUPE LE LIVE !

Il s'immobilise face à moi, me prend l'appareil des mains avant que je ne puisse mettre fin au direct, change à nouveau le sens de la caméra et se poste contre mon épaule.

– Salut tout le monde ! il entame avec un immense sourire. La tournée est terminée et je voulais tous vous remercier, vous avez été géniaux partout !

Qu'est-ce qu'il fait ? Ce n'est pas son genre d'agir comme ça et mon pouls s'accélère.

– On vous réserve des surprises de malade pour septembre, mais j'ai une nouvelle à vous annoncer immédiatement.

Il se décale pour que nous partagions l'écran et passe un bras sur mon épaule. J'ai un mauvais pressentiment.

– Elvis nous quitte aujourd'hui, c'est sa dernière minute de live alors, tous en chœur, on lui dit : adieu Elviiis !

L'écran renvoie mon visage choqué, qui se couvre de centaines de petits cœurs rouges. Le sourire agrafé sur ma bouche me sauve la mise, mais au fond de moi, je suis pétrifiée. Rita n'arrive plus respirer, je sens mon âme se fissurer et exploser en mille morceaux.

– À très vite la Fan Squad ! il conclut avant de mettre fin au direct.

Il retire son bras sans douceur, me fourre le téléphone dans les mains et se barre. Je suis comme morte à l'intérieur. Je reste plantée là, incapable de déterminer si je vais éclater en sanglots, m'évanouir ou fuir loin de ce cauchemar.

JE T'INTERDIS DE QUITTER CET ENDROIT SANS LUI DIRE QU'IL EST UN SALE CONNARD !

Le choc passé, Rita est en furie devant une telle méchanceté gratuite. C'est vrai, je ne méritais pas cette humiliation. Je retrouve ma faculté de mouvement, redresse la tête et repère Oxton alors qu'il entre dans une pièce du fond. Avant de changer d'avis, je fonce, franchis la porte et la claque. C'est une petite loge sans fenêtre, Oxton est appuyé contre une table, poings serrés et tête baissée. Il sursaute et se tourne vers moi.

– T'as pas compris le message ?

– Espèce de connard !

Je n'ai pas l'insulte facile, un soupçon de surprise traverse sa figure mauvaise.

– Dégage d'ici.

– J'ai pas de mot pour décrire ce que tu viens de faire, je persiste sans reculer.

– Ce que je viens de faire ? Et toi ?

– Je ne t'ai pas humilié.

Son poing s'abat sur la table, la seconde qui suit, il me surplombe, menaçant.

– Tu t'es foutue de ma gueule ! il hurle près de mon visage.

Je ferme les yeux, incapable de trouver un point d'ancrage à mes arguments.

– Tu t'es fait passer pour une nana qui n'en avait rien à foutre et je t'ai accordé ma confiance grâce à ça ! Pendant tout ce temps, j'ai cru que tu m'appréciais pour qui j'étais alors que tu jouais un double jeu. Tu me dégoûtes.

– C'est faux ! je le contre en braquant mes prunelles dans les siennes.

– On a passé cinq jours ensemble et maintenant je ne sais pas qui était avec moi !

– Ça n'a aucun impact sur qui je suis. Descends un peu de ton piédestal, tu ne peux pas résumer les gens à leur admiration pour toi.

Son visage est effrayant, je ne reconnais ni le chanteur ni l'Oxton que j'ai appris à redécouvrir.

– J'évolue dans ce milieu depuis dix piges, je sais parfaitement comment ça se passe. Tu m'as fait croire que tu étais différente, mais tu es comme les autres. Non, tu es pire.

Il est hors de lui, une part de moi le comprend, mais je n'accepte pas qu'il ne voie que ça.

– Je ne suis pas une groupie hystérique qui renifle tes caleçons. Ta réaction est démesurée.

– Tu as menti. Tu as fait semblant de ne pas connaître ma musique, tu as agi comme si tu débarquais d'une autre planète et tu essaies de me convaincre que tu n'es pas déséquilibrée ? Elvis, la drogue de ta mère a grillé tes neurones.

Ce coup qu'il m'assène met Rita KO. Les larmes me montent aux yeux avant même que mon souffle ne bute contre mon palais. Tétanisé par cette violence injuste, mon esprit érige une bulle protectrice.

NE RÉPONDS PAS À ÇA, ELVIS ! IL NE MÉRITE PAS QUE TU TE JUSTIFIES DE TON PASSÉ !

Dieu sait que je suis rodée, j'ai subi ce genre de paroles une bonne partie de mon adolescence, mais l'entendre de la bouche d'Oxton Briggs, c'est très douloureux. Destructeur. C'est sa voix qui m'a aidée à traverser l'adolescence, son visage qui m'a redonné le sourire quand je n'allais pas bien. Ça peut paraître stupide de faire peser tant de choses sur une célébrité, mais on fait comme on peut. En cet instant, je sais que j'avais raison de craindre ce contrat. Les maigres liens auxquels je me raccrochais tant bien que mal, il vient de les sectionner définitivement. Je tangue et ma vision se trouble.

– C'est vraiment bas, je m'entends souffler d'une voix tremblante. J'admets mes torts, mais pas à ce prix-là...

Mes yeux et mon nez picotent, un sanglot est tout proche.

NE TE LAISSE PAS MÉPRISER, VI ! DÉFENDS-TOI !

– Vous savez quoi, monsieur Briggs ? je reprends d'une voix plus forte. Je vais vous rassurer sur un point : oui j'étais fan de vous le jour où vous m'avez recrutée, mais croyez-moi, je n'avais vraiment pas envie de travailler pour vous. Je n'ai pas eu le choix et vous avez eu vite fait de m'ouvrir les yeux sur mon stupide fantasme. Il m'a fallu à peine deux jours pour comprendre que vous étiez un gros con égocentrique. Le pire, c'est que même là, j'étais encore loin du compte.

– Tu me mens et maintenant tu m'insultes ? il siffle entre ses dents. Apparemment, ça t'a pas gênée de te faire baiser par un connard ! Normal, les filles comme toi sont pas difficiles.

– Je ne suis pas...

Comme ta mère. Pour ma part, je lui épargne cette comparaison. Je ne la connais même pas et on ne touche pas à ces choses-là.

– Tu es méprisable, il martèle.

Il n'entend rien et moi, j'aimerais être sourde pour échapper à ses attaques. C'est à son tour de fermer les paupières et de les serrer de toutes ses forces. Puis soudain, sans crier gare, il fait volte-face, sort de la loge et claque la porte derrière lui. Il est allé trop loin et je n'ai plus rien à perdre puisqu'il vient de me virer devant témoins. Je refuse qu'on en reste là, je vaux mieux que ce qu'il décrit. Je l'ai déçu, d'accord, mais je n'ai rien de l'ordure qu'il résume.

– On n'a pas terminé ! je crie en fonçant vers la sortie.

J'attrape la poignée et pousse. Puis pousse. Encore. *J'hallucine, il n'a pas osé ?*

– Ouvrez cette porte, Oxton Briggs !

Il m'a enfermée. Je tambourine comme une acharnée contre le battant, mais ce foutu rembourrage en cuir absorbe les impacts. J'y fous des coups de pied quand je n'obtiens aucune réponse, puis des coups d'ongle quand je commence à désespérer.

J'abandonne ma crise de nerfs au bout de plusieurs minutes, au profit de pleurs rageurs. La situation m'échappe. J'arpente la pièce en quête d'une autre issue, j'ai envie de tout fracasser autour de moi, mon cerveau est en feu et me provoque des vertiges. J'attrape mon portable et compose le numéro d'Oxton. Les tonalités se succèdent jusqu'à ce que je tombe sur sa messagerie. Je recommence dix fois, avant de laisser un message.

– Si vous ne revenez pas immédiatement déverrouiller cette putain de porte, j'appelle les flics, la presse et la Fan Squad !

Je balance le téléphone sur la table et tourne en rond, en quête d'une autre idée pour sortir d'ici. Mon cœur bat très vite, j'ai chaud et je tremble de rage. Je cherche spontanément mon sac, mais je l'ai laissé dehors. Au-delà de mon état de nerfs, les réactions de mon corps m'inquiètent tout à coup. Je me sens mal depuis ce matin, mais vu le contexte, ça ne m'a pas alarmée. À vrai dire, je ne suis pas très en forme depuis plusieurs jours mais avec cette fin de tournée particulière, rien d'étonnant.

CALME-TOI, TU ES SEULEMENT BOULEVERSÉE.

Peut-être, mais j'ai soif. Je meurs de soif même, et la sueur qui me dégouline le long du dos devient un symptôme potentiel plus que limpide. *Merde ! À quelle heure j'ai fait ma dernière injection, déjà ?* Impossible de m'en souvenir et ça, c'est gravissime. Avec tout ce qu'ont déclenché les révélations de Sally, je crois que j'ai encore mis de côté mon diabète. Je n'ai fait qu'une seule véritable crise depuis qu'on m'a diagnostiqué celui-ci et la fine cicatrice qui me barre le menton en est un cuisant rappel. Je m'accroupis pour me concentrer. Maintenant que je suis attentive aux symptômes, mes doutes s'étiolent. Tant que j'en suis encore capable, je me rue vers la porte.

– Travis ! Asher ! Riley ! je crie en espérant que n'importe qui m'entende.

Hurler comme ça me demande trop d'énergie et la nausée qui s'ajoute au reste est un énième signal d'alarme. Je tourne sur moi-même, trop vite, un nouveau vertige me saisit. Vu l'état dans lequel je me trouve, j'ai bien peur d'avoir un gros problème. Je scrute l'endroit en espérant dégoter une solution, mais il n'y a qu'une bouteille d'eau entamée.

Je reprends mon téléphone et recompose le numéro d'Oxton. *Qu'il oublie deux secondes sa colère envers moi et vienne me sortir d'ici avant que les choses ne s'aggravent !* OK, il est fou de rage, mais si je lui dis que je risque de mourir, il me libérera. Sa messagerie s'enclenche, la panique me gagne.

– Venez m'ouvrir, s'il vous plaît.

Il n'est pas au courant de ma maladie, est-ce qu'il va me croire si toutefois il daigne écouter ses messages ?

– J'ai des médicaments à prendre, il faut vraiment que je sorte d'ici.

J'insiste sur le « vraiment », le répète même une deuxième fois, avant de raccrocher. J'essaie de joindre Riley et Asher, en vain. Miranda est également indisponible. L'univers se ligue contre moi, mais quelqu'un va venir, c'est sûr. Je laisse passer plusieurs minutes, je tâche de me détendre pour ralentir la défaillance de mon organisme, mais au bout d'un quart d'heure, je ne peux plus attendre. J'ai deux options : le 911 ou Chester, et je jette mon dévolu sur mon meilleur ami qui est forcément en service à l'heure qu'il est. J'espère juste qu'il n'est pas en intervention, mais au pire, il pourra prévenir une autre équipe avec sa radio. Je prie pour qu'il réponde. Je prie un autre Dieu quand il ne décroche pas au premier appel. Une troisième divinité, une quatrième, toutes celles que je connais...

– Allô ?

ENFIN !

– C'est Vi, je lâche, à bout de souffle.

– Qu'est-ce que tu as ? il percute direct en percevant mon timbre altéré.

– Je fais une crise. Je crois. J'ai pas mon boîtier, ni de stylo sur moi.

– Quoi ? il beugle si fort que je grimace. Comment c'est possible ?

– Trop longue histoire, Ches. Je suis à Los Angeles, il faut que tu viennes. Tout de suite.

– T'es chez toi, là ?

– Non, à une séance photo.

– Où sont tes petits copains ?

– J'en sais rien. S'il te plaît Ches, il faut que tu rappliques.

– Tu es où exactement ?

J'ai bonne mémoire, j'arrive à lui dicter l'adresse.

– Pourquoi personne ne fonce te chercher de l'insuline à la pharmacie ?

– Parce que je suis enfermée dans une loge...

– C'est quoi ce bordel, Vi ?

– J'me suis disputée avec Oxton. Il m'a enfermée et s'est tiré.

– Tu te fous de ma gueule ?

– Je ne me souviens plus si je me suis piquée ce matin, j'ajoute en frottant mes paupières. Je pense que oui, j'étais avec Addi, elle y veille toujours mais... Je ne sais plus, je suis fatiguée. J'ai pas été très sérieuse ces dernières semaines.

Ma vision se brouille, je ne dois pas rester debout. Je m'assieds par terre, le dos contre le mur et étends mes jambes. Je prends de longues inspirations.

– Putain ! je l'entends jurer dans le véhicule. Je suis déjà dans l'ambulance, je ne suis pas si loin, accroche-toi les dix prochaines minutes. J'arrive, il répète.

– D'accord.

– Ne raccroche pas, parle-moi.

– D'accord.

J'ai la bouche affreusement sèche et chaque fois que j'avale une gorgée d'eau, mon estomac se contracte. J'essaie de tenir un semblant de conversation avec mon meilleur ami, mais ça devient de plus en plus difficile. La bouteille est vide et la moindre parole se colle à ma langue.

– Vi ! Vi ? Elvis !

– Ouais, je souffle.

Je crois qu'il me dit autre chose, je ne suis pas sûre de lui répondre. Je crois qu'il crie, mais sa voix me paraît lointaine. Mes muscles tressautent, se raidissent et puis plus rien.

45
OXTON

Agir et réfléchir ensuite.
Nouveau tee-shirt officiel disponible.

Dire que je suis en colère est loin de la réalité. Si je m'écoutais, je retournerais tout sur mon passage et raserais l'État entier. Depuis la révélation de Sally, je ne me reconnais pas. C'est l'apocalypse dans ma tête. Je suis devenu de nature plus méfiante depuis que ma notoriété a explosé. Au début, certains ont réussi à me berner, mais au fil des ans je me suis blindé et j'ai développé un sixième sens pour identifier les nuisibles. Mais Elvis... Elle m'a eu en beauté. Est-ce qu'elle a tout manigancé pour se rapprocher de nous ? Je veux qu'elle disparaisse du paysage, et l'enfermer dans cette loge est un bon début.

Quand je l'ai vue se pointer ce matin, j'ai pété un plomb intérieurement. Tout ce qu'on a partagé, elle et moi, m'est revenu en pleine tronche. Ce culot de venir bosser comme si de rien n'était... J'ai vu rouge. J'ai bien l'intention de la laisser moisir dans cette pièce jusqu'à la fin de la séance.

Je prends la pose devant le photographe sans faire le moindre effort. Il est patient, mais je le vois se crisper à chaque minute qui passe. S'il m'emmerde lui aussi, je me tire. Lorsqu'il annonce une pause, je rejoins mes deux potes qui boivent un café près du vestiaire. Quand j'arrive à leur niveau, ils interrompent leur conversation.

– Bois, me balance Asher en me filant un mug rempli à ras bord.

Je ne me fais pas prier. J'ai arrêté de fumer depuis un bail mais là, je grillerais bien un demi-paquet pour me calmer. Les gars sont étrangement silencieux. Je sais qu'ils sont moins remontés que moi, mais ils n'entretenaient pas la même relation avec elle. J'étais en train de tomber amoureux d'elle !

EN TRAIN, T'ES SÛR ?

J'entends un portable vibrer, le mien est resté dans mes affaires, c'est celui de Riley. Il consulte l'écran en fronçant les sourcils, puis cherche autour de lui.

– C'est qui ? je grogne.

– Elvis.

– T'as pas intérêt à répondre.

– Pourquoi elle m'appelle ? Elle est où ?

C'est au tour du téléphone d'Asher de sonner, je le lui arrache des mains. Elle veut qu'on vienne la libérer, elle peut toujours courir. Je vais lui faire regretter son attitude.

– Ox, je l'ai vue te suivre tout à l'heure. Elle est partie ? me demande Asher.

– Qu'est-ce que ça peut bien te foutre ? T'étais le premier à pas pouvoir la blairer, tu devrais être heureux qu'elle dégage du paysage.

– C'est un danger biologique à elle seule, mais c'est pas une mauvaise fille. Si elle était aussi diabolique que tu l'as décrété, elle n'aurait pas été si discrète au sujet de Jane.

– J'valide ce que dit Ash. Je suis de ton côté, Ox, mais j'ai pas aimé être distant comme ça avec elle tout à l'heure. On pourrait au moins écouter ses explications.

– Quelles explications, Riley ? La nana nous balade depuis son premier jour ! Qu'elle reste enfermée là où elle est.

– Quoi ? il s'exclame. Tu l'as enfermée ? Où ça ?

Pour seule réponse, je hausse les épaules.

– Ox !

– Dans la loge ! Le temps de... de me...

De m'empêcher de l'étrangler, de me calmer, de réfléchir... De digérer que, depuis le début, elle me raconte n'importe quoi, et que j'ai développé des sentiments pour quelqu'un qui n'existe pas.

– Mec, on séquestre pas les gens...

– Je sais ! T'as qu'à aller lui ouvrir et lui dire de se casser.

– Ox... C'est Elvis ! Elle traîne avec nous depuis le mois de juin, je peux pas croire qu'elle soit si...

– T'as entendu Sally, non ? je l'interromps d'une voix rageuse.

Il me scrute un long moment, attentif à mes expressions.

– T'as couché avec elle ?

– Tu le sais très bien, je souffle en contractant la mâchoire.

– C'est qui, le champion ? il chuchote à Asher en tapant contre sa poitrine.

– Ouais, sur la table ! grimace ce dernier. Dire que j'ai failli manger dessus.

Riley lui fait signe que ce n'est pas le moment, avant de me regarder.

– Sois prudent dans tes réactions, mec. T'es à fleur de peau, ne fais rien que tu pourrais regretter quand tu seras calmé.

– Je serai calmé quand elle aura dégagé.

Il me gonfle. Tout le monde me casse les couilles, je n'ai qu'une envie : rentrer et m'enfermer dans ma chambre avec ma guitare.

– Je vais la libérer, il conclut en secouant la tête.

– Excusez-moi ! nous hèle le type qui garde l'entrée. Il y a une ambulance qui est là, on ne m'a pas prévenu, quelqu'un a un souci ?

– Une ambulance ? s'impatiente le photographe qui vit probablement sa pire journée.

J'entends des éclats de voix virulents provenir de l'extérieur.

– Un certain Chester, ami de Mlle Calloway, précise le vigile. Je peux le laisser entrer ou pas ?

Elle a téléphoné à son pote ? Parfait, qu'il vienne la récupérer pour l'emmener loin d'ici.

– Ouais, je crache. Allez-y, bon débarras.

La seconde qui suit, un type fou furieux déboule.

– Elvis ! il hurle en jetant des regards partout.

Il est malade ou quoi ? Qu'est-ce qu'il a à beugler ? Lorsqu'il me reconnaît, il se rue sur moi. Travis se matérialise, s'interpose et le repousse.

– Laisse, je gère, je rassure mon garde du corps.

Une petite baston me détendra.

– Où est la loge ? il gueule en me lâchant un regard haineux.

Il est hors d'haleine, je remarque soudain sa sacoche d'urgentiste accrochée à son épaule et les deux autres hommes qui entrent à sa suite.

– Où est la putain de pièce où tu l'as enfermée, espèce de fumier inconscient ?

Je le croyais énervé, mais il est surtout terrifié.

– C'est quoi ton problème ?

– Elle est en train de faire une crise ! il tonne en m'attrapant par le col.

Même s'il ne saisit pas plus que moi de quoi ce type parle, Riley réagit plus vite. Il part en courant vers la loge, Chester me lâche direct et s'élance à sa suite. Je secoue la tête et croise le regard étonné d'Asher.

– Une crise de quoi ? il me demande en fronçant les sourcils.

– De nerfs, probablement.

Je hausse les épaules avant de les suivre et arrive pile au moment où Riley déverrouille la porte. Je m'attends à voir une nana échevelée bondir comme un diable.

– Putain ! Elvis !

Son cri a fusé en même temps que celui de Chester et leurs tonalités font naître en moi une peur aussi soudaine qu'inattendue. Et en entrant derrière eux, elle empire. Je repère tout de suite le corps d'Elvis par terre. Inconsciente, elle convulse si fort que j'entends son crâne cogner contre le sol. Mes yeux s'écarquillent d'horreur et toutes mes émotions se rejoignent en une seule encore plus puissante : la terreur. Son ami se jette à genoux près d'elle et s'affaire à la maintenir.

– Non, non, non ! Pas ça ! il éructe.

– Qu'est-ce qu'elle a ?

Je ne reconnais pas ma voix, pourtant c'est bien moi qui ai parlé.

– Elle va tomber en coma acidocétosique, il crie en direction de ses collègues.

Il ajoute d'autres termes que je ne comprends pas, mon cerveau a enregistré le seul mot qu'il a reconnu. Mon corps tout entier est paralysé.

– Coma ? Comment ça un coma ? je m'affole.

Riley me bloque avec son bras pour m'empêcher de la rejoindre.

– Laisse-moi passer, bordel !

– Ils ont besoin d'espace.

– Va chercher le brancard, ordonne Chester à son coéquipier.

– Qu'est-ce qui se passe, nom de Dieu ? je m'excite.

– Elvis est diabétique, bande de débiles !

– Quoi ? s'étrangle Asher derrière moi.

Diabétique ?

– Comment vous avez pu l'enfermer ici sans ses médicaments ?

– On n'en savait rien, se défend Riley.

Il m'adresse une œillade mortifiée, je vacille et me retiens à son épaule. Une fois de plus, elle nous a caché quelque chose sur elle, mais cette fois, il n'y a pas de colère. Je suis bien trop mort de trouille pour ressentir quoi que ce soit d'autre. C'est ma faute.

– J'vous jure que si je la perds, je vais ruiner vos vies, assène son ami en lui faisant une injection.

Son corps tressaute et sa tête roule sur le côté. Aidé des deux autres secouristes, il la hisse sur le brancard et la sangle. Je suis debout, mais c'est comme si mon cœur avait cessé de battre.

– Si Elvis meurt, ce sera à cause de toi, Oxton Briggs. J'espère que cette dispute en valait la peine.

Sur ce, il pousse le brancard à toute vitesse, je sors de ma léthargie et cours après lui.

– Dans quel hôpital tu l'emmènes ? je crie.

– Va te faire foutre. Tu n'es personne, je n'ai pas à te répondre.

Les pneus de l'ambulance crissent sur l'asphalte et elle disparaît au bout de la rue. Je me prends la réalité de plein fouet. La discussion virulente que nous avons eue dans cette loge de malheur sera peut-être la dernière.

Une voiture pile à côté de moi, Travis est au volant.

– Monte, Ox, on va les suivre.

Je me jette sur le siège passager, Ash et Riley sont déjà assis à l'arrière.

– Ash, cherche sur Internet ce qu'elle a, je lui ordonne.

– Tu sais à qui tu parles ? C'est ce que je suis en train de faire.

– Ça dit quoi ?

Il ne répond pas.

– Ash !

– Rien de bon, mec. Rien de bon.

Ma poitrine se craquelle et mon sang ne fait qu'un tour.

– Fonce, Travis, j'articule avec toutes les peines du monde.

Il gère la course-poursuite comme un pro jusqu'aux abords du centre hospitalier. À ce moment-là, je perds de vue l'ambulance, qui a dû emprunter un accès dédié. Peu importe, maintenant, je sais dans quel hôpital ils l'ont emmenée, Chester peut bien aller se faire foutre lui aussi. La voiture est à peine arrêtée que je me jette à l'extérieur.

– Oxton, attends !

J'ignore Travis, déboule à l'accueil des urgences et me rue vers le comptoir.

– Elvis Calloway, je balance en me penchant au-dessus de la banque.

La jeune femme décolle de son siège, cligne des yeux, tandis que sa bouche s'ouvre lentement.

– Vous... vous...

– Je veux savoir où est Elvis Calloway !

J'ai haussé le ton, Travis apparaît à ma gauche et m'enfonce une casquette sur le crâne.

– Sors, tu attires l'attention, il siffle entre ses dents.

– J'bouge pas de là.

– Sois pas idiot, tu seras pas plus avancé si tu sèmes la zizanie ici. Tout le monde te regarde.

Il a raison, je repère déjà des gens qui lèvent leurs téléphones devant eux. Putain, c'est insupportable !

– Va m'attendre dans la voiture, je m'occupe d'avoir des nouvelles. De toute façon, où qu'elle soit maintenant, tu ne pourras pas la voir.

L'idée de ne pas pouvoir la rejoindre se transforme en une crainte viscérale de ne plus jamais la voir du tout. Je découvre ce sentiment et mon souffle déraille.

– Sors, insiste mon garde du corps en m'empoignant le bras.

J'acquiesce et repars dehors, désorienté. Les gars sont encore dans la voiture, je reprends ma place à l'avant et claque la portière avec rage. Mes poumons sont dans un étau et l'envie de gueuler m'étouffe. Je me défoule en cognant la boîte à gants de toutes mes forces.

– Te sens pas coupable, mec, me lance Riley en posant sa main sur mon épaule.

Je suis terrorisé et ça annihile toutes les autres émotions que je ressentais depuis hier soir. Soudain, rien ne semble avoir plus d'importance que de savoir Elvis tirée d'affaire. Je me suis laissé dépasser par ma colère, évidemment que je me sens coupable.

– Qui enferme les gens dans une putain de loge quand ils sont énervés après eux ?

– Les gars amoureux ?

À quoi bon nier ? Je l'avais compris avant que Sally ne se pointe hier soir, mais je le ressens dans chacune de mes cellules à présent. Je pensais que quelqu'un comme Elvis serait simple à aimer pour un mec compliqué comme moi, je me suis planté, mais est-ce que ça valait la peine de tout remettre en question ? Asher se racle la gorge et me lâche un regard consterné.

– Je suis désolé de plomber l'ambiance, mais je tiens à dire que même un gars amoureux ne doit pas faire ça.

– Merci, Ash...

– À ton service, Oxy. On fait quoi, maintenant ?

– Vous pouvez partir si vous voulez, moi j'attends ici.

Je resterai là jusqu'à ce qu'elle reprenne conscience, peu importe le temps que ça prendra.

Le front collé contre la vitre passager, je ne quitte pas des yeux l'entrée de l'hôpital. Tout à coup, je reconnais celui qui en sort. C'est Chester. Je saute de la voiture et cours vers lui. L'air qui flotte sur son visage me tord le bide.

– Elle est où ?

Surpris de me trouver là, il me toise en serrant les dents. Il n'apprécie pas ma présence.

– Qu'est-ce que tu fous là ? il crache de manière acide.

– Est-ce qu'elle va bien ? je tonne en l'attrapant par le bras.

– T'es venu vérifier que tu ne l'as pas tuée ? il rétorque avec hargne.

Sans prévenir, il balance son poing dans mon œil. Je vois rouge et me jette sur lui et je lui rends son crochet.

– Putain ! Oxton, lâche-le !

Travis m'attrape par le tee-shirt et me repousse loin de Chester. Pris dans une sorte de frénésie, je ne me contrôle pas et repars en avant, mais mon garde du corps me repousse encore.

– Pas bouger ! il siffle.

Riley me tend sa main pour m'aider à me stabiliser, je me sens complètement fou. Chester essuie le sang qui lui coule du nez.

– Dégage d'ici ! T'as causé assez de dommages pour aujourd'hui.

– Dis-moi comment elle va.

– Elle est dans le coma.

Il fout un coup de pied dans une poubelle.

– Tire-toi d'ici, il insiste entre ses dents serrées. Tu pourras pas la voir, de toute façon, c'est réservé à la famille et aux amis proches. Tu n'es ni l'un ni l'autre.

Il se barre, me laissant comme un con devant cet hôpital, à deux pas d'Elvis, qui reste pourtant hors de portée. Je ne suis ni l'un ni l'autre, c'est vrai et ça me fout une gifle monumentale.

46
ELVIS

CDD : Coma à Durée Déterminée.
Mais Conséquence
De Débilité fonctionne aussi.

La première chose que je ressens en ouvrant les yeux, c'est un pic d'angoisse fulgurant mêlé à un sentiment de profonde confusion. Les visages qui flottent au-dessus de ma tête me sont inconnus, leurs voix m'agressent les tympans et une odeur âcre me brûle les narines. Comme si j'avais été prisonnière d'une grotte obscure depuis une année, privée de stimulations. Je me sens molle, j'ai l'impression d'avoir du coton dans les oreilles. Je passe ma langue sur mes lèvres, elles sont sèches et l'une d'elles est entaillée. Je voudrais remuer mes jambes engourdies, mais je n'ai pas assez d'énergie. Je me raccroche à mon environnement pour ne pas me rendormir, petit à petit les éléments se mettent en place. Les contours de mon champ de vision sont moins flous, j'arrive à plier et déplier mes doigts.

– Elle est consciente, j'entends une voix féminine prononcer quelque part.

– Elvis is alive ! ajoute une autre.

Tiens, ça me dit quelque chose... mais j'y repenserai après une petite sieste. J'alterne ainsi, entre phases d'éveil et de sommeil, durant un temps impossible à définir. Parfois il fait jour, parfois nuit.

Quand mon esprit finit par reprendre du service, le soleil brille derrière les rideaux tirés. Je suis dans une chambre double, mais le lit voisin est vide. Un tas d'appareils bipent à côté de moi, je me remémore alors ce qui m'a conduite ici. Je me rejoue mes récents souvenirs, à partir du moment où Oxton m'a enfermée dans la loge, c'est assez flou. Par contre, je me rappelle très bien son attitude avant ça et mon cœur accélère. Je ne suis plus en colère après lui, juste triste d'avoir gâché ce qui a le plus compté dans ma vie.

Deux coups résonnent contre la porte, un grand type aux cheveux grisonnants entre et me sourit.

– Bonjour Elvis.

– Bonjour docteur Donaldson, comment allez-vous ?

Je suis sa patiente depuis le jour où mon diabète s'est déclaré, ça me rassure de le voir là.

– Comment tu te sens ?

– Faible et un peu désorientée.

– C'est normal, ta glycémie est encore instable et tu reviens de loin. Tu étais bien stabilisée depuis deux ans, s'est-il passé quelque chose ?

– Hum... J'ai eu beaucoup de travail, ça a chamboulé un tas de choses.

– Pour atteindre l'acidocétose, tu as dû négliger des injections et des repas.

– C'est arrivé, oui, mais je ne pensais pas que ça provoquerait autant de dégâts.

– Ne t'ai-je pas suffisamment répété que tu devais être très vigilante ? il me sermonne. Tu connais très bien les risques encourus avec un diabète de type 1 qui n'est pas correctement suivi.

– Oui.

Il vérifie mes constantes, prend des notes et m'ausculte des pieds à la tête.

– Repose-toi, je reviendrai te voir dans deux jours.

– Combien de temps je vais rester hospitalisée ?

– Jusqu'à ce que tu sois stable.

– C'est-à-dire ? Mon assurance n'est pas folichonne, je ne peux pas me permettre de...

– Tes frais sont pris en charge en totalité, il répond en feuilletant son dossier.

– Vous devez faire erreur.

– Non, c'est écrit noir sur blanc juste ici. Allez, jeune fille, essaie de dormir, ton système doit se retaper. Au moindre problème, tu alertes l'infirmière sans attendre.

Il quitte ma chambre, me laissant perplexe. Je suis certaine que mon assurance ne couvre pas grand-chose, à moins qu'il y ait une clause dans mon contrat avec les Unfool...

TU T'ES FAIT VIRER, TU TE RAPPELLES ?

Tiens ! Rita a émergé du coma elle aussi !

Le médecin veut que je fasse un somme, mais j'ai la tête remplie de pensées. Je n'ai pas le temps de m'appesantir dessus que la porte s'ouvre à nouveau. Une Addison remontée à bloc déboule, bute dans le premier lit et s'arrête là.

– Je savais que tu ne survivrais pas sans moi ! elle crie en pointant son doigt vers le matelas vide. Qu'est-ce que je t'avais dit, hein ? Non mais c'est pas possible ! Je suis très en colère, Elvis !

Alors qu'elle poursuit son déversement nerveux sans se douter qu'elle parle à un malade imaginaire, j'ai la surprise de voir entrer un membre des Unfool. Pas celui que j'espérais, mais je n'en reste pas moins étonnée. Caché sous une casquette et des lunettes de soleil, Riley se faufile dans ma chambre comme s'il avait la police aux trousses et referme derrière lui, à bout de souffle. Il se retourne et m'adresse un immense sourire mêlé de joie et de soulagement.

– À partir de maintenant, je ne te quitte plus d'une semelle, continue Addi.

– À qui elle parle ? me demande Riley en examinant la scène qui se joue sous ses yeux.

Au son de sa voix, ma meilleure amie se tourne vers lui et tend sa main jusqu'à sentir sa chemise sous ses doigts.

– Ah ! Vous tombez bien, docteur ! Je pense qu'Elvis a...

– Je ne suis pas docteur, il l'interrompt en fronçant les sourcils.

– Vraiment ? elle s'étonne en faisant passer le tissu entre son pouce et son index. Pourtant c'est aussi rêche qu'une blouse de médecin.

– Rêche ? s'indigne le pianiste. Cette fringue coûte 950 dollars, elle est en popeline de coton.

– 950 dollars ? C'est du coton importé du pays imaginaire ou quoi ?

Bon, il est temps que j'intervienne, je suis une horrible amie.

– Je te présente Addison, ma meilleure amie et colocataire. Aveugle, je précise.

La concernée se dévisse la nuque en entendant ma voix, puis tâte le lit près duquel elle a manifesté sa joie de me revoir en vie. Dès qu'elle comprend sa méprise, elle pousse un grognement.

– Tu es une petite garce ! elle siffle en me désignant cette fois.

– Je suis contente de te voir, je pouffe.

– Eh bien moi, je suis ravie de ne pas te voir ! Je suis persuadée que tu es laide.

– Quelle charmante personne... ricane Riley. Une diabétique et une aveugle sous le même toit, ça doit être quelque chose.

Une diabétique ? Forcément, ils sont au courant maintenant. Double découverte en deux jours. Jackpot ! Oxton était déjà hors de lui, il doit maudire l'essence même de mon existence.

– Qui êtes-vous ? lui lance Addi.

– Riley Moore.

– Et vous faites quoi... Attendez, Riley Moore ?

– Un tiers des Unfool, je précise

– T'es lequel, toi ? Le pianiste ?

– Oui. Tu joues du piano toi aussi ?

– Tu m'as prise pour Ray Charles ? elle le cingle.

Il éclate de rire puis la dévisage, comme hypnotisé.

– Dis, Elvis, elle se fout vraiment de mon extraordinaire notoriété ou c'est aussi une fan sous couverture ?

Il n'y a aucune animosité dans cette phrase, ça m'apaise, même si c'est Oxton que j'aurais aimé entendre parler sur ce ton.

– Elle s'en fiche, désolée.

– Je ne suis pas désolée ! s'offusque Addi. Je suis désolée de ne pas recycler mes déchets, ou de ne pas sauver des enfants du tiers-monde, mais de ne pas adorer ce groupe, certainement pas !

– Elle est complètement hermétique à votre musique, j'enchéris en affichant une moue compatissante.

– Quand tu subis le même groupe pendant des années, tu développes une maladie auto-immune qui s'appelle la Unfoolositose aiguë.

– Y'a pas de médicaments pour ça ? il rentre dans son jeu.

– Si, j'ai entendu parler d'un traitement expérimental. Une histoire de gaz toxique qui serait capable d'éradiquer ces trois mecs.

– Addison... je l'interromps dans son élan.

– Mille excuses, j'ai faim et ça me rend désagréable. J'vais me chercher du sucre que j'irai manger en cachette. Je reviens.

Elle quitte la chambre, je me retrouve seule avec Riley.

– Vous vous êtes bien trouvées toutes les deux, il sourit.

– Il paraît.

– Comment tu vas ? il souffle en s'asseyant au bord du matelas voisin.

– Ça peut aller. Mon corps est sens dessus dessous mais ça ira tant que je ne recommence pas à négliger mon rythme.

– Tu nous as fait peur.

– Je suis désolée.

– Pourquoi tu n'as rien dit de ton diabète ?

– Mon patron m'a demandé de ne pas vous en parler. Il craignait de ne pas signer ce contrat à cause de ça.

– T'es en train de me dire qu'il a mis ta vie en danger pour un contrat avec nous ?

Il respire bruyamment pour se contenir.

– Il ne m'a pas donné le choix, c'était ça ou la porte. Je pouvais pas me permettre de me faire virer. C'est pas la meilleure excuse au monde, mais...

– On en reparlera quand tu auras meilleure mine et que je pourrai te demander de te faire pardonner, il élude. J'ai commencé une liste.

– On dirait Miranda.

Il profite du fait que je parle d'elle pour me donner de ses nouvelles, me montre des photos de Jane et se moque de la façon dont Asher change la couche de sa fille.

– Et Oxton ? j'ose le questionner. Est-ce que... Est-ce qu'il va bien ?

Il pince ses lèvres, et quelqu'un frappe à la porte au même moment. J'ai un stupide sursaut d'espoir, mais c'est une infirmière qui se présente dans l'encadrement. Elle tique sur l'identité de mon visiteur et croise les bras sur sa poitrine.

– Il me semble vous avoir refusé l'accès tout à l'heure. Mlle Calloway doit se reposer avec ce qu'elle vient de traverser. Qui que vous soyez, je vous demanderai de bien vouloir sortir.

– Bien sûr, il acquiesce.

Je lorgne le battant, la déception est dure à avaler. Je sais que j'ai déconné avec Oxton mais j'espérais le voir. Pourtant c'est logique, il m'en veut de ne pas avoir été honnête avec lui, pourquoi est-ce qu'il viendrait prendre de mes nouvelles ?

– Merci d'être venu, Riley.

– Apparemment je dois partir moi aussi, me balance Addi depuis le couloir. Je t'appelle après.

Riley prend également la direction de la sortie sous le regard insistant de l'infirmière qui n'a pas bougé.

– Ta pote, elle a un mec ? il m'interroge avec un demi-sourire.

Il n'attend pas ma réponse et disparaît. S'il espère séduire Addison, je lui souhaite bien du courage.

À nouveau seule, je cogite encore et encore. Je n'ai pas mon téléphone avec moi et les programmes télévisés ne parviennent pas à me changer les idées. Oxton me manque. Je tiens le coup vingt-huit minutes avant de fondre en larmes au fond de mon lit d'hôpital. L'avantage, c'est que mes pleurs m'épuisent et que je sombre dans le sommeil.

47

OXTON

Parler aux lampadaires est-il un symptôme du génie ? Analysez, illustrez, dissertez…

Depuis des jours, j'alterne entre mon lit et le canapé avec pour constante le cendrier qui ne me lâche pas. J'ai repris la clope, ça me donne l'illusion éphémère de me détendre. Et ça occupe mes doigts pour m'empêcher de m'étrangler moi-même. À vrai dire, je ne suis pas sûr que j'y arriverais, j'ai l'énergie d'une chèvre envoyée dans l'espace et oubliée là-haut. L'apesanteur aspire mes forces et j'erre d'un coin à l'autre, ballotté par ma mauvaise humeur.

J'ignore les appels de Kassim, de Darell et de Miranda. Le clip sera bientôt finalisé, sa sortie approche, je devrais être en pleine effervescence pour préparer au mieux le développement d'une carrière au cinéma, mais je ne trouve pas l'envie de m'y mettre. Je n'ai pas la tête à ça.

Je ne pense qu'à Elvis et sa vie que j'ai mise en danger. À Elvis qui se révèle être une foutue groupie infiltrée. Diabétique, par-dessus le marché ! Est-ce que j'ai pu à ce point me tromper sur son compte ? Pourquoi est-ce qu'elle m'a caché toutes ces choses ? Je repense à ce qu'elle m'a dit dans cette loge et que je n'ai pas intégré, sous le coup des nerfs. Elle prétend que je me suis révélé différent de celui sur lequel elle a fantasmé toutes ces années. Sa façon de se comporter avec moi colle avec cette explication, alors une part de moi a envie de la croire, mais l'autre reste bloquée sur l'exemple de ma mère. Intérieurement, je lui en ai toujours voulu et il y a tellement de questions restées sans réponse que j'oscille entre colère et culpabilité. À vif, je saisis mon portable et décide de taper un texto éloquent.

Oxton : T'étais amoureuse de mon père ou juste de l'acteur ?

C'est sans détour. Je n'aime pas parler de ça, mon doigt s'apprête à tout effacer, mais appuie finalement sur la touche Envoyer. Au point où j'en suis, autant y aller.

Maman : Qu'est-ce qui t'arrive ? T'as rencontré quelqu'un ?

Elle est maligne et, comme moi, elle préfère les SMS pour parler de sentiments.

Oxton : Je me pose des questions, c'est tout.
Maman : Ni l'un ni l'autre. C'est pas comme s'il m'avait laissé l'occasion de trancher. Je fantasmais sur lui, j'ai sauté sur une opportunité. Moi non plus, je n'ai pas cherché à approfondir cette histoire. Mais grâce à elle, je t'ai eu et c'est tout ce qui m'importe. Tu es mon fils, pas l'enfant que j'ai eu avec une star. C'est le seul élément que tu devrais garder en tête.
Oxton : Facile à dire…

Maman : Tu n'as rien à voir avec ton père, Oxton.
Oxton : T'es sûre de ça ? J'ai décidé de reprendre des cours de théâtre.

Le lui avouer me tord le bide.

Maman : C'est génial ! Quand tu as décidé de tout arrêter à l'époque, j'ai trouvé ça terriblement dommage. Tu transpirais le bonheur sur les planches et tu t'es laissé contrôler par ta colère en envoyant tout valser. Je ne sais pas ce qui se passe dans ta vie aujourd'hui, mais ne refais pas cette erreur. Tu dois suivre ton cœur.

Son message rend mes mains moites.

Oxton : Tu ne m'as jamais dit tout ça avant.
Maman : Je me sentais coupable et nos rapports se sont fragilisés alors j'ai préféré rester en retrait. J'ai appris de mes erreurs, moi aussi.
Oxton : Merci de m'avoir répondu.
Maman : C'est la fille de la photo ?
Oxton : Abuse pas !

Je ferme la conversation et tire sur les fils de mon jean troué. *Ouais, c'est la fille de la photo*. Qui, malgré des événements qui ravivent mes craintes, ne ressemble ni à ma mère ni à personne. Cette conversation secoue ma cervelle ankylosée. Je voudrais simplement détester Elvis et passer à autre chose, mais en réalité elle me manque. Ne pas avoir de ses nouvelles crée un vide qui m'étouffe. Je crève d'envie de la voir, mais avec ce que j'ai provoqué, je reste à l'écart. *Telle mère, tel fils !* Elle n'en sait rien, mais je suis venu à son chevet pendant son coma. Une seule fois. La voir dans cet état, intubée et raccordée à des tuyaux par ma faute, m'a rendu fou. Je me sens minable et ne parviens qu'à me terrer au fond de mon trou, prétextant être rancunier pour ne pas assumer ma nullité. Sans compter mon coup de sang sur les réseaux qui a enflammé la Fan Squad. J'ai esquivé Miranda, mais j'ai entendu les gars parler des réactions apocalyptiques de la communauté et je m'attends à de lourdes représailles de la part de mon attachée de presse. Virer leur reine sans préavis a mis nos fans dans tous leurs états, et lorsque j'ai visionné cette vidéo qui a tourné partout, j'ai eu envie de me tabasser. J'ai réagi comme la pire des enflures.

– Ça me débecte d'avoir été aussi con ! je prononce à voix haute.

Je me suis laissé aveugler par la rage et j'en paie le prix maintenant.

ELLE AUSSI A FAILLI EN PAYER LE PRIX.

J'aurais dû lui donner la chance de s'expliquer, agir différemment, prendre le taureau par les cornes... Mais je n'ai jamais été foutu de faire ça. J'avais pourtant réussi à aller de l'avant de manière positive en me battant contre l'emprise involontaire de mon paternel sur ma vie. Ces dernières semaines, je me sentais plus apaisé. Elvis y était pour beaucoup...

J'ai lu sur Internet un million d'articles traitant du diabète, je pourrais presque écrire une thèse sur le sujet. J'angoisse qu'il lui arrive quelque chose, et plus je me tiens loin d'elle, plus son espérance de vie s'allonge.

Pour tempérer mes craintes, j'obtiens de ses nouvelles par Riley, dont j'ignore la source. Le connaissant, j'ai cru qu'il avait séduit une nana qui bosse à l'hôpital, mais Elvis est rentrée chez elle avant-hier et il a été foutu de me dire ce qu'elle a dîné hier soir, en ajoutant que j'étais con de m'enfermer ici. Avec Asher, ils me laissent tranquille, je les sens m'observer mais ils ne s'aventurent pas à me bousculer.

J'attrape ma bouteille de bière et bois une longue gorgée. Ma guitare est posée sur la table basse, je m'assieds par terre et tente de me calmer en jouant. Mes doigts sont raides et la musique tinte étrangement à mes oreilles. Mes émotions sont une source fiable d'inspiration mais celles que je ressens en cet instant aspirent tout comme un trou noir incommensurable.

– Elvis est venue ? s'étonne Asher en traversant le salon.

Je relève le nez de ma gratte en fronçant les sourcils.

– Non, pourquoi ?

– Je compte huit verres d'eau rien que dans cette pièce.

J'ignore son regard appuyé en faisant vibrer l'une des cordes de mon instrument fétiche. Je me souviens l'avoir trouvé dans les mains maladroites d'Elvis et avoir eu envie de l'assommer. J'imagine qu'elle était aux anges de tripoter ma guitare à ce moment-là. Pourtant rien en elle ne s'approche de près ou de loin du portrait noirci que je me fais d'une groupie. Aujourd'hui, elle pourrait même poser ses doigts pleins de mayonnaise dessus que je n'en aurais rien à carrer.

– Oxton ? insiste le batteur.

– On dirait que ses mauvaises habitudes m'ont contaminé.

– Ou alors elle te manque tellement que tu disperses des trucs qui te font penser à elle. T'aurais pu choisir quelque chose de moins écœurant.

– Comme des photos d'elle sur tous les murs de la baraque ?

– Pourquoi pas ? Flippant, mais j'aime autant.

– Comment va Jane ? je change volontairement de sujet.

– Très bien.

– Il serait temps que tu nous la présentes et que tu m'expliques ce qui se trame entre Miranda et toi.

– Ouais. Mais toi d'abord, vieux.

– Il se passe rien entre Miranda et moi, j'ironise.

– Très drôle.

– T'as besoin que je te fasse un dessin de ce qu'il se passe ?

– Je me contenterai d'un schéma grossier vu que tu racontes rien depuis le début.

– C'est l'hôpital qui se fout de la charité. Et puis, désolé de pas avoir compris que j'étais amoureux d'elle du premier coup ! je m'emporte si fort que j'en casse une corde.

Merde, je n'ai pas voulu balancer ça à voix haute.

– Oh ! Ça y est ? roucoule Riley en choisissant ce moment pour arriver. Il reconnaît qu'il est à fond sur elle ?

– Non mais t'as quel âge pour parler comme ça ? je grogne.

– Attends, pourquoi il te l'a avoué à toi ? il continue en m'ignorant. Je le traque avec ça depuis une éternité !

Asher hausse les épaules.

– Parce que je suis son préféré.

– C'est toujours la même chose, s'écrie le pianiste en prenant un timbre suraigu. Dans un groupe de trois, y'en a systématiquement un qui est rejeté. Et ce type, c'est moi...

Il tombe assis sur le canapé et fait semblant de pleurer dans ses mains. Environs quatre secondes.

– Bon, et sinon, c'est quoi ton plan, Ox ? il reprend sur un ton normal.

– Mon plan ?

– Ben oui ! Je pensais qu'il te fallait quelques jours pour rebondir, mais ta barbe commence à raconter des choses inquiétantes. Tu vas procéder comment pour qu'Elvis nous aime à nouveau ? J'exige qu'elle redevienne notre première fan ! Une Fan Squad sans Elvis, c'est bidon.

– C'est ça, ton objectif ?

– Pas le tien ?

– Non ! Moi, je veux la nana que je croyais connaître. Celle qui me voit tel que je suis, pas celle qui adule les Unfool. Donc j'en ai rien à foutre qu'elle nous aime à nouveau, pour répondre à ta question.

– Il veut qu'elle n'aime que lui, décrypte Asher en haussant les épaules.

– T'es vraiment radin, lui assène Riley. Moi aussi j'ai besoin d'amour ! Pas toi, Ash ?

– Là tout de suite, il me faut plutôt un paquet de lingettes antibactériennes.

– J'peux compter sur personne ici, se plaint un Riley infatigable.

Ce mec est un vampire qui draine mon énergie. Dieu seul sait comment je peux le supporter depuis toutes ces années.

– Barrez-vous.

– S'te plaît, Oxy. C'est Elvis. Donne-lui l'occasion de jouer franc-jeu, il poursuit.

– Et je suis censé la croire sur parole ? Elle a même caché son diabète, qui agit comme ça ?

– Alors là-dessus, je suis en mesure de t'éclairer… il se met à grogner. C'est son boss qui lui a ordonné de la fermer. Il a flippé de perdre le contrat si elle évoquait son problème de santé.

Quoi ? Je repousse ma guitare pour éviter de la fracasser par terre.

– Tu rigoles ? C'est Elvis qui te l'a dit ?

– Ouais, mais j'en ai eu la confirmation.

Cette découverte déclenche ma haine envers Davenport.

– Putain, j'vais me le faire… Pourquoi tu l'as pas dit de suite ?

– Parce que je pensais que tu irais voir Elvis, pas que tu te cloîtrerais ici.

Il s'accroupit devant moi et affiche un air sérieux.

– Vieux, tu attends quoi exactement ? Qu'est-ce que tu fous à boire des bières, avec ta barbe hirsute et ta guitare ? Tu ressembles au gars bizarre qui traînait près du lycée quand on avait 15 piges.

– Il était cool.

– Il balançait des riffs de malade, mais il tenait aussi de longues discussions avec des lampadaires. J'refuse de te voir parler à de foutus lampadaires, mec ! Remue-toi et va la voir. Démerde-toi, mais je veux pouvoir scander « *Elvis is back* ».

– T'as clamé « *Elvis is alive* » pendant des heures quand elle est sortie du coma, ça te suffit pas ?

– T'as admis que t'es mordu, explique-moi pourquoi tu t'enfermes ici ? T'es même pas allé lui rendre visite.

J'évite son regard inquisiteur.

– Oxton !

– J'aurais été capable de marcher sur le tuyau de sa perfusion et de la tuer pour de bon cette fois, je balance. C'est bon, t'es content ?

– Je vois... Tu te caches derrière ta colère, mais dans le fond, tu crèves de culpabilité.

– La vérité, c'est qu'elle mérite mieux qu'un abruti comme moi, qui pète un plomb, la vire en direct et la fous dans le coma.

Il pince les lèvres et hoche la tête.

– Ça, c'est à elle d'en décider. Arrête l'autoflagellation. Elle a merdé, tu as merdé, pas besoin d'en faire une montagne ! Tu pouvais pas savoir qu'elle était diabétique, ne fous pas en l'air un truc aussi cool pour des raisons aussi nulles.

Je m'allume une cigarette et tire fort dessus.

– Et donc tu vas moisir ici sans lui présenter tes excuses, accepter les siennes, ni tenter de la reconquérir ?

– J'ai payé ses frais d'hôpital pour me faire pardonner, je balance sans réfléchir.

Il me dévisage avec stupeur.

– Non mais t'es le pire repenti de l'univers ! T'as raison d'avoir honte d'être aussi stupide. Asher, tu souhaites commenter ?

– J'ai pas les mots, répond le batteur en haussant les épaules. J'crois qu'il a raison dans le fond, Elvis sera mieux avec...

– Chuttt ! s'agite Riley en lui faisant les gros yeux.

– Avec ? je me tends aussitôt.

– Non rien, élude Asher.

– T'allais dire quoi ?

– Avec son chat.

– Elvis a un chat ?

– Ouais... il hoche la tête en réfléchissant. Je pense. Elle a une tête à avoir un chat. J'y suis allergique, je sens ces trucs-là chez les gens.

– J'aime bien les chats, opine Riley.

Je les observe tour à tour. Il y a quelque chose de louche dans leur attitude. Je braque mon regard sur Riley et le scrute sans ciller.

– OK, OK. T'es mon meilleur pote, on se cache rien, notre amitié est sacrée, alors... Voilà, Mills va la voir presque tous les jours... D'abord à l'hôpital, maintenant chez elle...

Je vois rouge.

– Tu te fous de moi ?

– Non, mec. Pas plus tard que ce matin, je l'ai appelé pour une question technique et il venait d'arriver chez elle avec le petit-déjeuner. Tu sais comment ça se passe ce genre de délire ? Ça commence par le p'tit-déj et ça finit avec une maison et deux gosses.

Une image s'imprime nettement dans mon esprit. Je les visualise se toucher, s'embrasser, et je sors de mes gonds.

– Cet ingénieur son de mes deux essaie encore de me piquer ma meuf ?

– Plaît-il ? Tu viens de dire qu'elle mérite mieux que toi. Elle n'était pas fan de lui et il ne l'a pas enfermée dans une loge, donc c'est clair qu'ils ont toutes leurs chances de vivre heureux et d'avoir beaucoup d'enfants.

Je me lève brusquement et écrase mon mégot d'un coup sec. Je ne peux pas baisser les bras sans essayer. Si je reste en retrait, elle finira par rencontrer quelqu'un d'autre.

QUELQU'UN COMME MILLS !

– C'est mort ! je gueule.

– Grave ! m'acclame Riley. Non mais oh, personne n'interfère avec l'Elvox.

– Je vais...

La porte d'entrée s'ouvre, je pivote et, comme pour enfoncer le clou, je repère justement cette espèce de...

– Oh merde ! s'écrient mes potes d'une seule voix.

– Salut les g... Quoi ? s'inquiète Mills en s'attardant sur mon visage furibond.

Je serre les poings et la mâchoire. *Je vais l'enterrer vivant dans le jardin et je viendrai pisser sur les marguerites plantées sur sa tombe !*

– À terre ! vocifère Riley en se précipitant sur lui. À terre !

48
OXTON

Certains chantent
dans les couloirs du métro,
d'autres dans un couloir tout court.

J'ai démarré au quart de tour, mais Riley est plus rapide que moi et atteint l'ingé son avant moi. Il fait barrage entre nous et me repousse du plat de la main.

– Elvis et toi, tu oublies direct ! je crache par-dessus mon pote.

– De quoi tu parles, Ox ?

– Toi, ton père, ton frère ou ton cousin, personne n'y touche !

– Riley, intervient Asher. Sérieux, t'attends quoi pour lui dire ? Qu'il dégaine son crochet du droit ?

– J'avoue que sa testostérone m'a tout émoustillé ! Ça m'a happé, je crois que je me découvre un faible pour les hommes dangereux.

– Moore, c'est quoi l'embrouille ? flippe Mills en reculant d'un pas.

– T'as choisi ton moment pour arriver, il soupire.

– C'est toi qui m'as dit de passer quand on s'est eus au téléphone ce matin.

– Tu vas passer sous mes roues ! je gueule.

– Tout doux, Ox. Mills est blanc comme neige, range ton flingue, souffle Riley.

– Quelqu'un peut m'expliquer ? s'impatiente l'ingé son.

– Asher t'a légèrement...

– Asher et Riley ! corrige le batteur.

– ...utilisé pour filer un coup de pied dans le cul de cet imbécile qui nous fait face.

Je secoue la tête et me frotte les yeux. *Ils ont fait quoi ?*

– Mills tourne pas autour d'Elvis. Hein, Mills ?

– Ben j'ai tenté ma chance à Miami, mais elle m'a gentiment éconduit.

Mon rictus satisfait le met mal à l'aise.

– On voulait juste te secouer un peu et ça a fonctionné, m'explique Riley sans remords.

– Au-delà de nos espérances, raille son complice.

– Vous êtes deux chiens galeux ! je siffle. Vous me fatiguez, je vous vire du groupe.

– D'accord, acquiesce Riley avec un demi-sourire. On en formera un autre avec Ash. J'ai toujours rêvé de chanter, j'ai cru que tu te barrerais jamais.

Je lève mon poing sous son nez. Ces deux-là sont insupportables, mais force est de constater que leur piège a fonctionné. Adieu la chèvre apathique, je me sens comme un lion qui a trop longtemps tourné dans sa cage. Je ne peux pas rester ici. Ça reviendrait à accepter d'être un abruti sans essayer de m'améliorer. Ma mère m'a dit de suivre mon cœur. J'ai commencé à le faire en reprenant la voie du cinéma, je dois continuer dans cette direction.

– J'y vais, je tranche en chopant les clés de la voiture.

– Merci quiii ? ricane Riley dans mon dos.

Je lui envoie un doigt d'honneur et croise le regard satisfait d'Asher.

– Si tu m'aides à faire revenir Elvis, c'est qu'elle n'est finalement pas si terrible, je lui balance.

– Tu t'es pas lavé depuis des jours, Ox, ça me démange rien que d'y penser. J'ai simplement le sens des priorités.

– Tu tiendras le même discours si je réussis à tout arranger ?

Je ne lui donne pas le temps de répondre et claque la porte.

Assis dans la voiture, je me rends compte que je n'ai pas l'adresse d'Elvis. Je passe un coup de fil à Kassim pour qu'il me la donne et traverse Los Angeles, musique à fond. Tout au long du trajet, je prépare mon discours en tâchant d'anticiper tout ce qu'elle pourrait m'opposer. Elle est forcément en colère après moi.

Lorsque j'arrive devant son immeuble, je pousse la porte et monte l'escalier. Je me souviens qu'elle a mentionné le deuxième étage. Il y a cinq portes sur le palier, heureusement une petite étiquette portant son nom me permet de ne pas ameuter tout le voisinage.

– Allez, Ox ! je m'encourage en me donnant une gifle.

Je fais craquer mes doigts, ma nuque et frappe trois coups. Puis deux supplémentaires quand personne ne se manifeste. Je commence à désespérer lorsque la porte s'ouvre enfin. Mon souffle s'accélère, mais retombe aussitôt. Ce n'est pas Elvis, c'est sûrement sa colocataire. Comment s'appelle-t-elle déjà ?

– Madison ?

Elle lâche un hoquet dédaigneux et me claque la porte au nez. *Génial, ça commence bien.* Je toque à nouveau.

– Qui va là ? elle m'interroge en réapparaissant.

Son regard me survole plus ou moins, apparemment elle ne me reconnaît pas.

– Je suis Oxton Briggs.

Ses sourcils se lèvent.

– Ah oui ? Prouve-le.

– Pardon ?

– Le dernier gars qui s'est pointé prétendait être Tom Cruise, je ne vais pas me faire avoir deux fois ! Et pour info, c'est Addison.

OK, elle est super bizarre. Je prends mon portable, tape mon nom dans la barre de recherche et oriente l'écran vers elle.

– C'est moi, tu vois ?

– Si je vois ? elle articule. Si tu étais Oxton Briggs, tu saurais tout sur mon compte ! Elvis parle de moi tout le temps, à tout le monde. Je suis aveugle, espèce d'idiot !

Elle est sérieuse ? Je remue les doigts devant son visage, elle lève les yeux au ciel.

– T'as bientôt fini ? J'espère que c'est ta main que tu agites sous mon nez, parce que si c'est une autre partie de ton corps, j'te jure que je peux devenir très dangereuse.

Elle claque des dents pour illustrer sa menace. *C'est une caméra cachée ?*

– Est-ce qu'Elvis est là ?

– J'attends toujours que tu me démontres ton identité. Chante, elle ordonne avec sérieux.

– Tu rigoles ?

– Chante, la diva.

Bon sang, je m'étais préparé à un tas d'obstacles, mais certainement pas à celui-ci.

– Je commence à m'impatienter... elle soupire en tapant du pied.

Et moi donc !

– Bon, tu veux quelle chanson ?

– Peu importe, à mon grand regret je les connais toutes !

Je me retrouve à pousser la chansonnette au deuxième étage d'un immeuble, devant une nana qui fait rempart entre Elvis et moi. À vrai dire, pour qu'elle me laisse passer, je serais même prêt à lui offrir la chorégraphie qui va avec.

– OK, OK, c'est bien toi, elle m'interrompt à la fin du refrain. T'es pas mauvais *a cappella*.

– Je peux parler à Elvis, maintenant ?

– Qui ça ? Connais pas !

– Arrête ! Son nom est inscrit ici.

– Si tu parles de ma nouvelle colocataire déprimante, qui traîne en pyjama depuis son retour, alors cette fille-là n'a pas besoin de te parler. Je crois que tu lui as suffisamment fait comprendre qu'elle avait déconné, j'vois pas l'intérêt d'en rajouter une couche.

Ma poitrine se comprime douloureusement.

– J'ai pas l'intention d'en rajouter. Est-ce qu'elle peut au moins m'écouter ?

– Elle n'écoute même plus tes chansons, elle réplique avec acidité. Depuis la minute où je suis devenue amie avec Vi, je ne l'ai jamais vue passer une journée sans ta musique en fond sonore ou dans ses écouteurs. Toi et tes petits copains, vous étiez importants dans son équilibre et tu as tout cassé. Alors oui, elle vous a pas dit qu'elle vous aimait, mais il y a pire dans la vie. Elle voulait même pas travailler pour toi, alors qu'est-ce que ça peut foutre qu'elle aime votre musique ?

– Pourquoi elle a accepté ce contrat ?

– Tu crois que son boss lui a laissé le choix ?

Décidément, il faut vraiment que je règle son compte à cette enflure.

– Ce type est une merde, mais c'est lui qui lui verse son salaire. Donc si elle veut pouvoir continuer de payer le loyer, quand il lui dit de faire quelque chose, elle le fait. De plus, la prime qui allait avec lui aurait permis de se payer une pompe à insuline. Elle n'a certainement pas accepté ce contrat pour venir lécher ta brosse à dents en cachette ou renifler tes slips ! Elle te l'aurait elle-même expliqué si tu lui en avais donné l'occasion plutôt que l'afficher devant tout le monde.

Elle s'interrompt et respire fort. De mon côté, je me rends compte qu'avoir réagi avec autant d'impulsivité et de débilité envers Elvis m'a fait atteindre le niveau au-dessus du mec le plus nul au monde. Lors de mes recherches, j'ai lu ce qu'est cette « pompe à insuline », je me souviens parfaitement de son intérêt et surtout de son coût.

TU ES UN CONNARD.

– Tu devrais réfléchir à ça et arrêter de lui en vouloir, elle reprend. Franchement, c'est débile de se prendre la tête pour si peu. Si tu continues comme ça, je vais lui trouver un nouveau groupe de musique et *hasta la vista* les Unfool !

– C'est pour ça que je suis là, donc si tu pouvais me laisser passer...

– OK, vas-y.

Elle s'efface pour que je puisse entrer. Je repense à ce jour au bord de la piscine, où Elvis m'a décrit son appart. J'espère pouvoir retrouver la quiétude de ce moment. Tout était simple et parfait. J'enfonce mes mains dans mes poches, gonfle mes joues et scanne la pièce en relâchant l'air. Je suis plus stressé que lors de mes premiers shows à guichets fermés.

Addison rejoint le plan de travail et se prépare un café. Je tends l'oreille en quête de la présence d'Elvis, mais ne perçois aucun bruit. Au bout d'une longue minute, je perds mon peu de patience.

– Elvis ?

Silence.

– Elvis ? je répète plus fort.

Toujours rien.

– Elle est là, au moins ? j'interroge Addison.

– Je suis aveugle, elle rétorque comme si ça pouvait tout expliquer.

Elle se fout de moi ?

Sans demander la permission, je fais le tour de l'appartement et reviens au salon.

– Tu m'as fait galérer dix minutes à l'entrée alors qu'elle n'est même pas là ? je balance, ahuri.

– Je suis confuse. Maintenant que j'y repense, elle est partie quelques minutes avant ton arrivée. Pas de chance.

– Tu m'as obligé à chanter dans le couloir pour que dalle ?

– Oh pardon ! Monsieur a l'habitude de se produire dans des endroits plus chics…

Je crois rêver.

ENTRE SON POTE SECOURISTE ET CETTE CINGLÉE, ELVIS SAIT CHOISIR SES AMIS !

– Tu sais où elle est, au moins ?

– Oui, mais je suis pas certaine que ce soit un endroit sûr pour une rock star.

– Écoute, j'suis juste un mec qui essaie de retrouver la…

J'avale ma salive et inspire.

– La ?

– La fille dont il est tombé amoureux, je confesse en expirant.

– J'te préviens, elle mérite quelqu'un d'incroyable. Il doit être gentil, drôle, aux petits soins...

Elle se lance dans une longue liste de qualités, qui s'étire à l'infini. Chaque fois que je pense l'énumération terminée, elle reprend son souffle et repart.

– J'crois que j'ai fait le tour, elle conclut enfin. Ah non ! J'ai oublié riche, évidemment. Ça, c'est mon petit bonus spécial, car je rêve de vivre à ses crochets et j'estime avoir trop longtemps ravalé mes goûts de luxe.

Malgré son accueil flippant, je l'aime bien.

– Je vois... Et si j'ai envie d'être ce gars-là ?

– Alors fonce, elle conclut en tendant son doigt derrière moi.

– Tu pointes le miroir, pour info.

– Je sais ! C'est un objet maléfique qui aspire l'âme de ceux qui s'en approchent.

– Je comprends mieux...

– Pars.

– J'y vais.

Je marche jusqu'à la porte en me marrant. Cette rencontre imprévue aura au moins eu le mérite de me détendre un peu.

– Au fait, tu m'as toujours pas dit où je dois aller, je percute en tirant sur la poignée.

– Elle rend visite à une vieille connaissance.

Elle me dicte l'adresse du camp de caravanes où Elvis a grandi, et je reprends la route sans attendre. Je n'ai pas oublié les mots horribles que je lui ai crachés au sujet de sa mère toxico et je compose avec ma honte durant tout le trajet. Aussi bizarre que ça puisse paraître, il me tarde de la découvrir dans l'environnement qui l'a façonnée en partie. Sans filtre et sans attentes. Enfin si, j'en ai une. Si l'idée qu'elle ne soit pas celle que je croyais m'a miné depuis le dîner avec Sally, maintenant je veux tout connaître d'elle.

49

ELVIS

Le King peut bien aller se rhabiller.

– C'est quoi cette tête ?

Sur le point de franchir la porte de la caravane de Wilfred, je me fige et lui adresse une œillade désabusée. Je viens de me faire violence pour sortir de chez moi, je ne l'ai plus revu depuis mon départ en tournée et le voilà qui m'accueille comme un sauvage.

– Bonjour à toi aussi, espèce de vieil antipathique.

– On dirait que tu sors de la morgue.

DE MIEUX EN MIEUX !

Certes, j'erre comme une âme en peine depuis ma sortie de l'hôpital, mais j'ai fait l'effort de mettre du fond de teint et du blush avant de venir.

– J'ai fait un détour de trente minutes pour trouver tes fichues céréales préférées. Je regrette. Très fort.

– Celles au caramel ?

J'acquiesce en arquant un sourcil, avant de lui tendre deux sacs de courses.

– Merci, mon petit. N'empêche que tu as vraiment une sale tête aujourd'hui.

– Toi aussi tu m'as manqué, Wil, j'ironise. On en parle, de cette chemise ? je tique tout à coup. Elle vient d'où ?

Depuis que je connais Wilfred, je l'ai toujours vu porter de vieux tee-shirts à l'effigie d'Elvis Presley. Pas besoin de se demander qui a trouvé mon prénom la nuit où ma mère m'a mise au monde dans cet endroit ! Aujourd'hui, à mon grand étonnement, il porte une chemise noire impeccable.

COMME CELLES D'O...

Hey ! Qu'est-ce qu'on a dit, Rita ?

– Elle me va bien, hein ? il me sourit en la lissant avec ses paumes.

– Un peu grande, mais elle te donne une certaine classe. C'est une occasion particulière ou tu t'es enfin décidé à séduire Miss Delmey ?

– Cette sorcière de la 21 ? Plutôt perdre mes dents ! Je suis persuadé qu'elle a tué ses trois maris.

Je rigole en rejoignant l'évier, me lave les mains rapidement et ressors m'asseoir sur un transat élimé. Wilfred me suit avec deux bouteilles de bière, m'en file une, puis se laisse tomber sur un autre transat en grognant.

– Bon, il reprend en étendant ses jambes. Raconte.

Je me doutais qu'il ne lui faudrait qu'une seconde pour comprendre que quelque chose cloche. Il habitait ici avant ma mère, il me connaît depuis que je suis née. Il m'a nourrie plus d'une fois et maintenant c'est mon tour de lui rendre la pareille dès que je le peux. Derrière ses airs d'ours mal léché, il tient à moi.

– Mon diabète m'a joué des tours. Je n'ai pas été sérieuse et j'ai fini à l'hôpital.

Je m'attends à ses réprimandes, mais il hoche simplement la tête, sans m'interroger davantage. Il est bizarre aujourd'hui. Je porte la bouteille à mes lèvres en le scrutant.

– T'es malade ? je m'inquiète.

– Non, pourquoi ?

– Je viens de te dire que j'ai déconné, que je suis passée à rien de me voir pousser deux ailes blanches et tu restes stoïque. Je m'attendais à ce que tu me balances ta bière à la figure.

– J'ai soif.

Il avale une rasade.

– Et il a déjà gâché une bière avant que t'arrives.

Le ciel me tombe sur la tête. Derrière Wilfred, celui qui a parlé fait passer ma gorgée de travers. Je m'étouffe et recrache tout sur mes cuisses.

– Merde ! je tousse en sautant sur mes pieds. Merde ! je répète en pointant Oxton Briggs. Merde ! je réitère en fusillant Wil du regard. C'est quoi ce bordel ?

– Eh oh ! Surveille un peu ton langage ! me reprend ce dernier d'un ton bourru.

QU'EST-CE QU'OXTON BRIGGS FICHE ICI ?

J'ai les jambes coupées. Et humides ! Je ne m'attendais pas à le trouver ici avec sa barbe en pagaille et ce tee-shirt... Ce tee-shirt usé où figure un portrait du King. Mes yeux passent de l'un à l'autre de ces deux hommes que tout oppose.

– Tu portes sa chemise ? je lui demande, stupéfaite. C'est quoi ce délire ?

Mon vieil ami hausse les épaules. C'est Oxton qui m'éclaire.

– J'ai dû la lui filer pour qu'il m'autorise à t'attendre ici. Tu es entourée de gens durs en affaires.

– T'es sur mon territoire, scande Wilfred comme un roi, sur son transat. N'entre pas qui veut ! Encore moins quelqu'un comme toi, il ajoute comme s'il connaissait toute l'histoire.

Depuis combien de temps est-il là ? Est-ce qu'il lui a tout raconté ? Le rythme de ma respiration accélère à mesure que je prends conscience de ce qui se passe. Sans nouvelles de sa part depuis ma crise il y a deux semaines, je m'étais fait une raison, je ne le reverrais plus. Et le voilà devant moi, à m'observer comme du lait sur le feu. Rita n'ose pas se réjouir, quant à moi, sa présence dans ce lieu où je l'ai imaginé mille fois m'empêche de réfléchir correctement.

– Salut, Calloway.

– Monsieur Briggs.

– Tu reprends les vieilles habitudes ?

– J'aurais mieux fait de garder celle-ci, je le contre plus vite que mes pensées.

Sa présence me met dans tous mes états, je suis en proie à une myriade d'émotions.

– Pourquoi t'es là ? je m'entends lui demander.

– Je suis passé chez toi et Addison m'a dit où te trouver.

– Aussi simplement que ça ?

Ça me surprend nettement plus que le fait qu'il se soit pointé chez moi.

– Non, elle n'est pas commode. Elle m'a forcé à chanter dans le couloir avant de me rencarder. Après ça, en arrivant ici, j'étais plus à une chemise près.

Je ne perçois aucune animosité en lui, pourtant je marche sur des œufs.

– Ça n'explique pas ce que tu fabriques ici.

– J't'ai connue plus maligne que ça, Elvis, me lance Wilfred.

Choquée par l'irruption d'Oxton, je l'avais oublié.

– Le gamin est là pour te faire la cour, il précise.

– Retourne au XIXe siècle, l'ancien, je rétorque, déstabilisée.

J'ai du mal à croire qu'il soit là pour ça. Il me déteste.

– Tu penses que je lui aurais donné mon tee-shirt préféré s'il était venu pour autre chose ? insiste Wil.

– Ça ne s'est pas tout à fait déroulé comme ça, souffle Oxton.

– Ne me contredis pas, sale petit ingrat.

– Mais j'vous aurais même filé mon pantalon et mes pompes s'il avait fallu.

– Vraiment ? Je regrette de pas avoir été plus gourmand...

– Je vous enverrai une garde-robe tout entière.

– T'es un chic type.

Cette conversation ressemble à une pièce de théâtre ubuesque.

– Vous vous entendez à merveille, c'est très touchant. Ça me donne envie de me mettre au volant d'une de ces caravanes, direction le Brésil.

Sans roues et sans permis, certes.

POURQUOI TU VEUX PARTIR, ESPÈCE D'IDIOTE ? TU CHIALES DEPUIS QUE TU T'ES RÉVEILLÉE DU COMA ET MAINTENANT QU'IL EST LÀ, TU MENACES DE TE BARRER ? RESTE, OU JE FERAI DE TA VIE UN ENFER !

C'est vrai que d'ordinaire, t'es d'une compagnie délicieuse !

J'attrape ma bouteille, et la vide d'une seule traite, avant de la lancer dans la poubelle.

– Tu bois une bière ? m'interpelle Oxton sur un ton de reproche. Tu sors de l'hôpital, c'est pas prudent.

Ma première envie est de lui répondre qu'il ferait mieux de s'occuper de sa barbe affreuse, mais il a l'air sincèrement inquiet.

– C'est de l'eau, je lui indique. Wilfred n'accepte de parler qu'avec des buveurs de bière, alors y'a toujours une bouteille vide ici pour moi, qu'il remplit d'eau.

– Hum, d'accord.

– Bon, moi je vais bouffer mes céréales, grommelle Wilfred en s'extirpant de son siège. J'croyais que les jeunes étaient cool mais vous m'ennuyez.

– Tu te tires comme ça ? je panique tout à coup. J'vais venir avec toi, t'aider avec... avec ton... avec ta... sonde urinaire.

Il se retourne, outré, dresse un majeur hargneux, puis boite jusqu'à sa caravane et s'y enferme. *Reviens !* Ma supplique télépathique ne franchit pas son fichu crâne de béton.

Je n'ai plus le choix, je vais devoir tout mettre à plat avec Oxton. D'ailleurs, j'entends ses semelles fouler le sol derrière moi. Il s'approche, me contourne lorsque je ne me retourne pas et affiche une moue... *sadique ?*

CONTRITE !

Accusatrice ?

SYMPATHIQUE !

Voilà, je panique et tout s'embrouille ! Il ouvre la bouche pour parler le premier, la mienne le devance sans prévenir.

– Je ne t'ai pas menti en ayant une idée derrière la tête. Je ne voulais pas de ce contrat, j'ai même tout fait pour l'esquiver. La simple idée de te croiser me faisait trembler ! L'image parfaite que je m'étais façonnée toutes ces années me suffisait très bien, j'aimais vivre dans un monde idéal où le chanteur des Unfool ne venait pas taper à ma porte pour m'obliger à courir avec lui à 6 heures du matin !

J'ai débité tout ça sans le préméditer, sans introduction, et sans reprendre mon souffle. Résultat : c'est confus. Pire, je manque d'air et me plie en deux pour en aspirer le plus possible. Les poumons à nouveau opérationnels, j'essaie de contrôler mon flot verbal, sans succès.

– Je n'avais pas prévu que ça tourne ainsi, je n'ai jamais couché avec un client et encore moins imaginé le faire avec toi ! Je ne me cherche pas d'excuse, mais y'a eu une espèce de concours de circonstances dès le départ. Riley qui a mal interprété mon attitude, puis Gregory qui s'est fait virer parce qu'il était fan des Unfool, sans compter ton horrible caractère et le parallèle avec ta mère et...

Rebelote, ma réserve d'oxygène est dans le rouge.

MAIS TU VAS LA FERMER ? T'ES BIDON POUR LES CONFRONTATIONS !

– Je craignais que notre discussion soit compliquée, je suis heureux de voir que tu fais tout le boulot, commente Oxton, un brin amusé. Du coup, je pense qu'on a fait le tour, donc je vais t'embrasser...

Il se penche en avant, j'ouvre des yeux horrifiés en plaquant ma paume sur sa figure. *Non mais, c'est une blague ?*

– Tu te moques de moi ? Déjà, en excluant tout le reste juste une seconde, j'te signale qu'approcher mon visage de cette masse poilue qui sent le tabac, c'est mort ! Tu ressembles à un vendeur de pipes qui a passé trop de temps dans une tribu louche d'Amazonie.

– C'est intéressant comme image.

– Asher t'a laissé vivre avec ça ? Quoique, ce revanchard borné a dû se dire qu'avec un peu de chance, tu me refilerais une maladie exotique et qu'il serait débarrassé de moi !

– Tu seras étonnée d'apprendre que tu manques aussi à Asher, il se contente de répliquer.

– Et ensuite ? Tu crois que je vais céder aussi facilement devant monsieur la star de… De quoi, d'ailleurs ? Musique ? Cinéma ? J'ai rien vu passer sur tes réseaux ces deux dernières semaines. Rien ! Tout mon travail réduit à néant…

TU RECOMMENCES À TROP PARLER, VI…

– T'as regardé mes réseaux ?

– Va te faire voir ! Après tout, tu mérites le néant numérique. Tu m'as virée devant le monde entier, tu t'es servi de ma mère pour me poignarder, puis tu m'as bouclée dans une loge comme une criminelle en garde à vue et…

– J'ai failli te tuer, il ajoute en changeant complètement d'attitude.

Mon timbre excédé cède la place à la confusion.

– D'abord tu ne termines pas mes phrases ! Et j'allais pas dire ça. Tu n'as rien à voir avec ma crise de diabète.

– Je t'ai enfermée dans la loge et tu es tombée dans le coma.

– Qu'est-ce que tu racontes ? Ça n'a aucun rapport ! J'ai négligé mes repas et mon traitement, voilà ce qui a déclenché la crise. Manque de bol, j'étais coincée quand mon corps a déraillé, mais la seule coupable dans l'histoire, c'est moi.

Ses yeux jusque-là ancrés aux miens dérivent sur le côté. Je comprends alors qu'il vient de passer deux semaines à se reprocher ça.

– Si je n'avais pas aussi caché mon diabète, rien ne serait arrivé. Je suis désolée pour ça, je ne p…

– Je suis au courant, il m'interrompt. Je m'occuperai de Davenport en temps voulu.

– Inutile, j'ai un rendez-vous téléphonique avec le service RH cet après-midi et ils veulent forcément me virer à leur tour. Deux licenciements dans le même mois, si mon karma ne se régule pas avec ça ! Bon, j'en étais où ? Je déroule ma liste de reproches et me voilà en train de te soulager de ta culpabilité !

– C'est parce que je suis ton idole.

Je hausse les sourcils.

– Quoi ? C'est trop tôt pour ça ?

– Définitivement trop tôt ! je m'exclame. Et je te l'ai déjà dit mais je vais en remettre une couche : oui, j'ai été fan de toi pendant dix ans, mais en deux jours tu m'as prouvé que tu n'as rien à voir avec l'Oxton Briggs de mes fantasmes !

– J'aime quand mon prénom est dans la même phrase que « fantasme ».

Je remue mes poings sous son nez.

– Tu ne peux pas avoir un ton aussi débonnaire après ce qu'il s'est passé.

Il aspire sa lèvre inférieure entre ses dents et tire ses cheveux en arrière.

– Je suis désolé. J'ai toujours été merdique pour m'excuser.

– Effectivement, je me souviens de ce câlin flippant à Vegas.

– J'ai cru qu'il te ferait plaisir.

– À ce moment-là, j'aurais préféré qu'un aigle royal plante ses serres dans tes épaules et t'emporte au sommet d'une montagne.

– Ah ! Carrément.

Il me jauge sans ciller, je m'oblige à soutenir son regard mais le tremblement de mes paupières rend l'acte difficile.

Il arbore toujours ce magnétisme radioactif qui atteint le cœur de mes cellules.

DIS-LUI QUE TU L'AIMES !

Non !

– Tu veux bien me montrer la caravane dans laquelle tu as grandi ? il me demande tout à coup.

Il va me rendre cinglée. J'ai déjà du mal à suivre l'ordre de mes pensées et sa requête me déstabilise encore plus.

– Euh... C'est déjà bizarre que tu sois là... Je sais pas si...

– S'te plaît. Je tiens à visualiser l'endroit où la mini-Elvis Calloway vivait quand elle est tombée amoureuse de moi.

C'est déconcertant d'en parler aussi librement, mais ça diffuse également une onde agréable dans ma poitrine. C'est l'occasion d'exterminer tous les non-dits. Je ne suis pas sûre de ce qu'il a en tête ni des conclusions qui seront tirées ici, mais je lui fais signe de me suivre. Nous bifurquons d'abord à droite, puis deux fois à gauche, jusqu'à nous arrêter devant cette caravane bleu clair familier. Plusieurs locataires se sont succédé depuis le départ de ma mère, mais il est inoccupé aujourd'hui.

– Voilà, je souffle. C'était ma maison.

Oxton la détaille un long moment, avant d'aller s'asseoir sur une chaise en plastique dont la solidité m'interroge. Il cale son menton dans ses paumes et se plonge dans ses pensées. C'est si irréel qu'il soit là, difficile de déterminer si ça me donne envie de rire ou de pleurer.

50

OXTON

Porter un tee-shirt douteux à l'effigie d'Elvis Presley n'a jamais eu autant d'intérêt. Ou presque.

Je tourne la tête vers cette fameuse caravane et imagine une version plus jeune d'Elvis vivre là. Avec des écouteurs vissés à ses oreilles et mes chansons en boucle. C'est dingue.

– Tu comptes dire quelque chose ?

Je pivote vers elle. Bras croisés et moue renfrognée, elle s'impatiente. Il n'y a qu'elle pour passer du calme à la tempête en un claquement de doigts.

– Je comprends tout ce que tu as dit tout à l'heure, mais j'aurais aimé que tu m'en parles tout de suite.

– Bien sûr, elle raille. Il suffisait que je me pointe dans ce jet, que je m'installe face à toi et que je dise : « Salut Oxton, on ne se connaît pas mais je sais tout de toi. Tu es mon héros. »

– C'est sûr que me cracher de l'eau à la figure était plus adapté.

– Bon sang, mais tu ne vas jamais passer à autre chose ? Pour ton info, maintenant qu'on joue cartes sur table, je me suis étranglée quand j'ai compris pourquoi vous viriez Gregory. C'était comme un écho de ce que je risquais.

– Ce type s'est fait virer parce qu'il était nul.

– Peu importe, j'étais tellement paniquée par ta proximité que la situation m'a échappé. Mais même sans l'histoire de Gregory, tu n'aurais pas compris, elle soupire. T'as déjà oublié que tu me haïssais au début ?

– Exagère pas.

Elle arque un sourcil dubitatif et gonfle ses joues.

– OK, c'était pas la super entente, j'admets.

– Tu m'aurais virée sans scrupule.

– Passons outre nos préliminaires. Ensuite nos rapports se sont nettement améliorés et quand on a passé cette semaine ensemble, je t'ai confié des choses intimes. Pourquoi pas toi ?

– J'ai essayé de te le dire plusieurs fois, mais j'avais peur, de perdre mon travail, de... de te perdre, tout bonnement. Mes craintes ont pris le pas sur mes valeurs, et je n'en suis pas fière.

J'analyse ses paroles en hochant la tête. Je vois très bien ce qu'elle entend par là.

– Le matin où tu m'as parlé de tes parents, ça m'a terrassée. Je me suis sentie minable et j'ai pris la fuite.

– Voilà donc pourquoi tu es partie si vite.

– Tu n'imagines pas combien te côtoyer m'a bouleversée. Pendant de longues années, tes chansons ont consolidé le sol sur lequel j'évoluais. Cette force que tu m'as insufflée quand j'avais envie de tout envoyer promener... J'ai bâti mes défenses en me servant d'elle. C'était confortable, un vrai cocon maîtrisé jusqu'à ce que je prenne conscience que j'avais inventé ce qui m'arrangeait. Enfin, je le savais au fond de moi, mais ça me convenait. Sincèrement, je ne voulais pas du tout te rencontrer en vrai. Je n'ai jamais eu d'idées derrière la tête ou je ne sais quoi... On m'a donné ce contrat et je n'ai pas eu d'autre choix que de l'accepter.

– Et tu t'es rendu compte que j'étais un horrible personnage. On peut sauter au moment où je suis redevenu génial ?

J'ai à peine prononcé ça que la chaise sur laquelle je suis installé cède sous mon poids. Je bascule en arrière et atterris le dos par terre.

– Est-ce qu'on peut estimer que cette intervention divine répond à ta question ? me balance Elvis en se dressant au-dessus de moi.

– Ce siège n'a pas tenu sous le poids de mon incroyable perfection.

– Tu m'en diras tant.

– Tu vas m'aider à me relever ou pas ?

Elle me tend la main, je m'y accroche et, une fois remis debout, je refuse de la lâcher. Elle tire dessus, je la maintiens fermement dans la mienne.

– Je... elle tente de poursuivre.

– Tu ?

– Ton attitude me décontenance, elle souffle en regardant nos mains. Pourquoi tu es là ?

Elle n'a toujours pas compris ?

– Pour t'écouter.

Elle contemple mon profil avant de s'en détourner en soupirant.

– Qu'est-ce qu'il y a ? je lui demande.

Sa main m'échappe, je déteste le sentiment de perte qui m'assaille tout à coup.

– Dommage que tu n'aies pas voulu m'écouter avant. Tu as été d'une violence inouïe durant cette séance photo... Personne ne m'a autant blessée que toi ce jour-là. Je sais que je l'ai un peu cherché mais... je ne méritais pas une telle vengeance.

– Crois-moi sur parole, ça me rend malade d'y repenser. Et la Fan Squad s'emploie à me le rappeler chaque jour en exigeant ton retour. J'ai foutu la merde partout et je suis prêt à tout pour réparer ce que j'ai abîmé.

Son sourire triste me tord le bide.

– La Fan Squad, elle articule en faisant rouler une pierre sous sa semelle. J'ai conscience que l'histoire entre ta mère et ton père n'a pas été simple à encaisser quand tu étais adolescent, mais le faire payer aux gens qui t'estiment, je trouve ça vraiment moche. Être fan de quelqu'un, c'est souvent trouver un exutoire. Ce n'est pas bien de dénigrer ça. Composer des mélodies, écrire des chansons et les partager avec les autres, est-ce que ce n'est pas aussi leur donner ce petit quelque chose dont ils ont besoin à un moment de leur vie ? Du courage, de l'amour, de l'espoir...

Ses paroles me percutent. Son ton est humble et m'atteint en profondeur. J'ai été stupide de ne me focaliser que sur ce qu'elle m'a caché et d'occulter ses qualités.

– Tu as raison. J'ai oublié ça. Je suis désolé.

– Je suis désolée, moi aussi, elle répond.

Un silence s'étire entre nous, je n'ai pas encore terminé.

– Pendant des semaines, j'ai repensé à cette gosse du Ang'Hell.

– Quoi ?

– Quand tu étais cachée sous cette table et que tu m'as demandé de t'emmener en tournée. Tu t'en souviens ?

– Bien sûr...

– Y'a ce type qui te cherchait.

– Gavis, elle renâcle. Un des nombreux mecs de ma mère.

– Je t'ai dit que tu pouvais pas venir avec nous et tu as décampé, les larmes aux yeux.

– Je suis sciée que tu te rappelles ça.

– Petit à petit ton visage s'est effacé et il n'est resté qu'une sensation de désespoir. Ça m'a suivi un moment, mais j't'aurais jamais reconnue.

– J'ai vu ça, elle rit doucement. J'ai été très déçue, d'ailleurs ! Je suis ta première fan, c'est sacré, ces choses-là.

– Maintenant, je sais pourquoi tu voulais embarquer avec nous, je poursuis en lorgnant la caravane.

– Arrête, j'avais 14 ans, on sait tous les deux que c'était impossible. C'est le soir où vous avez annoncé le début de votre carrière, j'ai paniqué à l'idée de ne plus vous revoir tous les jeudis. Mais je m'en suis sortie et c'est aussi grâce aux Unfool.

– C'est fou quand même.

Contre toute attente, j'adore l'idée que, déjà à l'époque, il y ait eu ce lien entre nous.

– J'ai fait peser sur tes épaules une trop grande partie de mon équilibre, elle analyse en fermant les yeux. En fait, j'ai beaucoup réfléchi à ça depuis que je me suis réveillée à l'hôpital...

– Tu aurais pu trouver pire que moi pour t'évader de ton quotidien.

Elle ouvre une paupière.

– Si tu continues comme ça, après cette chaise, c'est le sol qui ne supportera plus le poids de ton ego.

– Je suis sérieux ! J'ai été une espèce de point d'ancrage pour toi et t'imagines pas ce que ça me fait de le savoir maintenant que toutes les pièces du puzzle sont réunies. Au final, c'est moi qui n'ai pas été à la hauteur.

Je me frotte le visage en expirant fort. C'est le moment de vérité.

– J'me contrefous que tu sois une fan de nous. C'est la sensation d'avoir été berné qui a été insupportable. J'ai vrillé…

Je prends une grande inspiration.

– J'ai pété un plomb parce que j'ai cru que la fille dont j'étais tombé amoureux n'existait pas…

– Oui, d'accord mais tu…

Un éclair traverse ses iris, elle se tait illico.

– Excuse-moi, tu as dit quoi ?

– J'me contrefous que tu sois une fan.

– Oui, ça, j'ai saisi.

– C'est la sensation d'avoir été berné qui a été insupportable, je fais exprès de répéter.

– Oxton !

– Je t'aime.

Mon cœur se comprime comme si je prononçais cette déclaration pour la première fois. J'ai déjà dit ces mots avant, mais avec Elvis, ma conviction est à son paroxysme. Quant à elle, difficile de percer à jour ce qui circule derrière ses prunelles figées.

– Elvis ?

– Cette barbe m'obsède.

Elle tourne les talons et s'éloigne. *Hein ?* Sidéré, je la suis des yeux alors qu'elle disparaît derrière une caravane. *Je lui ouvre mon cœur et elle se tire ?* Le temps que l'information remonte à mon cerveau, je me lance à sa poursuite.

Merde, cet endroit est un putain de labyrinthe ! Je me perds entre les véhicules et les barrières de fortune, tourne en rond en pestant.

– C'est énervant, hein ? j'entends alors sa voix prononcer derrière moi.

J'éclate d'un rire nerveux.

TU PENSAIS T'EN TIRER AUSSI FACILEMENT ?

– Tu te fous de moi ? je balance, essoufflé.

– T'es le roi pour te tirer en plein milieu d'une discussion. Tu as fait ça un million de fois ! C'est insupportable, non ?

Je rêve.

– C'est pas cool de me faire galérer alors que je me suis montré incroyablement compréhensif au sujet de ton obsession pour moi.

– N'importe quoi !

On est incapables de discuter sans que ça vire à la bataille. Je suis tenté de pousser plus loin, mais je dois savoir où elle en est d'abord.

– Temps mort, je reprends sérieusement. Nos caractères s'affronteront en duel dès que tu auras répondu à ma question. Est-ce que tu veux bien redevenir ma première fan, Elvis Calloway ?

Elle me scrute si intensément que mon souffle devient anarchique. Son front se plisse, sa langue claque et lorsqu'elle ouvre enfin la bouche, mon adrénaline retombe aussi sec.

– Non.

Mon sang ne fait qu'un tour et une pointe douloureuse s'enfonce entre mes côtes.

– Non ?

– Je ne redeviendrai pas ta première fan, Oxton Briggs. Je t'écoute attentivement, je te regarde sans œillères et je comprends que je ne ressens plus rien pour le leader des Unfool, désolée.

Ce coup de massue me cueille comme un uppercut. En me pointant ici, je me suis préparé à devoir plaider mon cas, mais je n'avais pas anticipé qu'elle n'éprouverait plus rien pour moi.

– Donc j'ai vraiment tout bousillé.

– Pas du tout, c'est la meilleure chose qui pouvait m'arriver, elle affirme avec aplomb. Je suis tombée amoureuse d'Oxton Briggs, puis j'ai rencontré Oxton Briggs et je suis tombée amoureuse d'Oxton Briggs.

Je cligne des yeux, hébété. *Qu'est-ce qu'elle raconte ?*

– J'comprends rien.

Elle se plante devant moi et plonge son regard dans le mien.

– Je t'aime aussi, Oxton. Toi, ce mec ronchon qui n'est pas aussi sûr de lui qu'on l'imagine. Qui s'accroche à ses idées mais qui peut tout remettre en question quand sa sensibilité est piquée. Qui s'avère plus imparfait que prévu, ce qui le rend finalement nettement plus attirant. Tu m'as plu y'a dix ans, mais c'est celui que tu es aujourd'hui qui m'a conquise.

À mesure que sa déclaration prend sens dans mon esprit, un sourire étire ma bouche. Elle peut prétendre le contraire, elle n'a jamais eu besoin de personne pour affronter quoi que ce soit. Elle a beau avoir planqué une partie d'elle, elle n'en reste pas moins une nana qui ne m'épargne rien. Même quand je lui dis je t'aime, elle voit plus loin. Elle me voit.

– Je me demandais à quel moment j'étais tombé amoureux de toi, je chuchote en faisant un pas pour me rapprocher d'elle. En fait, c'est maintenant. Et je vais t'embrasser.

Je fonds sur elle, attrape ses joues, me penche et...

– C'est toujours non pour ça, elle m'oppose en couvrant ma bouche avec sa paume. Il ne se passera rien entre cette barbe et moi.

– Déconne pas, j'en crève d'envie !

– En plus, tu portes le tee-shirt de Wilfred. J'ai l'impression qu'une version plus jeune de lui essaie de me rouler une pelle. C'est mort.

– Très bien.

Sans lui laisser le temps de réagir, je la ceinture et la fais basculer sur mon épaule.

– Hey !

– On rentre, j'assène en marchant en direction de ma voiture. Une douche, un rasage, la disparition de ce tee-shirt tue l'amour et plus rien ne s'immiscera entre nous.

Plus rien du tout.

51
ELVIS

Bienvenue Bob, plus on est de fous, plus on rit.

Pliée en deux sur l'épaule d'Oxton, je regarde ma caravane s'éloigner. J'ai l'impression de laisser une partie de ma vie derrière moi, ou plutôt une façon de voir les choses. Gamine, j'ai rêvé plus d'une fois qu'il vienne me sortir de cet endroit, mais en cette seconde, j'ai le sentiment de m'en libérer moi-même. Je me sens si légère que j'en souris bêtement.

TU SOURIS BÊTEMENT PARCE QU'OXTON EST AMOUREUX DE TOI !

Aussi, d'accord. Ne plus le voir pendant tout ce temps, certaine que je devrais passer le reste de ma vie à regretter cette histoire, m'a minée. Cela dit, ça m'a aussi permis de couper ce cordon et de m'émanciper.

– On va où exactement ? je m'enquiers auprès de mon ravisseur.

– Retour au bercail. Je vais dégager tout le monde et tu vas rester avec moi dans la villa jusqu'à ce qu'on sente le renfermé.

– Un séducteur comme on en voit peu. Cela dit, tu sens déjà le renfermé si je peux me permettre.

– Est-ce qu'un jour tu penses m'idolâtrer à nouveau ?

– Nope. Mais si tu te débrouilles bien, je continuerai à t'aimer et à être fière de ce que tu entreprends.

Il me guide jusqu'à sa voiture, me pose sur le capot et se faufile entre mes jambes.

– Même pas un mini-smack ? il tente en faisant trembler sa lèvre inférieure.

Je remue la tête de gauche à droite. Honnêtement, j'en ai très envie, mais j'aime trop lui casser les pieds.

– Tu ne peux pas me dire des choses aussi belles en m'interdisant de t'embrasser.

– Je suis persuadée que tu sauras te rattraper.

– Oh oui ! Quand je suis venu ici, j'avais en tête de tout recommencer à zéro. Mais j'avais tort, pour rien au monde je ne souhaite effacer ce qui s'est passé avant.

– Ça me va, j'articule, le souffle court. Alors on continue, à la différence près qu'il n'y aura plus de mauvaises surprises entre nous.

– Que des bonnes, il acquiesce. Plus de cachotteries.

– Dans ce cas, je dois t'avouer une dernière chose.

Je le sens se contracter contre mes cuisses.

– Il y a un ultime détail que je dois te confier. C'est presque rien...

– Crache le morceau, Calloway, je suis en train de flipper.

– Rita, j'annonce.

– C'est qui ? Un enfant caché ?

JE SUIS TON PÈRE ! vocifère la concernée.

– Ma petite voix intérieure.

JE SUIS PLUS GRANDE QUE TOI !

– On discute un peu trop souvent ensemble, elle et moi, pour que je ne t'en parle pas. Donc, ne t'étonne pas si...

– C'est contagieux, il m'interrompt en feignant d'être affolé. Depuis que je te connais, moi aussi j'entends une voix dans ma tête.

– C'est vrai ?

C'EST VRAI ? IL EST MIGNON ? COMMENT IL S'APPELLE ?

– Ouais. J'vais devoir lui trouver un prénom, du coup. Est-ce que Rita a une idée ?

BOB !

– Bob.

– Bob ?

– Fais gaffe, on vient tous de le prononcer à trois reprises. Je crains que l'effet soit pire qu'avec Travis.

D'ailleurs, en parlant de son garde du corps...

– Tu es sorti sans Travis ?

– Il me fait la gueule.

– Qu'est-ce que tu lui as encore fait ?

– J'ai viré une certaine Elvis Calloway qui le divertissait beaucoup. Et accessoirement, j'ai été plutôt puant ces derniers temps. Alors il a pris des congés pour éviter de me briser un fémur.

Je ris doucement, ça me fait plaisir d'avoir cette place dans sa vie. Oxton n'est pas le seul à m'avoir manqué.

– Et ta carrière d'acteur, tu en es où ?

– Au même point qu'avant, j'ai pas eu la tête à ça. J'ai ignoré Kass et Darell.

– T'as intérêt à te remettre dedans. Est-ce que tu as eu des nouvelles de Miranda ?

– Elle n'est pas venue à la villa et j'ai esquivé ses appels.

– Même si elle te le fera payer cher, je pense que tu as bien fait, je pouffe. Je l'ai eue au téléphone deux fois et elle ne m'a pas parlé de toi. Tu sais ce que ça signifie, n'est-ce pas ?

– Qu'elle prépare un très mauvais coup.

Il m'aide à descendre, nous montons en voiture, il lance le moteur et roule à tombeau ouvert. Au premier croisement, il s'empare de ma main, la pose sur sa cuisse et la recouvre de la sienne.

– Tu m'as manqué, il murmure en la serrant.

Puis il la porte à sa bouche et pose ses lèvres au milieu de ma paume. Pendant que nous roulons, il me demande comment je vais, me confie combien mon diabète l'inquiète et me pose mille questions sur la manière dont je le gère au quotidien. Concentrée sur mes explications, je ne prête aucune attention à la route jusqu'à ce qu'il s'engage dans une allée que je reconnais.

– Profite de ce rayon de soleil, il me lance alors que nous marchons jusqu'à l'entrée de la villa. Parce que tu ne vas pas revoir le jour avant un long moment.

– J'ai toujours su que tu tiendrais un rôle de psychopathe à la perfection. J'en toucherai deux mots à Darell.

Il m'ouvre la porte, nous débouchons dans le salon et...

– Oxton Briggs, tu es un homme mort !

La voix de Miranda explose comme une mine. Je la repère, assise à la table, une tablette sous le nez. Comme si rien n'avait changé.

– Oh merde, grogne Ox. Quand on parle de psychopathe...

– C'est toi qui ne vas pas revoir le jour, je rigole derrière ma main.

– Ramène tes fesses, tout de suite !

– Est-ce que je peux aller me raser, d'abord ?

– Pas besoin, les pompes funèbres s'occuperont de ton cadavre avant ton enterrement.

– J'ai eu l'espoir que la maternité l'adoucisse, il soupire.

– Tu rêves, espèce de vedette de mes deux. Assis ! elle ordonne en désignant une chaise devant elle. Et toi aussi, Elvis ! J'attendais d'être sûre que tu sois pleinement remise pour ce qui t'attend.

C'est la première fois qu'on se revoit depuis que tout le monde connaît mon passé de groupie. Je craignais un peu sa réaction, mais elle ne m'a rien dit, jusque-là.

– S'te plaît Mira, il faut que je me rase à tout prix, se lamente Oxton. Ça urge.

– Assis, elle martèle sans ciller.

– Qu'est-ce que tu ne comprends pas dans les termes « congé maternité » ? il s'enquiert. Où est ton remplaçant ?

– Si mon client n'était pas aussi con, je coulerais des jours heureux ! Et regarde ce qui arrive quand je ne suis pas aux commandes !

– Avoue plutôt que tu peux pas te passer de moi.

– Tu veux que je te démontre le contraire ? elle menace.

Elle maltraite sa tablette et la plaque sur la table que nous venons de rejoindre.

– Une pétition ! Une putain de pétition qui circule jusqu'en Amazonie pour qu'Elvis revienne ! J'ai essayé de colmater la faille nucléaire mais rien à faire, la Fan Squad a pris les armes.

Je jette un coup d'œil sur l'écran et découvre avec horreur l'ampleur de la situation. J'ai évité au maximum les réseaux sociaux depuis mon séjour à l'hôpital, je me suis contentée de surveiller si une publication apparaissait sur les comptes des Unfool ou d'Oxton. Je n'ai pas voulu voir les conséquences de cette fameuse vidéo. Personne ne m'en a parlé jusqu'à maintenant, j'espérais naïvement que tout irait bien dans le meilleur des mondes, mais je soupçonne Miranda et Sarah de m'avoir caché la vérité le temps de ma convalescence.

– Puisque vous êtes réconciliés, vous avez intérêt à résoudre ce bordel !

– Il suffit que leur impératrice revienne, balance Ox en me couvant d'un regard satisfait.

– Impossible. Notre contrat est caduc.

– Pourquoi ça ? s'étonne Miranda.

– J'attends un appel de la DRH à 14 heures et ce n'est pas pour recevoir une promotion.

– On s'en fout, minimise Oxton. On est ensemble, tu es ma CM. Point.

– Tu délires ! Déjà, je n'ai pas envie de fonctionner comme ça et puis légalement, je n'ai pas le droit de bosser en direct pour un client de Jones Media Community. Ils pourraient m'attaquer en justice avec une armée d'avocats.

– Je leur déconseille de se lancer là-dedans. D'ailleurs, c'est toi qui devrais les attaquer.

Je hausse les épaules, Oxton m'observe en cogitant, quant à Miranda, elle arbore un air inquiétant.

– Attendons de voir ce qu'ils vont te dire tout à l'heure, elle déclare. Quoi qu'il se passe, vous allez me trouver une idée brillante.

Du mouvement dans l'escalier attire mon attention, c'est Riley et...

– Jane ! je crie.

– Chuuttt, me rabroue le pianiste.

Il penche la tête sur le bébé, puis m'adresse des reproches par télépathie.

– J'avais réussi à l'endormir !

Si Miranda m'a envoyé un tas de photos, je n'ai pas encore vu Jane en vrai. Je me lève et cours à sa rencontre.

– Saluuut, joli petit bébé.

– Content de te revoir parmi nous, chuchote Riley. Dès que j'ai les mains libres, je te fais un gros câlin.

– Je sens ta joie crépiter jusqu'à moi, un contact physique ne sera pas nécessaire.

Nous échangeons une œillade entendue. Moi aussi je suis contente de le revoir.

– Elle ressemble à Asher, j'ajoute à l'attention de Mira.

– Physiquement peut-être, mais crois-moi, elle a le tempérament de sa mère, ricane Riley. Regarde, quand je mets mon index sur sa bouche, elle essaie de me mordre alors qu'elle n'a pas encore une seule dent.

– Enlève tes doigts de la bouche de ma fille, lance Asher qui dévale les marches à son tour.

– Tu m'as forcé à prendre une douche pour pouvoir la porter, mec. Avec un savon antibactérien qui pourrait décaper des murs.

Dans mon dos, Oxton s'est joint à nous.

– *Vade retro,* scande le batteur en attrapant sa fille. Je croyais pas dire ça un jour, Elvis, mais je suis heureux que tu sois revenue.

– Merci, Ash.

– Pour une seule raison, il précise. Dis-lui d'aller se laver.

– C'est quoi ce tee-shirt, Oxy ? tique alors Riley. Putain, t'as sorti le grand jeu pour reconquérir Eeelvis ?

Ça aussi, ça m'avait manqué.

– T'es sûre que t'es pas encore un peu groupie ? il me taquine. Pour donner une deuxième chance à un type fringué comme ça, faut être sous emprise.

– Certaine.

– Elle parvient à voir plus loin que les apparences, le contre Oxton en m'enfermant dans ses bras.

– Va prendre cette douche, je marmonne.

– Seulement si tu m'accompagnes.

– Hey ! Ma fille et ses oreilles innocentes vous entendent, nous invective Mira. Et Elvis reste avec moi, on a plein de choses à se raconter.

– Bon sang, je veux qu'on nous foute la paix, grommelle Oxton dans mon cou. Rejoins-moi dans vingt minutes. Invente n'importe quel prétexte.

Il me libère et monte les marches deux par deux. Je retourne m'asseoir à table.

– Je suis soulagée que tout soit arrangé, me balance Mira sans quitter sa tablette des yeux.

– Je suis désolée de ne pas avoir joué franc jeu dès le départ.

– J'avoue que ça m'a surprise quand Asher m'a raconté, mais je t'ai fréquentée assez longtemps pour savoir que tu es une fille bien. Nous aussi, on a gardé une certaine petite chose secrète, j'vais pas te faire la morale.

Elle survole Ash et sa fille installés sur le canapé, avec un petit sourire.

– Vous êtes ensemble ? j'ose lui demander.

– Je crois. Lui et moi, c'est une histoire assez compliquée...

Je comprends qu'elle ne veut pas s'étendre sur le sujet et respecte ça. Nous discutons de futilités, jusqu'à ce que mon portable vibre dans ma poche. Mon cœur fait un bond, mais ce n'est qu'Ox qui me rappelle à l'ordre.

Oxton : Vingt minutes, Calloway !
Elvis : J'arrive.

– La starlette s'impatiente ? raille Riley en lisant au-dessus de mon épaule.

– Il a besoin de moi pour répéter une scène.

– J'me doutais qu'avec sa belle gueule, il finirait dans des films X.

– Ça n'arrivera jamais, je pouffe avant de monter le rejoindre.

52

ELVIS

Petite annonce : ex-groupie cherche Fan Squad disponible.

Riley n'a pas tort, Oxton serait très bon dans des films pour adultes. Il pourrait même en faire une série tout entière, je n'ai pas vu le temps passer.

– Où tu vas ? il râle alors que j'essaie de m'extirper de son lit.

– Contrôler ma glycémie.

C'est si libérateur qu'il soit au courant.

– J'peux regarder ?

– Bien sûr.

Je récupère mon sac par terre, en sors mon attirail, me désinfecte les mains et lui explique chacun de mes gestes. Il écoute attentivement, pose des questions, puis tente un deuxième *round* une fois que j'ai terminé.

– Stop !

– Je suis rasé ! Entièrement, en plus.

Je tape sur son front, il enserre mon poignet et me tire sur lui alors qu'il retombe sur le matelas. Allongée sur lui, je le dévisage sans parler. Son cœur bat fort sous ma poitrine.

– C'est quoi ta chanson préférée ? il chuchote.

– *River Bane.*

– Sérieux ?

Ses lèvres remuent, se pincent et il éclate de rire.

– Quoi ?

– C'est une balade pour midinettes ! Riley l'a écrite un soir où il s'est pris un râteau par une serveuse.

– Tais-toi ! je m'écrie en plaquant ma paume sur sa bouche. Je t'interdis de détruire tout ce que j'ai pu imaginer.

D'une impulsion, il me fait rouler sur le dos et échange nos positions.

– C'est pas déjà le cas ?

– Justement, pas touche aux chansons !

– OK, alors j'te dirai pas ce qui m'a inspiré *The Li...*

Je le fais taire en l'embrassant, ses lèvres descendent le long de ma gorge, je tourne la tête pour qu'il atteigne ma clavicule et l'heure sur le réveil me coupe toute envie.

– Merde, je m'étrangle en le repoussant. Il est 13 h 57 !

– Et alors ? C'est l'heure maudite de l'abstinence ?

– Oui ! Enfin, non ! La DRH m'appelle dans trois minutes et mon téléphone est resté en bas.

Je saute par terre, enfile mes fringues à toute vitesse et fonce au salon. Mon portable sonne pile au moment où je dérape en bas de l'escalier.

– Décroche et mets le haut-parleur ! je beugle à l'attention de Miranda.

Elle accède à ma requête désespérée.

– Allô !

– Mademoiselle Calloway ?

– Oui ! Oui, je répète plus calmement en tombant lourdement assise sur la chaise.

– Bonjour. Je suis Lisa Gonzales, la nouvelle directrice de l'antenne de Los Angeles. Comment allez-vous ?

– Bien, merci. La nouvelle directrice ?

– Tout à fait. Lorsque le siège a été informé de certains agissements répréhensibles, des mesures ont été prises à l'encontre de Trent Davenport. Je vous prie de croire que nous ne tolérons pas que l'une de nos employés voie sa vie mise en danger pour quelque raison que ce soit. Vous pouvez en informer ces messieurs des Unfool, leur agent ainsi que leur attachée de presse. Nous ne souhaitons pas de débordements et vous présentons nos plus sincères excuses.

Mes yeux passent sur les musiciens qui se sont réunis autour de moi et sur Miranda. En dehors d'Oxton qui semble tout autant surpris que moi, les trois autres affichent un sourire victorieux. *Qu'est-ce qu'ils ont manigancé ?*

– D'accord, je transmettrai, merci.

– Concernant vos frais d'hôpital, notre service financier finalise le remboursement auprès de M. Briggs.

– C'est toi qui as payé cette fameuse facture ? j'articule sans bruit.

Il hoche la tête. Cette conversation ne se déroule pas du tout comme je l'avais cru.

– Les fonds seront intégralement versés d'ici la fin de semaine. Enfin, s'agissant de votre contrat, aucune clause restrictive ne sera retenue pour votre départ.

– Vous me licenciez malgré tout ? je l'interromps. Pourquoi ?

– Ce n'est pas votre souhait ? elle s'étonne.

– Non ! J'aime travailler pour vous.

Un blanc de plusieurs secondes m'oblige à vérifier que la communication n'a pas été coupée.

– Vous êtes toujours là, madame Gonzales ?

– Oui, pardonnez-moi. Je suis surprise, j'avais cru comprendre que vous seriez directement recrutée par ces messieurs des Unfool.

Trois têtes remuent activement face à moi. Si c'est une option, ce n'est pas celle que je privilégie.

– Bien sûr, c'est ce qu'ils m'ont proposé, j'argue avec une assurance feinte. Mais j'ai d'autres contrats en cours, les jumelles Faraday et Donovan Wolinski.

– Si vous envisagez de poursuivre notre collaboration, c'est pour notre plus grand bonheur. Vous avez su démontrer vos qualités auprès de la communauté des Unfool, nous serions ravis de vous conserver parmi nos employés.

Sa voix dégouline d'un sous-entendu qui ne m'échappe pas : j'ai toute une Fan Squad avec moi et je découvre que j'ai aussi d'autres alliés qui sont montés au créneau pour me défendre.

JE SUIS LE ROI DU MOOONDE ! s'égosille Rita.

– Rencontrons-nous lundi matin dans mon bureau, elle reprend. Nous discuterons des opportunités pour un profil tel que le vôtre.

– J'y serai.

– Très bonne fin de journée, mademoiselle Calloway. Transmettez mes meilleures salutations à nos clients.

– Ce sera fait, je souris avant de raccrocher.

Je bois le verre d'eau qu'Oxton m'a servi, puis me tourne vers Miranda.

– Tu les as menacés.

– Pourquoi tu m'accuses directement ?

– Avoue, tu as mordu le mollet de cette Lisa Gonzales. J'ai perçu son malaise.

Le coin de sa bouche se relève légèrement.

– J'ai défendu nos intérêts. On est une équipe et je n'autorise personne à nous dicter des règles irrecevables. J'ai un gros réseau presse, Kassim n'est pas un enfant de chœur non plus et j'ai eu le plaisir d'échanger avec deux nonagénaires rebelles. Nous n'avons pas eu besoin de mordre qui que ce soit, ce qui s'est passé est très grave et ça aurait pu l'être bien plus encore. Crois-moi, ils s'en tirent royalement et ils le savent.

– Bon, on n'avait pas anticipé que tu bosserais encore pour eux, râle Riley. On te voulait rien qu'à nous.

– Moi, je ne suis pas étonné.

Les mains d'Oxton se posent sur mes épaules, je relève la tête vers lui et croise son regard.

– Merci. À vous tous. Pour tout.

Il y a dix ans, ce jeudi soir où j'ai perçu ce déclic dans mon cœur lorsque ces trois musiciens sont entrés, j'avais décidé qu'ils seraient importants dans ma vie. Aujourd'hui, ils me démontrent que je suis importante dans la leur et une sorte de boucle est bouclée.

– Puisque tu n'es pas virée, l'heure est venue de reconquérir la Fan Squad, il poursuit.

Il s'assied sur la chaise voisine, s'empare de son portable que je lorgne et je me tends lorsqu'il ouvre Instagram.

– Tu me fais confiance ? il susurre.

– Avec les réseaux sociaux ? Jamais de la vie. Je cherche encore un centre pour les délinquants du digital qui accepterait de t'accueillir.

– T'inquiète pas, j'ai bien appris ma leçon.

Sans attendre que je l'assomme et lui arrache l'objet des mains, il lance un direct en gros plan sur lui.

– Bonjour tout le monde !

Avec Miranda, nous échangeons une œillade affolée.

– Depuis ma dernière apparition fracassante ici, vous avez mis le feu à la toile, les amis ! Je savais que vous étiez une communauté en béton armé, mais vous m'avez estomaqué. Je savais aussi que vous aimiez Elvis, mais je n'avais pas compris à quel point. D'ailleurs, ça nous fait un nouveau point commun.

Je lui fiche un coup de pied dans le tibia pour qu'il n'aille pas plus loin. Il serait capable de leur balancer qu'on est ensemble ! Ils finiront par le savoir tôt ou tard, mais ce n'est vraiment pas le moment.

– J'ai reçu une tonne de messages hurlant au scandale quand je vous ai annoncé qu'Elvis quittait l'aventure Unfool et il est temps que je vous confie quelque chose...

Il fait une pause, sa moue sexy fait battre mon cœur.

– Regardez, elle est toujours là, il reprend en tirant d'un coup sec sur ma chaise pour la faire coulisser contre la sienne.

Une multitude de cœurs et de commentaires apparaissent à l'écran.

– Bonjour, j'articule en souriant.

En parallèle, je pince la cuisse d'Oxton de toutes mes forces.

– Moi non plus, j'ai pas envie de me passer d'elle et c'est pour ça qu'elle était supposée quitter son poste de CM des Unfool, pour devenir la mienne. Rien qu'à moi, il articule avec un timbre presque intime. Enfin, c'était le plan, mais on dirait bien que je vais encore devoir la partager avec Riley et Asher, finalement.

– Oh yeah ! ils scandent en chœur en se matérialisant derrière nous.

– Résultat, Elvis reste avec les Unfool, mais ça ne va pas s'arrêter là. Vous vous demandez pourquoi ? Un petit conseil : surveillez mon compte dans les jours à venir, y'a du lourd qui se prépare. Du très lourd.

Dès qu'il coupe la vidéo, je recommence à respirer, puis j'applaudis lentement.

– C'est donc cette tête que tu tires quand tu m'adules ?

– On s'en approche. C'est la première fois que tu es aussi bon. Prétendre m'avoir virée pour de faux, histoire de surfer sur le désespoir de tes fans, pour taper fort ensuite...

– C'est du génie, j'te l'accorde.

– J'aime ton arrogance.

– Ah oui ?

– Oui, elle me permet de garder mes fantasmes de groupie dans un tiroir.

– Pas de problème, il y a un millier d'autres fantasmes à délivrer.

– On peut partager ? s'incruste Riley.

– Dégage.

– Oxy, tu viens de dire qu'Elvis était pour nous trois.

– Moi, j'en veux pas, balance Asher. Une heure qu'elle est là et déjà deux verres d'eau dans cette pièce.

– Je sais que je t'ai manqué, Asher, je minaude.

Il me jauge. Derrière son air rigide, je devine la place qu'il m'offre quelque part dans son espace aseptisé.

– Allez, Calloway ! m'interpelle Oxton. Au boulot, le lancement du clip ne va pas déchaîner les foules sans toi.

– Avant que j'oublie, Briggs, le hèle Miranda sur un ton que je décrypte sans peine, mardi prochain, tu seras au Ang'Hell.

– Un nouveau showcase ?

– En quelque sorte.

– Pourquoi ça sent l'embrouille ? il s'inquiète.

– Trente membres de la Fan Squad, Ox. Trente, triés sur le volet, elle insiste avec diabolisme. Tu te rappelles les deux filles de Vegas ? D'Elvis et moi, c'est moi la plus rancunière.

Je serre mes lèvres pour contenir un éclat de rire. Le voilà, son mauvais coup.

53
OXTON

*Breaking news :
la branlette ne rend pas sourd,
l'amour si.*

C'est le jour J. Nous sommes à la fin du mois de septembre, ça fait deux mois que j'attends ce moment. Voire quinze ans. Dans une heure, ce clip sur lequel je mise beaucoup sera diffusé en avant-première dans une grande salle de spectacle, suivi d'un concert. Grâce à Elvis, l'annonce sur les réseaux sociaux a été accueillie avec une ferveur jamais vue. J'espère que la Fan Squad sera conquise dès ce soir. Nous revenons d'une interview filmée, les gars et moi sommes prêts, il ne manque plus qu'Elvis pour qu'on puisse décoller. Je pensais la trouver dans le salon, mais il est vide quand nous y pénétrons.

– Elvis ?

Je marche jusqu'à la baie vitrée, pensant la trouver dehors. Le jardin est désert, mais j'entends soudain un son horrible provenir de l'étage.

– Qu'est-ce que c'est que cette horreur ? gémit Riley en levant les yeux vers l'origine de ce bruit indescriptible.

Nous montons au premier. À mesure que nous nous rapprochons de la buanderie, je sens un fou rire naître dans mon ventre.

– Je me sens trahi, pleurniche Riley en s'immobilisant derrière la porte. J'ai envie de m'immoler par le feu.

J'appuie sur la poignée et ouvre lentement le battant. Tournée vers la machine à laver, vêtue de cette robe bleue que j'ai enfin réussi à lui faire porter et des écouteurs enfoncés dans les oreilles, Elvis ne se doute pas que les membres du groupe dont elle est en train de hurler les paroles se trouvent juste derrière elle. Bon sang, je l'aime, mais mes tympans saignent.

– Je t'en supplie, arrête ! crie alors Riley.

En entendant sa voix résonner dans son dos, Elvis fait un bond en poussant un juron bien salé. Elle se retourne, brandit sa bouteille d'adoucissant et la presse dans notre direction. C'est une manie chez elle de balancer du liquide sur les autres ! Heureusement pour moi, c'est Riley qui hérite du jet de liquide bleu en pleine figure, et sur sa chemise blanche. Lorsqu'elle nous reconnaît, elle baisse son arme, arrache ses écouteurs et nous adresse un regard furieux.

– Non mais vous cherchez à me provoquer une crise cardiaque, à surgir comme ça derrière moi dans une buanderie luxueuse qui sent si fort le savon que j'ai envie de vomir des pastilles de lessive ?

Elle a largué sa phrase ultra-longue et bizarre sans respirer.

– Oh ! Bonté divine, articule Riley en prenant une pause entre chaque mot.

Il baisse le nez vers son torse et observe les traînées bleutées dégouliner sur le tissu. Il déboutonne sa chemise du bout des doigts, avant de s'en défaire. Il s'essuie la bouche avec et la balance dans le bac à linge derrière Elvis. L'un et l'autre se défient ensuite du regard.

– Je ne dirai pas pardon pour ça, elle déclare en pointant le panier. Encore un peu et vous cachiez mon corps dans le désert.

– OK, je t'accorde celle-ci. Mais nous méritons tes excuses malgré tout.

– Et pourquoi ?

– Tu oses me demander pourquoi ? Pendant la minute qui vient de s'écouler, j'ai regretté d'avoir écrit ce titre.

Sa moue faussement choquée transforme les yeux d'Elvis en deux fentes furieuses.

– Et moi quand je t'écoute, je sais pourquoi je suis chanteur, j'ajoute en me retenant d'éclater de rire. Pourquoi je le suis et pas toi, je précise. Je suis un peu déçu. Quand on s'appelle Elvis et qu'on sort avec une star de la chanson, on n'est pas supposé avoir une voix divine ?

– Ainsi qu'un sens prononcé du rythme ? enchérit Riley. T'es pas d'accord, Ash ?

Avant que mon pote ne puisse prononcer le moindre mot, Elvis pointe un doigt menaçant vers lui.

– Je te préviens, Asher Johansson, si tu prends part à ce lynchage, ma vengeance sera terrible ! Tu sais de quoi je suis capable quand je ne le fais pas exprès, mais crois-moi, tu n'as aucune idée de mon potentiel si je me mets à agir sciemment.

Elle est tout bonnement terrifiante et Asher le voit autant que moi.

– Merci d'avoir lavé mes draps, il répond après avoir avalé sa salive.

– Mais je t'en prie.

– Non mais Ash, sans déconner, s'écrie Riley en lui lançant un regard outré. Tu peux pas la laisser saccager nos chefs-d'œuvre.

– Rien que ça ? ricane Elvis.

– Je dois y aller, j'ai un truc à faire, un truc urgent. Maintenant. Bye.

Asher disparaît tellement vite que j'en cligne des yeux, ébahi.

– J'arrive pas à croire que t'aies réussi à obtenir un tel pouvoir sur lui, je souffle en scrutant l'espace qu'occupait Asher il y a moins de quatre secondes.

– Son instinct de survie est simplement plus affûté que le vôtre. Maintenant, retournez à vos occupations de rock stars et laissez-moi vivre ma vie d'humain lambda tranquille ! Oust !

J'attrape au vol la main qu'elle agite et hoche la tête tristement.

– Maintenant que j'ai découvert que tu passes ton temps libre à souiller nos meilleurs titres, hors de question de te laisser sans surveillance.

– Allez-vous-en, elle tranche en reprenant possession de sa main.

– J'te rappelle qu'on doit être au Hollywood Bowl dans une heure. J'peux savoir pourquoi tu fais des lessives alors qu'on paie quelqu'un pour ça ?

– Ça me détend, elle réplique.

– Tu appelles ça être détendue ? s'exclame Riley.

– J'y étais presque et vous avez tout gâché. Encore !

– Tu as ruiné ma chemise et ma chanson, la contre le pianiste.

– Tu en as une centaine de chaque, tu survivras.

Je les écoute se bagarrer encore plusieurs minutes avant de les séparer.

– On est à la bourre, il faut y aller.

Le temps que Riley enfile une nouvelle chemise, nous montons en voiture et traversons la ville. Le genou d'Elvis remue sans relâche, je le bloque avec mon poing.

– Tu flippes pour le clip ou pour le tapis rouge ?

– Je m'étais juré de ne pas recommencer, elle souffle. Pourquoi je suis pas tombée amoureuse d'un comptable ?

– Parce que, un plus un, je suis divin ; deux plus deux, je suis merveilleux.

Son grognement ne m'empêche pas de la ramener contre moi.

– T'as vérifié ta glycémie avant de partir ? je l'interroge.

– Tu m'as déjà posé la question y'a dix minutes.

J'admets que je la traque avec ça, surtout quand elle rentre chez elle. Vivement qu'elle accepte de vivre avec moi et, surtout, que son spécialiste lui pose cette pompe à insuline lundi prochain. J'ai voulu la lui payer dès notre réconciliation, mais cette tête de pioche n'a rien voulu entendre. Ayant obtenu une promotion, elle a attendu sa première paye pour prendre rendez-vous.

– T'es pas stressé, toi ? elle murmure.

– Non.

BIEN SÛR QUE SI !

Ferme-la, Bob.

Comme lors de sa précédente avant-première, Elvis se débrouille comme une pro devant le parterre de photographes et les fans. Je prends le temps d'en saluer un certain nombre, sous le regard satisfait de leur reine.

– Tu as vu Addison ? elle me questionne alors que nous buvons un coup dans une petite salle annexe. Elle devait nous rejoindre ici avec Chester. Il est là-bas, mais je ne vois pas Addi.

– Non, tu veux que je demande à Travis de la chercher ?

– Je vais patienter dix minutes avant de lancer l'alerte.

– Au fait, j'ai reçu un appel de Marcello Da Milano tout à l'heure.

– Ah oui ? C'est génial ! elle s'exclame avec un peu trop d'enthousiasme. Il est d'accord pour que tu deviennes son élève ?

– J'ai rendez-vous avec lui la semaine prochaine pour en discuter.

– C'est fabuleux ! elle continue à s'émerveiller sur le même ton.

– J'ai voulu l'inviter ce soir, mais il m'a dit qu'il avait déjà reçu son invitation.

– C'est un grand nom dans le milieu, pas étonnant.

Je sais que c'est elle qui est à l'origine de tout ça, mais comme d'habitude, elle ne se vante jamais de rien. Elle est géniale.

Un homme en costume nous invite alors à le suivre jusqu'à la grande salle de projection. Je fais moins le malin mais ne le montre pas. L'enjeu est énorme, c'est beaucoup de pression. Cela dit, la présence d'Elvis me canalise. Nous nous installons au premier rang, à côté d'Asher et Miranda, qui profitent de leur première soirée sans Jane. Enfin, au détail près qu'Asher a le nez collé sur son portable, qui est connecté aux caméras installées aux quatre coins de la baraque.

– Il compte combien de fois la baby-sitter se lave les mains, ricane Mira. La pauvre va peler pendant une semaine.

– Tu as vu Addison ? l'interroge Elvis.

– Je l'ai rapidement aperçue tout à l'heure.

– C'est pas elle, là-bas ? je demande, l'ayant soudain repérée au bout de la rangée.

– Addi ! crie Elvis. Par ici ! Par ici !

– Je ne suis pas sourde, elle grimace en approchant au bras d'une jeune serveuse.

Elle s'assied à droite d'Elvis et croise les jambes.

– Tu étais passée où ? elle interroge sa meilleure amie.

– Je faisais un tour, le décor est sublime. J'ai repéré un petit bibelot d'art contemporain, par là-bas...

Soupçonneuse, Elvis penche la tête sur le côté pour estimer son degré de foutage de gueule.

– Ton maquillage a coulé, Addison. Et ton chemisier est mal boutonné ! Est-ce que toi et Ches vous avez remis ça ici ?

– Non.

– Dieu soit loué ! Je commençais à me dire que tu avais développé une dépendance au sexe pendant mon absence.

– C'était pas Chester...

La coupe d'eau pétillante d'Elvis passe de travers. Elle me balance une œillade horrifiée, puis regarde son amie, choquée, en espérant sûrement qu'elle éclate de rire.

– T'es sérieuse ? C'était qui ?

– Je suis aveugle, comment veux-tu que je le sache ? elle réplique avec un timbre innocent.

Cette fille est délurée.

– Addison !

– Il a dit qu'il s'appelait Rodney. Ou peut-être Sidney. À moins que ce soit Riley...

C'est à mon tour de m'étrangler avec ma coupe de champagne.

– Riley ? je tousse. Genre, mon Riley ?

– Oh ? Je ne savais pas que vous fricotiez. C'est excitant.

– Tu rigoles, hein ? Tu... Tu n'as pas... bafouille ma copine.

– C'est pas ma faute, je cherchais les toilettes, j'ai poussé une porte, j'ai tendu la main pour tâter le robinet et, oh zut ! C'était la queue de Riley.

– La queue de Riley Moore !

Elvis s'est emportée, je sens toute l'attention de la rangée de derrière sur nous.

– Le piano à queue, je précise avec classe.

– Un bel instrument, ajoute Addison. Très bien accordé et...

– Si tu continues, je découpe ton corps en tout petits morceaux, siffle son amie entre ses dents.

– C'est toi qui m'as interrogée ! Et puis, pourquoi tu devrais être la seule à te taper l'un des Unfool, d'abord ?

J'éclate de rire, Elvis braque ses prunelles sur moi.

– Qu'est-ce que j'ai loupé ? nous demande Riley en se jetant dans le fauteuil à côté d'Addison.

Dieu merci, les lumières s'éteignent et l'écran s'anime avant que ma copine ne se jette sur lui. J'attrape les doigts d'Elvis et les entremêle aux miens. C'est le jour J. Celui où plus rien ne me retient, si ce n'est cette main que je ne lâcherai plus.

ÉPILOGUE

ELVIS

Parfois je rêve qu'Oxton est un vampire.
Pas pour qu'il me transforme
et que nous vivions une éternité d'amour.
Non, juste pour pouvoir lui briser
la nuque régulièrement.

Je vais brûler ses organes avec un mini-laser longue portée. Je me vois très bien viser son foie pour commencer. C'est insidieux et lent, un foie qui dépérit ! Je n'ai malheureusement pas un tel objet sous la main, mais il ne s'en tirera pas comme ça. On est ensemble depuis bientôt un an et il trouve encore le moyen de me rendre chèvre !

– Est-ce que tout le monde est prêt ?

– Oui !

Non ! J'avais dit non ! Quand il me l'a demandé sur cette plage de San Diego, je lui ai lâché un fou rire en pleine figure et j'ai tourné les talons pour aller me baigner. Il m'a poursuivie dans l'eau tel un requin affamé, il a réitéré sa demande et j'ai encore refusé. Il a laissé passer une journée avant de revenir à la charge devant témoins. Là encore, j'ai tenu le coup.

ALORS TU PEUX ME DIRE CE QUE TU FOUS DANS CETTE ROBE ?

Je prémédite un meurtre. Je l'aime comme une folle et il me le rend bien, mais ça, c'est *too much* !

C'EST SURTOUT TOO LATE !

Oxton est déjà en place, Riley et Asher à côté de lui. Voilà, je panique.

– Travis ! Travis ! Travis ! je martèle pour attirer son attention.

Depuis son siège, il m'adresse une œillade interrogative. Ou bien il se fout de ma gueule, le doute subsiste. Je lui fais signe de venir.

– Oui, Miss Elvis ?

– Laisse tourner la voiture devant, puis reviens faire diversion le temps que je prenne la fuite ! Et mets la clim à fond, ce mois de juillet est un enfer, je meurs de chaud !

– Désolé, impossible. Ox se doutait que tu tenterais un truc dans ce genre, il a gardé les clés dans son caleçon. Y'a que toi qui acceptes d'aller mettre les doigts là-dedans.

– Primo, c'est faux, y'a des millions de nanas qui accepteraient d'aller farfouiller là-dessous ! Deuzio, tu ne lui laisses plus les clés depuis la soirée à La Nouvelle-Orléans, donc tu me mens et tu es toujours de son côté !

– C'est lui qui me paie, il rétorque en haussant les épaules.

– Je vais faire main basse sur tout son argent, tu te retrouveras sans le sou dans une ruelle dangereuse où ton cou de taureau ne te sauvera pas !

– Tu n'es pas crédible, tout le monde sait que tu n'es pas vénale. Je te laisse, ça va être le grand moment, j'veux pas louper ça. D'ailleurs Miranda m'a demandé de faire une vidéo pour les réseaux, tout ça tout ça.

Une jeune femme me rejoint au même instant, m'empêchant de me jeter sur lui. Elle retouche mes cheveux et mes lèvres avant de lever ses pouces vers le grand manitou. Je suis coincée. Quand il faut y aller...

TROIS, DEUX, UN...

– Action !

***

– Tu t'en es bien tirée ! me complimente Oxton une fois la journée terminée. T'étais au top dans le rôle de ma petite amie.

Être spectatrice du tournage d'un clip était une chose, mais vivre l'expérience de l'autre côté de la caméra... tout ça pour officialiser ma relation avec Oxton d'une façon qui marque les esprits. Quelle idée ! Pire, c'est celle d'Oxton.

TU AURAIS EU CETTE IDÉE, TOI AUSSI.

Oui, mais pour n'importe qui d'autre que moi.

TU PAIES POUR TOUT CE QUE TU AS FAIT ENDURER À TES PAUVRES CLIENTS.

Je paie surtout ces semaines où j'ai tenté d'expliquer à Ox les clés d'une communication performante. Et il s'en est servi contre moi !

– C'était la seule et unique fois, Oxton.

– J'aime la forme de tes lèvres quand tu cries Oxton.

– Et leurs formes quand je te dis...

Il m'interrompt en m'embrassant, je lui mords la bouche.

– Merde, Elvis ! Je viens déjà de me faire bouffer par une Fan Squad de zombies pendant le tournage.

Après le succès monumental du clip visant à lui ouvrir des portes dans le cinéma, Darell a enfin réagi et s'est montré à la hauteur de sa réputation en hameçonnant de gros producteurs. Plusieurs propositions sont tombées, le tournage de son premier long-métrage est prévu cet automne. En attendant, il a pris goût aux clips longue version et le voilà de retour pour un deuxième. Dans celui-ci, les Unfool ont composé une nouvelle chanson apocalyptique. La dernière scène est un concert devant un public de morts-vivants, qui finit par les prendre d'assaut.

– Tu te rappelles mes scénarios de fin du monde, en Louisiane ? Je savais qu'il y aurait des zombies un jour ou l'autre entre nous.

– C'est un signe, il rétorque avec sérieux. Ça veut dire que toi et moi, c'est maintenant et jusqu'à la fin du monde.

– C'est déjà la fin du monde, monsieur Briggs. Lorsque je suis entrée dans cette salle de réunion, ça a déclenché l'apocalypse.

– Ça me va, il sourit en posant ses mains sur mes épaules. Il paraît qu'il n'y a jamais de fin, puisqu'un début reprend aussitôt.

– Tu traînes trop avec Addison et sa nouvelle lubie cosmique.

– J'avoue, mais j'aime beaucoup ce renouveau. Passionnément, il murmure en posant ses lèvres sur mon front. À la folie, il continue en déposant un baiser sur le bout de mon nez.

– Tu essaies de te faire pardonner ?

Il éloigne à peine son visage du mien et reprend :

– Je vais t'embrasser.

Je lève les yeux au ciel.

– Comme toujours.

– C'est définitivement toi qui étais à l'initiative de notre premier baiser.

– Absolument pas. Tu étais paniqué, tu t'es jeté sur moi.

– J'étais paniqué, tu t'es jetée sur moi pour me calmer.

Je crois que nous ne serons jamais d'accord sur cet événement, car aucun de nous deux ne baisse la garde. Au final, c'est plutôt sympa de ne pas savoir qui de lui ou de moi a embrassé l'autre le premier. J'aime ce mystère, mais j'aime encore plus sentir ses lèvres sur les miennes.

– C'est pour aujourd'hui ou pour demain ? je fais mine de m'impatienter.

Un sourire insupportablement sexy ourle ses lèvres, puis il pose les yeux sur moi.

– Pour toujours, il sourit avant de me donner ce baiser.

PLAYLIST

Crazy, Gnarls Barkley
Lie, Sasha Alex Sloan
Hear Me Now, Alok, Bruno Martini feat. Zeeba
These Days, Rudimental feat. Jess Glynne, Macklemore, Dan Caplen & Ryan Lewis
We Are Young, Fun feat. Janelle Monáe
Big Jet Plane, Angus & Julia Stone
Past Life, Trevor Daniel & Selena Gomez
Somebody That I Used To Know, Three Days Grace
Used To Be, AJ Mitchell
With You, Linkin Park
FourFiveSeconds, Rihanna, Kanye West & Paul McCartney
Bang Bang, Jessie J, Ariana Grande & Nicki Minaj
Never Forget You, Zara Larsson & MNEK
Miss You, Louis Tomlinson
Renegades, X Ambassadors
Girls Just Wanna Have Some, Chromatics
Without You, The Kid Laroi
Oh No !, Kreepa
*F*ck You, Goodbye*, The Kid Laroi feat. Machine Gun Kelly
Need You Most (So Sick), The Kid Laroi
Angels & Demons, Jxdn
What If (I Told You I Like You), Johnny Orlando & Mackenzie Ziegler

Want to Want Me, Jason Derulo
Respect, Aretha Franklin
Bad Liar, Imagine Dragons
I Love Rock'n'Roll, Joan Jett & The Blackhearts
Say You Won't Let Go, James Arthur
Someone To You, BANNERS
Perfect, Ed Sheeran
Cheap Thrills, Sia
Try, P!nk
Abcdefu, GAYLE

PAR LA MÊME AUTRICE

Burning Dance, tome 1, 2016, éditions La Condamine (uniquement disponible en ebook)
Burning Dance, tome 2, 2016, éditions La Condamine (uniquement disponible en ebook)
Burning Games, 2017, Hugo Poche
Prude à frange, tome 1, 2018, Hugo Poche
Prude à frange, tome 2, 2018, Hugo Poche
49 jours, je compterai pour toi, 2019, Hugo New Romance (2020, Hugo Poche)
Campus Drivers, tome 1, 2020, Hugo New Romance (2022, Hugo Poche)
Campus Drivers, tome 2, 2020, Hugo New Romance (2022, Hugo Poche)
Campus Drivers, tome 3, 2020, Hugo New Romance (2022, Hugo Poche)

Retrouvez C.S. Quill sur les réseaux sociaux :
Facebook.com/Cami.S.QUILL
Instagram.com/c.s.quill

Et pour recevoir du contenu en exclusivité, accéder à des bonus et d'autres surprises, rendez-vous sur le site www.csquill.com !

Composition et mise en pages
Nord Compo à Villeneuve-d'Ascq